# CONTES

# HANS CHRISTIAN ANDERSEN

# *Contes*

PRÉFACE, NOTES ET TRADUCTION NOUVELLE PAR MARC AUCHET

**LE LIVRE DE POCHE**
*Classiques*

Marc Auchet, agrégé de l'Université, docteur d'État, est professeur de langues, littératures et civilisation scandinaves à l'université de Paris IV-Sorbonne. Il a publié un grand nombre d'études sur la littérature et la civilisation des pays scandinaves, ainsi que plusieurs ouvrages, parmi lesquels *L'Univers imaginaire de Kaj Munk* (1994), *De lollandske stjerner* (1997), *Les Pays nordiques et le dialogue interculturel* (ouvrage collectif, 1999), *Aspects d'une dynamique régionale : les pays nordiques dans le contexte de la Baltique* (ouvrage collectif, 2000) et *Le Secret d'Odin* (ouvrage collectif, 2001). Il a reçu le prix Kaj Munk en 1990 à Copenhague.

© Librairie Générale Française, 2003, pour la présente édition.

ISBN : 978-2-253-16113-4 — 1re publication LGF

# PRÉFACE

## *Vous avez dit Andersen ?*

Tous les textes qui composent ce volume se ratta-chent au genre narratif bref, mais ils sont loin d'être tous des « contes » au sens étroit et habituel du terme. Le titre *Contes et histoires* pourrait parfaitement leur être appliqué, car il permettrait de signaler leur diver-sité formelle. Il correspond en tout cas bel et bien à la pratique que l'auteur a adoptée lui-même à partir de 1852, avec plusieurs recueils d'*Histoires*, puis, précisé-ment, de *Contes et histoires*, après les *Contes racontés pour des enfants* (1835-1841), puis les *Nouveaux Contes* (1843-1848). Il est bon d'insister sur ce point, car celui qu'on considère généralement comme l'un des représentants les plus prestigieux de la littérature enfantine voulait être – et était – avant tout un auteur à part entière. Par leur facture et par leur thème, un bon nombre des récits courts qu'on regroupe générale-ment sous une seule et même rubrique se rapprochent à l'évidence de la nouvelle et n'ont souvent rien de commun avec l'univers merveilleux du conte. Ce flou terminologique n'est pas propre à Andersen. On se souvient évidemment de Perrault, qui faisait paraître en 1697 ses *Histoires ou Contes du temps passé*, de Maupassant, qui désignait parfois ses contes sous le nom de « nouvelles », ou de tant d'autres exemples qui attestent que la distinction entre les deux genres n'est pas facile à établir.

Les précisions qui précèdent auront peut-être permis de deviner notre intention : nous souhaitons faire découvrir un autre Andersen que celui que tout le monde croit connaître. Le « conteur danois » est entré de plain-pied dans la littérature universelle, et il fait partie des auteurs les plus traduits au monde, mais l'étiquette qu'on lui fait porter – « auteur d'ouvrages pour enfants » – ne tient pas compte de la diversité et de la richesse de son inspiration. Elle fausse même la perspective.

On ignore généralement que le conteur était aussi poète, ou qu'il a laissé six romans, dont certains, comme *L'Improvisateur* (1835), ont aussitôt conquis le public étranger, et, à une époque où la tradition du roman historique inspirée par Walter Scott occupait une place de choix dans la littérature danoise, décrivaient des réalités contemporaines et apportaient une touche de réalisme réellement novatrice. Il a en outre laissé un grand nombre de pièces de théâtre et de vaudevilles d'inégale valeur, rédigé trois longs récits autobiographiques, écrit d'intéressantes relations de voyages, sans parler de sa très abondante correspondance et de ses journaux intimes, qui occupent pas moins de dix volumes, auxquels il faut ajouter deux précieux volumes d'index. On ne doit pas oublier ses talents de dessinateur, ni les délicats découpages qu'il confectionnait lui-même et offrait volontiers en cadeau à ses amis et à ses connaissances.

Pour ce qui est des *Contes* proprement dits, force est de constater que, en France comme ailleurs, y compris au Danemark, on en connaît généralement une douzaine, ou tout au plus une vingtaine, parmi lesquels figurent immanquablement « La petite sirène », « La petite fille aux allumettes », « Les nouveaux habits de l'empereur », « La Reine des Neiges », « Le vaillant soldat de plomb », et quelques autres, qui, comme un fait exprès, sont tirés presque exclusivement des premiers recueils publiés par l'auteur, dans lesquels la dimension « enfantine » était nettement plus affirmée qu'elle ne l'a été par la suite. En réalité, le corpus complet des *Contes* édités du vivant d'Andersen ne comprend pas moins de cent cinquante-six récits. La présente anthologie reprend évidemment un bon nombre de ceux auxquels Andersen doit sa renommée internationale, mais elle laisse délibérément une large place à des textes écrits à une époque plus tardive, en particulier dans la dernière période de sa vie, de façon à montrer les diverses facettes de son art et à donner une image plus fidèle de l'œuvre.

Au même titre que le choix des textes a pour but de rectifier l'idée qu'on se fait généralement de la production du conteur danois, cette nouvelle traduction est destinée à refléter un trait essentiel de son style, souvent négligé par les traducteurs et adaptateurs : son oralité.

### Une destinée hors du commun : le mythe et la réalité

Il faut bien reconnaître qu'Andersen a tout fait pour accréditer l'idée que sa vie a été un « beau conte ». C'est ainsi qu'il écrivait en 1847, au début de l'une de ses autobiographies, intitulée *Le Conte de ma vie sans poésie* : « Ma destinée n'aurait pas pu être dirigée d'une façon plus heureuse, plus sage et meilleure qu'elle ne l'a été. L'histoire de ma vie dira au monde ce qu'elle me dit : il y a un Dieu plein d'amour qui dispose tout pour le mieux. »

On reconnaît dans cette tonalité heureuse un des thèmes récurrents des contes d'Andersen, de sa correspondance et de son journal intime. C'est le mythe personnel qu'il s'est forgé dès son enfance et qui l'a soutenu pendant toute la période où il cherchait sa voie. C'est le sentiment qu'il éprouvait lorsqu'il était dans ses bons jours. Il est issu de la religiosité naïve qu'il avait héritée de sa mère et correspond à l'idée qu'il a voulu donner de lui-même.

Il existe toutefois un autre Andersen, moins connu et pourtant tout aussi caractéristique : celui qui ne cessait de geindre, de se plaindre, d'exprimer ses peurs et ses hantises, parfois puériles, son découragement face aux critiques, ses doutes quant à ses capacités réelles, etc. Si l'on établissait un relevé statistique, c'est ce dernier aspect de son psychisme qui prédominerait largement, et il ne fait aucun doute que ces multiples tourments intérieurs avaient une dimension pathologique.

Le dualisme que nous venons de signaler était constitutif du psychisme d'Andersen et on en trouve la trace dans un bon nombre de ses contes.

Comme plusieurs autres artistes danois de tout premier plan de l'époque, en particulier le sculpteur Bertel Thorvaldsen et la danseuse étoile Johanne Luise Heiberg, Andersen était de basse extraction et son talent lui avait assuré une promotion sociale littéralement extraordinaire. Il semble avoir été constamment hanté par le souvenir de ses origines plus que modestes et ne jamais s'être senti pleinement intégré dans le milieu particulièrement brillant qui était pourtant devenu le sien. Ce n'est pas un hasard s'il a rédigé pas moins de trois récits autobiographiques. En réalité, c'est l'ensemble de sa production qui a un caractère très fortement autobiographique, en particulier un très grand nombre de ses *Contes et histoires*. Il n'est pas difficile d'identifier chez cet égocentrique notoire un intérêt obsessionnel pour son parcours existentiel.

## Un milieu social nettement défavorisé

Hans Christian Andersen est né le 2 avril 1805 dans l'île de Fionie, à Odense, alors deuxième ville du Danemark avec une population de quelque 6 000 habitants[1].

---

1. La capitale, Copenhague, comptait environ 100 000 habitants.

Son père, Hans Andersen, qui ne faisait même pas partie de la corporation des cordonniers, gagnait chichement sa vie en réparant des chaussures. C'était de plus un homme aigri, déçu de ne pas avoir pu faire les études auxquelles il se croyait prédisposé. Sa mère, Anne-Marie Andersdatter, avait sept ou huit ans de plus que son mari, le mariage n'avait été célébré que deux mois avant la naissance du garçon, et les deux époux n'ont eu la même adresse que quelques mois après. Elle avait d'ailleurs déjà eu une fille avec un autre homme six ans plus tôt. Ce tableau déjà peu brillant doit être complété par quelques détails réellement affligeants. Du côté maternel, une tante d'Andersen fut tenancière de maison close à Copenhague, sa grand-mère fit de la prison après avoir accouché de son troisième enfant illégitime, mais c'est bien du côté paternel que les tares étaient les plus voyantes : la mère de son père était sans doute mythomane, elle prétendait entre autres avoir une ancêtre issue de la noblesse allemande, tandis que son grand-père était malade mental et ses extravagances faisaient de lui la risée des enfants de la ville. Le souvenir de ce grand-père hantera d'ailleurs le conteur pendant une bonne partie de sa vie : il aura une peur obsessionnelle de devenir fou, lui aussi.

Tout indique néanmoins qu'Andersen avait le sentiment d'avoir eu une enfance heureuse. Il faut dire qu'il était de toute façon enfant unique, et qu'avant de mourir en 1816, après avoir passé deux ans dans l'armée danoise, le père du conteur avait entouré son fils de toute son affection. C'est lui qui a fait naître un intérêt littéraire dans l'esprit du jeune garçon. Les descriptions qu'Andersen a laissées du foyer où il a grandi sont toutes très positives. Hypersensible, il a néanmoins souffert de la forte tension qui y régnait parfois : alors que son père avait des goûts plutôt intellectuels et n'hésitait pas à afficher des opinions peu orthodoxes en matière de religion, sa mère était une femme du peuple très simple et fortement superstitieuse. Andersen a dressé à cette dernière un monument émouvant dans

« Elle n'était bonne à rien ». Elle finit ses jours en 1833 dans un hospice, alcoolique au dernier degré.

Si on lit « La petite sirène » comme un conte auto-biographique, on comprend qu'Andersen considérait le monde de son enfance comme un monde protégé, baigné dans une atmosphère merveilleuse. Comme l'héroïne de ce récit, il a toutefois ressenti très tôt l'envie de s'élever au-dessus de sa condition, de parvenir à « l'immortalité » dans le monde de l'esprit. Il ne fréquentait pas d'autres enfants et, à partir d'un certain âge, il a passé son temps à lire ou à jouer avec un petit théâtre de poupées. Après avoir vainement essayé de commencer un apprentissage, il fut pris du désir irrésistible d'aller à Copenhague, pour « devenir célèbre », comme il l'expliqua à sa mère. Il avait tiré de ses lectures la conviction qu'il suffisait pour cela de passer d'abord par beaucoup d'épreuves difficiles.

### Devenir célèbre à tout prix

Il part effectivement pour la capitale en 1819, avec un tout petit pécule en poche. On imagine facilement que les années qui vont suivre n'auront rien d'idyllique. C'est le Théâtre Royal qui le fascine, et il essaie d'y entrer par tous les moyens. Après s'être fait accepter comme élève dans une classe de chant, puis de danse, il décrochera quelques rôles insignifiants dans une pièce ou une autre, mais il n'arrivera pas à se faire recruter pour apprendre le métier de comédien. Comme il l'avait déjà fait à Odense, il entrera toutefois en contact avec les cercles les plus influents. Il arrivera même à attendrir plusieurs représentants de l'élite intellectuelle de la capitale. Après avoir proposé plusieurs manuscrits au Théâtre Royal, il réussira finalement, sinon à faire accepter ses premiers essais de plume, du moins à attirer sur lui l'attention d'un des personnages les mieux placés dans la vie culturelle danoise, Jonas Collin, qui faisait partie de la direction de la scène nationale.

Une nouvelle période commence alors pour Andersen. Plusieurs personnes estiment qu'il lui faut tout d'abord combler les lacunes béantes de sa formation. Pour ce faire, une bourse lui est accordée pour qu'il puisse recevoir un enseignement systématique. Il est ainsi confié, en 1822, au directeur de l'école latine de Slagelse, Simon Meisling. Les cinq années qu'Andersen passe sous la férule de ce sévère pédagogue sont parmi les plus sombres de son existence. Après plusieurs années de ce que la correspondance et les récits autobiographiques décrivent comme un véritable martyre, son bienfaiteur, Jonas Collin, finit tout de même par se laisser convaincre de lui faire terminer sa préparation au baccalauréat à Copenhague. Il passe l'examen avec succès en 1828, à l'âge inhabituel de 23 ans.

Pendant ses années d'études, Andersen avait dû se plier tant bien que mal à l'interdiction de faire de la poésie qu'on lui avait imposée. Il avait toutefois écrit en 1826 un poème émouvant, « L'enfant mourant », qui fut publié l'année suivante dans un journal de Copenhague. Plusieurs autres de ses poèmes avaient déjà été imprimés quelques semaines plus tôt dans une revue littéraire. Son succès au baccalauréat l'orientait vers l'université. Il fut effectivement reçu, à la fin de l'année 1829, à l'*examen philologicum et philosophicum*, qui l'autorisait à s'engager sur la voie des études supérieures, mais il préféra se consacrer entièrement à sa vocation d'écrivain. Il faisait désormais partie de l'élite intellectuelle de la capitale.

## Débuts prometteurs et percée littéraire

Il publia la même année *Voyage à pied du canal de Holmen à la pointe est d'Amager*, récit plein de fantaisie dont le style rappelle celui d'E. T. A. Hoffmann et de Heine, et qui fut très bien reçu par la critique. Il eut la satisfaction de voir aussi sa première pièce, un vaudeville tragi-comique dans le goût de l'époque, portée au répertoire du Théâtre Royal : *Amour sur la tour Saint-Nicolas ou Que dit le parterre ?*

Au cours de l'année 1830, il fit un voyage de plusieurs mois au Jutland et en Fionie, au cours duquel il s'éprit de la jeune Riborg Voigt, qui était déjà fiancée et qui ne tarda pas à se marier. Ce fut la première déception amoureuse d'Andersen, qui lui inspira d'ailleurs plusieurs beaux poèmes. L'année suivante, il entreprit son premier voyage à l'étranger, en Allemagne, d'où il ramena une relation de voyage qui doit beaucoup aux *Reisebilder* de Heine. Il eut l'occasion de rencontrer Ludwig Tieck, dont l'accueil enthousiaste lui sembla être une consécration solennelle. Il continua ensuite à écrire pour le théâtre, et tomba amoureux de la fille de son bienfaiteur, qui ne tarda pas à se fiancer elle aussi avec un parti plus en rapport avec le statut social de sa famille.

Au début de l'année 1833, Andersen est en proie à une dépression. Il obtient alors une bourse qui lui permet de faire un long voyage de formation qui l'amènera en France (il y rencontrera entre autres Heinrich Heine et Victor Hugo), en Suisse et surtout en Italie. Le voyage de retour le fera passer par l'Autriche et l'Allemagne. Les impressions très fortes que lui laissa son séjour à Rome et à Naples, entre autres, lui servirent de toile de fond dans le roman *L'Improvisateur*, qu'il publia en 1835. Cet ouvrage rencontra aussitôt un grand écho, en particulier sa traduction allemande, publiée presque en même temps que l'original danois. Cinq autres romans, dont l'intrigue se passera aussi à l'époque contemporaine, suivront celui-ci : *O. T.*[1] (1836), *Rien qu'un violoneux* (1837), *Les Deux Baronnes* (1848), *Être ou ne pas être* (1857) et *Peer-le-Chanceux* (1870).

---

**1.** Ces deux lettres sont les initiales du nom du personnage principal, mais font aussi allusion à « Odense Tugthus », pénitencier d'Odense.

L'année 1835 fut particulièrement faste pour Andersen, puisque, en plus de son premier roman, il publia aussi son premier recueil de contes, intitulé *Contes racontés pour des enfants*. Il contenait « Le briquet », « Le petit Claus et le grand Claus », et « La princesse sur le pois ». Un deuxième recueil suivra à la fin de la même année. Il faut voir dans ces deux innovations – un roman de qualité et une tentative dans le genre du conte – le signe que l'écrivain a maintenant atteint la maturité. Son long voyage à l'étranger a levé des inhibitions. Il sent lui-même qu'une nouvelle source d'inspiration vient de jaillir. Il a exactement trente ans.

## Un long triomphe

Andersen est maintenant parvenu à la célébrité qu'il avait ardemment recherchée depuis sa prime jeunesse. Du moins à l'étranger. Il lui faudra en effet attendre encore une bonne dizaine d'années pour que ses compatriotes acceptent de reconnaître pleinement sa valeur. D'une certaine manière, sa vie sera désormais plus uniforme. Elle sera ponctuée par près d'une trentaine de voyages plus ou moins longs, le plus périlleux l'ayant mené jusqu'en Turquie, et il connaîtra un succès croissant, étant reçu dans les milieux les plus aisés, bourgeois ou aristocratiques, comme la cour du Grand-duc de Saxe-Weimar. Ces voyages lui inspireront d'ailleurs des récits originaux, comme *Le Bazar d'un poète* (1842), *En Espagne* (1863) ou *En Suède* (1851). Il laissera en tout une trentaine de pièces de théâtre, mais il devra l'essentiel de sa renommée à ses contes, qu'il va désormais publier à intervalles plus ou moins réguliers, jusqu'en 1872. Il côtoiera les plus grands écrivains de son temps, au Danemark et ailleurs, et sera reçu comme un hôte de marque dans des demeures princières ou bourgeoises, où de petits cénacles s'offriront le plaisir de sa conversation et l'écouteront lire ses contes. Dès 1838, il a été à l'abri de tout souci financier puisqu'il s'est vu allouer une rente annuelle dont le montant fut révisé plusieurs fois. En 1867, il fut nommé citoyen d'honneur de sa ville natale, Odense, et on y organisa à cette occasion de grandes festivités.

Il mourut le 4 août 1875, d'un cancer du foie, dans la propriété de la famille Melchior, qui faisait partie de ses bienfaiteurs.

## Le revers de la médaille

Rien ne serait plus faux que d'imaginer un Andersen béatement heureux au milieu de tout ce succès. Il était de toute façon très sensible aux critiques, et il lui suffisait de peu de chose pour être totalement déstabilisé au point de vue psychologique. Outre le fort complexe d'infériorité déjà mentionné, sa frustration la plus forte a certainement été l'absence de liens affectifs authentiques et durables, d'un foyer où il aurait pu se sentir compris et aimé. L'hospitalité qu'on lui offrait si généreusement ne pouvait pas répondre au besoin profond de communication spontanée et sincère qu'il ressentait cruellement.

De tous les tourments intérieurs qu'il a pu avoir, c'est sans doute la solitude qui a le plus pesé sur lui. Toutes les tentatives qu'il a faites pour se marier ont échoué, qu'il s'agisse de Riborg Voigt, Sophie Ørsted, Louise Collin ou de la cantatrice suédoise Jenny Lind. Sa correspondance montre par ailleurs qu'il a éprouvé des sentiments très forts pour plusieurs hommes, comme le fils de son bienfaiteur, Edvard Collin, Henrik Stampe ou Harald Scharff. Tout a pratiquement été dit sur ce sujet et les avis vont de l'affirmation qu'Andersen aurait été homosexuel jusqu'à une dénégation catégorique. Sa dernière biographie, celle de Jackie Wullschlager[1], défend la première de ces thèses, sans

---

**1.** Jackie Wullschlager, *Hans Christian Andersen. The Life of a Storyteller*, Penguin, 2000. Traduction danoise : *H. C. Andersen. En biografi*, Hans Reitzels Forlag, 2002.

apporter toutefois de preuves réellement convaincantes et en prenant parfois des précautions oratoires telles qu'elles enlèvent presque toute crédibilité à ses arguments. Il ne fait pas de doute qu'on trouve dans les lettres d'Andersen à certains de ses correspondants masculins des débordements sentimentaux qui ressemblent fort à des déclarations d'amour, et que ce célibataire qui souffrait beaucoup de son isolement affectif a cherché à donner un tour très intime à certaines de ses amitiés masculines. Mais plutôt que d'accrocher à tout prix à celles-ci l'étiquette « particulières », il est sans doute préférable de suivre le jugement de Johan De Mylius, l'un des meilleurs connaisseurs actuels d'Andersen au Danemark, qui les qualifie de « pas tout à fait ordinaires ». Il faut entre autres tenir compte du fait que les usages en matière de style épistolaire étaient différents de ce qu'ils sont aujourd'hui. Il est néanmoins évident que le conteur avait une sensibilité qu'on qualifie généralement de féminine et que tout son comportement en était imprégné. Nous n'avons pas à entrer davantage dans le détail ici, mais ces quelques allusions auront permis de comprendre que, comme c'est souvent le cas chez les écrivains, poètes et artistes, les états affectifs d'Andersen, d'une façon générale, et sa vie sentimentale, en particulier, ont été tout sauf harmonieux et paisibles.

*Quelques thèmes récurrents*

Après avoir esquissé le contexte biographique, il y a lieu maintenant de porter l'accent sur l'essentiel, c'est-à-dire les textes eux-mêmes. Ils renferment quelques notions caractéristiques qu'il nous appartient de signaler.

On aura compris que les textes qu'Andersen a publiés sous le titre *Contes et histoires* ne peuvent pas être rattachés directement à la tradition représentée par Perrault, en France, les frères Grimm, en Allemagne,

ou Asbjørnsen et Moe, en Norvège. À peine une
dizaine de ses contes reprennent le thème de récits
populaires qu'il avait entendus étant enfant, et un très
petit nombre d'entre eux commencent par la formule
presque inévitable : « Il était une fois... » Dans la présente anthologie, seuls « Le briquet », « La princesse
sur le pois » et « Les cygnes sauvages » sont à classer
dans cette catégorie. « Les nouveaux habits de l'empereur » a été inspiré par un récit espagnol datant du
Moyen Âge, mais il ne s'agit pas d'un conte populaire.

Comme le reste de la production d'Andersen, la plupart des trente-huit récits que nous publions dans ce
volume ont une dimension autobiographique plus ou
moins affirmée. C'est le cas du « Vilain petit canard »,
bien sûr, mais, avec sa conclusion plus immatérielle,
« La petite sirène » retrace aussi l'itinéraire douloureux
que l'écrivain a suivi, depuis les bas-fonds de sa ville
natale jusqu'aux milieux les plus aisés de la capitale.
« La petite fille aux allumettes » et « Elle n'était bonne
à rien » ont un rapport direct avec le souvenir ému que
leur auteur avait gardé de sa mère. Qu'il s'agisse de
« La clef de la porte d'entrée » ou de « Le bonheur
peut se trouver dans un bout de bois », on retrouve
dans un bon nombre des contes autobiographiques la
vision optimiste de l'existence qui caractérise *Le Conte
de ma vie sans poésie*, mais certains d'entre eux montrent plutôt ce que nous avons appelé plus haut le « re-
vers de la médaille ». Avec sa conclusion amère, « Le
sapin » témoigne clairement de cet état d'esprit, de
même que « Le vaillant soldat de plomb », sur un ton
toutefois moins tragique. Il est instructif de comparer
« La Reine des Neiges » à « Ce que racontait la vieille
Johanne ». Ces deux récits sont sous-tendus par le
même fil conducteur et sont ancrés l'un et l'autre dans
l'enfance de l'auteur. Le premier, qui date de 1844, se
termine dans une atmosphère radieuse, qui résulte du
triomphe des forces du cœur et du bien, alors que le
second, publié en 1872, soit trois ans avant sa mort,
montre comment l'incrédulité et l'indifférence finis-

sent par l'emporter dans l'esprit du principal protagoniste. Dans un registre un peu différent, on remarquera la même opposition entre la conclusion dramatique de « L'ombre » (1845) et la belle harmonie de la scène finale de « La cloche » (1847). Avec son thème édifiant – l'orgueil est puni –, « Le vent raconte l'histoire de Valdemar Daae et de ses filles » procède de la même conception de la vie que « La Reine des Neiges », tandis que l'humour grinçant et le cynisme d'« Un caractère gai » le classent parmi les contes où l'esprit critique prévaut. L'importance du dualisme auquel nous venons de faire allusion ne doit pas être sous-estimée. On ne peut que s'étonner de voir qu'Andersen est souvent pris pour un grand naïf incapable d'autre chose que de s'attendrir sur tel ou tel sujet émouvant. Il était aussi capable de porter un jugement perspicace et sans appel sur les personnes et les situations qu'il rencontrait. Lui aussi, il avait en quelque sorte un éclat du « miroir du diable » dans l'œil, et il était le premier à en souffrir.

Même s'ils ont aussi un aspect autobiographique, on peut classer à part les contes qui traitent de déboires sentimentaux : « La petite sirène », « La bergère et le ramoneur », « Le faux col », « Une peine de cœur », « Le bonhomme de neige » ou « Le vaillant soldat de plomb ».

Un bon nombre des *Contes et histoires* d'Andersen baignent dans une atmosphère religieuse qui peut surprendre le lecteur moderne. La force du bien, la supériorité du régime du cœur par rapport à celui de la froide raison en sont des traits dominants. Il serait tout à fait faux d'en conclure qu'Andersen était un chrétien parfaitement orthodoxe. L'un des points essentiels de son credo était la croyance dans l'immortalité de l'âme, l'éternité devant récompenser ceux qui auront été défavorisés ici-bas. Plusieurs contes y font allusion de différentes manières : « La petite sirène », de même que « La petite fille aux allumettes », « Le moulin à vent »,

« La cloche » ou, avec une netteté particulière, « Une histoire des dunes ».

Parmi les autres thèmes récurrents, il faut également citer l'admiration devant le progrès scientifique et technique, de même que la conviction que la science devait fournir à la poésie une nouvelle source d'inspiration. On en trouve une trace dans « La goutte d'eau », « Le crapaud » ou « Le grand serpent de mer ».

La création littéraire et l'opposition entre le grand art et l'art de pacotille, ou le travail du critique, fournissent aussi la matière d'un certain nombre de contes : « Le rossignol », « Ce qu'on peut inventer » ou « Le lutin chez le charcutier ». Le récit « Tante Mal-aux-dents », qui fait partie du tout dernier recueil publié par Andersen, place le travail de l'écrivain sous un jour angoissant et problématique. Il en va différemment de « L'invalide » – nous retrouvons ici le dualisme fondamental de l'œuvre –, pourtant publié dans le même recueil, en 1872. Cette histoire donne au conte un pouvoir presque magique. On notera toutefois que le jeune Hans, une fois guéri, dépasse le stade du conte édifiant auquel ses parents, qui sont des gens du peuple, restent attachés de manière indéfectible. Quant à lui, il va pouvoir s'instruire, et son métier de relieur lui permettra de lire tous les nouveaux livres. Si l'idée principale de ce récit est de faire l'apologie du conte, on remarque que l'auteur laisse clairement entendre que celui-ci doit être considéré comme une étape que l'individu d'élite doit franchir.

Il va de soi que l'écrivain qui fréquentait assidûment les meilleures familles d'Europe ne pouvait pas être révolutionnaire. Il respecte généralement l'ordre établi, mais, là aussi, le lecteur attentif remarque qu'Andersen était parfaitement capable d'identifier certains défauts de la société danoise de son époque et de s'en moquer sans ménagement. Il affiche constamment un attachement particulier pour les petites gens, et il fait volontiers ressortir que la seule noblesse qui ait de la valeur, c'est celle du cœur. « Les nouveaux habits de l'empereur » a ainsi une dimension subversive qui n'échappe à personne, mais « Chaque chose à sa place » et « Le jardinier et ses maîtres » sont encore plus éloquents à cet égard, de même que – sur un ton plus modéré – « Les bougies ».

L'humour d'Andersen mérite une mention à part. Il a dit lui-même que la naïveté n'était qu'un aspect de ses contes, et que l'humour en était « le sel ». Il y a tout lieu de combattre le préjugé qui veut que l'œuvre du conteur danois soit généralement triste. Quand on lit ses contes en danois ou dans une bonne traduction, on s'aperçoit vite que ses récits les plus mélancoliques sont ponctués de clins d'œil au lecteur et de remarques humoristiques qui créent une certaine distance par rapport aux événements qui font l'objet de la narration et atténuent sensiblement leur charge émotionnelle.

## *Les contes d'Andersen : une révolution stylistique*

Les contes d'Andersen ont également un autre aspect particulier, qui fait que leur transposition dans une autre aire linguistique est un véritable défi pour le traducteur. Que ce soit en français ou dans d'autres langues, la tentation est grande d'adapter le texte pour qu'il corresponde aux normes stylistiques habituelles. La quasi-totalité des traductions françaises[1] a cherché à fondre le texte original dans le moule rigide du langage académique, respectant par là une sorte de tabou caractéristique du pays de Racine. Il en résulte un style souvent agréable à lire, mais qui fait perdre aux contes

---

1. Celle de Régis Boyer, dans son édition de la Pléiade, fait exception. Jusqu'à présent, la seule autre traduction intégrale des *Contes* est celle de P. G. La Chesnais. C'est aussi la première en date (1re édition en 1964, au Mercure de France, rééditée en 1988). Très littérale, elle n'a pas les qualités stylistiques qu'on est en droit d'attendre d'un texte de cette importance. Le choix de contes que nous publions ici doit être complété pour constituer l'intégrale des *Contes et histoires* dans la collection « La Pochothèque », à paraître ultérieurement.

une partie importante de leur saveur : la spontanéité d'une pseudo-oralité voulue par l'auteur.

On sait quelle importance Milan Kundera attache à la traduction de celles de ses œuvres qu'il a d'abord écrites en tchèque, désirant donner à celle-ci « la même valeur d'authenticité » qu'au texte original. C'est lui qui, dans *L'Art du roman*, rappelle l'irritation de Chopin quand certains de ses admirateurs s'écriaient : « Oh que c'est beau ! Cela coule comme de l'eau ! » Kundera éprouve la même irritation lorsqu'il entend dire d'une traduction qu'elle « coule bien » ou encore : « On dirait que c'est écrit par un écrivain français » ! Il a emprunté à son éditeur italien une formule dont nous espérons qu'elle pourra s'appliquer au moins en partie au présent travail : « On reconnaît une bonne traduction non pas à sa fluidité, mais à toutes ces formules insolites et originales que le traducteur a eu le courage de conserver et de défendre. »

Si nous n'avons pas cherché à écrire à tout prix un texte qui « coule bien », nous avons surtout voulu conserver le rythme de la phrase d'Andersen, certaines audaces stylistiques, certaines répétitions – le français académique les abhorre ! – ou des interventions et commentaires du narrateur dans le cours du récit, qui peuvent paraître maladroits mais créent une atmosphère de connivence entre le conteur et son public, des ruptures syntaxiques propres au langage parlé, des onomatopées, etc. Pour ce qui est de la ponctuation, il est bien connu qu'Andersen laissait le soin aux typographes de la corriger comme bon leur semblait. Il ne nous a pas paru utile de nous montrer beaucoup plus pointilleux que lui dans ce domaine. Tout au plus avons-nous parfois remplacé une virgule par un point, là où la logique et la longueur du passage le recommandaient. D'une façon générale, le texte étant supposé accessible aux enfants, les termes compliqués et les formulations trop élaborées étaient à proscrire. Le lecteur voudra bien considérer que, s'il rencontre des tournures un peu abruptes, certaines rudesses stylis-

tiques, comme par exemple la succession d'indépen-
dantes là où on attendrait une principale suivie d'une
relative, c'est vraisemblablement parce qu'elles sont
inhérentes au texte original et font partie de sa tonalité
bien particulière.

Il est bon de préciser que la lecture des *Contes et
histoires* pose parfois des problèmes aux Danois eux-
mêmes. L'orthographe a évolué de façon très voyante
sur certains points, et la grammaire aussi, sans parler
du vocabulaire, qui a vieilli. Il va de soi que le plaisir
philologique particulier que le lecteur danois contem-
porain peut éprouver en lisant Andersen est pratiquement impossible à recréer en français, sauf à se livrer
à un travail d'imitation extrêmement délicat et artifi-
ciel. Le pastiche étant exclu, il ne restait plus qu'à donner du texte original une version établie à partir du
français tel qu'on le pratique aujourd'hui, en tenant
compte des particularités que nous avons signalées. Le
résultat est peut-être comparable – *mutatis mutandis* –
à celui qu'on obtient en musique, lorsqu'on joue des
pièces pour clavecin de Bach sur un piano droit ou un
piano à queue. On sait qu'il s'agit de deux instruments
différents, les sonorités ne sont pas les mêmes, mais
c'est pourtant bien la même œuvre, et on reconnaît
facilement les traits caractéristiques du génie du
compositeur.

Il faut avoir constamment à l'esprit le fait que ces
textes ont été conçus pour être lus à haute voix. Celui
qui a toujours aspiré à être reconnu, fêté, admiré, a vite
compris quel parti il pourrait tirer de ses lectures
devant des auditoires choisis. Lui qui avait jadis
ardemment souhaité devenir acteur, voilà qu'il avait
désormais la possibilité d'être constamment en représentation ! Le texte était mis en valeur par des
mimiques et par une lecture particulièrement expres-
sive. Un bon nombre de comédiens danois ont su
depuis longtemps tirer le meilleur parti de ces textes.
Plusieurs d'entre eux, comme Erik Mørk ou Jens
Okking, pour n'en citer que deux, se sont taillé de

francs succès en organisant des séances de lecture des contes d'Andersen, ou en les enregistrant. Une longue tradition s'est établie à cet égard, et le plaisir qu'elle procure est du même ordre que celui qu'on éprouve encore aujourd'hui en France en écoutant Fernandel lire des chapitres des *Lettres de mon moulin*. Verra-t-on un jour un acteur français talentueux s'attaquer aux *Contes* d'Andersen ?

Il suffit de lire les romans d'Andersen ou d'autres œuvres en prose sorties de sa plume pour se rendre compte qu'il savait utiliser un autre style que celui de ses contes. C'est une véritable trouvaille qu'il a faite inopinément en 1835, quand il en a publié un premier recueil. Il s'est aperçu peu à peu de la liberté que lui accordait ce genre littéraire en vogue à l'époque. Les contraintes formelles étant beaucoup moins fortes que dans d'autres formes de littérature, il a même utilisé le récit court pour se livrer à certaines expérimentations stylistiques qui mêlaient à la prose certains effets propres à la poésie, comme les assonances ou les allitérations. Son imagination débordante trouvait dans ce genre de textes un exutoire tout indiqué. Il pouvait laisser libre cours à son goût pour les jeux de mots, les détails baroques, les associations d'idées inattendues.

Avec ce mode d'expression original, Andersen innovait résolument. Pour s'en convaincre, il n'est que de prendre connaissance des critiques acerbes qui lui furent adressées au début au Danemark. On lui reprochait tout simplement de ne pas savoir écrire.

En réalité, avec ce qu'on pourrait appeler sa « décontraction » stylistique, Andersen a fait école dans son pays et dans toute la Scandinavie, où l'écart entre le langage parlé et le langage écrit est de toute façon bien plus réduit qu'en français. Son influence est encore sensible à l'époque contemporaine dans un bon nombre de nouvelles danoises, comme par exemple celles de l'écrivain Villy Sørensen (1929-2001).

Signalons enfin que les textes sont présentés dans l'ordre chronologique de leur parution et que les notes qui les accompagnent doivent beaucoup à l'édition savante des *Contes* d'Andersen en sept volumes, réalisée sous l'égide de Det danske sprog- og litteraturselskab, avec le concours de Erik Dal, Erling Nielsen et Flemming Hovmann, et publiée à Copenhague de 1963 à 1990.

Passionné de culture danoise, Michel Forget a relu atentivement cette traduction. Qu'il soit ici remercié pour ses nombreuses suggestions judicieuses.

Marc AUCHET

# RÉFÉRENCES BIBLIOGRAPHIQUES

L'œuvre et la vie d'Andersen ont donné lieu, dans les pays scandinaves et en particulier au Danemark, à une multitude d'études spécialisées. Il en va différemment en France où l'auteur des *Contes* n'a pas suscité beaucoup d'intérêt chez les chercheurs.

## *L'œuvre d'Andersen*

Le public français dispose d'assez nombreuses traductions partielles des *Contes*, certaines d'entre elles étant très anciennes, et de deux traductions intégrales :

— Celle de P. G. La Chesnais, parue au Mercure de France, rééditée en 1988 dans la collection « 1000 pages », reprend une publication plus ancienne. De l'avis de tous les connaisseurs, elle est trop littérale et n'a pas les qualités stylistiques requises.

— Celle de Régis Boyer, dans la collection « Bibliothèque de la Pléiade », aux éditions Gallimard, date de 1992. Elle est très fidèle à l'original et a en outre l'immense mérite d'être assortie d'un riche appareil de notes et de commentaires, qui fait de ce volume une mine de renseignements précieux et fiables. Pour ce premier tome de son Andersen, comme pour le second, paru en 1995, qui réunit plusieurs romans et récits de voyages, les lecteurs français peuvent se féliciter de ce que Régis Boyer – en plus de ses commentaires propres – leur ait rendu accessibles les résultats des recherches des meilleurs spécialistes danois.

28 *Contes*

## Quelques monographies et études

Böök, Frederik, *Hans Christian Andersen*, traduit du suédois par T. Hammar et M. Metzger, éditions Je sers, 1942.

Bredsdorff, Elias, *Hans Christian Andersen*, traduit de l'anglais par Claude Carme, Presses de la Renaissance, 1989.

Flahault, François, *L'Extrême Existence. Essai sur les représentations mythiques de l'intériorité*, Maspero, 1972. Renferme une longue et intéressante étude sur « La Reine des Neiges », dans la deuxième partie.

Jan, Isabelle, *Andersen et ses contes, Essai suivi de cinq contes*, Aubier, 1977.

Stirling, Monica *Le Cygne sauvage, Andersen et son temps*, traduit de l'anglais, Jean-Jacques Pauvert, 1966.

Wullschlager, Jackie, *Hans Christian Andersen. The Life of a Storyteller*, Penguin, 2000 (version danoise : *H. C. Andersen. En biografi*, Hans Reitzels Forlag, 2002).

# REPÈRES BIOGRAPHIQUES

**2 avril 1805** Naissance de Hans Christian Andersen à Odense, île de Fionie, deuxième ville du Danemark, dans le foyer d'un pauvre cordonnier et d'une lavandière.

**1816** Mort de son père, qui s'était enrôlé dans les armées napoléoniennes et était revenu malade après la guerre.

**1819** Le jeune Andersen part pour Copenhague, où il reste trois ans, pendant lesquels il gravite autour du monde du théâtre, prend des leçons de chant, de danse, fait un peu de figuration, écrit ses premiers essais dramatiques. Tout échoue. L'un des directeurs du Théâtre Royal, Jonas Collin, le prend néanmoins sous sa protection et fait en sorte qu'il puisse faire quelques études.

**1822-1827** Études secondaires aux collèges de Slagelse et Elseneur. Ces cinq années sous la férule du sévère Meisling sont un calvaire pour le jeune homme, mais il est assidu au travail. Son bienfaiteur, Collin, finit par comprendre la situation et le fait revenir à Copenhague.

**1828** Andersen est reçu au baccalauréat, à l'âge de vingt-trois ans. Il va désormais se consacrer au travail littéraire.

**1829** Il publie sa première œuvre en prose, *Voyage à pied du canal de Holmen à la pointe est d'Amager*, récit plein de fantaisie, à la manière de E. T. A. Hoffmann, qui rencontre un certain succès. Le Théâtre

Royal joue pour la première fois une de ses œuvres :
*Amour sur la tour Nicolas*.

**1830** Voyage au Jutland. Première déception amoureuse (Riborg Voigt). Premier recueil de poèmes.

**1831** Premier voyage à l'étranger (Allemagne, où il
rencontre Ludwig Tieck et Adelbert von Chamisso). Il
en rapporte un récit de voyage, *Silhouettes d'un voyage
dans le Harz*, qui imite les *Reisebilder* de Heinrich
Heine.

**1833-1834** Une bourse de deux ans lui permet de
faire son premier grand voyage, qui le mène en France,
en Suisse, en Allemagne, en Autriche et surtout en
Italie.

**1835** Il publie son premier roman, *L'Improvisateur*
– très bien reçu par la critique –, et ses deux premiers
recueils de *Contes racontés pour les enfants*.

**1836** Parution d'un nouveau roman, *O. T.*

**1837** Voyage en Suède, où il rencontre la roman-
cière Fredrika Bremer. Nouveau roman, *Rien qu'un
violoneux*, à forte composante autobiographique.
Xavier Marmier, homme de lettres français, le rencontre à Copenhague et publie dans *La Revue de Paris*
un article biographique sur son compte qui assure sa
réputation dans l'Europe entière.

**1838** Attribution d'une pension annuelle d'écrivain
qui le met à l'abri des problèmes matériels. Sous le
titre *Des papiers d'un homme encore en vie*, le philo-
sophe Kierkegaard consacre son premier livre à un
long compte rendu dans lequel il éreinte le roman *Rien
qu'un violoneux*, paru l'année précédente.

**1840** Long voyage qui mène Andersen jusqu'en Turquie. Première rencontre avec la cantatrice suédoise
Jenny Lind.

**1842** Récit de voyage : *Le Bazar d'un poète*.

**1843** Voyage à Paris, où il côtoie nos plus grands
écrivains. Nouvelle série de recueils de contes, sans le
sous-titre « racontés pour les enfants ».

**1844** Amitié avec le grand-duc de Saxe-Weimar, qui
voudrait qu'Andersen s'installe à Weimar.

**1847** Voyage triomphal en Angleterre et en Écosse. Il fait la connaissance de Dickens. Son éditeur allemand fait paraître le récit autobiographique *Das Märchen meines Lebens ohne Dichtung* (« Le conte de ma vie sans poésie »), pour accompagner une édition de ses œuvres complètes.

**1848** Roman *Les Deux Baronnes*. Premiers contes traduits en français.

**1849** Voyage en Suède. Le récit *En Suède* paraîtra deux ans plus tard.

**1853** L'édition danoise de ses *Œuvres complètes* commence à paraître.

**1855** *Le Conte de ma vie* paraît au Danemark, l'année du cinquantième anniversaire d'Andersen.

**1857** Séjour en Angleterre. Andersen est l'hôte de Dickens pendant un mois. Roman *Être ou ne pas être*.

**1862-1863** Voyage en Espagne. Il en publiera le récit en 1863.

**1867** Citoyen d'honneur de sa ville natale, Odense.

**1870** Sixième et dernier roman, *Peer-le-Chanceux*. Nettement diminué au point de vue physique, Andersen continue néanmoins à voyager jusqu'en 1873.

**1872** Il publie ses derniers contes.

**4 août 1875** Andersen meurt dans la propriété de la famille Melchior.

## LE BRIQUET

Un soldat arrivait au pas sur la grand-route, une,
deux, une, deux ! Il avait son sac sur le dos et un sabre
au côté, car il avait été à la guerre, et maintenant il
fallait qu'il rentre chez lui. Et voilà qu'il rencontra une
vieille sorcière sur la grand-route. Elle était d'une laideur repoussante, sa lèvre inférieure lui pendait jusque
sur la poitrine. Elle dit : « Bonsoir, soldat ! Comme tu
as un beau sabre et un grand sac à dos. Tu es un vrai
soldat ! Maintenant, tu vas avoir autant d'argent que tu
en voudras !

— Merci, vieille sorcière ! » dit le soldat.

« Tu vois ce grand arbre ? dit la sorcière en montrant
l'arbre qui était juste à côté d'eux. Il est tout creux à
l'intérieur ! Tu vas grimper tout en haut, puis tu verras
un trou par lequel tu te laisseras glisser et tu descendras
tout au fond de l'arbre ! Je vais t'attacher une corde
autour de la taille pour pouvoir te faire remonter quand
tu m'appelleras !

— Et qu'est-ce que je dois faire au fond de l'arbre ? » demanda le soldat.

« Chercher de l'argent ! dit la sorcière. Il faut que tu
saches que lorsque tu arriveras au fond de l'arbre, tu
seras dans un grand couloir qui sera tout éclairé, car il
y brûle plus de cent lampes. Tu verras alors trois
portes, et tu pourras les ouvrir. La clef est dessus. Si
tu entres dans la première pièce, tu verras un grand
coffre au milieu, sur le plancher, et il y aura un chien

dessus. Il a une paire d'yeux aussi grands que deux
tasses à thé, mais il ne faut pas t'en soucier ! Je te
donne mon tablier à carreaux bleus, tu pourras
l'étendre sur le sol. Va vite jusqu'au chien, prends-le,
place-le sur mon tablier, ouvre le coffre et prends
autant de schillings que tu veux. Ils sont tous en cuivre,
mais si tu préfères l'argent, il faut que tu entres dans
la pièce suivante. Mais là, il y a un chien qui a une
paire d'yeux comme des roues de moulin, mais il ne
faut pas t'en soucier, place-le sur mon tablier et prends
de l'argent ! Mais si tu préfères de l'or, tu peux aussi
en avoir, autant que tu pourras en porter, si tu entres
dans la troisième pièce. Mais le chien qui est sur ce
coffre plein d'argent a deux yeux qui sont aussi grands
que la Tour ronde [1]. C'est un vrai chien, tu peux m'en
croire ! Mais il ne faut pas t'en soucier ! Place-le simplement sur mon tablier, et il ne te fera rien, et prends
autant d'or que tu veux dans le coffre !

— Voilà qui n'est pas mal, dit le soldat. Mais
qu'est-ce que je dois te donner, vieille sorcière ? Car
tu veux certainement avoir quelque chose, toi aussi, je
pense ?

— Non, dit la sorcière, je ne veux pas le moindre
schilling ! Tu n'as qu'à m'amener un vieux briquet que
ma grand-mère a oublié quand elle est allée au fond la
dernière fois !

— Eh bien, mets-moi la corde autour de la taille !

— La voilà ! dit la sorcière. Et voilà mon tablier à
carreaux bleus. »

Puis le soldat grimpa à l'arbre, se laissa tomber au
fond du trou et maintenant, comme la sorcière l'avait
dit, il était dans le grand couloir où brûlaient les centaines de lampes.

Il ouvrit alors la première porte. Oh ! le chien était
là avec des yeux aussi grands que des tasses à thé et il
le regardait fixement.

---

1. La Tour ronde (*Rundetårn*) est un des nombreux monuments dus au
roi bâtisseur Christian IV. Elle est située en plein centre de Copenhague.

« Tu es un brave garçon ! » dit le soldat. Il le plaça sur le tablier de la sorcière et prit autant de schillings de cuivre qu'il pouvait en mettre dans sa poche, il ferma le coffre, y replaça le chien et entra dans la deuxième pièce. Holà ! le chien était là, les yeux aussi grands que des roues de moulin.

« Tu ne devrais pas me regarder comme ça ! dit le soldat. Cela pourrait te faire mal aux yeux ! » Et il mit le chien sur le tablier de la sorcière, mais quand il vit la grande quantité de pièces d'argent qui était dans le coffre, il jeta toutes les pièces de cuivre qu'il avait et remplit sa poche et son sac à dos uniquement avec de l'argent. Puis il entra dans la troisième pièce. Oh ! comme c'était repoussant ! Le chien qui s'y trouvait avait vraiment deux yeux aussi grands que la Tour ronde ! et ils tournaient dans sa tête comme des roues !

« Bonsoir ! » dit le soldat en ôtant sa casquette, car il n'avait jamais vu un chien comme celui-là, mais après l'avoir un peu regardé, il pensa que cela suffisait, il le mit sur le plancher et ouvrit le coffre. Juste ciel ! quelle quantité d'or ! Il y en avait assez pour acheter tout Copenhague, ainsi que les cochons en sucre des vendeuses de gâteaux, tous les soldats de plomb, les fouets et les chevaux à bascule du monde entier ! Cela en représentait de l'argent ! Le soldat jeta alors tous les schillings d'argent dont il avait rempli ses poches et son sac à dos, et il prit de l'or à la place, et toutes ses poches, son sac à dos, sa casquette et ses bottes en furent remplis, si bien qu'il pouvait à peine marcher ! Maintenant, il en avait de l'argent ! Il mit le chien sur le coffre, ferma la porte et cria du bas de l'arbre :

« Fais-moi remonter, vieille sorcière !

— Tu as pris le briquet ? » demanda la sorcière.

« C'est vrai, dit le soldat, je l'avais complètement oublié », et il alla le prendre. La sorcière le fit remonter, et il se retrouva sur la grand-route, les poches, les bottes, le sac à dos et la casquette remplis d'argent.

« Que veux-tu donc faire avec ce briquet ? » demanda le soldat.

« Cela ne te regarde pas ! dit la sorcière. Maintenant, tu as de l'argent ! Donne-moi donc le briquet !

— Taratata ! dit le soldat. Tu vas me dire tout de suite ce que tu veux en faire, sinon je sors mon sabre et je te coupe la tête !

— Non », dit la sorcière.

Et le soldat coupa la tête de la sorcière. Elle était là, par terre ! Mais il mit tout son argent dans son tablier, le prit comme un balluchon sur son dos, mit le briquet dans sa poche et partit aussitôt pour la ville.

C'était une belle ville, et il descendit dans la plus belle auberge, demanda les plus beaux appartements et la nourriture qu'il aimait bien, car maintenant, il était riche, puisqu'il avait tellement d'argent.

Le domestique qui devait nettoyer ses chaussures trouva certes que c'étaient des vieilles bottes bien curieuses pour un monsieur aussi riche, mais il ne s'en était pas encore acheté des neuves. Le lendemain, il eut des bottes pour se déplacer et de beaux habits ! Le soldat était devenu maintenant un monsieur distingué, et les gens lui parlèrent de la splendeur de leur ville et de leur roi, et ils lui dirent combien sa fille était une charmante princesse.

« Où peut-on la voir ? » demanda le soldat.

« On n'a pas du tout le droit de la voir ! dirent-ils unanimement. Elle habite dans un grand château de cuivre, entouré de beaucoup de murailles et de tours ! Personne d'autre que le roi ne peut lui rendre visite, car il a été prédit qu'elle se marierait avec un soldat tout ordinaire, et le roi n'aime pas cela !

— J'aimerais bien la voir », pensa le soldat, mais il était impossible qu'il obtienne la permission !

Il menait maintenant joyeuse vie, allait au théâtre, se promenait en voiture dans le jardin du roi, et donnait beaucoup d'argent aux pauvres, et c'était très bien de sa part ! Il était jadis passé par là, il savait combien c'était dur de ne pas avoir le sou ! Il était riche, maintenant, il avait de beaux habits, et il eut alors beaucoup d'amis, qui disaient tous que c'était un bon garçon, un

vrai homme du monde, et le soldat aimait bien cela !
Mais comme il dépensait de l'argent tous les jours, et
qu'il n'en gagnait pas par ailleurs, il ne lui resta pour
finir que deux schillings et il dut quitter les beaux
appartements où il avait habité, et monter dans une
toute petite chambre juste sous le toit, brosser lui-
même ses bottes, et les recoudre avec une aiguille à
repriser, et aucun de ses amis ne vint le voir, car il
fallait monter beaucoup de marches.

Il faisait nuit noire, et il ne pouvait même pas
s'acheter une chandelle, mais il se souvint alors qu'il
y en avait un petit bout dans le briquet qu'il avait pris
dans l'arbre creux où la sorcière l'avait aidé à descendre. Il sortit le briquet et le bout de chandelle, mais
juste au moment où il battait le briquet et où les étincelles jaillissaient de la pierre, la porte s'ouvrit brusquement et le chien qui avait les yeux aussi grands que
des tasses à thé, et qu'il avait vu au fond de l'arbre, se
tint devant lui et dit : « Qu'ordonne mon maître ? »

« Comment ! dit le soldat. En voilà un bien curieux
briquet, avec lequel je peux avoir ce que je veux ! Pro-
cure-moi de l'argent », dit-il au chien, et hop ! il avait
disparu, hop ! il était de nouveau là, un grand sac plein
de schillings dans la gueule.

Maintenant, le soldat savait quoi penser de son beau
briquet ! S'il le battait une fois, c'était le chien qui était
sur le coffre avec les pièces en cuivre qui se présentait,
s'il le battait deux fois, c'était celui qui avait les pièces
d'argent qui venait, et s'il le frappait trois fois, c'était
celui qui avait l'or qui venait. Le soldat redescendit
alors dans les beaux appartements, il mit ses beaux
habits, et tous ses amis le reconnurent aussitôt, et ils
l'aimaient beaucoup.

Une pensée lui vint alors : « C'est tout de même
bien étrange qu'on ne puisse pas voir cette princesse !
Tout le monde dit qu'elle est tellement charmante !
Mais à quoi cela sert-il si elle est obligée de rester
constamment dans le grand château de cuivre aux nombreuses tours. Est-ce que je ne peux absolument pas la

voir ? Où est donc mon briquet ? » Il le fit marcher, et hop ! le chien aux yeux aussi grands que des tasses à thé se présenta.

« Il est vrai que nous sommes en pleine nuit, dit le soldat, mais j'aimerais tellement voir la princesse ne serait-ce qu'un instant ! »

Le chien avait déjà franchi la porte, et avant même que le soldat ait eu le temps de se retourner, il était de nouveau là avec la princesse. Elle était sur le dos du chien et elle dormait, et elle était tellement charmante que tout le monde pouvait voir que c'était une vraie princesse. Le soldat ne put pas se retenir, il fallut absolument qu'il l'embrasse, car c'était un vrai soldat.

Le chien repartit alors avec la princesse, mais quand le matin fut venu, à l'heure où le roi et la reine prenaient le thé, la princesse dit qu'elle avait fait cette nuit-là un curieux rêve où il y avait un chien et un soldat. Elle avait chevauché le chien, et le soldat l'avait embrassée.

« En voilà une belle histoire ! » dit la reine.

Il fallut qu'une des vieilles dames d'honneur veille près du lit de la princesse la nuit suivante, pour voir si c'était un vrai rêve ou pour savoir de quoi il s'agissait.

Le soldat avait terriblement envie de revoir la charmante princesse, et le chien vint la nuit, l'emporta et courut du plus vite qu'il put, mais la vieille dame d'honneur enfila des bottes imperméables et le poursuivit à la même vitesse. Lorsqu'elle vit qu'ils disparaissaient dans une grande maison, elle pensa : « Maintenant, je sais où c'est », et elle traça une grande croix avec un morceau de craie sur la porte. Puis elle rentra chez elle et se coucha, et le chien revint aussi avec la princesse. Mais quand il vit qu'on avait tracé une croix sur la porte où habitait le soldat, il prit lui aussi un morceau de craie et traça des croix sur toutes les portes dans la ville entière, et c'était habile de sa part, car maintenant la dame d'honneur ne pouvait pas trouver la bonne porte, puisqu'il y avait des croix sur chacune d'elles.

Tôt le matin, le roi et la reine, la vieille dame d'honneur et tous les officiers vinrent pour voir où la princesse était allée !

« C'est là ! » dit le roi, lorsqu'il vit la première porte où il y avait une croix.

« Non, c'est là, mon cher époux ! » dit la reine, qui vit la deuxième porte où il y avait une croix.

« Mais il y en a une là, et il y en a une là ! » dirent-ils tous. Partout où ils regardaient, ils voyaient des croix sur les portes. Et ils comprirent qu'il ne servait à rien de chercher.

Mais la reine était une femme très avisée, qui était capable d'autre chose que de rouler en carrosse. Elle prit ses grands ciseaux d'or, découpa des morceaux dans une grande pièce de soie et elle confectionna un joli petit sac qu'elle remplit de fine farine de blé noir, l'attacha sur le dos de la princesse, et une fois que ce fut fait, elle fit un petit trou dans le sac, pour que la farine tombe tout le long de la route que la princesse emprunterait.

La nuit, le chien revint, emporta la princesse sur son dos, et l'apporta en courant jusqu'au soldat qui l'aimait tellement, et qui aurait tellement voulu être un prince pour pouvoir la prendre pour femme.

Le chien ne remarqua pas du tout que la farine était tombée depuis le château jusqu'à la fenêtre du soldat par laquelle il passait après avoir escaladé le mur avec la princesse. Le matin, le roi et la reine virent où leur fille avait été et ils saisirent le soldat et le mirent au cachot.

Voilà où il se trouvait. Oh, comme il faisait sombre et comme il s'ennuyait ! Ils lui dirent alors : « Demain, tu seras pendu ! » Cela ne faisait pas plaisir à entendre, et il avait oublié son briquet chez lui, à l'auberge. Le matin, au travers des barreaux de fer de la petite fenêtre, il vit des gens qui se dépêchaient de sortir de la ville pour le voir pendre. Il entendit les tambours et vit les soldats marcher au pas. Tout le monde partait en courant. Il y avait aussi un apprenti cordonnier qui portait un tablier de cuir et des pantoufles. Il galopait tellement vite qu'une de ses pantoufles vola et vint frapper contre le mur où le soldat était en train de regarder entre les barreaux de fer.

« Eh ! apprenti cordonnier ! Ne te dépêche pas comme ça ! lui dit le soldat. Il ne se passera rien avant que j'arrive ! Mais tu ne voudrais pas courir jusqu'à l'endroit où j'ai habité, pour aller chercher mon briquet ? Je te donnerai quatre schillings, mais il faut que tu coures à toutes jambes ! » L'apprenti cordonnier avait fort envie d'avoir les quatre schillings et il partit comme une flèche pour aller chercher le briquet, le donna au soldat, et... écoutons la suite !

En dehors de la ville, on avait installé une grande potence, et tout autour, il y avait des soldats et des centaines de milliers de personnes. Le roi et la reine étaient assis sur un joli trône, juste en face du juge et de tout le conseil.

Le soldat était déjà en haut de l'échelle, mais lorsqu'ils voulurent lui passer la corde au cou, il dit qu'avant qu'il purge sa peine, on faisait toujours en sorte qu'un pécheur obtienne la réalisation d'un souhait innocent. Il avait tellement envie de fumer une pipe, et ce serait bien sûr la dernière pipe qu'il aurait dans ce monde.

Le roi ne voulut pas dire non, et le soldat prit alors son briquet, le battit, un, deux, trois ! et tous les chiens étaient là, celui qui avait des yeux aussi grands que des tasses à thé, celui qui avait des yeux comme une roue de moulin, et celui qui avait des yeux aussi grands que la Tour ronde !

« Aidez-moi maintenant pour que je ne sois pas pendu ! » dit le soldat, et les chiens se précipitèrent sur les juges et tout le conseil, attrapèrent l'un par les jambes, l'autre par le nez et les jetèrent en l'air à plusieurs toises de hauteur, si bien qu'ils partirent en morceaux lorsqu'ils retombèrent.

« Je ne veux pas ! » dit le roi, mais le plus grand chien le saisit, ainsi que la reine, et il les jeta derrière

tous les autres. Les soldats prirent peur et tout le
monde cria : « Petit soldat, tu seras notre roi et tu auras
la charmante princesse ! »

Ils placèrent alors le soldat dans le carrosse du roi,
et les trois chiens le précédèrent en dansant et en criant
« Hourra ! », et les garçons sifflèrent dans leurs doigts
et les soldats présentèrent les armes. La princesse sortit
du château de cuivre et devint reine, et cela lui fit bien
plaisir ! Les noces durèrent huit jours, et les chiens
étaient à table, eux aussi, et ils ouvraient de grands
yeux.

## LA PRINCESSE SUR LE POIS

Il était une fois un prince, il était à la recherche d'une princesse, mais il voulait que ce soit une *vraie* princesse. Il fit donc le tour du monde pour en trouver une, mais il y avait toujours quelque chose qui n'allait pas : les princesses ne manquaient pas, mais il ne pouvait jamais être tout à fait sûr que c'étaient de *vraies* princesses. Il y avait toujours quelque chose qui n'était pas vraiment comme il fallait. Il revint alors chez lui, et il était bien triste, car il aurait tellement voulu avoir une vraie princesse.

Un soir, il faisait un temps horrible. Il y avait des éclairs et du tonnerre, la pluie tombait à torrents. C'était vraiment épouvantable ! Quelqu'un frappa à la porte de la ville et le vieux roi alla ouvrir.

C'était une princesse qui était dehors. Mais grand Dieu ! comme la pluie et l'orage l'avaient arrangée ! L'eau ruisselait de ses cheveux et de ses vêtements, entrait par la pointe de ses souliers, et sortait par le talon. Elle dit pourtant qu'elle était vraiment princesse.

« C'est ce que nous saurons bientôt ! » pensa la vieille reine, mais elle ne dit rien. Elle entra dans la chambre à coucher, ôta toute la literie, et plaça un pois au fond du lit. Ensuite elle prit vingt matelas, qu'elle mit sur le pois, et encore vingt édredons qu'elle entassa par-dessus les matelas.

C'était là que la princesse devait passer la nuit.

Le lendemain matin, on lui demanda comment elle avait dormi.

« Horriblement mal ! répondit-elle. J'ai à peine fermé l'œil de toute la nuit ! Dieu sait ce qu'il y avait dans le lit ? C'était quelque chose de dur. J'en ai des bleus sur tout le corps. C'est épouvantable ! »

On pouvait voir par là que c'était une véritable princesse, puisqu'elle avait senti un pois à travers vingt matelas et vingt édredons. Seule une princesse pouvait avoir la peau aussi délicate.

Le prince la prit alors pour femme, car il savait maintenant qu'il avait une vraie princesse, et le pois rejoignit la collection d'objets d'art, où il doit encore se trouver, si personne ne l'a pris.

Voilà, c'était une vraie histoire !

## LES FLEURS DE LA PETITE IDA

« Mes pauvres fleurs sont toutes mortes ! dit la petite
Ida. Elles étaient si jolies hier soir, et maintenant,
toutes les feuilles pendent ! Pourquoi se fanent-
elles ? » demanda-t-elle à l'étudiant qui était assis sur
le canapé, car elle l'aimait beaucoup. Il connaissait les
plus belles histoires, et il découpait des images amusantes : des cœurs dans lesquels il y avait de petites
dames qui dansaient, des fleurs et de grands châteaux
dont on pouvait ouvrir les portes. Il était amusant, cet
étudiant ! « Pourquoi les fleurs sont-elles si laides
aujourd'hui ? » demanda-t-elle encore, en lui montrant
tout un bouquet qui était complètement fané.

« Eh bien, sais-tu ce qui ne va pas ? dit l'étudiant.
Les fleurs ont été au bal cette nuit, et c'est pour cela
qu'elles gardent la tête baissée !

— Mais les fleurs ne savent pas danser ! » dit la
petite Ida.

« Si, dit l'étudiant, quand il fait nuit et que nous,
nous dormons, elles virevoltent joyeusement. Elles ont
un bal presque toutes les nuits.

— Est-ce qu'aucun enfant n'a le droit de venir à ce
bal ?

— Si, dit l'étudiant, de toutes petites marguerites et
des brins de muguet !

— Comment dansent les plus belles fleurs ? »
demanda la petite Ida.

« Est-ce que tu n'as pas souvent été devant le portail

du grand château où le roi habite pendant l'été, où il y a le grand jardin plein de fleurs ? Tu as certainement vu les cygnes venir vers toi en nageant, quand tu voulais leur donner des miettes de pain. On y organise de jolis bals, tu peux me croire !

— J'ai été dans ce jardin hier avec ma mère ! dit Ida. Mais toutes les feuilles étaient tombées des arbres et il n'y avait plus aucune fleur ! L'été dernier, j'en ai vu tellement.

— Elles sont à l'intérieur du château ! dit l'étudiant. Il faut que tu saches que, dès que le roi et tous les gens de la cour viennent s'installer en ville, les fleurs quittent aussitôt le jardin en courant pour entrer dans le château et s'y amuser. Si tu voyais cela ! Les deux roses les plus belles s'asseyent sur le trône, et elles sont le roi et la reine. Toutes les amarantes rouges prennent place à côté, elles restent debout et font des courbettes, car elles sont des chambellans. Ensuite arrivent toutes les fleurs les plus ravissantes, et il y a un grand bal, les violettes bleues représentent de petits cadets de la marine, ils dansent avec des jacinthes et des crocus, qu'ils appellent "mademoiselle" ! Les tulipes et les grands lys jaunes sont de vieilles dames qui veillent à ce que la danse reste correcte et que tout se passe comme il faut !

— Mais, demanda la petite Ida, est-ce que personne ne vient gronder les fleurs parce qu'elles dansent dans le château du roi ?

— Personne n'en sait trop rien ! dit l'étudiant. Parfois, la nuit, il arrive que le vieil intendant du château vienne faire un tour, c'est lui qui surveille là-bas. Il a avec lui un grand trousseau de clés, mais dès que les fleurs entendent le bruit des clés, elles font le silence complet, se cachent derrière les longs rideaux et on ne voit plus que leur tête dépasser. "Je sens qu'il y a des fleurs ici !" dit le vieil intendant du château, mais il ne peut pas les voir.

— Voilà qui est amusant ! dit la petite Ida en frappant dans les mains. Mais est-ce que moi non plus je ne pourrai pas voir les fleurs ?

— Si, dit l'étudiant. La prochaine fois que tu iras, il suffira que tu penses à regarder à la fenêtre, et tu les verras certainement. C'est ce que j'ai fait aujourd'hui. Une grande jonquille jaune était allongée sur le canapé et elle s'étirait, c'était une dame d'honneur.

— Est-ce que les fleurs du jardin botanique peuvent y aller, elles aussi ? Est-ce qu'elles peuvent faire ce long trajet ?

— Mais bien sûr ! dit l'étudiant, car si elles le veulent elles peuvent voler. N'as-tu jamais vu les beaux papillons, les rouges, les jaunes et les blancs, on dirait presque que ce sont des fleurs, et c'en était vraiment au départ, ils ont sauté très haut en l'air, en quittant leur tige, et ils ont déployé leurs pétales, comme si c'étaient de petites ailes, et ils se sont mis à voler. Et comme ils se sont bien conduits, ils ont eu la permission de voler aussi de jour. Ils ne sont pas obligés de rentrer chez eux, et de rester sans bouger sur leur tige, et pour finir, leurs pétales se sont transformés en véritables ailes. Tu l'as bien vu toi-même ! Il se peut fort bien que les fleurs du jardin botanique n'aient jamais été dans le château du roi, et qu'elles ne sachent pas qu'on s'y amuse si bien la nuit. C'est pourquoi je vais te dire une chose ! Et il sera très étonné le professeur de botanique qui habite à côté, tu le connais bien, non ? Quand tu entreras dans son jardin, tu raconteras à l'une des fleurs qu'il y a un grand bal au château, et elle le répétera à toutes les autres, si bien qu'elles s'envoleront toutes. Et quand le professeur sortira dans le jardin, il n'y aura plus la moindre fleur, et il ne comprendra pas du tout où elles sont passées.

— Mais comment la fleur pourra-t-elle le dire aux autres ? Les fleurs ne savent pas parler ?

— Non, c'est vrai ! répondit l'étudiant, mais elles savent jouer la pantomime ! Tu n'as jamais vu que lorsqu'il y a un peu de vent, les fleurs secouent la tête et toutes les feuilles vertes bougent, elles s'expriment aussi clairement que si elles parlaient.

— Est-ce que le professeur comprend la pantomime ? » demanda Ida.

« Oui, bien sûr. Un matin, il est descendu dans son jardin et il a vu une grande ortie qui était en train de jouer la pantomime avec ses feuilles en s'adressant à un charmant œillet rouge. Elle disait : "Tu es ravissante et je t'aime bien !" Mais le professeur n'aime pas du tout ce genre de choses, si bien qu'il a tout de suite donné à l'ortie un coup sur les feuilles, car ce sont ses doigts, mais il s'est brûlé et depuis ce temps-là, il n'ose plus toucher une ortie.

— Voilà qui est amusant ! » dit la petite Ida en riant.

« A-t-on idée de faire croire des choses pareilles à cette enfant ! » dit l'ennuyeux conseiller de chancellerie qui était en visite et s'était assis sur le canapé. Il n'aimait pas du tout l'étudiant et ronchonnait tout le temps quand il le voyait découper ses images bizarres et amusantes. C'était tantôt un homme pendu à une potence, qui tenait un cœur à la main, car il s'y entendait à conquérir les cœurs, tantôt une vieille sorcière qui chevauchait un balai et qui portait son mari sur le nez. Le conseiller de chancellerie n'aimait pas cela et il disait toujours, comme il venait de le faire : « A-t-on idée de faire croire des choses pareilles à cette enfant ! C'est de l'imagination, ce sont des stupidités ! »

Mais la petite Ida trouvait pourtant amusant ce que l'étudiant disait de ses fleurs, et elle réfléchit beaucoup à la question. Les fleurs avaient la tête baissée parce qu'elles étaient fatiguées d'avoir dansé toute la nuit, elles étaient certainement malades. Elle les amena alors près de ses autres jouets, qui se trouvaient sur une jolie petite table, et tout le tiroir était rempli d'affaires. Sa poupée, Sophie, était couchée dans le lit de poupée, elle dormait, mais la petite Ida lui dit : « Il faut absolument que tu te lèves, Sophie, et que tu te contentes de dormir dans le tiroir pour cette nuit, les pauvres fleurs

sont malades et il faut qu'elles dorment dans ton lit,
peut-être que cela leur permettra de guérir ! » Puis elle
prit la poupée, mais elle avait l'air renfrogné et elle ne
dit pas un mot, car elle était en colère, parce qu'elle ne
pouvait pas garder son lit.

Ida mit alors les fleurs dans le lit de poupée, tira la
petite couverture jusqu'en haut, les borda, et dit qu'il
fallait qu'elles soient gentilles, et qu'elles restent très
tranquilles. Pendant ce temps-là, elle allait leur préparer du thé, pour qu'elles guérissent et qu'elles se lèvent
le lendemain. Puis elle tira soigneusement les rideaux
qui entouraient le lit pour qu'elles n'aient pas le soleil
dans les yeux.

Pendant toute la journée, elle ne put s'empêcher de
penser à ce que l'étudiant lui avait raconté, et quand
elle dut aller elle-même au lit, elle se glissa d'abord
derrière les rideaux qui étaient suspendus devant les
fenêtres où sa mère entretenait de superbes fleurs, des
jacinthes et des tulipes, et elle chuchota tout doucement : « Je sais bien que vous allez au bal cette nuit ! »
Mais les fleurs firent comme si elles n'y comprenaient
rien et elles ne bougèrent pas la moindre feuille, mais
la petite Ida savait bien ce qu'elle savait.

Une fois au lit, elle passa beaucoup de temps à imaginer combien ce serait charmant de voir les jolies fleurs
danser dans le château du roi. « Je me demande bien si
mes fleurs sont déjà allées à ce bal ? » Puis elle s'endormit. Dans le courant de la nuit, elle se réveilla. Elle avait
rêvé des fleurs et de l'étudiant, que le conseiller de chancellerie grondait en disant qu'il voulait lui faire croire
des choses. Il n'y avait aucun bruit dans la chambre à
coucher où se trouvait Ida. La veilleuse brûlait sur la
table de nuit, et son père et sa mère dormaient.

« Je me demande si mes fleurs sont toujours dans le
lit de Sophie ? se dit-elle. Comme je voudrais bien le
savoir ! » Elle se releva un peu et regarda vers la porte
qui était entrebâillée. C'est là qu'étaient les fleurs et
tous ses jouets. Elle tendit l'oreille, et elle eut alors
l'impression qu'on jouait du piano dans le salon, mais

très doucement, et c'était plus charmant que tout ce qu'elle avait entendu jusque-là.

« Les fleurs sont certainement en train de danser dans la pièce, dit-elle. Oh, mon Dieu ! comme je voudrais bien voir cela ! » Mais elle n'osait pas se lever, car cela aurait réveillé son père et sa mère. « Si seulement elles voulaient entrer dans la chambre », dit-elle. Mais les fleurs ne vinrent pas, et la musique continua, si charmante qu'elle n'y tint plus, car c'était beaucoup trop beau. Elle sortit de son petit lit, s'avança tout doucement jusqu'à la porte et jeta un coup d'œil dans le salon. Comme elle en vit des choses amusantes !

Il n'y avait pas du tout de veilleuse, mais il faisait très clair malgré tout. La lumière de la lune pénétrait par la fenêtre et éclairait le plancher ! On se serait presque cru en plein jour. Toutes les jacinthes et les tulipes avaient formé deux longues rangées dans la pièce, il n'y en avait plus aucune devant la fenêtre, les pots étaient vides. Sur le plancher, toutes les fleurs dansaient très gracieusement en tournant l'une autour de l'autre, elles faisaient la ronde et se tenaient par leurs longues feuilles vertes quand elles virevoltaient. Mais près du piano, il y avait un grand lys jaune que la petite Ida était sûre d'avoir vu au cours de l'été, car elle se rappelait que l'étudiant avait dit : « Oh, comme il ressemble à mademoiselle Line. » Mais tout le monde s'était moqué de lui. Et maintenant, Ida trouvait elle aussi que la longue fleur jaune ressemblait à la demoiselle. En effet, elle prenait les mêmes airs quand elle jouait, elle penchait son visage jaune allongé tantôt d'un côté, tantôt de l'autre, et elle marquait le rythme de la ravissante musique en hochant la tête. Personne ne faisait attention à la petite Ida. Elle vit ensuite un grand crocus bleu sauter au beau milieu de la table où étaient les jouets, aller tout droit jusqu'au lit de poupée et écarter les rideaux. C'est là que se trouvaient les fleurs malades, mais elles se levèrent aussitôt et firent un signe de tête à celles qui étaient en bas pour leur dire qu'elles voulaient danser, elles aussi. Le brûle-parfum, un vieux bonhomme qui avait la lèvre du bas cassée, se leva et s'inclina devant les belles fleurs. Elles n'avaient pas du tout l'air malade. Elles sautèrent pour rejoindre les autres par terre et elles étaient très contentes.

On aurait dit que quelque chose tombait tout à coup de la table. Ida regarda dans cette direction, c'était le paquet de verges de la mi-carême qui avait sauté sur le sol. Elle estimait elle aussi qu'elle faisait partie des fleurs. Il faut reconnaître qu'elle était très jolie, et elle se terminait pas une petite poupée de cire qui avait sur la tête un large chapeau, comme celui que portait le conseiller de chancellerie. Le paquet de verges de la mi-carême se posa sur ses trois jambes de bois rouges juste au milieu des fleurs, et elle frappait très fort le sol avec ses pieds, car elle dansait la mazurka, et c'était une danse que les autres fleurs ne connaissaient pas, parce qu'elles étaient très légères et qu'elles ne pouvaient pas frapper le sol avec les pieds.

La poupée de cire qui était sur le paquet de verges de la mi-carême grandit tout à coup et s'allongea, tournoya au-dessus des fleurs de papier et cria à haute voix : « A-t-on idée de faire croire des choses pareilles à une enfant ? C'est de l'imagination, ce sont des stupidités ! » Et la poupée de cire ressemblait à s'y tromper au conseiller de chancellerie au chapeau large. Elle avait le teint jaune et l'air aussi renfrogné que lui, mais les fleurs de papier lui donnèrent des coups dans ses jambes maigres, si bien qu'elle se recroquevilla et devint une minuscule poupée de cire. C'était très amusant à voir ! La petite Ida ne pouvait pas s'empêcher de rire. Le paquet de verges de la mi-carême continua à danser, et le conseiller de chancellerie fut obligé de danser aussi. Il avait beau grandir et s'allonger ou prendre la forme de la petite poupée de cire jaune au chapeau large, rien n'y faisait ! Les autres fleurs prirent alors sa défense, surtout celles qui avaient dormi dans le lit de poupée, et le paquet de verges de la mi-carême finit par s'arrêter. Au même moment, on entendit frapper très fort dans le tiroir. Le vieux brûle-parfum courut jusqu'au bord de la table, s'étendit de tout son long sur le ventre et arriva à entrouvrir le tiroir. Alors Sophie se leva et regarda autour d'elle, tout étonnée. « Mais il y a un bal, ici ! dit-elle, pourquoi personne ne me l'a-t-il dit ?

— Veux-tu danser avec moi ? » dit le brûle-parfum.

« Tu ne voudrais tout de même pas que je danse avec quelqu'un comme toi ! » dit-elle en lui tournant le dos. Elle s'assit ensuite sur le tiroir en pensant qu'une fleur viendrait sans doute l'inviter à danser, mais personne ne vint, et elle se mit à tousser, hum, hum, hum ! mais personne ne vint malgré tout. Le brûle-parfum dansa alors tout seul, et il ne s'en sortit pas si mal !

Comme aucune des fleurs ne semblait voir Sophie, elle se laissa tomber lourdement du tiroir sur le plancher, et cela fit beaucoup de bruit. Toutes les fleurs accoururent près d'elle et lui demandèrent si elle ne s'était pas fait mal, et elles furent toutes très gentilles avec elle, surtout les fleurs qui avaient été dans son lit. Mais elle ne s'était pas du tout fait mal, et toutes les fleurs d'Ida lui dirent merci de leur avoir prêté son bon lit, elles l'aimaient beaucoup et elles l'amenèrent au milieu de la pièce, à l'endroit où brillait la lune, elles dansèrent avec elle, et toutes les autres fleurs formèrent un cercle tout autour. Maintenant, Sophie était contente, et elle dit qu'elles pouvaient garder son lit. Elle n'avait pas du tout envie de dormir dans le tiroir.

Mais les fleurs dirent : « Merci beaucoup, mais nous ne pouvons pas vivre très longtemps ! Demain, nous serons toutes mortes, mais dis à la petite Ida qu'elle doit nous enterrer dans le jardin à l'endroit où se trouve le canari. Nous repousserons ainsi pour l'été et nous serons beaucoup plus belles !

— Non, il ne faut pas que vous mouriez ! » dit Sophie, et elle donna un baiser aux fleurs. Au même moment, la porte de la salle s'ouvrit, et toute une quantité de fleurs ravissantes entrèrent en dansant. Ida ne comprenait pas du tout d'où elles venaient. C'étaient certainement toutes les fleurs du château du roi. En tête, il y avait deux roses ravissantes, et elles portaient de petites couronnes d'or, c'étaient un roi et une reine, et ils étaient suivis des giroflées et des œillets les plus charmants qui soient, qui saluaient de tous côtés. Il y avait aussi de la musique, des coquelicots et des pivoines soufflaient si fort dans des cosses de pois qu'ils en devenaient tout rouges. Les campanules bleues et les petits perce-neige blancs tintaient, comme s'ils avaient eu des clochettes. C'était une musique bien amusante ! Beaucoup d'autres fleurs vinrent ensuite, et elles dansaient toutes, les violettes bleues, et les pâquerettes rouges, les marguerites et les brins de muguet. Et toutes les fleurs s'embrassaient, c'était un charmant spectacle.

Pour finir, les fleurs se souhaitèrent bonne nuit. Et la petite Ida retourna alors sans faire de bruit dans son lit, où elle rêva de tout ce qu'elle avait vu.

Lorsqu'elle se leva le lendemain matin, elle rejoignit rapidement la petite table, pour voir si les fleurs étaient encore là. Elle tira le rideau qui entourait le petit lit, mais oui, elles étaient toutes là, mais elles étaient toutes fanées, beaucoup plus que la veille. Sophie était dans le tiroir, là où elle l'avait mise. Elle semblait avoir fortement envie de dormir.

« Tu te souviens de ce que tu devais me dire ? » dit la petite Ida. Mais Sophie avait l'air très bête, et elle ne dit pas un mot.

« Tu n'es pas gentille du tout, dit Ida, et pourtant, elles ont toutes dansé avec toi. » Puis elle prit une petite boîte de papier sur laquelle on avait dessiné de jolis oiseaux. Elle l'ouvrit et y plaça les fleurs mortes. « Ce sera votre joli cercueil, dit-elle, et quand les cousins norvégiens viendront ici, ils m'aideront à vous enterrer dans le jardin, pour que vous puissiez pousser pour l'été et que vous soyez encore plus belles ! »

Les cousins norvégiens étaient deux garçons vifs, ils s'appelaient Jonas et Adolphe. Leur père avait fait

cadeau à chacun d'un arc, et ils les avaient apportés
pour les montrer à Ida. Elle leur parla des pauvres
fleurs qui étaient mortes, et elle leur permit de les
enterrer. Les deux garçons marchèrent devant, l'arc à
l'épaule, et la petite Ida les suivit en portant les fleurs
mortes dans la jolie boîte. On creusa une petite tombe
dans le jardin. Ida donna d'abord un baiser aux fleurs,
les mit ensuite dans la terre avec la boîte, et Adolphe
et Jonas tirèrent avec leurs arcs au-dessus de la tombe,
car ils n'avaient pas de fusils ni de canons.

## LA PETITE SIRÈNE

Bien loin dans la mer, l'eau est bleue comme les pétales du plus beau bleuet, pure comme le verre le plus transparent, mais elle est très profonde, plus profonde qu'aucune ancre ne peut atteindre. Il faudrait empiler une grande quantité de clochers pour monter du fond à la surface. C'est là en bas qu'habite le peuple de la mer.

Mais n'allez pas croire que le fond se compose uniquement de sable blanc et nu ; non, il y pousse les plantes et les arbres les plus bizarres qui sont si souples que le moindre mouvement de l'eau les fait s'agiter comme s'ils étaient vivants. Tous les poissons, petits et grands, se faufilent entre les branches comme les oiseaux ici dans l'air. À l'endroit le plus profond se trouve le château du roi de la mer, dont les murs sont de corail, les hautes fenêtres en ogive de bel ambre transparent, et le toit de coquillages qui s'ouvrent et se ferment au gré du courant. C'est joli à voir, car chacun des coquillages renferme des perles brillantes, une seule d'entre elles serait un superbe ornement dans la couronne d'une reine.

Depuis de nombreuses années, le roi de la mer était veuf, et sa vieille mère tenait sa maison. C'était une femme intelligente, mais fière de sa noblesse, c'est pourquoi elle portait douze huîtres à sa queue, tandis que les autres grands personnages n'avaient le droit d'en porter que six. Elle n'en méritait pas moins de grands éloges, en particulier parce qu'elle aimait beaucoup les petites princesses de la mer, ses petites-filles. C'étaient six enfants charmantes, mais la plus jeune était la plus belle de toutes : elle avait la peau claire et douce comme un pétale de rose, les yeux bleus comme le lac le plus profond ; mais, comme ses sœurs, elle n'avait pas de pieds, son corps se terminait par une queue de poisson.

Toute la journée, les enfants pouvaient jouer dans les grandes salles du château, où des fleurs vivantes poussaient sur les murs. Lorsqu'on ouvrait les grandes fenêtres d'ambre, les poissons nageaient jusqu'à elles, comme chez nous les hirondelles entrent en volant quand nous ouvrons, mais les poissons nageaient directement jusqu'aux petites princesses, ils mangeaient dans leur main et se laissaient caresser.

À l'extérieur du château, il y avait un grand jardin avec des arbres d'un rouge feu et d'un bleu sombre. Les fruits brillaient comme de l'or, et les fleurs comme un feu ardent, en agitant sans cesse leur tige et leurs feuilles. Le sol lui-même était fait du sable le plus fin, mais il était bleu, comme du soufre en combustion. Une étrange lueur bleue recouvrait tout, on aurait pu croire qu'on était bien haut dans l'air, et qu'on ne voyait que le ciel au-dessus et au-dessous, plutôt qu'au fond de la mer. Par calme plat, on pouvait apercevoir le soleil, on aurait dit une petite fleur pourpre dont le calice produisait toute la lumière en abondance.

Chacune des princesses avait dans le jardin sa petite parcelle qu'elle pouvait retourner et planter comme elle le voulait. L'une donna à son parterre de fleurs la forme d'une baleine, l'autre préféra que le sien ressemble à une petite sirène ; mais la plus jeune fit le sien rond comme le soleil, et n'y planta que des fleurs qui répandaient un éclat rouge comme lui. C'était une enfant étrange, silencieuse et réfléchie et, tandis que ses sœurs décoraient leur petit domaine avec les objets les plus curieux provenant des bâtiments naufragés, elle se contentait – hormis les fleurs rouges qui ressemblaient au soleil de là-haut – d'une jolie statue de marbre ; c'était un charmant petit garçon taillé dans la pierre blanche et claire, qui était tombé au fond de la mer lors d'un naufrage. Elle planta à côté de la statue un saule pleureur couleur de rose, qui poussait magnifiquement et la couvrait de ses branches fraîches qui retombaient jusque sur le sable bleu, où l'ombre prenait une couleur violette et s'agitait comme les branches. On aurait dit que la cime et les racines jouaient à s'embrasser.

Elle n'avait pas de plus grande joie que d'entendre parler du monde d'en haut où vivent les humains. Il fallait que sa vieille grand-mère lui dise tout ce qu'elle savait sur les bateaux, les villes, les hommes et les animaux. Elle s'émerveillait surtout de ce que, sur la terre, les fleurs aient un parfum, elles n'en ont pas au fond de la mer, de ce que les forêts y soient vertes, et de ce que les poissons qu'on voyait entre les branches puissent chanter si haut et si agréablement que c'en était un plaisir. C'étaient les petits oiseaux que la grand-mère appelait des poissons, sans quoi elle ne se serait pas fait comprendre, puisque ses petites-filles n'avaient jamais vu d'oiseau.

« Lorsque vous aurez quinze ans, dit la grand-mère, vous aurez la permission de monter à la surface de la mer et de vous asseoir au clair de lune sur des rochers, pour voir passer les grands bateaux, et vous verrez des forêts et des villes. » L'année suivante, l'aînée des sœurs devait avoir quinze ans, mais les autres... eh bien, comme il n'y avait qu'une année de différence entre chaque sœur, la plus jeune d'entre elles devait donc attendre encore cinq ans avant de pouvoir monter du fond de la mer, pour voir comment c'était chez nous. Mais l'une promettait toujours à l'autre de lui dire ce qu'elle avait vu et ce qu'elle avait trouvé de plus beau le premier jour ; car leur grand-mère n'en disait jamais assez et il y avait tellement de choses qu'elles voulaient savoir !

Aucune n'était aussi impatiente que la plus jeune,

justement celle qui avait le plus longtemps à attendre
et qui était si tranquille et si réfléchie. Souvent, la nuit,
elle se tenait près de la fenêtre ouverte et levait le
regard vers l'eau bleu sombre que les poissons battaient de leurs nageoires et de leur queue. Elle apercevait en effet la lune et les étoiles, leur éclat était certes
bien pâle, mais au travers de l'eau, elles semblaient
beaucoup plus grandes qu'à nos yeux. Si une sorte de
nuage noir passait sous elles, elle savait que c'était une
baleine ou un bateau plein de gens, ils ne pensaient
certainement pas qu'une charmante petite sirène étendait au-dessous d'eux ses mains blanches vers la quille.

L'aînée des princesses eut alors quinze ans, et elle
put monter à la surface de la mer.

Quand elle revint, elle avait cent choses à raconter,
mais le plus délicieux, disait-elle, c'était de rester étendue sur un banc de sable dans la mer calme et de voir
tout près du rivage la grande ville où les lumières brillaient comme des centaines d'étoiles, d'entendre la
musique et le brouhaha des voitures et des hommes, de
voir les nombreux clochers et leurs flèches, et d'entendre sonner les cloches. C'est justement parce qu'elle
ne pouvait pas y aller que tout cela lui faisait le plus
envie.

Oh ! comme sa petite sœur l'écouta attentivement,
et quand, plus tard dans la soirée, elle se tint près de
la fenêtre ouverte, pour regarder au travers de l'eau
bleu sombre, elle pensa à la grande ville et à tout son
brouhaha, et elle crut alors entendre le son des cloches
descendre jusqu'à elle.

L'année suivante, la deuxième sœur eut la permission de monter à travers l'eau et de nager où elle voulait. Elle sortit sa tête de l'eau au moment où le soleil
se couchait, et c'est ce spectacle qu'elle trouva le plus
ravissant. Tout le ciel ressemblait à de l'or, dit-elle, et
quant aux nuages, eh bien, elle ne se lassait pas de
décrire leur beauté ! Ils étaient passés au-dessus d'elle,
rouges et violets, mais beaucoup plus rapide qu'eux,
une bande de cygnes sauvages volait, tel un long voile

blanc, au-dessus de l'eau, à l'endroit où se trouvait le soleil ; elle se mit à nager dans cette direction, mais il s'enfonça, et la lueur rose s'éteignit à la surface de la mer et sur les nuages.

L'année suivante, la troisième sœur monta à la surface, c'était la plus hardie de toutes, aussi elle remonta le cours d'un large fleuve qui se jetait dans la mer. Elle vit de charmantes collines vertes plantées de vignes, des châteaux et des fermes apparaissaient au milieu de forêts magnifiques ; elle entendit tous les oiseaux chanter, et le soleil était si chaud qu'elle fut obligée de plonger souvent sous l'eau pour rafraîchir son visage brûlant. Dans une petite baie, elle rencontra une foule de petits enfants d'hommes ; ils étaient tout nus et ils pataugeaient dans l'eau ; elle voulut jouer avec eux, mais ils se sauvèrent tout effrayés, et un petit animal noir arriva, c'était un chien, mais elle n'avait jamais vu de chien auparavant ; il aboyait si terriblement après elle qu'elle prit peur et qu'elle regagna promptement la pleine mer. Mais jamais elle ne put oublier les magnifiques forêts, les vertes collines et les gentils enfants qui savaient nager dans l'eau, quoiqu'ils n'aient pas de queue de poisson.

La quatrième sœur n'était pas aussi hardie, elle resta au beau milieu de la mer sauvage, et elle raconta que c'était justement ce qu'il y avait de plus beau ; on voyait à plusieurs lieues à la ronde, et le ciel recouvrait l'eau comme une grande cloche de verre. Elle avait bien vu des bateaux, mais de très loin, ils ressemblaient à des goélands ; les joyeux dauphins avaient fait des culbutes, et les grandes baleines avaient fait jaillir de l'eau par leurs évents, si bien qu'on aurait cru voir une centaine de jets d'eau un peu partout.

C'était maintenant le tour de la cinquième sœur ; son anniversaire tombait précisément en hiver : aussi vit-elle ce que les autres n'avaient pas pu voir la première fois. La mer était toute verte, et il y flottait çà et là de grands icebergs, chacun avait l'air d'une perle, dit-elle, bien qu'il fût beaucoup plus grand que les clochers que bâtissaient les hommes. Ils prenaient les formes les plus étranges et scintillaient comme des diamants. Elle s'était assise sur l'un des plus grands et tous les voiliers, effrayés, s'écartaient de l'endroit où elle se trouvait, sa longue chevelure au vent. Mais vers le soir, le ciel se couvrit de nuages, il y eut des éclairs et du tonnerre, tandis que la mer noire soulevait bien haut les grands blocs de glace et les faisait briller à la lueur des éclairs rouges. Sur tous les bateaux on cargua les voiles, la terreur se répandit partout ; mais elle, tranquillement assise sur son iceberg flottant, regardait la foudre tomber en zigzag sur l'eau luisante.

La première fois qu'une des sœurs sortait ainsi de l'eau, elle était toujours ravie de tout ce qu'elle voyait de nouveau et de beau ; mais comme, une fois qu'elles étaient devenues grandes, elles pouvaient monter quand elles le voulaient, ces choses leur devenaient indifférentes, elles aspiraient de nouveau à retrouver leur foyer, et au bout d'un mois, elles disaient que c'était tout de même en bas, chez elles, que c'était le plus beau, et qu'on était tellement bien chez soi.

Souvent, le soir, les cinq sœurs se prenaient par le bras et montaient côte à côte à la surface de l'eau. Elles avaient des voix ravissantes, plus belles qu'aucune créature humaine, et si une tempête s'annonçait, et qu'elles pouvaient penser que des bateaux allaient faire naufrage, elles nageaient devant les bateaux et chantaient des chants superbes sur la beauté du fond de la mer, et encourageaient les marins à ne pas avoir peur d'y descendre ; mais ceux-ci ne pouvaient pas comprendre les paroles des sirènes, ils croyaient que c'était la tempête, et ils ne pouvaient d'ailleurs pas découvrir la beauté des profondeurs car, lorsque le bateau sombrait, les hommes se noyaient, et seuls leurs cadavres arrivaient au château du roi de la mer.

Pendant que, le soir, ses sœurs montaient à la surface de la mer en se donnant le bras, la plus jeune restait seule, les suivait du regard et avait envie de pleurer, mais une sirène n'a point de larmes, et elle en souffre d'autant plus.

« Oh ! si seulement j'avais quinze ans ! disait-elle. Je sais que je vais beaucoup aimer le monde d'en haut et les hommes qui y bâtissent et y habitent. »

Elle eut enfin ses quinze ans.

« Tu échappes maintenant à notre autorité, dit sa grand-mère, la vieille reine douairière. Viens, et laisse-moi te parer comme tes sœurs. » Et elle posa sur ses cheveux une couronne de lis blancs dont chaque pétale était la moitié d'une perle, puis la vieille fit attacher à la queue de la princesse huit grandes huîtres pour faire voir son rang élevé.

« Cela fait mal ! » dit la petite sirène.

« Si l'on veut être bien habillée, il faut souffrir un peu », dit la vieille.

Oh ! comme elle aurait voulu se débarrasser de tout ce luxe et de la lourde couronne. Les fleurs rouges de son jardin lui allaient beaucoup mieux ; mais elle n'osait pas revenir sur ce qui avait été fait. « Adieu ! » dit-elle ; et, légère et transparente comme une bulle, elle traversa l'eau.

Lorsque sa tête apparut à la surface de la mer, le soleil venait de se coucher ; mais tous les nuages brillaient encore comme des roses et de l'or et, dans l'air rose pâle, l'étoile du soir scintillait, claire et belle ; l'air était doux et frais, la mer parfaitement calme. Il y avait là un grand bateau à trois mâts, avec une seule voile dressée, car il n'y avait pas le moindre vent et des matelots étaient assis sur les vergues et sur les cordages. On jouait de la musique et on chantait, et à l'approche de la nuit on alluma cent lanternes de toutes les couleurs, on aurait cru que les pavillons de toutes les nations flottaient au vent. La petite sirène nagea jusqu'au hublot du salon, et, à chaque fois que l'eau la soulevait, elle apercevait au travers des vitres transparentes une quantité de personnes élégantes, mais le plus beau de tous était le jeune prince aux grands yeux noirs ; il ne devait guère avoir plus de seize ans, on fêtait son anniversaire, et c'était la raison de tout ce faste. Les matelots dansaient sur le pont, et lorsque le jeune prince s'y montra, plus de cent fusées s'élevèrent dans les airs, elles éclairaient comme en plein jour, si bien que la petite sirène fut tout effrayée et qu'elle plongea dans l'eau ; mais elle ressortit bientôt la tête, et alors toutes les étoiles du ciel semblèrent pleuvoir sur elle. Jamais elle n'avait vu un pareil feu d'artifice. De grands soleils tournoyaient, de superbes poissons de feu fendaient l'air bleu, et tout se reflétait dans la mer pure et calme. Sur le bateau lui-même il faisait tellement clair qu'on pouvait voir chaque petit cordage, et encore mieux les hommes. Oh ! que le jeune prince était beau ; et il serrait la main à tout le monde, riait et souriait tandis que la musique s'élevait dans la nuit exquise.

Il se faisait tard, mais la petite sirène n'arrivait pas à détourner les yeux du bateau et du charmant prince. On éteignit les lanternes de toutes les couleurs, les fusées ne montaient plus dans les airs, et les coups de canon avaient cessé, eux aussi ; mais tout au fond de la mer, on entendait un bourdonnement et un grondement. Pendant ce temps, elle restait sur l'eau, balancée par les vagues, ce qui lui permettait de regarder dans le salon ; mais le bateau prit de la vitesse, les voiles se déployèrent les unes après les autres, les vagues devinrent alors plus fortes, de gros nuages s'amoncelèrent, il y eut des éclairs dans le lointain. Oh ! un orage terrible se préparait, si bien que les matelots serrèrent les voiles. Le grand bateau se balançait à un rythme effréné sur la mer impétueuse. Les vagues se dressaient comme de hautes montagnes noires qui menaçaient de s'abattre sur le mât, mais le bateau plongeait comme un cygne entre les hautes lames, et se laissait soulever de nouveau par les eaux qui s'amoncelaient. La petite sirène trouvait que c'était là un voyage bien amusant, mais les marins n'étaient pas du même avis. Le bateau craquait de toutes parts ; les épaisses planches se pliaient sous l'effet des violentes secousses qui ébran-

laient la coque, le mât se brisa comme un jonc, et le
bateau donna de la bande, tandis que l'eau pénétrait
dans la cale. La petite sirène vit alors qu'ils étaient en
danger, elle devait elle-même prendre garde aux
poutres et aux débris du bateau qui flottaient sur l'eau.
A un moment, il se fit une telle obscurité qu'elle ne
distinguait absolument rien ; mais lorsqu'il y eut des
éclairs, il fit à nouveau si clair qu'elle reconnut tous
ceux qui étaient sur le bateau. Chacun tâchait de se
tirer d'affaire du mieux qu'il pouvait ; c'est surtout le
jeune prince qu'elle cherchait, et elle le vit s'enfoncer
dans la mer profonde lorsque le bateau se brisa. Elle
fut tout d'abord très contente, puisqu'il descendait
ainsi vers elle, mais elle se souvint ensuite que les
humains ne peuvent pas vivre dans l'eau, et qu'il ne
pourrait arriver que mort au château de son père. Non,
il ne fallait pas qu'il meure ; c'est pourquoi elle se
faufila alors à la nage entre les poutres et les planches
qui allaient à la dérive à la surface de la mer, oubliant
totalement qu'elles auraient pu l'écraser, elle plongea
sous l'eau en profondeur et réapparut entre les vagues,
et elle parvint pour finir jusqu'au jeune prince, qui
n'arrivait presque plus à nager dans la mer déchaînée ;
ses bras et ses jambes commençaient à être épuisés,
ses beaux yeux se fermaient, il serait mort si la petite
sirène n'était pas intervenue. Elle tint sa tête au-dessus
de l'eau, puis laissa les vagues les entraîner, elle et lui,
où elles le voulaient.

Au matin, la tempête avait cessé, quant au bateau, il
n'en restait plus la moindre trace. Le soleil sortait de
l'eau, rouge et éclatant, on avait l'impression que cela
faisait revenir la vie sur les joues du prince ; mais ses
yeux restaient fermés. La sirène déposa un baiser sur
son grand et beau front et releva ses cheveux mouillés.
Elle trouva qu'il ressemblait à la statue de marbre
qu'elle avait en bas dans son petit jardin ; elle lui
donna un nouveau baiser, et souhaita qu'il puisse tout
de même rester en vie.

Elle voyait maintenant devant elle la terre ferme, de

hautes montagnes bleues, au sommet desquelles brillait la neige blanche, comme si des cygnes avaient été couchés là ; en bas, le long de la côte, il y avait de belles forêts verdoyantes, et sur le devant, il y avait une église ou un couvent, elle ne savait pas au juste, mais c'était en tout cas un édifice. Des citronniers et des orangers poussaient dans le jardin, et devant le portail il y avait de hauts palmiers. La mer formait à cet endroit une petite crique, elle était tout à fait calme, mais très profonde, jusqu'au rocher autour duquel le fin sable blanc s'était accumulé ; c'est là qu'elle se rendit avec le beau prince, et elle le déposa sur le sable, en prenant surtout bien soin de lui surélever la tête pour qu'elle soit exposée à la chaleur du soleil.

Les cloches du grand édifice blanc se mirent alors à sonner, et un grand nombre de jeunes filles traversa le jardin. La petite sirène s'éloigna alors à la nage, et alla se poster derrière de grosses pierres qui émergeaient de l'eau ; elle se couvrit les cheveux et la poitrine avec de l'écume de mer, pour que personne ne puisse voir son petit visage ; et elle resta aux aguets pour voir qui retrouverait le pauvre prince.

Une jeune fille ne tarda pas à venir sur les lieux, elle parut très effrayée, mais cela ne dura qu'un instant, et elle alla ensuite chercher d'autres personnes, et la sirène vit que le prince reprenait vie, et qu'il souriait à tous ceux qui l'entouraient. Quant à elle, il ne lui adressa pas de sourire ; à vrai dire, il ne savait pas qu'elle l'avait sauvé ; elle en ressentit tant de peine que, lorsqu'on le conduisit dans le grand édifice, elle plongea tristement dans l'eau et retourna au château de son père.

Elle avait toujours été silencieuse et réfléchie mais elle le fut maintenant encore plus. Ses sœurs lui demandèrent ce qu'elle avait vu la première fois qu'elle avait été là-haut, mais elle ne raconta rien.

Plus d'une fois, le soir et le matin, elle remonta à l'endroit où elle avait laissé le prince. Elle vit mûrir les fruits du jardin et elle les vit cueillir, elle vit fondre

la neige sur les hautes montagnes, mais elle ne vit pas
le prince, et c'est pourquoi elle rentrait chez elle toujours plus triste. Sa seule consolation était alors de
s'asseoir dans son petit jardin et d'entourer de ses bras
la jolie statue de marbre qui ressemblait au prince,
mais elle ne prenait pas soin de ses fleurs qui poussaient à l'état sauvage, envahissaient les allées et entre-
laçaient leurs longues tiges et leurs feuilles dans les
branches des arbres, si bien qu'il faisait très sombre.

À la fin, elle n'y tint plus, et elle raconta la chose à
l'une de ses sœurs et, aussitôt, toutes les autres furent
au courant, mais elles furent bien les seules, à part
quelques autres sirènes qui ne le répétèrent qu'à leurs
amies les plus intimes. L'une d'entre elles savait qui
était le prince, elle avait vu aussi la fête célébrée sur
le bateau, elle savait où il était et où se trouvait son
royaume.

« Viens, petite sœur ! » dirent les autres princesses
et, leurs bras sur les épaules les unes des autres, elles
montèrent en formant une longue chaîne à la surface
de la mer, jusqu'à l'endroit où elles savaient que se
trouvait le château du prince.

Celui-ci était construit de pierres brillantes d'un
jaune clair, avec de grands escaliers de marbre, dont
l'un descendait jusqu'à la mer. De superbes coupoles
dorées s'élevaient au-dessus du toit et, entre les
colonnes qui entouraient tout le bâtiment, il y avait des
statues de marbre qui paraissaient vivantes. Par les
vitres claires des hautes fenêtres, le regard pénétrait
dans les salles les plus magnifiques où pendaient de
riches rideaux de soie et de précieuses tentures et où
tous les murs étaient ornés de grands tableaux qui
étaient très plaisants à regarder. Au milieu de la plus
grande salle jaillissait un grand jet d'eau dont la gerbe
s'élançait vers la coupole de verre du plafond, à travers
laquelle les rayons du soleil se reflétaient sur l'eau et
sur les plantes ravissantes qui poussaient dans la
grande vasque.

Elle savait maintenant où il habitait, et elle y revint

souvent le soir et la nuit, elle s'avançait dans l'eau bien plus près de la terre qu'aucune des autres n'avait osé le faire, et elle alla même jusqu'à l'étroit canal qui passait sous le superbe balcon de marbre qui projetait son ombre bien loin sur l'eau. Elle restait là assise à regarder le jeune prince qui croyait être tout seul au clair de lune.

Souvent, elle le vit passer le soir, au son de la musique, dans son superbe bateau où les drapeaux flottaient au vent ; elle regardait timidement entre les roseaux verts et, si le vent agitait son long voile argenté, et que quelqu'un le voyait, il croyait que c'était un cygne qui déployait ses ailes.

Souvent, la nuit, lorsque les pêcheurs étaient en mer avec leurs falots, elle les entendit dire beaucoup de bien du jeune prince, et elle se réjouissait de lui avoir sauvé la vie lorsqu'il était ballotté par les vagues, à demi mort, et elle pensait que sa tête s'était appuyée fortement sur sa poitrine et qu'elle lui avait donné d'ardents baisers ; il ne savait rien de tout cela, et ne pouvait même pas rêver d'elle.

Son amour pour les humains augmenta de plus en plus et elle souhaitait de plus en plus pouvoir monter parmi eux ; leur monde lui semblait bien plus vaste que le sien ; ils pouvaient en effet survoler la mer avec leurs bateaux, grimper sur les hautes montagnes au-dessus des nuages et les pays qu'ils possédaient s'étendaient avec leurs forêts et leurs champs hors de la portée de son regard. Il y avait tant de choses qu'elle aurait voulu savoir, mais ses sœurs ne pouvaient pas répondre à tout, c'est pourquoi elle interrogeait sa vieille grand-mère qui connaissait bien le monde supérieur, comme elle appelait fort justement les pays d'au-dessus de la mer.

« Si les humains ne se noient pas, demanda la petite sirène, peuvent-ils vivre toujours, ne meurent-ils pas, comme nous ici au fond de la mer ?

— Si, dit la vieille, ils doivent aussi mourir, et leur existence est même plus courte que la nôtre. Nous pouvons atteindre trois cents ans, puis, lorsque nous cessons d'exister ici, nous nous transformons simplement en écume à la surface de l'eau, nous n'avons même pas de tombe ici, en bas, parmi ceux qui nous sont chers. Nous n'avons pas d'âme immortelle, nous ne reprenons jamais vie, nous sommes comme le roseau vert qui, une fois coupé, ne peut pas reverdir ! Les humains, au contraire, ont une âme qui vit toujours, qui vit après que leur corps s'est changé en poussière ; elle s'élève dans l'air limpide jusqu'aux étoiles scintillantes ; de même que nous nous élevons du fond de la mer pour voir le pays des humains, ainsi eux s'élèvent jusqu'à des lieux inconnus, pleins de délices que nous ne pourrons jamais voir.

— Pourquoi ne nous a-t-il pas été donné une âme immortelle ? dit la petite sirène attristée. Je donnerais volontiers les trois cents ans que j'ai à vivre, pour être un humain, ne serait-ce qu'un jour, et avoir part ensuite au monde céleste !

— Il ne faut pas penser à ces choses-là ! dit la vieille. Nous sommes bien plus heureux ici en bas que les humains là-haut.

— Il faudra donc que je meure et flotte sous forme d'écume sur la mer, je n'entendrai plus la musique des vagues, ne verrai plus les fleurs ravissantes ni le soleil rouge ! Est-ce que je ne peux rien faire pour acquérir une âme éternelle ?

— Non, dit la vieille, à moins qu'un humain s'éprenne de toi à un tel point que tu sois pour lui plus que père et mère, qu'il s'attache à toi de toute sa pensée et de tout son amour, et qu'il fasse mettre par le pasteur sa main droite dans la tienne en promettant de t'être fidèle ici et pour toute l'éternité, alors son âme passerait dans ton corps et tu aurais aussi part au bonheur des humains. Il te donnerait une âme et conserverait pourtant la sienne. Mais cela ne pourra jamais se faire ! Ce qui, justement, est ravissant, ici dans la mer, ta queue de poisson, ils la trouvent affreuse là-haut sur la terre, ils n'ont pas plus de bon sens que cela, que veux-tu, chez eux, pour être beau, il faut avoir deux colonnes peu maniables, qu'ils appellent jambes ! »

La petite sirène soupira en regardant tristement sa queue de poisson.

« Soyons contentes, dit la vieille, sautons et amusons-nous pendant les trois cents années de vie qui nous sont données, c'est tout de même un laps de temps assez long, on n'en éprouve que plus de plaisir ensuite, quand on se repose dans sa tombe. Ce soir il y a bal à la cour. »

Il faut dire que c'était d'une magnificence comme on n'en voit jamais sur la terre. Les murs et le plafond de la grande salle de danse étaient d'un verre épais, mais clair. Plusieurs centaines de coquillages énormes, roses et vert pré, étaient alignés de chaque côté et laissaient s'échapper une flamme bleue qui illuminait toute la salle et rayonnait au travers des murs, de sorte que, à l'extérieur, la mer était tout éclairée ; on y voyait des poissons innombrables, grands et petits, qui venaient nager tout près du mur de verre ; les uns avaient des écailles scintillantes de couleur pourpre, les autres couleur d'argent et d'or. Au milieu de la salle, coulait un large fleuve, sur lequel dansaient tritons et sirènes au son de leurs voix ravissantes. Les hommes sur la terre n'ont pas d'aussi belles voix. La petite sirène fut celle qui chanta le mieux, et elle fut applaudie, et pendant un instant elle ressentit de la joie dans son cœur, car elle savait qu'elle avait la plus belle voix de tous ceux qui vivaient sur la terre et dans la mer ! Mais bientôt, elle se remit à penser au monde au-dessus d'elle ; elle ne pouvait pas oublier le beau prince ni son chagrin de ne pas avoir, comme lui, une âme immortelle. C'est pourquoi elle sortit tout doucement du château de son père et, tandis qu'à l'intérieur tout était chants et gaieté, elle s'assit tristement dans son petit jardin. Elle entendit alors le son d'un cor traverser l'eau et descendre jusqu'à elle, et elle pensa : « Il est certainement en train de partir en bateau là-haut, celui que j'aime plus que père et mère, celui qui occupe toutes mes pensées et entre les mains duquel je voudrais confier le bonheur de ma vie. Je veux risquer tout pour le gagner, lui, ainsi qu'une âme immortelle ! Pendant que mes sœurs dansent dans le château de mon père, je vais aller trouver la sorcière de la mer, dont j'ai toujours eu si peur, elle saura peut-être me conseiller et m'aider ! »

Et la petite sirène sortit de son jardin et se dirigea vers les tourbillons mugissants derrière lesquels habitait la sorcière. Jamais elle n'avait suivi ce chemin, il n'y poussait ni fleurs ni herbes marines, seul le sable nu et gris s'étendait jusqu'aux tourbillons où l'eau, comme des roues de moulin assourdissantes, tournait sur elle-même, entraînant dans les profondeurs tout ce qu'elle pouvait attraper. Il fallait qu'elle traverse ces tourbillons fracassants pour arriver dans le district de la sorcière, et là, le seul chemin qui s'offrait à elle sur une longue distance passait par la vase chaude et bouillonnante que la sorcière appelait sa tourbière. Sa maison se trouvait derrière, au milieu d'une étrange forêt. Tous les arbres et tous les buissons étaient des polypes, moitié animaux, moitié plantes, ils ressemblaient à des serpents à cent têtes sortant de terre ; toutes les branches étaient des bras longs et gluants, aux doigts souples comme des vers, et toutes leurs articulations étaient en mouvement, depuis leur racine jusqu'à leur extrémité. Ils s'enlaçaient autour de tout ce qu'ils pouvaient saisir dans la mer et ne le lâchaient plus. La petite sirène était tout effrayée et elle n'osait pas s'avancer ; la peur lui faisait battre le cœur, elle était sur le point de s'en retourner, mais elle pensa alors au prince et à l'âme de l'homme, et cela lui donna du courage. Elle attacha autour de sa tête sa longue chevelure flottante, pour que les polypes ne puissent pas la saisir, croisa ses mains sur sa poitrine, et s'élança, rapide comme un poisson qui vole au travers de l'eau, parmi les hideux polypes qui étendaient vers elle leurs bras et leurs doigts agiles. Elle vit que chacun d'entre eux serrait quelque chose qu'il avait attrapé, que des centaines de petits bras retenaient comme

autant de solides liens de fer. Des êtres humains qui
avaient péri en mer et qui avaient sombré dans les profondeurs apparaissaient sous la forme de squelettes
blancs entre les bras des polypes. Ceux-ci étreignaient
des gouvernails et des coffres, des carcasses d'animaux
terrestres et une petite sirène, qu'ils avaient saisie et
étouffée ; ce fut presque le plus épouvantable pour elle.

Elle arriva ensuite dans une grande clairière au sol
gluant, où de grosses couleuvres grasses s'ébattaient
en montrant leur affreux ventre jaunâtre. Au milieu de
cette clairière, on avait construit une maison avec des
ossements blancs de naufragés ; c'est là que se trouvait
la sorcière de la mer ; elle était en train de donner à
manger à un crapaud qui venait se servir dans sa
bouche, comme lorsque les humains donnent du sucre
à un petit canari. Elle appelait les affreuses couleuvres
grasses ses petits poussins et les laissait se vautrer sur
sa grosse poitrine flasque.

« Je sais bien ce que tu veux ! dit la sorcière de la
mer, c'est bête de ta part ! mais tu auras tout de même
ce que tu veux, car cela te portera malheur, ma jolie
princesse. Tu voudrais te débarrasser de ta queue de
poisson, et la remplacer par deux moignons pour pouvoir marcher comme les hommes, afin que le jeune
prince puisse tomber amoureux de toi, qu'il t'appar-
tienne et que tu obtiennes aussi une âme immortelle ! »
À ces mots, la sorcière éclata d'un rire si bruyant et si
horrible que le crapaud et les couleuvres tombèrent sur
le sol, où ils continuèrent à grouiller. « Tu arrives juste
au bon moment, dit la sorcière, demain au lever du
soleil, je n'aurais pas pu t'aider, il aurait fallu que tu
attendes encore une année. Je vais te préparer un breuvage que tu emporteras à terre avant le lever du soleil, tu
t'assiéras sur le rivage et tu le boiras, et alors ta queue se
fendra et, en se rétrécissant, elle se transformera en ce
que les hommes appellent de jolies jambes, mais cela te
fera mal, ce sera comme si une épée tranchante te trans-
perçait. Tous ceux qui te verront diront qu'ils n'ont
jamais    vu    d'enfant    d'homme    plus    ravissante !

Tu conserveras ta démarche légère et gracieuse, nulle danseuse ne pourra évoluer aussi légèrement que toi, mais chaque pas que tu feras te causera autant de douleur que si tu marchais sur un couteau bien affilé qui ferait couler ton sang. Si tu es prête à endurer toutes ces souffrances, je pourrai t'aider.

— J'y suis prête ! » dit la petite sirène d'une voix tremblante en pensant au prince et à l'âme immortelle qu'elle voulait gagner.

« Mais souviens-toi, dit la sorcière, qu'une fois changée en être humain, jamais tu ne pourras plus redevenir sirène ! Jamais tu ne pourras traverser l'eau pour retourner auprès de tes sœurs dans le château de ton père, et si tu ne gagnes pas l'amour du prince, de sorte qu'il oublie père et mère à cause de toi, qu'il s'attache à toi de toute sa pensée, et fasse mettre par le pasteur sa main dans la tienne pour que vous soyez mari et femme, tu n'auras pas d'âme immortelle ! S'il se marie avec une autre, le lendemain matin ton cœur se brisera et tu ne seras plus que de l'écume sur l'eau.

— Je le veux ! » dit la petite sirène, pâle comme une morte.

« Mais il faut que tu me paies, moi aussi ! dit la sorcière. Et ce n'est pas peu de chose que je te demande. De tous ceux qui sont ici au fond de la mer, c'est toi qui as la voix la plus ravissante, grâce à elle, tu crois pouvoir ensorceler le prince mais cette voix, tu dois me la donner. Je veux ce que tu as de meilleur en échange de mon précieux breuvage, car c'est mon propre sang que je dois y mettre pour qu'il soit coupant comme une épée à double tranchant !

— Mais si tu prends ma voix, demanda la petite sirène, que me restera-t-il ?

— Ta charmante silhouette, dit la sorcière, ta démarche dansante et tes yeux expressifs, c'est assez pour séduire le cœur d'un homme. Et alors, as-tu perdu courage ? Tire ta petite langue afin que je la coupe pour me payer, et je te donnerai le puissant breuvage !

— Soit ! » dit la petite sirène, et la sorcière mit son

chaudron sur le feu pour préparer le breuvage magique.
« La propreté est une bonne chose ! » dit-elle en récu-
rant le chaudron avec les couleuvres dont elle avait fait
un nœud ; elle se fit ensuite une entaille à la poitrine
et laissa couler goutte à goutte son sang noir dans le
chaudron ; la vapeur prit les formes les plus étranges,
il y avait de quoi être terrifié. À chaque instant, la
sorcière ajoutait de nouveaux ingrédients dans le chaudron et, lorsque la mixture bouillit à gros bouillons, on
aurait cru qu'un crocodile versait des larmes. À la fin,
le breuvage fut prêt, il avait l'aspect de l'eau la plus
pure !

« Le voici ! » dit la sorcière, et elle coupa la langue
de la petite sirène qui était maintenant muette, et ne
pouvait ni chanter ni parler.

« Si les polypes veulent te saisir, quand tu t'en
retourneras par ma forêt, dit la sorcière, tu n'as qu'à
leur jeter une goutte de ce breuvage, et leurs bras et
leurs doigts éclateront en mille morceaux ! » Mais la
petite sirène n'eut pas à le faire, car les polypes recu-
laient effrayés en voyant le breuvage lumineux qui
brillait dans sa main comme une étoile scintillante.
Ainsi, elle traversa rapidement la forêt, la tourbière et
les tourbillons mugissants.

Elle aperçut le château de son père ; les lumières de
la grande salle de danse étaient éteintes ; tout le monde
dormait, sans doute, mais elle n'osa pourtant pas aller
les voir, maintenant qu'elle était muette et qu'elle voulait les quitter pour toujours. Il lui semblait que son
cœur se brisait de chagrin. Elle se glissa dans le jardin,
cueillit une fleur du parterre de chacune de ses sœurs,
envoya du bout des doigts mille baisers au château, et
monta à travers la mer bleu sombre.

Le soleil ne s'était pas encore levé lorsqu'elle vit le
château du prince et qu'elle gravit le splendide escalier
de marbre. Il y avait un beau clair de lune. La petite
sirène but le breuvage brûlant au goût âcre, et ce fut
comme si une épée à double tranchant traversait son
corps délicat ; elle s'évanouit et resta comme morte.

Quand le soleil brilla sur la mer, elle se réveilla, et elle sentit une douleur cuisante, mais, debout devant elle, se tenait le charmant jeune prince, il la fixait de ses yeux noirs comme jais, si bien qu'elle baissa les siens et vit que sa queue de poisson avait disparu, et qu'elle avait les plus jolies jambes blanches qu'une jeune fille pouvait avoir, mais elle était entièrement nue ; c'est pourquoi elle s'enveloppa dans sa longue chevelure. Le prince lui demanda qui elle était et comment elle était arrivée là, et elle le regarda d'un air doux et pourtant si triste avec ses yeux bleu foncé, car, bien sûr, elle ne pouvait pas parler. Il la prit alors par la main et la conduisit au château. À chaque pas qu'elle faisait, elle avait l'impression de marcher sur des aiguilles pointues et des couteaux aiguisés, comme la sorcière l'en avait avertie, mais elle supporta cela volontiers ; sa main dans celle du prince, elle monta, légère comme une bulle, et il s'étonna avec tous les autres de voir sa démarche gracieuse et souple.

On lui mit de précieux vêtements de soie et de mousseline ; elle était la plus belle de tout le château, mais elle était muette, elle ne pouvait ni chanter ni parler. De gracieuses esclaves, vêtues de soie et d'or, s'avancèrent et chantèrent devant le prince et le couple royal, ses parents ; l'une d'elles chanta mieux que toutes les autres, et le prince applaudit et lui sourit, et la petite sirène en fut attristée, elle savait qu'elle aurait chanté beaucoup mieux encore ! Elle pensa : « Oh ! si seulement il savait que, pour être auprès de lui, j'ai cédé ma voix à tout jamais ! »

Puis les esclaves exécutèrent des danses gracieuses et légères au son de la musique la plus superbe ; alors, la petite sirène éleva ses beaux bras blancs, se dressa sur la pointe des pieds et dansa comme personne ne l'avait encore fait, presque sans frôler le plancher ; chaque mouvement qu'elle faisait révélait davantage son charme, et ses yeux parlaient plus profondément au cœur que le chant des esclaves.

Tout le monde en fut émerveillé, surtout le prince,

qui l'appela sa petite enfant trouvée, et elle dansa encore plus, bien qu'à chaque fois que son pied touchait le sol, ce fût comme si elle avait marché sur des couteaux aiguisés. Le prince dit qu'elle resterait toujours avec lui, et lui permit de dormir à sa porte sur un coussin de velours.

Il lui fit faire un costume d'homme pour qu'elle puisse le suivre à cheval. Ils traversèrent les forêts parfumées où les branches vertes lui frappaient les épaules et où les petits oiseaux chantaient dans le frais feuillage. Elle escalada avec le prince les hautes montagnes, et bien que ses pieds aient été en sang, comme chacun pouvait le voir, elle riait pourtant et elle le suivit sur les hauteurs jusqu'à ce qu'ils voient les nuages passer au-dessous d'eux, comme un vol d'oiseaux partant vers de lointains pays.

La nuit, au château du prince, quand les autres dormaient, elle descendait le grand escalier de marbre, et elle rafraîchissait ses pieds brûlants dans l'eau froide de la mer ; elle pensait alors à ceux qu'elle avait laissés en bas, au fond de l'eau.

Une nuit, ses sœurs arrivèrent en se tenant par le bras ; elles chantaient tristement en nageant à la surface de l'eau, et elle leur fit signe ; elles la reconnurent et lui dirent toute la peine qu'elle leur avait causée. Toutes les nuits, elles revinrent lui rendre visite, et une nuit, elle vit au loin la vieille grand-mère qui depuis de nombreuses années n'avait pas mis la tête hors de l'eau, ainsi que le roi de la mer avec sa couronne sur la tête ; ils tendaient les mains vers elle, mais n'osaient pas s'approcher de la terre autant que ses sœurs.

L'affection que le prince avait pour elle grandissait de jour en jour ; il l'aimait comme on peut aimer une enfant bonne et gentille, mais il ne lui venait pas à l'idée d'en faire sa reine, et il fallait pourtant qu'elle devienne sa femme, sinon elle ne pourrait pas avoir une âme immortelle, et le lendemain du jour des noces du prince, elle se transformerait en écume sur la mer.

« Est-ce que ce n'est pas moi que tu aimes plus que

toutes ? » Voilà ce que semblaient dire les yeux de la petite sirène lorsque, la prenant dans ses bras, il déposait un baiser sur son beau front.

« Si, c'est toi qui m'es la plus chère, disait le prince, car c'est toi qui a le meilleur cœur de toutes, tu m'es la plus dévouée, et tu ressembles à une jeune fille que j'ai vue un jour, mais que sans doute je ne retrouverai jamais. J'étais sur un bateau qui fit naufrage, les vagues me poussèrent vers la côte près d'un temple sacré dans lequel servaient plusieurs jeunes filles ; la plus jeune me trouva sur le rivage et me sauva la vie, je ne l'ai vue que deux fois ; c'est elle seule que j'aurais pu aimer dans ce monde, mais tu lui ressembles. Tu prends presque la place de son image dans mon âme ; elle appartient au temple sacré, et c'est pourquoi ma bonne étoile t'a envoyée vers moi, jamais nous ne nous séparerons. » « Hélas ! il ne sait pas que c'est moi qui lui ai sauvé la vie, pensa la petite sirène, je l'ai porté sur la mer jusqu'à la forêt où se trouve le temple, j'étais postée derrière l'écume et je regardais si personne ne viendrait. J'ai vu la belle jeune fille qu'il aime plus que moi ! » et la petite sirène poussait de profonds soupirs, mais elle ne pouvait pas pleurer. « La jeune fille appartient au temple sacré, a-t-il dit, elle ne sort jamais pour se mêler au monde, ils ne se rencontreront plus ; je suis auprès de lui, je le vois tous les jours ; je veux prendre soin de lui, l'aimer, lui consacrer ma vie ! »

« Mais voilà que le prince va se marier et prendre la charmante fille du roi voisin ! racontait-on. C'est pour cela qu'il équipe un si superbe bateau. On dit bien que le prince part visiter les terres du roi voisin, mais c'est pour voir la fille du roi ; il emmène avec lui une suite importante. » Mais la petite sirène secouait la tête en riant ; elle connaissait les pensées du prince bien mieux que tous les autres. « Il faut que je parte, lui avait-il dit. Il faut que je voie la belle princesse, mes parents le demandent, mais ils n'ont pas l'intention de me forcer à la ramener à la maison pour en faire ma femme !

Je ne peux pas l'aimer ! Elle ne ressemble pas à la belle jeune fille du temple à laquelle tu ressembles ; si je devais un jour choisir une épouse, ce serait plutôt toi, mon enfant trouvée muette aux yeux expressifs ! » Et il baisa sa bouche rouge, joua avec sa longue chevelure et reposa sa tête sur son cœur, qui se mit à rêver de bonheur humain et d'une âme immortelle.

« J'espère que tu ne crains pas la mer, mon enfant muette ! » dit-il lorsqu'ils se trouvèrent sur le superbe bateau qui devait le conduire jusqu'aux terres du roi voisin ; et il lui parla de tempête et de mer calme, de poissons étranges au fond des eaux, et de ce que le plongeur y avait vu, et elle souriait en l'entendant parler de ces choses, car elle connaissait mieux que quiconque le fond de la mer.

Dans la nuit, au clair de lune, alors que tout le monde dormait, hormis l'homme qui était à la barre, elle était assise près du bastingage et plongeait ses regards dans l'eau limpide ; elle crut alors apercevoir le château de son père ; sa vieille grand-mère se tenait en haut d'une tour, sa couronne d'argent sur la tête, et cherchait à discerner la quille du bateau au travers des forts courants. Ses sœurs montèrent alors à la surface de l'eau, fixèrent sur elle un regard triste en tordant leurs mains blanches ; elle leur fit signe, sourit et voulut leur dire qu'elle allait bien et qu'elle était heureuse, mais le mousse s'approcha d'elle et ses sœurs replongèrent, si bien qu'il demeura convaincu que ce qu'il avait vu de blanc était de l'écume sur la mer.

Le lendemain matin, le bateau fit son entrée dans le port de la magnifique ville où résidait le roi voisin. Toutes les cloches sonnèrent, le son des trompettes retentit du haut des tours, tandis que les soldats étaient rangés, bannières au vent, avec leurs baïonnettes étincelantes. Il y eut une fête tous les jours. Bals et réceptions se succédaient, mais la princesse n'était pas encore là ; on l'élevait loin de là, dans un temple sacré, disait-on, où elle apprenait toutes les vertus royales. Enfin, elle parut.

La petite sirène était bien curieuse de voir sa beauté, et elle dut reconnaître qu'elle n'avait jamais vu une aussi gracieuse silhouette. Sa peau était fine et délicate, et derrière ses longs cils foncés souriaient deux yeux fidèles d'un bleu sombre.

« C'est toi, dit le prince, c'est toi qui m'as sauvé lorsque je gisais sur le rivage comme un cadavre ! » et il serra dans ses bras sa fiancée rougissante. « Oh ! c'est trop de bonheur, dit-il à la petite sirène, ce qui m'arrive est ce qu'il y a de meilleur, je n'aurais jamais osé l'espérer. Tu vas te réjouir de mon bonheur, car tu m'aimes plus que toutes les autres ! » Et la petite sirène lui baisa la main, et elle croyait déjà sentir son cœur se briser. Le matin du jour où les noces devaient avoir lieu, elle devait en effet mourir et se transformer en écume sur la mer.

Toutes les cloches des églises sonnèrent, les hérauts parcoururent les rues à cheval pour annoncer les fiançailles. Sur tous les autels, de l'huile parfumée brûlait dans de précieuses lampes d'argent. Les pasteurs agitèrent leurs encensoirs, les deux fiancés se tendirent la main et reçurent la bénédiction de l'évêque. La petite sirène était habillée de soie et d'or, et elle tenait la traîne de la mariée, mais ses oreilles n'entendaient pas la musique de fête, ses yeux ne voyaient pas la cérémonie sacrée, elle pensait à la nuit de sa mort, à tout ce qu'elle avait perdu dans ce monde.

Le soir même, les époux s'embarquèrent, les canons tonnèrent, tous les drapeaux flottaient au vent, et au milieu du bateau on avait dressé une tente précieuse d'or et de pourpre, avec les coussins les plus moelleux ; c'est là que le couple royal devait dormir dans la nuit calme et fraîche.

Les voiles se gonflèrent au vent, et le bateau glissa légèrement, sans beaucoup bouger, sur la mer limpide.

À l'approche de la nuit, on alluma des lampes de toutes les couleurs, et les marins se mirent à danser joyeusement sur le pont. La petite sirène pensa alors au jour où, pour la première fois, elle était montée à la surface de la mer et avait vu le même faste et la même joie, et elle se mêla aussi à la danse tourbillonnante, volant comme vole l'hirondelle lorsqu'elle est poursuivie, et tout le monde l'acclama et l'admira, jamais elle n'avait dansé si merveilleusement ; quelque chose comme des couteaux affilés coupaient ses pieds délicats, mais elle ne le sentait pas ; la blessure qu'elle ressentait dans son cœur était plus douloureuse. Elle savait que c'était le dernier soir qu'elle voyait celui pour qui elle avait quitté sa famille et son foyer, donné sa voix ravissante et enduré tous les jours des souffrances interminables, sans qu'il s'en soit douté. C'était la dernière nuit qu'elle respirait le même air que lui, voyait la mer profonde et le ciel bleu et étoilé ; une nuit éternelle sans pensée ni rêve l'attendait, elle qui n'avait pas d'âme, qui ne pouvait pas en gagner une. Sur le bateau, tout ne fut que joie et gaieté jusque bien après minuit ; elle rit et dansa avec la pensée de la mort dans le cœur. Le prince embrassait sa charmante épouse et elle jouait avec ses cheveux noirs ; et ils allèrent se reposer dans la magnifique tente, en se tenant par le bras.

Tout devint silencieux sur le bateau, seul le pilote resta debout près du gouvernail, la petite sirène appuya ses bras blancs sur le bastingage et resta à regarder vers l'orient, du côté de l'aurore ; elle savait que le premier rayon de soleil la tuerait. Elle vit alors ses sœurs sortir de la mer, elles étaient pâles comme elle ; leur longue et belle chevelure ne flottait plus au vent, elle avait été coupée.

« Nous l'avons donnée à la sorcière pour qu'elle te vienne en aide et que tu ne meures pas cette nuit ! Elle nous a donné un couteau, le voici ! Vois-tu comme il est tranchant ? Avant le lever du soleil, il faut que tu l'enfonces dans le cœur du prince, et lorsque son sang encore chaud jaillira sur tes pieds, ils se souderont pour former une queue de poisson et tu redeviendras sirène, tu pourras venir nous rejoindre dans l'eau et vivre tes trois cents ans avant de te transformer en écume morte

et salée. Dépêche-toi ! L'un de vous deux, lui ou toi,
doit mourir avant le lever du soleil ! Notre vieille
grand-mère a un tel chagrin que ses cheveux blancs
sont tombés, comme les nôtres sous les ciseaux de la
sorcière. Tue le prince et reviens ! Dépêche-toi ! Vois-
tu cette bande rouge dans le ciel ? Dans quelques
minutes, le soleil va se lever et il te faudra mourir ! »
et elles poussèrent un soupir étrangement profond, puis
elles disparurent dans les flots.

La petite sirène écarta le rideau de pourpre de la
tente et elle vit la charmante mariée qui dormait, la tête
sur la poitrine du prince. Elle s'inclina vers lui, déposa
un baiser sur son beau front, regarda le ciel, où les
lueurs de l'aurore se faisaient de plus en plus vives,
regarda le couteau tranchant et fixa de nouveau les
yeux sur le prince, qui prononçait en rêvant le nom de
son épouse. Elle seule occupait ses pensées, et le couteau trembla dans la main de la sirène, mais elle le
lança alors loin dans les vagues, qui se colorèrent de
rouge à l'endroit où il tomba, on aurait cru que des
gouttes de sang perlaient à la surface de l'eau. Elle
regarda encore une fois le prince, les yeux à demi
éteints, se précipita du bateau dans la mer et sentit son
corps se dissoudre en écume.

Le soleil était en train de s'élever au-dessus de la
mer. Ses rayons doux et bienfaisants tombaient sur
l'écume froide comme la mort, et la petite sirène ne
sentait pas la mort ; elle voyait le soleil brillant et au-
dessus d'elle flottaient des centaines de jolies créatures
transparentes ; au travers d'elles, elle voyait les voiles
blanches du bateau et les nuages rouges du ciel, leurs
voix étaient une mélodie, mais elles étaient si subtiles
qu'aucune oreille humaine ne pouvait les entendre, de
même qu'aucun œil humain ne pouvait les voir ; sans
ailes, par le seul effet de leur légèreté, elles flottaient
dans l'air. La petite sirène vit qu'elle avait un corps
comme le leur ; il s'élevait de plus en plus haut au-
dessus de l'écume.

« Chez qui est-ce que j'arrive ? » dit-elle, et sa voix

avait le même son que celle des autres créatures, elle était si subtile qu'aucune musique terrestre ne peut la reproduire.

« Chez les filles de l'air, répondirent les autres. La sirène n'a pas d'âme immortelle, et elle ne peut en obtenir une que si elle gagne l'amour d'un homme ! Sa vie éternelle dépend d'un pouvoir étranger. Les filles de l'air n'ont pas non plus d'âme immortelle, mais elles peuvent s'en créer une par de bonnes actions. Nous volons vers les pays chauds où l'air pestilentiel tue les hommes ; nous y apportons de la fraîcheur. Nous répandons dans l'atmosphère le parfum des fleurs et apportons le réconfort et la guérison. Lorsque nous nous sommes efforcées de faire le bien pendant trois cents ans, nous recevons une âme immortelle et avons part au bonheur éternel des hommes. Pauvre petite sirène, tu as recherché de tout ton cœur la même chose que nous, tu as enduré des souffrances, tu t'es élevée jusqu'au monde des esprits de l'air, et maintenant, tu peux toi-même te créer une âme immortelle en faisant de bonnes actions pendant trois cents ans. »

Et la petite sirène éleva ses bras transparents vers le soleil de Dieu, et pour la première fois, des larmes lui vinrent. Sur le bateau, il y avait de nouveau du bruit et de l'animation, elle vit le prince et sa belle épouse la chercher, ils fixaient tristement l'écume bouillonnante, comme s'ils savaient qu'elle s'était précipitée dans les flots. Invisible, elle déposa un baiser sur le front de la mariée, adressa un sourire au prince et monta avec les autres enfants de l'air sur le nuage rose qui naviguait dans l'atmosphère.

« Dans trois cents ans, nous entrerons de la même manière dans le royaume de Dieu !

— Nous pouvons même y parvenir avant ! chuchota quelqu'un. Nous pénétrons sans être vues dans les maisons des hommes où il y a des enfants, et à chaque fois que nous trouvons un enfant gentil qui cause de la joie à ses parents et qui mérite leur amour, Dieu écourte notre temps d'épreuve. L'enfant ne sait pas quand nous volons au travers de la pièce, et si la joie qu'il nous inspire nous fait sourire, nos trois cents ans sont abrégés d'une année, mais si nous voyons un enfant vilain et méchant, nous sommes obligées de verser des larmes de chagrin, et chaque larme ajoute un jour à notre temps d'épreuve ! »

# LES NOUVEAUX HABITS DE L'EMPEREUR

Il y a bien des années, vivait un empereur qui avait un goût tellement excessif pour les beaux habits nouveaux qu'il dépensait tout son argent pour avoir une belle toilette. Il ne s'occupait de ses soldats, n'allait au théâtre ou ne se promenait dans les bois en voiture que pour montrer ses nouveaux habits. Il avait une tenue pour chaque heure de la journée et comme on dit d'un roi : « Il est au conseil », on disait de lui : « L'empereur est dans sa garde-robe ».

Dans la grande ville où il habitait, on s'amusait beaucoup et il venait chaque jour beaucoup d'étrangers. Un jour, il arriva deux escrocs qui se firent passer pour des tisserands et prétendirent qu'ils savaient tisser l'étoffe la plus ravissante qu'on puisse imaginer. Non seulement les couleurs et les motifs étaient extraordinairement beaux, mais les vêtements confectionnés avec cette étoffe possédaient une propriété merveilleuse : ils devenaient invisibles pour toute personne qui ne remplissait pas bien sa fonction ou qui était d'une stupidité inadmissible.

« Ce sont de bien beaux habits, pensa l'empereur ; en les portant, je pourrais savoir quels hommes ne remplissent pas bien leur fonction dans mon royaume ; je saurais distinguer les gens habiles des gens stupides ! Eh bien, que l'on tisse immédiatement cette étoffe pour moi ! » et il avança aux deux escrocs une forte somme afin qu'ils commencent leur travail.

Ils installèrent donc deux métiers à tisser, et firent semblant de travailler, mais il n'y avait absolument rien sur le métier. Ils ne tardèrent pas à demander la soie la plus fine et l'or le plus magnifique ; ils mirent tout cela dans leur sac et travaillèrent sur les métiers vides, jusque tard dans la nuit.

« J'aimerais bien savoir où ils en sont avec leur étoffe », pensa l'empereur, mais il se sentait vraiment un peu mal à l'aise en pensant que celui qui était stupide ou qui n'était pas à sa place dans sa fonction ne pouvait pas voir l'étoffe. Il croyait bien que, quant à lui, il n'avait pas de crainte à avoir ; mais il voulut tout de même envoyer quelqu'un pour voir comment les choses se présentaient. Tous les gens de la ville savaient quelle propriété merveilleuse l'étoffe possédait et chacun était curieux de savoir combien son voisin était incapable ou stupide.

« Je vais envoyer aux tisserands mon honnête vieux ministre ! pensa l'empereur. C'est lui qui pourra le mieux juger l'étoffe, car il est intelligent et personne ne remplit mieux sa fonction que lui. »

Et le brave vieux ministre entra dans la salle où les deux escrocs travaillaient sur les métiers vides. « Juste ciel ! pensa le vieux ministre en ouvrant de grands yeux. Je ne vois rien. » Mais il ne le dit pas.

Les deux escrocs le prièrent de s'approcher et lui demandèrent si ce n'était pas là un beau motif et de ravissantes couleurs. Ils montrèrent en même temps le métier vide et le pauvre vieux ministre continuait à écarquiller les yeux ; mais il ne pouvait rien voir, puisqu'il n'y avait rien. « Mon Dieu ! pensa-t-il. Serais-je vraiment stupide ? Je ne l'ai jamais cru et il faut que personne ne le sache ! Serais-je vraiment incapable de remplir ma fonction ? Non, il m'est impossible de dire que je ne peux pas voir l'étoffe.

— Eh bien ! vous ne dites rien ? » dit l'un des tisserands.

« Oh ! c'est ravissant, il n'y a rien de plus joli ! dit le vieux ministre en regardant au travers de ses

lunettes. Ce motif et ces couleurs !... Oui, je vais dire
à l'empereur que cela me plaît énormément.

— Eh bien, nous en sommes heureux ! » dirent les
deux tisserands, et ils lui dirent le nom des couleurs et
de l'étrange motif. Le vieux ministre écouta avec attention pour pouvoir dire la même chose à l'empereur, et
c'est ce qu'il fit.

Les escrocs demandèrent alors davantage d'argent,
plus de soie et d'or, qu'ils voulaient employer pour le
tissage. Ils empochèrent le tout ; pas un fil n'apparut
sur le métier, mais ils continuèrent à travailler sur le
métier vide, comme auparavant.

L'empereur ne tarda pas à envoyer un autre fonctionnaire honnête pour voir comment se passait le tissage et pour savoir si l'étoffe serait bientôt prête. Il
arriva à celui-ci la même chose qu'à l'autre ; il regarda
et regarda, mais comme il n'y avait rien d'autre que
les métiers vides, il ne pouvait rien voir.

« N'est-ce pas une belle pièce d'étoffe ? » demandèrent les deux escrocs en montrant et en décrivant le
superbe motif qui n'existait pas.

« Je ne suis pas stupide ! pensa l'homme. C'est donc
que je ne suis pas capable de remplir ma fonction ?
Voilà qui est assez drôle ! Mais il faut que personne
ne puisse s'en apercevoir. » Et il fit l'éloge de l'étoffe
qu'il ne voyait pas, et leur assura que les couleurs et
le motif lui faisaient plaisir. « Il n'y a pas plus joli »,
dit-il à l'empereur.

Tous les gens de la ville parlaient de cette étoffe
superbe.

L'empereur voulut alors la voir lui-même pendant
qu'elle était encore sur le métier. Accompagné d'une
foule d'hommes triés sur le volet, parmi lesquels se
trouvaient les deux honnêtes fonctionnaires qui étaient
déjà venus, il se rendit auprès des deux escrocs rusés
qui tissaient de toutes leurs forces, mais sans fibre ni
fil.

« Eh bien ! N'est-ce pas magnifique ? dirent les
deux honnêtes fonctionnaires. Votre Majesté veut-elle

regarder ce motif, ces couleurs ! » Et ils montraient du
doigt le métier vide, car ils croyaient que les autres
pouvaient voir l'étoffe.

« Qu'est-ce donc ? pensa l'empereur. Je ne vois
rien ! Mais c'est terrible. Suis-je stupide ? Suis-je
incapable d'être empereur ? Il ne pouvait rien m'arriver de plus terrible. » « Oh ! c'est très beau ! dit
l'empereur. Cela me convient au plus haut point ! »
Et il hocha la tête d'un air satisfait et regarda le
métier vide ; il ne voulait pas dire qu'il ne voyait
rien. Tous les gens de sa suite regardèrent et regardèrent, mais ils ne virent rien de plus que tous les
autres et ils dirent comme l'empereur : « Oh ! c'est
très beau ! » Et ils lui conseillèrent de mettre ces
nouveaux habits superbes pour la première fois lors
de la grande procession qui devait bientôt avoir lieu.
« C'est magnifique ! Ravissant, excellent ! » disait-on
en chœur, et tout le monde était profondément satisfait. L'empereur décerna à chacun des escrocs une
croix de chevalier à accrocher à leur boutonnière et
le titre de gentilshommes tisserands.

Toute la nuit qui précéda la matinée de la procession, les escrocs veillèrent et travaillèrent à la lueur
de plus de seize chandelles. Les gens pouvaient voir
qu'ils se dépêchaient de terminer les nouveaux habits
de l'empereur. Ils firent semblant d'ôter l'étoffe du
métier, ils coupèrent dans le vide avec de grands
ciseaux, ils cousirent avec des aiguilles sans fil, et ils
dirent finalement : « Voilà, les habits sont prêts ! »

L'empereur, suivi de ses chevaliers d'honneur, vint
lui-même sur place et les deux escrocs mirent un
bras en l'air comme s'ils tenaient quelque chose et
dirent : « Voici le pantalon ! Voici l'habit ! Voici le
manteau ! » et ainsi de suite. « C'est léger comme
de la toile d'araignée ! On croirait n'avoir rien sur
le corps, et c'est justement cela qui fait la qualité
de cette étoffe.

— Oui ! » répondirent tous les chevaliers. Mais ils
ne pouvaient rien voir, puisqu'il n'y avait rien.

« Si Votre Majesté impériale daigne se donner la peine de se déshabiller, dirent les escrocs, nous pourrons lui mettre les nouveaux habits, là-bas devant la grande glace. »

L'empereur ôta tous ses habits et les escrocs firent semblant de lui présenter pièce par pièce les nouveaux, qui étaient censés être cousus, et l'empereur se tourna et se retourna devant la glace.

« Mon Dieu ! Comme ils sont seyants ! Comme ils tombent bien ! dirent-ils tous. Quel motif ! Quelles couleurs ! C'est un costume de grande valeur !

— Les gens qui doivent tenir le dais au-dessus de Votre Majesté pendant la procession sont là-dehors », dit le grand maître des cérémonies.

« Eh bien, je suis prêt, répondit l'empereur. Est-ce que ça n'est pas bien ajusté ? » Et il se tourna encore une fois devant la glace, car il fallait donner l'impression qu'il examinait soigneusement ses somptueux habits.

Les chambellans qui devaient porter la traîne tâtonnèrent sur le plancher, comme pour la ramasser, puis ils gardèrent les mains en l'air en marchant, ils ne voulaient pas qu'on remarque qu'ils ne voyaient rien.

Et l'empereur suivit la procession sous le dais magnifique et tous les gens qui étaient dans la rue et aux fenêtres s'écriaient : « Mon Dieu, comme les nouveaux habits de l'empereur sont extraordinaires ! Quelle belle traîne il a à son habit ! Comme la coupe en est parfaite ! » Nul ne voulait qu'on remarque qu'il ne voyait rien, car cela aurait bien sûr voulu dire qu'il était incapable de remplir sa fonction ou qu'il était très stupide. Jamais les habits de l'empereur n'avaient remporté un tel succès.

« Mais voyons, il n'a rien sur lui ! » dit un petit enfant.

« Mon Dieu, écoutez la voix de l'innocent ! » dit le père. Et on se chuchota de l'un à l'autre ce que l'enfant avait dit.

« Mais voyons, il n'a rien sur lui ! » cria finalement

tout le peuple. L'empereur sentit son estomac se nouer, car il lui semblait qu'ils avaient raison, mais il pensa alors : « Il faut maintenant que je tienne jusqu'à la fin de la procession ! » Et les chambellans continuèrent à porter la traîne qui n'existait pas.

## LE VAILLANT SOLDAT DE PLOMB

Il y avait une fois vingt-cinq soldats de plomb, ils étaient tous frères, car ils étaient nés d'une vieille cuillère de plomb. Ils avaient l'arme au bras et tenaient la tête droite, leur uniforme rouge et bleu était assez joli. La première chose qu'ils entendirent en ce monde, quand on ôta le couvercle de la boîte où ils se trouvaient, fut les mots : « Des soldats de plomb ! », que cria un petit garçon en battant des mains. On les lui avait donnés parce que c'était son anniversaire et il se mit à les ranger sur la table. Tous les soldats se ressemblaient parfaitement, un seul d'entre eux était un peu différent : il n'avait qu'une jambe, car il avait été coulé dans le moule en dernier et il n'y avait pas eu assez de plomb. Il se tenait pourtant aussi ferme sur son unique jambe que les autres sur deux, et c'est lui, justement, qui mérite de retenir notre attention.

Sur la table où étaient rangés les soldats se trouvaient beaucoup d'autres jouets ; mais ce qui attirait le plus le regard, c'était un ravissant château de papier. Au travers des petites fenêtres, on pouvait voir jusque dans les salons. Au-dehors, il y avait de petits arbres qui entouraient un petit miroir qui devait faire penser à un lac ; des cygnes en cire y nageaient et s'y reflétaient. Tout cela était ravissant, mais ce qu'il y avait de plus ravissant, c'était une petite demoiselle qui était debout sur le seuil de la porte du château. Elle avait aussi été découpée dans du papier ; mais elle portait une jupe du linon le plus transparent, et sur les épaules, en guise d'écharpe, un petit ruban bleu, au milieu duquel étincelait une paillette aussi grande que son visage tout entier. La petite demoiselle tenait ses deux bras étendus, car c'était une danseuse, et elle levait une jambe en l'air, si haut que le soldat de plomb n'arriva pas à la trouver et qu'il s'imagina que la demoiselle n'avait comme lui qu'une jambe.

« Voilà une femme pour moi ! pensa-t-il. Mais elle est un peu distinguée, elle habite dans un château, moi je n'ai qu'une boîte et nous sommes vingt-cinq à nous la partager, ce n'est pas un endroit pour elle ! Il faut pourtant que je fasse sa connaissance. » Et il s'étendit de tout son long derrière une tabatière qui était sur la table. Là, il put à son aise regarder l'élégante petite dame, qui se tenait toujours sur une jambe, sans perdre l'équilibre.

Lorsque le soir fut venu, tous les autres soldats furent remis dans leur boîte et les gens de la maison allèrent se coucher. Aussitôt, les jouets commencèrent à s'amuser, ils jouèrent à recevoir des visites, à faire la guerre et à donner un bal. Les soldats de plomb s'agitaient dans leur boîte, car ils voulaient être de la partie ; mais ils ne pouvaient pas soulever le couvercle. Le casse-noisettes faisait des culbutes et le crayon faisait mille folies sur son ardoise. Le tapage devint si fort que le canari se réveilla et se mit à bavarder, lui aussi, et même en vers. Les seuls qui ne bougeaient pas étaient le soldat de plomb et la petite danseuse. Elle se tenait toujours bien droite, sur la pointe du pied, les bras étendus ; il était tout aussi vaillant sur son unique jambe et il ne la quittait pas un instant des yeux.

Minuit sonna, et crac ! le couvercle de la tabatière sauta ; mais il n'y avait pas de tabac dedans, non, c'était un petit troll[1] noir. C'était une boîte à surprise.

---

1. Personnage malveillant des légendes scandinaves.

« Soldat de plomb, dit le troll, ne laisse pas tes yeux traîner comme ça ! »

Mais le soldat fit semblant de ne pas entendre.

« Eh bien, attends demain ! » dit le troll.

Le lendemain matin, lorsque les enfants se levèrent, on mit le soldat de plomb à la fenêtre, mais tout à coup, enlevé par le troll ou par un courant d'air, il tomba du troisième étage la tête la première. Ce fut une chute terrible, il avait la jambe en l'air et se retrouva la tête en bas, sur son képi, la baïonnette enfoncée entre deux pavés.

La bonne et le petit garçon descendirent aussitôt pour le chercher, mais bien qu'ils aient failli lui marcher dessus, ils ne le virent tout de même pas. Si le soldat de plomb avait crié : « Je suis là ! » ils l'auraient sans doute trouvé, mais il jugea qu'il n'était pas convenable de crier, puisqu'il était en uniforme.

La pluie commença alors à tomber, les gouttes tombèrent de plus en plus dru, il y eut une fameuse averse. Quand elle fut passée, deux gamins qui traînaient dans la rue arrivèrent.

« Holà ! dit l'un. Voilà un soldat de plomb, faisons-le naviguer ! »

Ils fabriquèrent un bateau avec un journal, y placèrent le soldat de plomb, et il se mit à descendre le caniveau. Les deux gamins couraient à côté en battant des mains. Grand Dieu ! Quelles vagues il y avait dans ce ruisseau ! Que le courant y était fort ! Il faut dire qu'il avait plu à verse. Le bateau de papier était ballotté, montait et descendait et, de temps à autre, il tournait tellement rapidement qu'une vibration parcourait le soldat de plomb ; mais il restait vaillant, sans sourciller, le regard fixe et l'arme au bras.

Tout à coup, le bateau passa sous une longue dalle qui recouvrait le caniveau ; il faisait aussi noir que s'il avait été dans sa boîte.

« Où vais-je arriver maintenant ? pensa-t-il. Oui, oui, c'est la faute du troll ! Oh ! si seulement la petite demoiselle était ici dans le bateau ; il pourrait bien faire deux fois plus noir ! »

Un gros rat d'égout arriva sur ces entrefaites, il habitait sous la dalle du caniveau.

« As-tu un passeport ? demanda le rat. Montre-moi ton passeport ! »

Mais le soldat de plomb garda le silence et serra son fusil encore plus fort. Le bateau continua à filer, et le rat le poursuivit. Oh ! comme il grinçait des dents, et il criait aux petits bâtons et aux brins de paille : « Arrêtez-le, arrêtez-le ! il n'a pas payé les droits de péage, il n'a pas montré son passeport ! »

Mais le courant se faisait de plus en plus fort ! Déjà, le soldat apercevait le jour, à l'endroit où s'arrêtait la dalle, mais il entendait en même temps un grondement qui avait de quoi faire peur à un homme courageux. Figurez-vous qu'à l'endroit où cessait la dalle, le ruisseau se jetait directement dans un grand canal ; pour lui, c'était aussi dangereux que pour nous d'être entraîné dans une grande chute d'eau.

Il était déjà si près qu'il ne pouvait plus s'arrêter. Le bateau s'y précipita, le pauvre soldat de plomb se tenait aussi raide que possible, personne ne pourrait lui reprocher d'avoir cligné des yeux. Le bateau tournoya trois ou quatre fois, et il était rempli d'eau jusqu'au bord, il était obligé de couler. Le soldat de plomb avait de l'eau jusqu'au cou, le bateau s'enfonçait toujours plus. Le papier se dépliait de plus en plus, et l'eau se referma tout à coup sur la tête du soldat. Il pensa alors à la charmante petite danseuse qu'il ne reverrait jamais et une chanson retentit alors aux oreilles du soldat de plomb :

> *Soldat, passe ton chemin !*
> *C'est la mort qui t'attend !*

Le papier se déchira tout à coup et le soldat de plomb passa au travers, mais il fut avalé au même instant par un gros poisson.

Oh ! comme il faisait noir là-dedans ! C'était pire que sous la dalle du caniveau, et puis comme on y était à l'étroit ! Mais le soldat de plomb fut vaillant, et il resta étendu de tout son long, l'arme au bras.

Le poisson alla dans tous les sens, il fit les mouvements les plus effrayants ; enfin, il se tint immobile et un éclair parut le transpercer. Il y eut une lumière très vive et quelqu'un cria : « Soldat de plomb ! » Le poisson avait été pris, apporté au marché, vendu, amené dans la cuisine, où la bonne l'avait ouvert avec un grand couteau. Elle prit avec deux doigts le soldat de plomb par la taille et l'apporta dans le salon, où tout le monde voulut voir cet homme remarquable qui avait voyagé dans le ventre d'un poisson, mais le soldat n'était pas fier du tout. On le plaça sur la table et là – comme il arrive parfois des choses bizarres dans le monde ! – le soldat de plomb se trouva dans la même pièce que celle où il avait été auparavant. Il vit les mêmes enfants, et les jouets étaient sur la table : le joli château avec la ravissante petite danseuse. Elle se tenait toujours sur une jambe et avait l'autre en l'air, elle était vaillante, elle aussi. Cela émut le soldat de plomb, il en aurait presque versé des larmes de plomb, mais cela n'était pas convenable. Il la regarda, elle le regarda aussi, mais ils ne dirent rien.

Tout à coup, l'un des petits garçons prit le soldat et le jeta dans le poêle, sans dire pourquoi il faisait cela ; c'était certainement la faute du troll de la tabatière.

Le soldat de plomb fut inondé de lumière et il éprouva une chaleur horrible, mais il ne savait pas si c'était dû au feu lui-même ou à l'amour. Toutes ses couleurs avaient disparu et nul n'aurait pu dire si c'était arrivé au cours du voyage ou si c'était dû au chagrin. Il regardait la petite demoiselle, elle le regardait et il se sentait fondre, mais il était toujours vaillant et gardait l'arme au bras. Soudain, une porte s'ouvrit, le vent enleva la danseuse et, pareille à une sylphide, elle vola et rejoignit le soldat de plomb dans le poêle, elle s'enflamma et disparut. Alors le soldat de plomb

fondit et forma un petit amas, et quand, le lendemain,
la bonne vint enlever les cendres, elle le trouva transformé en un petit cœur de plomb. Quant à la danseuse,
il ne restait d'elle que la paillette, et elle était calcinée,
noire comme du charbon.

## LES CYGNES SAUVAGES

Bien loin d'ici, là où vont les hirondelles quand nous sommes en hiver, habitait un roi qui avait onze fils et une fille, Élisa. Les onze frères – c'étaient des princes – allaient à l'école, une étoile sur la poitrine et le sabre au côté. Ils écrivaient sur des ardoises d'or avec un crayon de diamant et ils lisaient aussi bien à haute voix que sans faire de bruit. On entendait tout de suite que c'étaient des princes. Leur sœur Élisa était assise sur un petit tabouret de verre dont on fait les miroirs et elle avait un livre d'images qui avait été acheté en échange de la moitié du royaume.

Oh ! tout allait pour le mieux pour ces enfants, mais il ne devait pas en être ainsi pour toujours !

Leur père, qui était roi de tout le pays, se maria avec une méchante reine qui ne fut pas bonne du tout avec les pauvres enfants. Ils s'en rendirent compte dès le premier jour. Le château tout entier avait son apparence des grands jours et les enfants jouaient au jeu « Il vient des visiteurs », mais, alors qu'on leur donnait d'habitude tous les gâteaux et les pommes cuites qu'on pouvait trouver, elle ne leur donna que du sable dans une tasse à thé et dit qu'ils pouvaient faire comme si c'était quelque chose.

La semaine suivante, elle plaça la petite sœur Élisa chez des paysans, à la campagne, et il lui suffit de peu de temps pour faire croire au roi tellement de choses sur le compte des princes, qu'il ne s'intéressa plus du tout à eux.

« Envolez-vous de par le monde et tirez-vous d'affaire tout seuls ! » dit la méchante reine. « Volez comme de grands oiseaux, sans voix ! » Mais elle ne put tout de même pas faire autant de mal qu'elle l'aurait voulu. Ils se changèrent en onze beaux cygnes sauvages. Avec un cri étrange, ils s'envolèrent par les fenêtres du château et passèrent par-dessus le parc et la forêt.

C'était encore très tôt, le matin, quand ils volèrent au-dessus de l'endroit où leur sœur Élisa était en train de dormir dans la cabane du paysan. Ils passèrent au-dessus du toit, ployèrent leur long cou et battirent des ailes, mais personne ne les entendit ni ne les vit. Il fallait qu'ils repartent, qu'ils montent haut vers les nuages, qu'ils aillent loin dans le vaste monde, et ils se retrouvèrent alors dans une grande forêt sombre qui s'étendait jusqu'à la plage.

La pauvre petite Élisa était dans la cabane du paysan et elle jouait avec une feuille verte. Elle n'avait pas d'autre jouet, et elle fit un trou dans la feuille, regarda le soleil au travers, et il lui sembla qu'elle voyait les yeux clairs de ses frères, et à chaque fois que les chauds rayons du soleil brillaient sur ses joues, elle pensait à tous leurs baisers.

Les jours se succédaient, tous semblables. Si le vent soufflait au travers des haies de roses, en dehors de la maison, il chuchotait aux roses : « Qui peut être plus belle que vous ? », mais les roses secouaient la tête en disant : « Élisa ». Et si la vieille femme restait assise à la porte, le dimanche, à lire dans son recueil de cantiques, le vent tournait les pages et disait au livre : « Qui peut être plus pieux que toi ? — Élisa », répondait le recueil de cantiques, et c'était la stricte vérité, ce que disaient les roses et le recueil de cantiques.

Quand elle eut quinze ans, il fallut qu'elle retourne chez elle et lorsque la reine vit combien elle était belle, elle fut remplie de colère et de haine à son égard. Elle aurait bien voulu la transformer en cygne sauvage,

comme ses frères, mais elle ne pouvait pas le faire tout
de suite, car le roi voulait voir sa fille.

De bonne heure le matin, la reine entra dans sa salle
de bains, qui était de marbre et ornée de coussins moelleux et des plus belles tentures, et elle prit trois crapauds, leur donna un baiser, et dit à l'un d'entre eux :
« Pose-toi sur la tête d'Élisa quand elle viendra aux
bains, pour qu'elle devienne aussi paresseuse que toi !
Pose-toi sur son front, dit-elle à l'autre, pour qu'elle
devienne aussi laide que toi, et que son père ne la
reconnaisse pas ! Couche-toi près de son cœur, chu-
chota-t-elle au troisième, fais en sorte qu'elle ait des
pensées sombres et que cela lui cause des tourments ! »
Puis elle mit les crapauds dans l'eau limpide qui prit
aussitôt une couleur verdâtre, elle appela Élisa, la
déshabilla et la fit descendre dans l'eau, et au moment
où elle s'y enfonçait, elle mit l'un des crapauds dans
ses cheveux, l'autre sur son front et le troisième sur sa
poitrine, mais Élisa ne sembla pas du tout s'en apercevoir. Dès qu'elle se releva, trois amandes rouges flottaient sur l'eau. Si les animaux n'avaient pas été
venimeux et si la sorcière ne leur avait pas donné un
baiser, ils se seraient transformés en roses rouges, mais
ils se changèrent tout de même en fleurs, du fait qu'ils
étaient restés sur sa tête et près de son cœur. Elle était
trop pieuse et innocente pour que le sortilège puisse
avoir du pouvoir sur elle.

Quand la méchante reine vit cela, elle la frotta avec
du brou de noix, si bien qu'elle prit une couleur brun
foncé. Elle passa sur le beau visage un onguent qui
sentait mauvais, et laissa ses beaux cheveux s'emmê-
ler. Il était impossible de reconnaître la belle Élisa.

C'est pourquoi, lorsque son père la vit, il fut tout
effrayé et dit que ce n'était pas sa fille. Personne ne
voulut dire qu'il la connaissait, si ce n'est le chien de
garde et les hirondelles, mais c'étaient de pauvres
bêtes, et elles n'avaient rien à dire.

La pauvre Élisa se mit alors à pleurer et elle pensa
à ses onze frères qui étaient tous loin. Dans sa peine,

elle sortit discrètement du château, traversa toute la journée des champs et des marais et elle entra dans la grande forêt. Elle ne savait pas du tout où elle allait, mais elle se sentait très triste et elle aspirait à revoir ses frères. Ils étaient certainement partis de par le monde, eux aussi, c'est eux qu'elle voulait essayer de trouver.

Il n'y avait pas longtemps qu'elle était dans la forêt quand la nuit tomba. Elle s'était égarée loin de tous les sentiers et elle s'allongea alors dans la mousse moelleuse, récita sa prière du soir et appuya sa tête sur une souche. Tout était très calme, l'air était doux, et tout autour, dans l'herbe et sur la mousse, plus d'une centaine de vers luisants brillaient comme un feu de couleur verte. Lorsqu'elle effleurait doucement une des branches, les insectes lumineux tombaient sur elle comme des étoiles filantes.

Toute la nuit, elle rêva de ses frères. Ils jouaient encore, comme lorsqu'ils étaient enfants, écrivaient avec des crayons de diamant sur des ardoises d'or et regardaient dans le beau livre d'images qui avait coûté la moitié du royaume. Mais ce qu'ils écrivaient sur l'ardoise, ce n'étaient pas uniquement des zéros et des traits, non, c'étaient les exploits les plus audacieux qu'ils avaient faits, tout ce qu'ils avaient vécu et vu. Et dans le livre d'images, tout était vivant, les oiseaux chantaient, et les personnages sortaient du livre pour parler à Élisa et à ses frères, mais quand elle tournait la page, ils sautaient à nouveau dedans, pour que les images ne soient pas dans le désordre.

Lorsqu'elle se réveilla, le soleil était déjà haut dans le ciel. Elle ne pouvait certes pas le voir, les grands arbres étendaient leurs branches serrées et solides, mais en vibrant, ses rayons formaient là-haut comme un voile d'or flottant. La verdure embaumait et pour un peu, les oiseaux seraient venus s'installer sur ses épaules. Elle entendait l'eau clapoter, il y avait beaucoup de grandes sources qui se jetaient toutes dans un étang dont le fond était couvert du sable le plus beau.

Il est vrai que des buissons épais poussaient tout autour, mais à un endroit, les cerfs avaient fait une grande ouverture et c'est là qu'Élisa vint au bord de l'eau, qui était tellement limpide que si le vent n'avait pas agité les branches et les buissons, elle aurait pu croire qu'on les avait peints au fond, tellement chaque feuille s'y reflétait clairement, celle qui était traversée par la lumière du soleil, comme celle qui était entièrement dans l'ombre.

Dès qu'elle vit son propre visage, elle prit très peur, tellement il était brun et laid, mais après qu'elle eut mouillé sa petite main et qu'elle se fut frotté les yeux et le front, la peau blanche se remit à briller, et elle enleva tous ses habits et s'avança dans l'eau fraîche. Il n'y avait pas de plus bel enfant de roi qu'elle dans ce monde.

Après qu'elle se fut à nouveau habillée et qu'elle eut tressé ses longs cheveux, elle alla à la source bouillonnante, but dans le creux de sa main et entra plus profondément dans la forêt sans savoir où elle allait. Elle pensait à ses frères, pensait au bon Dieu, qui ne l'abandonnerait certainement pas. Il faisait pousser les pommes sauvages dans la forêt pour nourrir l'affamé. Il lui montra un de ces arbres, les branches ployaient sous le poids des fruits. C'est là qu'elle prit son repas de midi, plaça des tiges pour soutenir ses branches et pénétra dans la partie la plus sombre de la forêt. Il y avait un tel silence qu'elle entendait le bruit de ses pas, entendait chaque petite feuille séchée qui cédait sous son pied. On ne voyait pas un seul oiseau, pas un rayon de soleil ne pouvait pénétrer au travers des gros branchages denses. Les troncs élancés étaient si près l'un de l'autre que, lorsqu'elle regardait droit devant elle, elle avait l'impression d'être entourée par toute une série de palissades successives. Oh ! c'était une solitude qu'elle n'avait jamais connue auparavant.

La nuit fut très sombre. Pas le moindre petit ver luisant ne brillait dans la mousse. Dans sa tristesse, elle s'allongea pour dormir. Elle crut alors voir les branches des arbres s'écarter au-dessus d'elle et Notre-Seigneur la regarder avec des yeux doux, tandis qu'au-dessus de lui et sous ses bras, de petits anges apparaissaient furtivement.

Lorsqu'elle se réveilla le matin, elle ne savait pas si elle avait fait un rêve ou si c'était vrai.

Elle fit quelques pas, puis elle rencontra une vieille femme qui avait des baies dans sa corbeille. La vieille lui en donna quelques-unes. Élisa lui demanda si elle n'avait pas vu onze princes traverser la forêt à cheval.

« Non, dit la vieille, mais j'ai vu hier onze cygnes descendre la rivière en nageant, des couronnes d'or sur la tête, tout près d'ici ! »

Puis elle amena Élisa un peu plus loin jusqu'à un coteau. Au bas de celui-ci, une rivière serpentait, les arbres qui poussaient sur ses rives tendaient leurs longues branches pleines de feuilles les unes vers les autres et là où leur croissance naturelle ne leur permettait pas de se rejoindre, ils avaient arraché leurs racines hors de terre et ils se penchaient au-dessus de l'eau, leurs branches enchevêtrées les unes dans les autres.

Élisa dit au revoir à la vieille et suivit la rivière jusqu'à l'endroit où celle-ci débouchait sur le vaste rivage ouvert.

La mer entière s'étendait dans sa beauté devant la jeune fille, mais pas un seul bateau à voile ne s'y montrait, on n'apercevait pas une seule embarcation. Comment faire pour aller plus loin ? Elle observa les innombrables petits cailloux sur la rive. L'eau les avait tous polis. Verre, fer, pierres, tout ce qui avait été rejeté là avait pris l'apparence de l'eau, qui était encore bien plus douce que sa petite main délicate. « Elle est infatigable, elle roule sans cesse ses vagues, et ce qui est dur est raboté. Je veux être aussi infatigable ! Merci pour votre sagesse, vagues claires avec vos rouleaux. Un jour, c'est ce que me dit mon cœur, vous me porterez jusqu'à mes chers frères ! »

Sur les algues qui avaient été rejetées là, il y avait onze plumes de cygne blanches. Elle en fit un bouquet, il y avait des gouttes d'eau sur elles, personne ne pouvait voir si c'était de la rosée ou des larmes. Le bord de la plage était désert, mais elle ne ressentait pas la solitude, car la mer offrait un spectacle en perpétuel changement, et en l'espace de quelques heures, son aspect changeait même plus que les lacs ne pouvaient le faire pendant toute une année. S'il arrivait un gros nuage noir, c'était comme si la mer voulait dire : « Je peux aussi avoir l'air sombre », et le vent se mettait à souffler et les vagues exposaient leur côté blanc, mais si les nuages brillaient d'une lueur rouge et les vents dormaient, la mer était comme un pétale de rose. Tantôt elle était verte, tantôt blanche, mais elle avait beau se reposer paisiblement, il y avait tout de même un léger mouvement sur la rive. L'eau se soulevait doucement, comme la poitrine d'un enfant qui dort.

Lorsque le soleil fut sur le point de se coucher, Élisa vit onze cygnes sauvages voler vers la terre, des couronnes d'or sur la tête. Ils volaient l'un derrière l'autre, on aurait cru un long ruban blanc. C'est alors qu'Élisa monta en haut du coteau et se cacha derrière un buisson. Les cygnes vinrent près d'elle et battirent de leurs grandes ailes blanches.

Pendant que le soleil était sous l'eau, les plumages de cygnes disparurent subitement, et les onze beaux princes, les frères d'Élisa, apparurent. Elle poussa un grand cri, car bien qu'ils aient beaucoup changé, elle savait que c'était eux, elle sentait que ce devait être eux. Et elle sauta dans leurs bras, les appela par leurs noms et ils furent très heureux quand ils virent et qu'ils reconnurent leur petite sœur, qui était devenue si grande et si belle. Ils rirent et pleurèrent, et ils eurent vite fait de comprendre combien leur marâtre avait été méchante envers eux tous.

« Nous, tes frères, dit le plus âgé, nous volons comme des cygnes sauvages, aussi longtemps que le soleil est dans le ciel. Quand il s'est couché, nous prenons notre forme humaine. C'est pourquoi nous devons toujours veiller au moment du coucher du soleil, de façon à pouvoir poser le pied quelque part, car si nous volons là-haut dans les nuages, nous sommes obligés, comme si nous étions des hommes, de sombrer dans l'abîme. Ce n'est pas ici que nous habitons. Il y a un pays tout aussi beau que celui-ci de l'autre côté de la mer, mais le chemin qui y mène est long. Il faut traverser le grand océan, et sur notre route, il n'y a pas d'île sur laquelle nous puissions passer la nuit, seul un petit rocher solitaire émerge au milieu de l'eau. Il est tout juste assez grand pour que nous puissions nous y reposer côte à côte. Si la mer est agitée, l'eau nous passe par-dessus la tête, mais nous remercions tout de même notre Dieu pour ce rocher. Nous y passons la nuit sous notre forme d'hommes. Sans lui, nous ne pourrions jamais rendre visite à notre chère patrie, car notre vol demande deux des jours les plus longs de l'année. Une seule fois par an, nous avons le privilège de faire une visite au foyer de nos ancêtres, nous pouvons y rester onze jours, passer par-dessus la grande forêt, d'où nous pouvons voir le château où nous sommes nés et où notre père habite, voir le haut clocher de l'église où notre mère est enterrée. Ici, nous trouvons que les arbres et les buissons sont en famille avec nous, ici les chevaux sauvages parcourent les plaines comme nous les voyions dans notre enfance. Ici, le charbonnier chante les vieilles chansons au son desquelles nous dansions étant enfants. C'est ici qu'est notre patrie, c'est ici que nous nous sentons attirés, et c'est ici que nous t'avons trouvée, toi, notre chère petite sœur ! Nous pouvons encore rester deux jours ici, et puis nous devrons franchir l'océan pour aller dans un beau pays, mais qui n'est pas notre patrie ! Comment t'emmener avec nous ? Nous n'avons ni navire, ni embarcation !

— Comment faire pour vous sauver ? » dit la sœur.

Et ils parlèrent ensemble presque toute la nuit. Ils ne s'assoupirent que pendant quelques heures.

Élisa se réveilla en entendant le bruit des ailes des cygnes qui filaient au-dessus d'elle. Les frères s'étaient encore métamorphosés et ils volaient en décrivant de grands cercles et pour finir, ils disparurent au loin, mais l'un d'eux, le plus jeune, resta sur place, et le cygne posa sa tête sur ses genoux et elle tapota ses ailes blanches. Ils passèrent toute la journée ensemble. Vers le soir, les autres revinrent, et lorsque le soleil se fut couché, ils avaient pris leur forme naturelle.

« Demain, nous partirons d'ici, nous ne pourrons pas revenir avant toute une année, mais nous ne pouvons pas t'abandonner ainsi ! As-tu le courage de nous suivre ? Mon bras est assez fort pour te porter au travers de la forêt, n'aurions-nous pas tous des ailes assez fortes pour te faire traverser l'océan en volant ?

— Oui, prenez-moi avec vous ! » dit Élisa.

Ils passèrent toute la nuit à fabriquer un filet d'écorce de saule souple et de roseaux résistants, et il finit par être grand et robuste. Élisa s'y allongea, et quand le soleil se leva et que les frères furent changés en cygnes sauvages, ils saisirent le filet avec leurs becs et montèrent haut dans les airs vers les nuages, avec leur chère sœur qui dormait encore. Les rayons du soleil tombaient directement sur son visage, si bien qu'un des cygnes vola au-dessus de sa tête pour que ses larges ailes puissent faire de l'ombre.

Ils étaient loin de la terre lorsqu'Élisa se réveilla. Elle croyait qu'elle rêvait encore, tellement il lui semblait étrange d'être portée au-dessus de la mer, en hauteur, et de traverser les airs. À son côté, il y avait une branche avec de belles baies mûres, et une botte de racines délicieuses. C'était le plus jeune des frères qui les avaient ramassées et déposées près d'elle, et elle lui souriait, reconnaissante, car elle savait que c'était lui qui volait juste au-dessus de sa tête et lui faisait de l'ombre avec ses ailes.

Ils étaient tellement haut que le premier navire qu'ils virent au-dessous d'eux ressemblait à une mouette blanche posée sur l'eau. Un grand nuage était derrière eux, c'était toute une montagne, et Élisa voyait sur celui-ci son ombre, ainsi que celles des onze cygnes en train de voler, tellement ils étaient gigantesques.

C'était un tableau plus splendide que tous ceux qu'elle avait vus jusque-là, mais lorsque le soleil monta et que le nuage s'éloigna derrière eux, l'ombre flottante disparut.

Ils volèrent toute la journée comme une flèche qui traverse les airs en sifflant, mais ils allaient tout de même moins vite que d'habitude. Il fallait maintenant qu'ils portent leur sœur. Un orage s'annonçait, le soir approchait. Élisa eut peur en voyant le soleil se coucher sans qu'on vît encore le rocher solitaire dans l'océan. Elle avait l'impression que les cygnes battaient plus fortement de leurs ailes. Hélas ! C'était sa faute s'ils n'arrivaient pas à voler assez vite. Quand le soleil se serait couché, ils se changeraient en hommes, ils tomberaient dans l'océan et ils se noieraient. Elle adressa alors une prière à Notre-Seigneur, du plus profond de son cœur, mais elle ne voyait toujours pas de rocher. Le nuage noir se rapprochait, les coups de vent violents annonçaient une tempête. Les nuages formaient une grande vague noire menaçante, qui s'avançait comme une solide masse de plomb. Un éclair succédait à l'autre éclair.

Le soleil était maintenant au ras de l'océan. Le cœur d'Élisa tremblait. Les cygnes descendirent alors en flèche, à une vitesse telle qu'elle crut qu'elle allait tomber, mais ils se remirent bientôt à voler. Le soleil était à moitié dans l'eau, et ce n'est qu'à ce moment-là qu'elle aperçut le petit rocher au-dessous d'elle. Il semblait ne pas être plus grand qu'un phoque qui aurait sorti la tête de l'eau. Le soleil s'enfonçait très vite, il n'était déjà plus que comme une étoile, lorsque son pied toucha le sol ferme. Le soleil s'éteignit comme la dernière étincelle d'un papier en feu. Elle vit ses frères qui l'entouraient, bras dessus bras dessous, mais il y avait juste assez de place pour eux et pour elle. La mer frappait contre le rocher et l'inondait comme une averse. Le ciel brillant était toujours embrasé et les coups de tonnerre se succédaient sans interruption, mais la sœur et ses frères se tinrent par la main et chantèrent un cantique qui leur apporta du réconfort et du courage.

Lorsque le jour se leva, l'air était pur et calme. Dès que le soleil se mit à monter, les cygnes quittèrent l'île avec Élisa. La mer était encore très agitée. On aurait dit, quand ils furent haut dans les airs, que l'écume blanche sur la mer vert foncé était faite de millions de cygnes qui flottaient sur l'eau.

Quand le soleil monta, Élisa vit un paysage de montagnes nager à demi devant elle, avec des masses de glace scintillante sur les sommets. Juste au milieu, s'étendait un château sans doute long de plusieurs lieues, avec ses rangées de colonnes audacieuses empilées les unes sur les autres. En bas, des forêts de palmiers et des fleurs superbes se balançaient, grandes comme des meules de moulin. Elle demanda si c'était le pays où ils devaient aller, mais les cygnes secouèrent la tête, car ce qu'elle voyait était le beau château de nuages sans cesse changeant de la fée Morgane. Ils ne pouvaient y faire entrer aucun être humain. Élisa le fixa du regard. Aussitôt, les montagnes, les forêts et le château s'écroulèrent, et il resta vingt églises fières, toutes semblables, avec de hauts clochers et des fenêtres en ogive. Elle crut entendre le son de l'orgue, mais c'était l'océan qu'elle entendait. Elle était tout près des églises, lorsque celles-ci se transformèrent en une flotte entière qui naviguait au-dessous d'elle. Elle regarda vers le bas, et ce n'était que le brouillard de la mer qui filait au-dessus de l'eau. Elle avait un spectacle sans cesse changeant sous les yeux, et maintenant, elle voyait le véritable pays où elle devait aller. Les belles montagnes bleues s'y dressaient avec des forêts de cèdres, des villes et des châteaux. Bien avant que le soleil ne se couche, elle se trouvait dans la montagne devant une grande caverne recouverte de plantes grimpantes délicates et de couleur verte. On aurait dit des tapis brodés.

« Nous allons voir maintenant de quoi tu vas rêver

cette nuit ! » dit le plus jeune frère, en lui montrant sa chambre à coucher.

« Si seulement je pouvais voir en rêve comment je pourrais faire pour vous sauver ! » dit-elle. Et cette pensée la préoccupa fortement. Elle demanda ardemment son aide à Dieu, et elle continua même à prier pendant son sommeil. Elle eut alors l'impression qu'elle s'envolait haut dans les airs, jusqu'au château de nuages de la fée Morgane, et que la fée venait à sa rencontre, si belle et si brillante, et pourtant, elle ressemblait tout à fait à la vieille femme qui lui avait donné des baies dans la forêt, et lui avait parlé des cygnes aux couronnes d'or.

« Tes frères peuvent être sauvés ! dit-elle. Mais as-tu du courage et de la persévérance ? L'océan est certainement plus doux que tes mains délicates, et pourtant, il transforme les pierres dures, mais il ne sent pas la douleur que tes doigts vont sentir. Il n'a pas de cœur, ne souffre pas l'angoisse et le tourment que tu vas devoir supporter. Vois-tu cette ortie que je tiens dans ma main ? Il en pousse beaucoup de la même espèce autour de la caverne où tu dors. Seules celles-ci et celles qui poussent sur les tombes du cimetière sont utilisables. Note-le bien ! Ce sont elles que tu dois cueillir, et pourtant elles brûleront ta peau et te feront des cloques. Écrase les orties sous tes pieds et cela te donnera du lin, tu le fileras et en feras onze cottes de mailles à manches longues, jette celles-ci sur les onze cygnes sauvages, et le sortilège sera levé. Mais souviens-toi bien qu'à partir de l'instant où tu commenceras ce travail et jusqu'au moment où il sera achevé, même si des années s'écoulent entre-temps, tu ne devras pas parler. À la première parole que tu prononceras, il y aura comme un poignard meurtrier qui transpercera le cœur de tes frères. C'est de ta langue que dépend leur vie. Note bien tout cela ! »

Puis elle toucha aussitôt sa main avec l'ortie. Ce fut comme un feu brûlant, et Élisa se réveilla à ce moment-là. C'était en plein jour et, tout près de l'endroit où elle avait dormi, il y avait une ortie comme celle qu'elle avait vue en rêve. Elle se mit alors à genoux, remercia Notre-Seigneur et sortit de la caverne pour commencer son travail.

Elle plongea ses mains délicates parmi les affreuses orties, elles étaient comme du feu. Elles firent de grosses cloques sur ses mains et ses bras, mais elle acceptait volontiers ces souffrances si seulement elle pouvait sauver ses chers frères. Elle écrasa chacune des orties de ses pieds nus, et elle tressa le lin vert.

Lorsque le soleil se fut couché, ses frères vinrent, et ils furent effrayés en la trouvant si silencieuse. Ils crurent que c'était un nouveau sortilège de la méchante marâtre, mais lorsqu'ils virent ses mains, ils comprirent ce qu'elle faisait à cause d'eux, et le plus jeune frère pleura, et là où ses larmes tombaient, elle ne sentait pas de douleurs et les cloques brûlantes disparaissaient.

Elle passa la nuit à faire son travail, car elle ne voulait pas se reposer avant d'avoir sauvé ses chers frères. Toute la journée suivante, tandis que les cygnes étaient partis, elle resta dans sa solitude, mais jamais le temps n'avait passé aussi vite. Une cotte de mailles était déjà terminée, elle commença alors la suivante.

Le cor de chasse retentit à ce moment-là entre les montagnes. Elle eut très peur. Le son se rapprocha. Elle entendit les chiens aboyer. Effrayée, elle alla se réfugier dans la caverne, fit une gerbe des orties qu'elle avait cueillies et peignées et elle s'assit dessus.

Au même moment, un chien sortit en courant parmi les petits arbustes, et juste après, un autre, puis encore un autre. Ils aboyaient fort, repartaient en courant, et revenaient à nouveau. Quelques minutes plus tard, tous les chasseurs étaient devant la caverne, et le plus beau d'entre eux était le roi du pays. Il s'avança vers Élisa, jamais il n'avait vu de fille plus jolie.

« D'où es-tu venue, belle enfant ? » dit-il. Élisa secoua la tête, car elle ne pouvait pas parler, il y allait du salut et de la vie de ses frères. Et elle cacha ses mains sous son tablier pour que le roi ne voie pas par quelles souffrances elle devait passer.

« Suis-moi ! dit-il. Il ne faut pas que tu restes ici. Si tu es aussi bonne que tu es belle, je t'habillerai de soie et de velours, et je te mettrai la couronne d'or sur la tête et tu habiteras dans mon plus riche château ! » Et il la prit sur son cheval. Elle pleura, se tordit les mains, mais le roi dit : « Je ne veux que ton bonheur ! Un jour, tu me remercieras pour cela ! » Puis il s'éloigna à toute vitesse entre les montagnes en la tenant devant lui sur son cheval, et les chasseurs le suivaient.

Lorsque le soleil se coucha, ils avaient devant eux la ville du roi, splendide, avec des églises et des coupoles, et le roi la fit entrer dans le château, où de grands jets d'eau clapotaient dans de hautes salles de marbre, où les murs et le plafond étaient ornés de superbes tableaux, mais elle ne prêtait pas attention à cela. Elle pleurait et avait de la peine. Elle accepta de bonne grâce que les femmes la revêtent d'habits royaux, lui mettent des perles dans les cheveux et des gants délicats sur ses doigts brûlés.

Lorsqu'elle eut revêtu tous ses atours, elle était d'une beauté tellement étincelante que la cour s'inclina encore plus profondément devant elle, et le roi la choisit comme épouse, bien que l'archevêque ait secoué la tête et chuchoté que la jolie fille des bois était certainement une sorcière. Elle aveuglait leurs yeux et séduisait le cœur du roi.

Mais le roi n'en tint pas compte. Il fit retentir la musique, présenter les plats les plus exquis, danser autour d'elle les filles les plus gracieuses et on lui fit traverser des jardins embaumés pour l'introduire dans de superbes salles, mais ses lèvres n'esquissèrent pas le moindre sourire, pas plus que ses yeux, d'ailleurs. Ils portaient la marque éternelle du chagrin. Puis le roi ouvrit un petit cabinet, tout près de l'endroit où elle devait dormir. Il était décoré de précieux tapis verts et ressemblait tout à fait à la caverne où elle avait été. Sur le plancher, il y avait la gerbe de lin qu'elle avait tissée avec les orties et au plafond était suspendue la cotte de mailles qui était terminée. Tout cela, un des chasseurs l'avait emporté avec lui, comme une curiosité.

« Ici, tu pourras retourner en rêve dans ton ancien foyer ! dit le roi. Voici le travail auquel tu étais occupée. Maintenant, au milieu de toute ta splendeur, cela t'amusera de te rappeler ce temps-là. »

Lorsqu'Élisa vit ces choses auxquelles son cœur était tant attaché, un sourire s'esquissa sur ses lèvres et son sang revint à ses joues. Elle pensa au salut de ses frères, baisa la main du roi, et il la pressa contre son cœur et fit sonner les cloches de toutes les églises pour annoncer les noces. La jolie fille muette de la forêt était la reine du pays.

L'archevêque chuchota alors des paroles méchantes à l'oreille du roi, mais elles n'atteignirent pas son cœur, les noces devaient avoir lieu, l'archevêque dut lui-même mettre la couronne sur sa tête, et il lui enfonça le cercle étroit sur le front avec une telle mauvaise grâce que cela lui fit mal. Son cœur était pourtant entouré d'un cercle plus lourd, le chagrin au sujet de ses frères. Elle ne sentait pas la douleur physique. Sa bouche était muette, une seule parole aurait coûté la vie à ses frères, mais dans ses yeux, il y avait un amour profond pour le bon et beau roi qui faisait tout pour lui faire plaisir. De tout son cœur, elle sentait de jour en jour son affection grandir pour lui. Oh ! si seulement elle avait pu se confier à lui, lui dire ce qu'elle souffrait ! Mais il fallait qu'elle soit muette, il fallait qu'elle reste muette pour accomplir son œuvre. C'est pourquoi elle quittait discrètement son côté, la nuit, et elle allait dans le petit cabinet secret qui était décoré comme la caverne et elle tricotait une cotte de mailles après l'autre. Mais lorsqu'elle commença la septième, elle n'avait plus de lin.

Elle savait que c'était au cimetière que poussaient les orties qu'elle devait utiliser, mais il fallait qu'elle les cueille elle-même. Comment pouvait-elle faire pour y aller ?

« Oh ! qu'est-ce que le mal que me font mes doigts, en comparaison avec le tourment que ressent mon cœur ? pensait-elle. Il faut que je prenne ce risque ! Notre-Seigneur ne m'abandonnera pas ! » Le cœur angoissé, comme si elle voulait commettre une mauvaise action, elle descendit discrètement dans le jardin, dans la nuit éclairée par le clair de lune, traversa de longues allées, parcourut des rues solitaires et arriva jusqu'au cimetière. Elle vit alors sur l'une des plus larges tombes un cercle de lamies, d'affreuses sorcières, qui se dépouillaient de leurs hardes comme si elles avaient voulu se baigner, et qui creusaient de leurs longs doigts maigres dans les tombes fraîches, sortaient les cadavres et mangeaient leur chair. Élisa fut obligée de passer tout près et elles la fixèrent de leur regard méchant, mais elle récita sa prière, cueillit les orties brûlantes et les rapporta au château.

Une seule personne l'avait vue : l'archevêque. Il était debout, alors que les autres dormaient. Il avait donc eu raison : il y avait quelque chose qui n'allait pas avec la reine. C'était une sorcière, c'est pour cela qu'elle avait séduit le cœur du roi et de tout le peuple.

Dans le confessionnal, il dit au roi ce qu'il avait vu et ce qu'il craignait. Et lorsque ces paroles dures vinrent sur sa langue, les statues de saints secouèrent la tête comme si elles avaient voulu dire : « Ce n'est pas vrai, Élisa est innocente ! » Mais l'archevêque interpréta la chose autrement. Il estima qu'elles témoignaient contre elle et qu'elles secouaient la tête à cause du péché de la reine. Deux larmes roulèrent alors sur les joues du roi. Il rentra chez lui, le doute au cœur. Et il fit comme s'il dormait, la nuit, mais ses yeux n'arrivèrent pas à trouver un sommeil paisible. Il vit Élisa se lever, et cela se répéta toutes les nuits et à chaque fois, il la suivit doucement et il vit qu'elle disparaissait dans son cabinet secret.

De jour en jour, sa mine s'assombrit, Élisa le voyait

bien, mais elle ne comprenait pas pourquoi et cela lui faisait peur. Quelles souffrances endurait son cœur à cause de ses frères ! Elle pleurait sur le velours et la pourpre royaux, et ses chaudes larmes étaient comme des diamants scintillants, et tous ceux qui voyaient cette riche splendeur souhaitaient être la reine. Elle eut toutefois bientôt fini son travail, il ne manquait plus qu'une cotte de mailles, mais elle n'avait plus de lin, et plus une seule ortie. Une seule fois, ce serait la dernière, il fallait qu'elle aille au cimetière pour en cueillir quelques poignées. Elle était angoissée en pensant à ce voyage solitaire et aux horribles lamies, mais sa volonté était ferme, de même que sa confiance dans Notre-Seigneur.

Élisa s'en alla, mais le roi et l'archevêque la suivirent. Ils la virent disparaître à la grille du cimetière et lorsqu'ils s'en approchèrent, les lamies étaient sur la tombe, telles qu'Élisa les avait vues, et le roi se détourna, car il pensait que celle dont la tête avait encore reposé sur sa poitrine le soir même était parmi elles.

« Il faut que le peuple la juge ! » dit-il, et le peuple jugea qu'elle devait être brûlée dans de grandes flammes rouges.

On lui fit quitter les magnifiques salles royales et on la conduisit dans un cachot sombre et humide où le vent soufflait par la fenêtre fermée par une grille. Au lieu du velours et de la soie, ils lui donnèrent une gerbe d'orties qu'elle avait cueillies, pour qu'elle y appuie sa tête. Les dures cottes de mailles qu'elle avait tricotées étaient destinées à être des édredons et des couvertures, mais ils n'auraient pas pu lui faire de plus beau cadeau. Elle se remit à son travail et adressa des prières à son Dieu. Dehors, les gamins des rues chantaient des chansons pour se moquer d'elle. Pas une âme ne lui adressa une parole affectueuse pour la consoler.

Vers le soir, tout près de la grille, une aile de cygne passa en flèche. C'était le plus jeune de ses frères. Il avait trouvé sa sœur et, de joie, celle-ci éclata en san-

glots, bien qu'elle sût que la nuit qui venait serait peut-
être la dernière de sa vie. Mais son travail était presque
terminé et ses frères étaient là.

L'archevêque vint pour l'assister à sa dernière heure.
Il l'avait promis au roi, mais elle secoua la tête, le pria
de s'en aller, des yeux et par gestes. Il fallait qu'elle
achève son travail cette nuit-là, sinon tout aurait été en
vain. Tout : les souffrances, les larmes, et les nuits
sans sommeil. L'archevêque s'en alla en prononçant
de méchantes paroles contre elle, mais la pauvre Élisa
savait qu'elle était innocente et elle poursuivit son
travail.

Les petites souris couraient sur le sol, elles amenaient les orties à ses pieds, pour l'aider tout de même
un peu, et le merle se mit à la grille de la fenêtre et
chanta toute la nuit aussi joyeusement qu'il put pour
qu'elle ne perde pas courage.

Le jour ne faisait que poindre, le soleil ne devait se
lever qu'une heure plus tard, lorsque les onze frères
se tinrent à la porte du château et demandèrent à être
présentés au roi, mais cela ne pouvait pas se faire, leur
dit-on, car il faisait encore nuit, le roi dormait et on ne
devait pas le réveiller. Ils supplièrent, ils menacèrent,
la garde vint, le roi lui-même sortit et demanda ce qui
se passait ; mais le soleil se leva juste à ce moment-là,
et on ne vit pas de frères, mais onze cygnes sauvages
passèrent au-dessus du château.

Le peuple tout entier sortit par la porte de la ville.
Ils voulaient voir brûler la sorcière. Un cheval d'aspect
misérable tirait la charrette où elle était assise. On lui
avait mis une chemise de toile à sac grossière. Ses
beaux cheveux longs pendaient, défaits, de sa jolie tête.
Ses joues avaient un teint livide, ses lèvres remuaient
doucement, tandis que ses doigts filaient le lin vert.
Même en allant au-devant de la mort, elle ne lâchait
pas le travail qu'elle avait commencé, les dix cottes de
mailles étaient à ses pieds, elle tricotait la onzième. La
populace se moquait d'elle.

« Regardez la sorcière marmonner ! Ce n'est pas un

recueil de cantiques qu'elle a à la main, non, ce sont ses misérables sortilèges. Arrachez-les-lui et déchirez-les en mille morceaux ! »

Et ils se pressèrent tous autour d'elle et voulurent les mettre en pièces. Alors les onze frères arrivèrent, ils prirent place autour d'elle dans la charrette et battirent de leurs grandes ailes. La populace s'écarta alors effrayée.

« C'est un signe du ciel ! Elle est sûrement innocente ! » chuchotèrent beaucoup de gens, mais ils n'osaient pas le dire à haute voix.

Le bourreau la prit alors par la main, elle jeta brusquement les onze cottes de mailles sur les cygnes et onze beaux princes apparurent, mais le plus jeune avait une aile de cygne à la place d'un bras, car il manquait une manche à sa cotte de mailles, elle n'avait pas pu la terminer.

« Maintenant, je peux parler ! dit-elle. Je suis innocente ! »

Et le peuple, qui avait vu ce qui était arrivé, s'inclina devant elle comme devant une sainte. Mais elle tomba sans connaissance dans les bras de ses frères, du fait de la tension, de la peur et de la souffrance.

« Oui, elle est innocente ! » dit son frère aîné, et il raconta alors tout ce qui était arrivé, et pendant qu'il parlait, un parfum se répandit, comme de millions de roses, car des racines et des branches étaient sorties de chaque morceau de bois du bûcher. C'était une haie embaumée, très haute et très grande, pleine de roses rouges. Tout en haut, il y avait une fleur blanche et brillante qui éclairait comme une étoile. Le roi la cueillit, la mit à la poitrine d'Élisa, et elle se réveilla, la paix et le bonheur au cœur.

Et toutes les cloches d'églises sonnèrent d'elles-mêmes et les oiseaux vinrent en grandes bandes. Et pour retourner au château, il se forma un cortège de noces comme aucun roi n'en avait encore jamais vu.

## LE ROSSIGNOL

En Chine, tu dois le savoir, l'empereur est un Chinois, et tous ceux qui l'entourent sont des Chinois. Cela se passait il y a bien longtemps, mais c'est justement pour cela qu'il vaut la peine d'écouter cette histoire, avant qu'on l'oublie ! Le château de l'empereur était le plus superbe du monde, il était entièrement en porcelaine fine, très précieuse, mais aussi très fragile, tellement délicate au toucher qu'il fallait vraiment faire attention. Dans le jardin, on voyait les fleurs les plus merveilleuses, et on avait accroché aux plus superbes d'entre elles des cloches d'argent qui tintaient, pour qu'on ne passe pas devant les fleurs sans les remarquer. Tout était très bien étudié dans le jardin de l'empereur et il s'étendait tellement loin que le jardinier ne savait pas lui-même où il s'arrêtait. Si on continuait à marcher, on arrivait dans la plus ravissante forêt, dans laquelle on trouvait des arbres et des lacs profonds. La forêt descendait jusqu'à la mer, qui était bleue et profonde. De grands bateaux pouvaient s'avancer jusque sous les branches et celles-ci abritaient un rossignol qui chantait si bien que même le pauvre pêcheur, qui avait pourtant beaucoup d'autres choses à faire, s'arrêtait pour tendre l'oreille, quand il sortait la nuit pour tirer son filet et qu'il entendait le rossignol. « Mon Dieu, que c'est beau ! » disait-il, mais il fallait bien qu'il s'occupe de ses affaires, et il oubliait l'oiseau. Et pourtant, la nuit suivante, quand le rossignol chantait à nouveau, le pêcheur sortait à cet endroit, et il disait la même chose : « Mon Dieu, que c'est beau ! »

On venait de tous les pays du monde pour voir la ville de l'empereur, et les voyageurs l'admiraient, de même que le château et le jardin, mais quand ils entendaient le rossignol, ils disaient tous : « C'est lui qui surpasse tout le reste ! »

Et les voyageurs racontaient tout cela quand ils rentraient chez eux, et les savants écrivaient beaucoup de livres sur la ville, le château et le jardin, mais ils n'oubliaient pas le rossignol. C'est lui qu'ils appréciaient le plus et ceux qui savaient faire des vers écrivaient les poèmes les plus ravissants, qui parlaient tous du rossignol qui vivait dans la forêt, près du lac profond.

Ces livres firent le tour du monde, si bien que quelques-uns parvinrent un jour entre les mains de l'empereur. Il était assis sur son trône doré, et il lisait et lisait, et à chaque instant, il hochait la tête, car cela lui faisait plaisir d'entendre les superbes descriptions de la ville, du château et du jardin. Mais il était écrit : « Le rossignol surpasse tout de même tout le reste ! »

« Comment ? dit l'empereur. Le rossignol ? Mais je ne le connais pas du tout ! Y a-t-il un oiseau de cette espèce dans mon empire, et dans mon jardin, pardessus le marché ? Je n'en ai jamais entendu parler ! Ces choses-là ne s'apprennent que dans les livres ! »

Il appela alors son chevalier, qui était si distingué que lorsqu'une personne inférieure à lui osait lui adresser la parole ou lui demander quelque chose, il se contentait de répondre : « P ! », et cela ne veut rien dire.

« À ce qu'il paraît, il y a ici un oiseau extrêmement curieux qu'on appelle un rossignol ! dit l'empereur. On dit qu'il n'y a rien de mieux dans mon vaste empire ! Pourquoi ne m'en a-t-on jamais rien dit ?

— Jamais personne ne m'en a parlé jusqu'ici, dit le chevalier. Il n'a jamais été présenté à la cour !

— Je veux qu'il vienne ici ce soir et qu'il chante

pour moi, dit l'empereur. Le monde entier est au courant de ce que je possède, alors que moi, je n'en sais rien !

— Jamais personne ne m'en a rien dit, dit le chevalier. Je vais le chercher et je le trouverai. »

Mais où le trouver ? Le chevalier monta et descendit tous les escaliers, parcourut des salles et des couloirs, aucune des personnes qu'il rencontra n'avait entendu parler du rossignol. Le chevalier se hâta de revenir auprès de l'empereur et dit que c'était sans doute une fable inventée par les gens qui écrivent les livres. « Votre Majesté impériale ne doit pas croire ce qu'on écrit ! Ce sont des inventions ! C'est ce qu'on appelle de la magie noire !

— Mais le livre où j'ai lu cela, dit l'empereur de Chine, m'a été envoyé par le très-puissant empereur du Japon, et cela ne peut être que la vérité ! Je veux entendre le rossignol ! Il faut qu'il soit là ce soir ! Il jouit de toute ma faveur, et s'il ne vient pas, je ferai taper sur le ventre de toute la cour après qu'elle aura pris le souper.

— Tsing pé », dit le chevalier, et il remonta et redescendit tous les escaliers, parcourut toutes les salles et tous les couloirs, et la moitié de la cour l'accompagnait parce qu'ils n'avaient pas envie qu'on leur tape sur le ventre. On s'enquit partout de ce curieux rossignol que le monde entier connaissait, mais qui était inconnu à la cour.

Pour finir, ils rencontrèrent dans la cuisine une pauvre petite fille qui dit : « Mon Dieu, le rossignol ! Je le connais bien ! Comme il sait bien chanter ! Tous les soirs, j'ai le droit d'apporter un peu des restes de la table à ma pauvre mère malade qui habite près de la plage, et lorsque je reviens, je suis fatiguée, et je me repose dans la forêt, et c'est là que j'entends le rossignol chanter ! Cela me fait venir les larmes aux yeux. C'est comme si ma mère me donnait un baiser !

— Petite servante, dit le chevalier, je te ferai embaucher définitivement à la cuisine et te procurerai l'autorisation de regarder l'empereur manger si tu peux nous conduire jusqu'au rossignol, car il est convoqué pour ce soir ! »

Ils se rendirent alors tous dans la forêt où le rossignol avait l'habitude de chanter. La moitié de la cour suivait. Tandis qu'ils étaient en chemin, une vache se mit à mugir.

« Oh ! dirent les gentilshommes de la cour, cette fois-ci, nous le tenons ! Il y a tout de même une curieuse force dans un aussi petit animal ! Je suis tout à fait certain de l'avoir déjà entendu !

— Non, ce sont les vaches qui mugissent ! dit la petite servante, nous sommes encore loin de l'endroit ! »

Maintenant, les grenouilles coassaient dans la mare.

« Ravissant, dit le chapelain chinois du château, je l'entends maintenant, on dirait de petites cloches d'église !

— Non, ce sont les grenouilles, dit la petite servante, mais je pense que nous n'allons pas tarder à l'entendre. »

Et le rossignol se mit alors à chanter.

« C'est lui, dit la petite fille. Écoutez ! Écoutez ! C'est là qu'il se trouve ! » et elle montra du doigt un petit oiseau gris perché dans les branches.

« Est-ce possible ? dit le chevalier. Je n'aurais jamais pensé qu'il soit comme cela. Comme il a l'air ordinaire ! Il a sans doute perdu sa couleur en voyant tant de gens distingués autour de lui !

— Petit rossignol, cria la petite servante d'une voix forte, notre gracieux empereur aimerait beaucoup que vous chantiez pour lui.

— Avec le plus grand plaisir ! » dit le rossignol en chantant de façon ravissante.

« On dirait des cloches de verre, dit le chevalier, et regardez comme il n'épargne pas son petit gosier ! C'est étrange que nous ne l'ayons pas entendu avant ! Il va remporter un grand succès à la cour !

— Voulez-vous que je chante encore une fois pour

l'empereur ? » demanda le rossignol qui croyait que l'empereur était présent.

« Mon excellent petit rossignol, dit le chevalier, j'ai la grande joie d'avoir été chargé de vous convoquer à une fête à la cour ce soir, où vous ravirez Sa Haute Grâce impériale avec votre chant charmant.

— C'est dans la verdure qu'il produit le meilleur effet », dit le rossignol, mais il suivit néanmoins volontiers le groupe lorsqu'il entendit que l'empereur le souhaitait.

Au château, tout était décoré comme pour les grands jours ! Les murs et le plancher, qui étaient de porcelaine, brillaient à la lueur de milliers de lampes d'or ! Les fleurs les plus ravissantes, dont le timbre s'entendait distinctement, avaient été placées dans les couloirs. Il y avait des allées et venues et des courants d'air, mais toutes les cloches se mirent à sonner, si bien qu'on n'arrivait plus à s'entendre.

Au milieu de la grande salle où l'empereur était assis, on avait installé un perchoir en or, sur lequel le rossignol devait se tenir. Toute la cour était là, et la petite servante de la cuisine avait obtenu l'autorisation de rester derrière la porte, car elle avait maintenant le titre de « véritable servante de cuisine ». Tout le monde avait revêtu ses plus beaux habits, et tout le monde regardait le petit oiseau gris auquel l'empereur fit un signe de tête.

Et le rossignol chanta si bien que l'empereur en eut les larmes aux yeux. Les larmes lui roulèrent sur les joues et le chant du rossignol se fit alors encore plus beau. Il allait droit au cœur, et l'empereur était très heureux, et il dit que le rossignol devait être autorisé à porter sa pantoufle d'or autour du cou. Mais le rossignol le remercia en disant qu'il avait déjà été suffisamment récompensé.

« J'ai vu des larmes dans les yeux de l'empereur, c'est le plus grand trésor que je puisse imaginer ! Les larmes d'un empereur ont un merveilleux pouvoir !

Dieu sait que cette récompense me suffit ! » Et il se remit à chanter de sa voix douce qui faisait du bien.

« Je n'ai jamais vu minauder de façon plus charmante ! » dirent les dames qui étaient présentes, et elles prirent de l'eau dans leur bouche pour pouvoir glousser quand on leur parlait. Elles se figuraient ainsi qu'elles étaient des rossignols. Les laquais et les soubrettes firent savoir qu'ils étaient satisfaits, eux aussi, et ce n'est pas rien, car ce sont eux les plus difficiles à contenter. Il n'y a pas de doute, le rossignol remporta un grand succès !

Il fut décidé qu'il devrait rester à la cour, où il aurait sa propre cage, de même que la liberté de faire une promenade deux fois par jour et une seule fois par nuit. Il était alors suivi de douze serviteurs qui le tenaient chacun par un fil de soie fixé à sa patte, et ils ne le lâchaient pas. La promenade n'avait rien d'une partie de plaisir.

Toute la ville parlait de l'étrange oiseau, et quand deux personnes se rencontraient, l'une ne disait rien d'autre que « rossi... ! » et l'autre répondait « ...gnol ! », puis elles soupiraient et se comprenaient. On donna même son nom à onze enfants de charcutiers, mais aucun d'entre eux n'était capable d'émettre le moindre son...

Un jour, l'empereur reçut un gros paquet, sur lequel était écrit « Rossignol ».

« Voilà un nouveau livre sur notre célèbre oiseau ! » dit l'empereur. Mais ce n'était pas un livre, c'était un petit automate qui était placé dans une boîte, un rossignol mécanique qui devait ressembler à celui qui était vivant, mais qui était entièrement recouvert de diamants, de rubis et de saphirs. Dès qu'on remontait l'oiseau mécanique, il se mettait à chanter l'un des morceaux que chantait le vrai rossignol, et sa queue se levait et se baissait, et elle brillait de tout son argent et de tout son or. Il avait un petit ruban autour du cou, sur lequel on lisait : « Le rossignol de l'empereur du

Japon est pauvre par rapport à celui de l'empereur de Chine. »

Tout le monde trouva que c'était ravissant, et la personne qui avait apporté l'oiseau mécanique obtint aussitôt le titre de « Porteur-de-rossignol-impérial-en-chef ».

« Maintenant, il faut qu'ils chantent ensemble : cela va faire un beau duo ! »

Et il fallut qu'ils chantent ensemble, mais ils n'y arrivèrent pas très bien, car le vrai rossignol chantait à sa façon, tandis que l'oiseau mécanique fonctionnait grâce à des cylindres. « Ce n'est pas sa faute, dit le maître de musique, il respecte particulièrement bien le rythme et il est tout à fait de mon école ! » L'oiseau mécanique dut alors chanter tout seul. Il eut autant de succès que le vrai, et il faut dire qu'il était bien plus joli à voir : il étincelait comme des bracelets et des broches.

Il chanta trente-trois fois exactement le même morceau, et il n'était pourtant pas fatigué. Les gens auraient bien voulu l'entendre recommencer, mais l'empereur estima que le moment était venu pour que le rossignol vivant chante aussi un peu... mais où était-il ? Personne n'avait remarqué qu'il s'était envolé par la fenêtre ouverte, et qu'il avait rejoint ses vertes forêts.

« Mais qu'est-ce que cela veut dire ! » dit l'empereur, et tous les courtisans se plaignirent et estimèrent que le rossignol était un animal extrêmement ingrat. « Celui des deux oiseaux qui nous reste est tout de même le meilleur ! » dirent-ils, et l'oiseau mécanique dut de nouveau chanter. C'était la trente-quatrième fois qu'ils entendaient le même morceau, mais ils ne le savaient pas encore en entier, car il était difficile, et le maître de musique fit beaucoup de compliments à l'oiseau. Il alla même jusqu'à assurer qu'il valait mieux que le vrai rossignol, non seulement du fait de ses vêtements et de tous ses diamants ravissants, mais aussi en raison de ce qui était au-dedans de lui.

« Car voyez-vous, Mesdames et Messieurs — et c'est en premier lieu à l'empereur que je m'adresse —, chez le vrai rossignol, on ne peut jamais savoir ce qui va sortir, tandis que chez l'oiseau mécanique, tout est calculé à l'avance ! Il en sera ainsi et pas autrement ! On peut expliquer la chose, on peut lui ouvrir le ventre et montrer comment il a été conçu par l'esprit humain, comment les cylindres sont disposés, comment ils fonctionnent et comment une chose entraîne l'autre !...

— C'est exactement ce que je pense ! » dit tout le monde, et le maître de musique fut autorisé, le dimanche suivant, à présenter l'oiseau au peuple. « Il faut aussi qu'ils l'entendent chanter », dit l'empereur, et ils l'entendirent, et ils en furent aussi contents que s'ils étaient devenus un peu gais à force de boire du thé, car c'est tout à fait chinois, que voulez-vous, et ils dirent tous : « Oh ! » en levant l'index en l'air, et ils hochèrent la tête. Mais les pauvres pêcheurs qui avaient entendu le vrai rossignol dirent : « C'est bien joli, et c'est ressemblant, mais il manque quelque chose. Je ne saurais dire quoi ! »

Le vrai rossignol fut banni du territoire de l'empire.

L'oiseau mécanique avait sa place réservée tout à côté du lit de l'empereur sur un coussin de soie. Tous les cadeaux qu'on lui avait faits, l'or et les pierres précieuses, étaient rassemblés autour de lui et il avait obtenu le titre élevé de « Grand-Chanteur-impérial-de-la-table-de-chevet », ce qui lui assurait la première place du côté gauche, car l'empereur estimait que c'était le côté où se trouvait le cœur qui était le plus distingué, et un empereur a aussi le cœur à gauche. Et le maître de musique écrivit vingt-cinq volumes sur l'oiseau mécanique. C'était très savant et très long, et il y avait les mots chinois les plus compliqués, si bien que tous les gens prétendirent qu'ils avaient tout lu et tout compris, car sinon, cela aurait voulu dire qu'ils étaient bêtes et on leur aurait tapé sur le ventre.

Une année entière passa ainsi. L'empereur, la cour et tous les autres Chinois connaissaient par cœur le moindre petit son du chant de l'oiseau mécanique, mais c'est justement pour cela qu'ils l'appréciaient plus que jamais. Ils étaient capables de chanter en même temps, et ils ne s'en privaient pas. Les garçons des rues chantaient « zim-zim-zim ! glou-glou-glou ! » et l'empereur chantait la même chose !... C'était vraiment très bien !

Mais un soir, alors que l'oiseau mécanique était justement en train de chanter et que l'empereur était dans son lit à l'écouter, on entendit « hop ! » à l'intérieur de l'oiseau, quelque chose sauta, « vrrr ! », toutes les roues se mirent à tourner et la musique s'arrêta.

L'empereur bondit aussitôt hors de son lit et fit appeler son médecin personnel, mais à quoi bon ? Ils firent ensuite venir l'horloger, qui, après avoir beaucoup parlé et contrôlé beaucoup de choses, remit l'oiseau à peu près en ordre de marche, mais il dit qu'il fallait beaucoup le ménager, car ses pivots étaient très usés, et qu'il aurait fallu les remplacer si on avait voulu être sûr de sa musique, mais c'était impossible. Ce fut un grand sujet de tristesse ! On ne pouvait faire chanter l'oiseau mécanique qu'une fois par an, et c'était déjà beaucoup demander. Mais le maître de musique fit un petit discours avec ses mots compliqués, et il dit que tout allait aussi bien qu'avant et tout allait donc aussi bien qu'avant.

Cinq années avaient maintenant passé, et le pays tout entier fut frappé par un grand chagrin, car finalement, ils aimaient tous bien leur empereur. Voilà qu'il était malade et qu'il ne pourrait plus rester en vie, d'après ce qu'on disait. Un nouvel empereur avait déjà été choisi, et les gens se tenaient dans la rue pour demander au chevalier comment allait leur empereur.

« P ! » disait-il en secouant la tête.

L'empereur était allongé, froid et pâle, dans son grand lit splendide, toute la cour le croyait mort, et chacun d'eux courut saluer le nouvel empereur. Les chambellans sortaient en courant pour parler de la chose et les filles du château se retrouvaient en grand nombre pour boire le café. Partout, dans toutes les salles et les couloirs, on avait étalé du drap pour qu'on n'entende pas marcher, et c'est pour cela que le silence était vraiment très profond. Mais l'empereur n'était pas encore mort. Il était allongé, raide et pâle, dans son lit splendide aux longues tentures de velours et aux lourds glands d'or. Une fenêtre située très haut était ouverte, et la lune éclairait l'empereur et l'oiseau mécanique.

Le pauvre empereur n'arrivait presque pas à respirer. Il avait l'impression que quelque chose pesait sur sa poitrine. Il ouvrit les yeux et vit alors que c'était la mort qui était installée sur sa poitrine et qu'elle s'était mis sa couronne d'or sur la tête. Elle tenait dans une main le sabre d'or de l'empereur et dans l'autre son splendide étendard, et partout dans les plis des grandes tentures de velours qui entouraient le lit, de curieuses têtes apparaissaient, certaines étaient très laides, d'autres avaient un air doux et rassurant. C'étaient toutes les mauvaises et les bonnes actions de l'empereur qui le regardaient, tandis que la mort était installée sur son cœur :

« T'en souviens-tu ? murmuraient-elles l'une après l'autre. T'en souviens-tu ? » et elles lui racontèrent tellement de choses qu'il en eut le front couvert de sueur.

« J'ignore tout de ces choses ! dit l'empereur. Musique ! Musique ! Le grand tambour chinois, cria-t-il, pour que je n'entende pas tout ce qu'elles disent ! »

Mais elles continuèrent, et la mort hochait la tête, comme un Chinois, à tout ce qu'elles disaient.

« Musique ! Musique ! cria l'empereur. Gentil petit oiseau d'or, chante, chante donc. Je t'ai donné de l'or et des objets précieux, je t'ai même accroché ma pantoufle d'or autour du cou, chante donc, chante ! »

Mais l'oiseau resta silencieux. Il n'y avait personne pour le remonter, et sans cela, il ne chantait pas. Mais la mort continua à regarder l'empereur de ses grandes orbites vides, et tout était silencieux, affreusement silencieux.

Au même moment, le chant le plus ravissant retentit tout près de la fenêtre. C'était le petit rossignol vivant qui était perché sur la branche, à l'extérieur. Il avait entendu parler du malheur qui était arrivé à son empereur et c'est pour cela qu'il était venu pour que ses chants lui apportent du réconfort et de l'espoir ; et pendant qu'il chantait, les silhouettes s'estompèrent de plus en plus, le sang se mit à circuler de plus en plus vite dans les membres affaiblis de l'empereur, et la mort elle-même écouta et dit : « Continue, petit rossignol, continue !

— Veux-tu me donner le splendide sabre d'or ? Veux-tu me donner le riche étendard, veux-tu me donner la couronne de l'empereur ? »

Et la mort donna chacun de ses trésors en échange d'un chant, et le rossignol continua à chanter, et son chant parlait du calme du cimetière où poussent les roses blanches, où le sureau exhale son parfum et où l'herbe fraîche est arrosée par les larmes des survivants. La mort eut alors envie de retrouver son jardin et elle s'envola par la fenêtre, comme un brouillard blanc et froid.

« Merci, merci ! dit l'empereur. Petit oiseau céleste, je te connais bien. C'est toi que j'ai expulsé de mon empire et tu as pourtant chassé ces vilaines visions de mon lit et éloigné la mort de mon cœur grâce à tes chants. Comment ferai-je pour te récompenser ?

— Tu m'as déjà récompensé, dit le rossignol. La première fois que j'ai chanté, j'ai vu des larmes couler de tes yeux, et je ne l'oublierai jamais ! Ce sont ces bijoux-là qui font du bien à un cœur de chanteur ! Mais dors maintenant, et que la santé et les forces te reviennent ! Je vais chanter pour toi ! »

Et il chanta, et l'empereur s'endormit d'un doux sommeil, d'un sommeil très agréable et bienfaisant.

Le soleil l'éclairait au travers des fenêtres lorsqu'il se réveilla, renouvelé dans ses forces et guéri. Aucun de ses serviteurs n'était encore revenu, car ils croyaient qu'il était mort, mais le rossignol était encore là, et il chantait.

« Il faut que tu restes toujours auprès de moi ! dit

l'empereur. Tu pourras chanter quand tu le voudras, et je vais casser l'oiseau mécanique en mille morceaux !

— Ne fais pas cela ! dit le rossignol. Car il a fait le bien qu'il a pu ! Garde-le comme jusqu'à présent ! Je ne peux pas m'installer au château, mais permets-moi de venir quand j'en aurai envie et le soir, je me tiendrai sur la branche qui est près de la fenêtre et je chanterai pour toi, pour que cela te rende gai et t'amène aussi à réfléchir ! Je chanterai au sujet de ceux qui sont heureux et de ceux qui souffrent ! Je chanterai au sujet du bien et du mal qui t'entourent et qu'on te cache ! Le petit oiseau chanteur vole bien loin pour rejoindre le pauvre pêcheur, le toit du paysan, tous ceux qui sont éloignés de toi et de ta cour. J'aime ton cœur plus que ta couronne, et pourtant la couronne répand un parfum qui a quelque chose de sacré ! Me voici, je chante pour toi, mais il faut que tu me promettes une chose !

— Tout », dit l'empereur qui se tenait debout dans son costume impérial qu'il avait revêtu lui-même, et il leva son lourd sabre d'or tout contre son cœur.

« Je te demande une seule chose. Ne dis à personne que tu as un petit oiseau qui te dit tout, et cela n'en ira que mieux ! »

Et puis le rossignol s'envola.

Les serviteurs entrèrent pour voir leur empereur mort... Et tandis qu'ils se tenaient maintenant devant lui, l'empereur dit : « Bonjour ! »

## LE VILAIN PETIT CANARD

Il faisait si bon à la campagne ! C'était l'été. Les blés étaient jaunes, l'avoine verte, le foin avait été ramassé en tas dans les vertes prairies, et la cigogne se promenait sur ses longues pattes rouges en parlant l'égyptien, car c'est cette langue-là qu'elle avait apprise de sa mère. Les champs et les prairies étaient entourés de grandes forêts, et au milieu des forêts, il y avait des lacs profonds. Oui, vraiment, il faisait bon à la campagne ! Un vieux château entouré de canaux profonds était exposé en plein soleil, et de grandes feuilles de pétasite [1] poussaient depuis le mur jusque dans l'eau ; elles étaient si hautes que de petits enfants pouvaient se tenir debout sous les plus grandes ; la végétation y était aussi sauvage que dans la plus épaisse forêt, et il y avait là une cane dans son nid ; elle était en train de couver pour faire éclore ses petits canetons, mais elle commençait à en avoir assez, parce que c'était bien long et qu'elle ne recevait guère de visites. Les autres canards aimaient mieux nager dans les canaux que de venir jusque sous une feuille de pétasite pour bavarder avec elle.

Enfin, les œufs s'ouvrirent l'un après l'autre. Cela faisait « pip, pip », tous les jaunes d'œufs étaient devenus vivants et sortaient la tête.

« Coin, coin », disait la cane, et les petits canca-

---

1. En latin : *Petasites officinalis Moench.* (Note du traducteur.)

naient en courant du plus vite qu'ils pouvaient. Ils regardaient de tous côtés sous les feuilles vertes, et leur mère les laissait regarder autant qu'ils voulaient, car le vert est bon pour les yeux.

« Que le monde est grand ! » dirent tous les petits. Car ils avaient maintenant beaucoup plus de place, bien sûr, que lorsqu'ils étaient dans l'œuf.

« Croyez-vous que ce soit le monde entier ? dit la mère. Il s'étend loin de l'autre côté du jardin, jusqu'au champ du pasteur, mais je n'y suis jamais allée ! Vous êtes bien tous là ? continua-t-elle en se levant. Non, je ne les ai pas tous ! Il y a encore le plus gros œuf. Combien de temps faudra-t-il ? Je commence à en avoir assez ! » Et elle se remit à couver.

« Eh bien, comment ça va ? » dit une vieille cane qui était venue lui rendre visite.

« Ça prend bien du temps pour l'un de mes œufs, dit la cane qui couvait. Il n'en finit pas de s'ouvrir ! Mais regarde un peu les autres, ce sont les plus gentils petits canards que j'aie jamais vus ! Ils ressemblent tous à leur père, cette canaille qui ne vient même pas me voir.

— Montre-moi l'œuf qui ne veut pas se briser ! dit la vieille. Crois-moi, c'est un œuf de dinde ! Moi aussi, j'ai été trompée une fois comme toi, et j'ai eu toutes sortes d'ennuis avec ces petits-là, car figure-toi qu'ils ont peur de l'eau ! Pas moyen de les y faire entrer ! J'avais beau les sermonner et les houspiller, rien n'y faisait ! Fais-moi voir cet œuf ! Si, c'est un œuf de dinde ! Laisse-le là et apprends aux autres enfants à nager !

— Je vais tout de même le couver encore un peu ! dit la cane. Puisque, de toute façon, j'ai attendu jusqu'à maintenant, je peux bien attendre encore un peu !

— Comme tu voudras ! » dit la vieille cane, et elle s'en alla.

Enfin, le gros œuf se brisa. « Pip, pip ! » fit le petit, et il sortit. Comme il était grand et laid ! La cane le regarda : « En voilà un énorme caneton ! dit-elle. Il ne ressemble à aucun des autres ! Ce n'est tout de même pas un dindonneau ? Eh bien, ce sera facile à voir ! Il faudra qu'il aille dans l'eau, même si je dois l'y pousser d'un coup de patte ! »

Le lendemain, il faisait un temps magnifique ; le soleil brillait sur tous les verts pétasites. La mère des petits canards se rendit avec toute sa famille au bord du canal. Plouf ! Elle sauta dans l'eau. « Coin, coin ! » dit-elle, et les canetons plongèrent l'un après l'autre. L'eau se referma sur leurs têtes, mais ils reparurent aussitôt et se mirent à nager gentiment ; leurs pattes allaient toutes seules, et ils étaient tous là, même le caneton gris et laid.

« Non, ce n'est pas un dindonneau ! dit-elle. Comme il se sert habilement de ses pattes, et comme il se tient droit ! C'est mon enfant aussi ! Il est même beau, finalement, quand on le regarde bien ! Coin, coin ! Venez maintenant avec moi, je vais vous introduire dans le monde et vous présenter à la basse-cour, mais restez toujours près de moi, pour que personne ne vous marche dessus et prenez bien garde aux chats ! »

Et ils entrèrent dans la basse-cour. Il y avait un vacarme épouvantable, car deux familles se disputaient une tête d'anguille, et ce fut pourtant le chat qui l'emporta.

« Voilà comment les choses se passent dans le monde ! » dit la cane en se pourléchant le bec, car elle aurait bien voulu avoir la tête d'anguille, elle aussi. « Maintenant, remuez les pattes, dit-elle, tâchez de vous dépêcher et courbez le cou devant la vieille cane, là-bas. C'est la plus distinguée de tous ceux qui se trouvent ici ! Elle est de sang espagnol, c'est pourquoi elle est si grosse, et remarquez bien qu'elle a un chiffon rouge à la patte ! C'est quelque chose d'extrêmement beau, et c'est la plus haute distinction qu'on puisse accorder à un canard. Cela veut dire qu'on ne veut pas se défaire d'elle, et qu'elle doit être reconnue par les animaux comme par les hommes ! Dépêchez-vous ! Ne rentrez pas les pattes, un caneton bien élevé

écarte bien les pattes, comme son père et sa mère !
Regardez comment je fais ! Maintenant, courbez le cou
et dites : "coin !" »

Et c'est ce qu'ils firent. Mais les autres canards qui
les entouraient les regardaient et disaient tout haut :
« Allons bon ! Voilà encore toute une ribambelle,
comme si nous n'étions déjà pas assez. Hou ! et l'un
de ces canetons a vraiment un drôle d'air ! Nous n'en
voulons pas ! » Et aussitôt, un canard vola vers lui et
le mordit au cou.

« Laissez-le donc, dit la mère. Il ne fait de mal à
personne.

— D'accord, mais il est trop grand et trop bizarre,
dit le canard qui l'avait mordu. Il faut qu'on lui mène
la vie dure !

— Vous avez là de beaux enfants, la mère, dit la
vieille cane qui avait le chiffon rouge à la patte. Ils
sont tous beaux, excepté celui-là, il n'est pas réussi !
Je souhaiterais que vous puissiez le refaire !

— C'est impossible, Votre Grâce ! dit la mère cane.
Il n'est pas beau, mais il a très bon cœur, et il nage
aussi bien que les autres, oui, j'oserais même dire : un
peu mieux ! Je pense qu'il deviendra beau en grandissant ou qu'il deviendra un peu plus petit avec le
temps ! Il est resté trop longtemps dans l'œuf, et c'est
pour cela qu'il n'a pas un aspect normal ! » Et elle lui
nettoya le cou avec son bec et lissa son plumage. « Du
reste, c'est un mâle, dit-elle, ça n'a donc pas autant
d'importance ! Je crois qu'il deviendra fort, et qu'il
arrivera à faire son chemin !

— Les autres canetons sont mignons ! dit la vieille.
Faites donc comme chez vous, et si vous trouvez une
tête d'anguille, vous pourrez me l'apporter ! »

Et ils firent comme chez eux.

Mais le pauvre petit canard qui était sorti le dernier
de l'œuf et qui était si laid fut mordu, bousculé, et
ridiculisé, non seulement par les canards, mais aussi
par les poules. « Il est trop grand ! » disait tout le
monde, et le dindon, qui était né avec des éperons et

de ce fait se prenait pour un empereur, se gonfla comme un navire toutes voiles dehors, marcha droit sur lui en glougloutant et le rouge lui monta à la tête. Le pauvre petit canard ne savait pas où se mettre ; il était bien triste d'être si laid et d'être la risée de toute la basse-cour.

Voilà ce qui se passa le premier jour. Ensuite, les choses allèrent de mal en pis. Le pauvre petit canard fut repoussé par tout le monde ; ses frères et sœurs eux-mêmes étaient méchants avec lui, et ils disaient toujours : « Si seulement le chat voulait t'attraper, affreuse créature ! » Et la mère disait : « Je voudrais que tu sois bien loin d'ici ! » Les canards le mordaient, les poules lui donnaient des coups de bec, et la bonne qui donnait à manger aux bêtes lui envoyait des coups de pied.

Alors il prit son élan et s'envola par-dessus la haie ; les petits oiseaux dans les buissons furent effrayés et se sauvèrent à tire-d'aile. « C'est parce que je suis laid », pensa le petit canard en fermant les yeux, mais il se sauva tout de même en courant et il arriva ainsi au grand marécage où habitaient les canards sauvages. Il resta là couché toute la nuit, il était bien fatigué et bien triste.

Au matin, les canards sauvages s'envolèrent et ils virent leur nouveau camarade : « D'où est-ce que tu sors ? » lui demandèrent-ils, et le petit canard se tourna de tous côtés et salua du mieux qu'il put.

« Tu es affreusement laid ! dirent les canards sauvages, mais cela nous est égal, pourvu que tu n'épouses personne de notre famille ! » Le malheureux ! Il ne pensait certainement pas à se marier, lui qui ne demandait que la permission de se coucher dans les roseaux et de boire un peu d'eau du marécage.

Il passa ainsi deux journées entières. Alors arrivèrent deux oies sauvages, ou plus exactement deux jars sauvages, car c'étaient deux mâles. Il n'y avait pas longtemps qu'ils étaient sortis de l'œuf, aussi étaient-ils très impertinents.

« Écoute, camarade, dirent-ils. Tu es si laid que tu nous plais ! Veux-tu nous accompagner et devenir un oiseau migrateur ? Tout près d'ici, dans un autre marécage, il y a plusieurs oies sauvages fort charmantes, elles sont toutes demoiselles et savent dire : "coin !" Laid comme tu es, tu serais bien capable de trouver ton bonheur ! »

Tout à coup on entendit « pif, paf ! » et les deux jars sauvages tombèrent morts dans les roseaux, et l'eau devint rouge sang. On entendit de nouveau « pif, paf ! » et des troupes d'oies sauvages s'envolèrent des roseaux, et on entendit encore des coups de fusil. C'était une grande chasse ; les chasseurs s'étaient postés tout autour du marais ; quelques-uns s'étaient même installés sur les branches d'arbres qui avançaient au-dessus des joncs. La fumée bleue semblable à des nuages passait entre les arbres sombres et s'étendait sur l'eau ; les chiens de chasse avançaient dans la vase, « flac, flac ! » ; les joncs et les roseaux s'inclinaient de tous côtés ; c'était épouvantable pour le pauvre petit canard ; il tourna la tête pour la cacher sous son aile, mais au même moment, il aperçut devant lui un grand chien effrayant : sa langue pendait hors de sa gueule, et ses yeux étincelaient de cruauté. Il approcha sa gueule tout près du petit canard, montra ses crocs acérés et... « flic, flac ! », il repartit sans le toucher.

« Oh ! Dieu soit loué ! soupira le petit canard ; je suis si laid que le chien lui-même n'a pas envie de me mordre ! »

Et il resta immobile, pendant que le plomb sifflait à travers les joncs et que les coups de fusil se succédaient sans relâche.

La journée était bien avancée quand le bruit cessa ; mais le pauvre petit n'osa pas encore se lever. Il attendit encore quelques heures avant de regarder autour de lui, puis il se sauva du marais aussi vite qu'il put. Il courut à travers champs et prés, le vent soufflait fort, si bien qu'il avait du mal à avancer.

Vers le soir, il arriva à une pauvre petite cabane de

paysan ; elle était si délabrée qu'elle ne savait pas elle-même de quel côté tomber : aussi restait-elle debout. Le vent soufflait si fort autour du petit canard qu'il fut obligé de s'appuyer sur sa queue pour lui résister ; et les choses allèrent de plus en plus mal. C'est alors qu'il remarqua que la porte avait quitté l'un de ses gonds, de sorte qu'elle était accrochée de travers et qu'il pouvait pénétrer dans la pièce par cette ouverture : c'est ce qu'il fit.

C'est là qu'habitait une vieille femme, avec son chat et sa poule, et le chat, qu'elle appelait « Fiston », savait faire le gros dos et ronronner ; il faisait même des étincelles, mais pour cela, il fallait le caresser à rebrousse-poil. La poule avait de petites pattes très courtes, ce qui lui avait valu le nom de « Cocori-courtes-pattes » ; elle pondait bien, et la femme l'aimait comme son propre enfant.

Le matin, on remarqua tout de suite le petit canard étranger et le chat se mit à ronronner et la poule à glousser.

« Qu'y a-t-il ? » dit la femme en regardant autour d'elle, mais elle ne voyait pas bien, et elle crut que le caneton était une cane bien grasse qui s'était égarée. « Voilà une bonne prise ! dit-elle. J'aurai maintenant des œufs de cane. Pourvu que ce ne soit pas un canard ! Il faut que nous tirions la chose au clair ! »

Et le petit canard fut pris à l'essai pour trois semaines, mais il ne vint pas d'œuf. Et le chat était le maître de la maison et la poule la maîtresse, et ils disaient tout le temps : « Nous et le monde ! », car ils croyaient être à eux seuls la moitié, et même la meilleure moitié du monde. Le petit canard trouvait qu'on pouvait être d'un autre avis, mais la poule ne supportait pas cela.

« Sais-tu pondre des œufs ? » demanda-t-elle.

« Non !

— Eh bien, tu n'as qu'à te taire ! »

Et le chat lui demanda : « Sais-tu faire le gros dos, ronronner et faire des étincelles ?

— Non !

— Alors tu n'as pas le droit d'avoir un avis, quand les gens raisonnables parlent. »

Et le petit canard restait dans son coin et il avait des idées noires ; il se mit alors à penser à l'air frais et au soleil qui brille ; et cela lui donna une si grande envie de nager dans l'eau que, pour finir, il ne put s'empêcher d'en parler à la poule.

« Qu'est-ce qui te prend ? dit-elle. Tu n'as rien à faire, c'est pour cela que tu as toutes ces lubies ! Ponds des œufs ou ronronne et ça te passera.

— C'est pourtant tellement bien de nager sur l'eau, dit le petit canard. Quel bonheur de la sentir au-dessus de sa tête et de plonger jusqu'au fond !

— Ce doit être un grand plaisir, en effet ! répondit la poule. Tu es sans doute devenu fou ! Demande donc au chat, qui est l'être le plus raisonnable que je connaisse, s'il aime nager ou plonger dans l'eau. Demande même à notre maîtresse, la vieille femme, personne dans le monde n'est plus sage qu'elle : crois-tu qu'elle ait envie de nager et d'avoir de l'eau au-dessus de la tête ?

— Vous ne me comprenez pas », dit le caneton.

« Eh bien, si nous ne te comprenons pas, qui pourrait te comprendre ! Tu ne vas tout de même pas prétendre que tu es plus sage que le chat et la femme, sans parler de moi ! Ne fais pas le malin, mon enfant, et remercie plutôt le Créateur de tout le bien qu'on t'a fait ! N'as-tu pas été recueilli dans une pièce chaude et n'y es-tu pas en contact avec des personnes qui peuvent t'apprendre quelque chose ? Mais tu dis des bêtises et tu n'es pas amusant à fréquenter ! Crois-moi, je te veux du bien : je te dis des choses désagréables, et c'est à cela que l'on reconnaît ses véritables amis ! Fais donc en sorte de pondre des œufs et apprends à ronronner ou à faire des étincelles !

— Je crois que je vais partir dans le vaste monde ! » dit le canard.

« Mais oui, vas-y ! » dit la poule.

Et le canard partit. Il nagea et plongea dans l'eau, mais tous les animaux le méprisaient à cause de sa laideur.

L'automne arriva, les feuilles de la forêt devinrent jaunes et brunes ; le vent les saisit et les fit voltiger, et en haut dans les airs, il semblait faire froid. Des nuages lourds pendaient, chargés de grêle et de flocons de neige et, sur la clôture, le corbeau criait : « Oa, oa ! », tellement il avait froid. Rien que d'y penser, on était gelé. Le pauvre petit canard n'allait vraiment pas bien.

Un soir que le soleil se couchait dans toute sa splendeur, toute une foule de grands oiseaux superbes sortit des buissons. Le petit canard n'en avait jamais vu d'aussi beaux, ils étaient d'une blancheur éblouissante, ils avaient le cou long et souple. C'étaient des cygnes. Ils poussèrent un cri tout particulier, déployèrent leurs longues ailes magnifiques, et s'envolèrent loin de ces régions froides pour aller vers des pays plus chauds, vers de vastes mers ! Ils montèrent si haut, si haut, que le vilain petit canard eut une impression étrange ; il tourna dans l'eau comme une roue, dressa le cou en l'air vers les cygnes et poussa un cri si perçant et si particulier qu'il se fit peur à lui-même. Oh ! il lui serait impossible d'oublier ces oiseaux magnifiques, ces oiseaux heureux. Dès qu'il les eut perdus de vue, il plongea jusqu'au fond et lorsqu'il remonta à la surface, il était comme hors de lui. Il ne savait pas comment s'appelaient ces oiseaux, ni où ils allaient et pourtant il les aimait comme il n'avait encore aimé personne. Il n'en était pas du tout jaloux, car comment aurait-il pu avoir l'idée de souhaiter pour lui-même une telle beauté ? Il lui aurait suffi, pour être heureux, que les canards veuillent bien le supporter parmi eux, lui, cette pauvre vilaine bête !

Et l'hiver fut bien froid, bien froid ; le petit canard était obligé de toujours nager, pour empêcher l'eau de geler complètement ; mais chaque nuit, le trou dans lequel il nageait se rétrécissait davantage. Il gelait si fort qu'on entendait la croûte de glace craquer ; le petit canard était obligé d'agiter continuellement les pattes pour que le trou ne se referme pas ; pour finir, il fut à bout de forces, resta tout à fait immobile et fut saisi par la glace.

Au petit matin, un paysan arriva, il le vit, s'avança jusqu'à lui, rompit la glace avec son sabot, et l'emporta chez lui pour le donner à sa femme. Là, il reprit vie.

Les enfants voulurent jouer avec lui, mais le petit canard crut qu'ils voulaient lui faire du mal, et, dans sa frayeur, il sauta dans l'écuelle de lait, si bien que le lait rejaillit dans la pièce ; la femme cria et leva les bras au ciel ; il se réfugia alors dans le pot où était le beurre, puis dans le tonneau de farine, d'où il ressortit. Quelle mine il avait ! La femme criait et cherchait à le frapper avec les pincettes, et les enfants se bousculaient pour attraper le petit canard ; ils riaient et poussaient des cris ! Par bonheur, la porte était ouverte, et il s'enfuit parmi les buissons dans la neige fraîchement tombée ; il resta là, comme engourdi.

Mais il serait bien trop triste de raconter toute la détresse et la misère qu'il eut à supporter pendant cet hiver rigoureux. Il était couché dans le marécage parmi les joncs lorsque le soleil recommença à réchauffer l'atmosphère. Les alouettes chantaient, c'était un beau printemps.

Soudain, le petit canard déploya ses ailes ; elles battaient l'air avec plus de vigueur qu'avant, et l'emportèrent d'un vol puissant et avant qu'il ait pu s'en rendre compte, il se retrouva dans un grand jardin où les pommiers étaient en fleur, où les lilas répandaient leur parfum et inclinaient leurs longues branches vertes jusqu'aux canaux sinueux ! Oh ! comme cet endroit était beau dans la fraîcheur du printemps ! Et juste devant lui, trois beaux cygnes blancs sortirent des fourrés ; ils gonflaient leurs plumes et nageaient gracieusement sur l'eau. Le petit canard reconnut ces superbes animaux et il fut saisi d'une étrange tristesse.

« Je veux voler jusqu'à eux, ces oiseaux royaux ! et ils me tueront pour avoir osé m'approcher d'eux, moi

qui suis si laid ! Mais cela m'est égal, mieux vaut être
tué par eux que d'être brutalisé par les canards, de
recevoir des coups de bec par les poules, d'être frappé
du pied par la bonne qui s'occupe de la basse-cour, et
que de souffrir des rigueurs de l'hiver ! » Et il s'élança
dans l'eau et nagea à la rencontre des cygnes majestueux. Ceux-ci l'aperçurent et foncèrent sur lui en
hérissant leurs plumes. « Vous n'avez qu'à me tuer ! »
dit le pauvre animal, et il courba la tête vers la surface
de l'eau en attendant la mort. Mais que vit-il dans l'eau
limpide ? Il vit sa propre image au-dessous de lui. Ce
n'était plus un oiseau aux mouvements maladroits,
d'un gris noir, vilain et répugnant ; il était lui-même
un cygne !

Peu importe qu'on soit né dans la basse-cour, si seulement on est sorti d'un œuf de cygne !

Il se sentait vraiment heureux d'être passé par toutes
les détresses et les adversités qu'il avait connues. Il
appréciait maintenant son bonheur et toute la splendeur
qui l'accueillait. Et les grands cygnes nageaient autour
de lui et le caressaient de leur bec.

Des petits enfants vinrent dans le jardin et jetèrent
du pain et du grain dans l'eau et le plus petit d'entre
eux s'écria : « Il y en a un nouveau ! » Et les autres
enfants poussèrent des cris de joie : « Oui, il en est
arrivé un nouveau ! », et ils frappaient dans leurs mains
en dansant en rond ; ils coururent chercher leur père et
leur mère et on jeta encore du pain et du gâteau dans
l'eau, et tout le monde dit : « Le nouveau est le plus
beau ! Il est si jeune et si beau ! » Et les vieux cygnes
s'inclinèrent devant lui.

Il se sentit alors tout intimidé et cacha sa tête sous
ses ailes ; il ne savait pas lui-même que penser ! Il était
beaucoup trop heureux, mais il n'était pas du tout fier,
car un bon cœur n'est jamais fier ! Il songeait à la
manière dont il avait été persécuté et insulté, et voilà
qu'il les entendait maintenant tous dire qu'il était le
plus beau de tous les beaux oiseaux ! Et les lilas inclinaient leurs branches dans l'eau, jusqu'à lui et le soleil

répandait une lumière si chaude et si bienfaisante !
Alors ses plumes se gonflèrent, son cou élancé se
dressa, et il s'écria de tout son cœur : « Je ne rêvais
pas de tant de bonheur quand j'étais le vilain petit
canard ! »

## LE SAPIN

Dans la forêt, il y avait un joli sapin. Il poussait à un bon endroit, le soleil parvenait jusqu'à lui, il avait suffisamment d'air, et il était entouré d'un grand nombre de camarades, sapins et pins, plus grands que lui. Mais le petit sapin était pressé de pousser. Il ne pensait pas au soleil chaud et à l'air frais. Il ne s'intéressait pas aux enfants de paysans qui passaient en bavardant quand ils allaient cueillir des fraises ou des framboises. Ils avaient souvent rempli leur pot ou ils avaient enfilé des fraises sur un morceau de paille, puis ils s'asseyaient près du petit sapin et disaient : « Mais comme il est mignon ! » Cela, le sapin ne voulait pas l'entendre.

L'année suivante, il avait grandi d'un nœud, et l'année d'après, il était devenu encore beaucoup plus grand. Car l'âge d'un sapin se voit toujours au nombre de ses nœuds.

« Oh, si seulement je pouvais être un grand arbre, comme les autres, disait le petit sapin en soupirant, je pourrais étendre mes branches très loin et apercevoir le vaste monde depuis ma cime ! Les oiseaux bâtiraient leur nid dans mes branches et quand il y aurait du vent, je pourrais faire des signes de tête avec autant de distinction que les autres ! »

Le soleil qui brillait ne lui procurait aucun plaisir, pas plus que les oiseaux ou les nuages rouges qui passaient au-dessus de lui matin et soir.

En hiver, quand la neige blanche craquante recouvrait tout autour de lui, il n'était pas rare qu'un lièvre arrive en bondissant et qu'il saute juste par-dessus le petit arbre. Oh, que c'était agaçant ! Mais deux hivers passèrent et au cours du troisième, le sapin avait tellement grandi que le lièvre fut obligé de le contourner. Oh, pousser, pousser, devenir grand et vieux, il n'y a que cela de bien dans ce monde, pensait le sapin.

À l'automne, les bûcherons venaient toujours abattre quelques-uns des plus grands arbres, cela arrivait tous les ans et le jeune sapin, qui avait maintenant atteint une taille tout à fait respectable, tremblait à cette pensée, car les grands arbres superbes tombaient à terre avec un grand fracas. On leur coupait les branches, si bien qu'ils avaient l'air d'être nus et malingres, on arrivait à peine à les reconnaître, mais on les mettait ensuite sur des chariots et des chevaux les emportaient hors de la forêt.

Où devaient-ils aller ? Qu'est-ce qui les attendait ?

Au printemps, quand l'hirondelle et la cigogne arrivèrent, l'arbre leur demanda : « Ne savez-vous pas où on les a emmenés ? Ne les avez-vous pas rencontrés ? »

Les hirondelles ne savaient rien, mais la cigogne prit un air pensif, hocha la tête et dit : « Si, je le crois ! J'ai rencontré beaucoup de nouveaux bateaux après avoir quitté l'Égypte, sur les bateaux, il y avait de superbes mâts, et je crois pouvoir dire que c'étaient eux, ils sentaient le sapin, j'ai beaucoup de salutations à transmettre, ils ont la tête haute, ils ont la tête haute.

— Oh, si seulement j'étais assez grand pour traverser la mer à tire-d'aile ! Comment est-elle finalement, cette mer, et à quoi ressemble-t-elle ?

— Cela demanderait de longues explications », dit la cigogne, et elle partit.

« Sois content d'être jeune ! dirent les rayons du soleil, sois content d'être en pleine croissance, de cette vie, toute jeune, qui est en toi ! »

Et le vent fit un baiser à l'arbre, et la rosée laissa

tomber des larmes sur lui, mais ces choses-là, le sapin ne les comprenait pas.

Vers Noël, des arbres tout jeunes furent abattus, des arbres qui n'avaient même pas la taille ni l'âge de ce sapin qui ne tenait pas en place et qui voulait tout le temps partir. Ces jeunes arbres, qui étaient d'ailleurs justement les plus beaux de tous, conservaient toujours toutes leurs branches, on les mettait sur des chariots, et des chevaux les emmenaient hors de la forêt.

« Où doivent-ils aller ? demanda le sapin. Ils ne sont pas plus grands que moi, il y en avait même un qui était beaucoup plus petit. Pourquoi conservent-ils toutes leurs branches ? Où vont-ils ?

— Nous le savons ! Nous le savons ! dirent les moineaux en gazouillant. Nous avons regardé par les fenêtres quand nous étions en ville ! Nous savons où ils vont ! Nous avons regardé par les fenêtres et nous avons vu qu'on les plante dans le salon où il fait chaud et qu'on les décore avec les plus jolies choses, des pommes dorées, des pains d'épices, des jouets et des centaines de bougies !

— Et après ? demanda le sapin en tremblant de toutes ses branches. Et après ? Que se passe-t-il ?

— Eh bien, nous n'en avons pas vu plus ! C'était extraordinaire !

— Se peut-il que je sois né pour suivre cette voie brillante ? dit le sapin dans un transport de joie. C'est encore mieux que de traverser la mer ! Que ce désir ardent me fait souffrir ! Si seulement c'était Noël ! Je suis devenu maintenant aussi grand et je m'étends autant que ceux qu'on a emportés l'année dernière ! Oh, si seulement j'étais déjà sur le chariot ! Si seulement j'étais dans le salon où il fait chaud, avec toute sa splendeur ! Et ensuite ? Il vient quelque chose d'encore meilleur, d'encore plus beau, sinon, pourquoi me décoreraient-ils de cette manière ? C'est qu'il vient quelque chose d'encore plus grand, d'encore plus magnifique... ! Mais de quoi s'agit-il ? Oh, je souffre ! Je languis ! Je ne sais pas moi-même où j'en suis !

« — Sois content de m'avoir ! dirent l'air et la lumière du soleil, sois content de passer ta jeunesse pleine de fraîcheur dehors, à l'air libre ! »

Mais il n'était pas content du tout. Il grandissait de plus en plus, hiver comme été, il restait vert, d'un vert foncé. Les gens qui le voyaient disaient : « C'est un bel arbre ! » Et au moment de Noël, c'est lui qui fut abattu avant tous les autres. La hache pénétra profondément dans sa moelle, l'arbre tomba sur le sol en soupirant, il sentit une douleur, perdit connaissance, il était bien incapable de penser à un quelconque bonheur, cela l'attristait de se séparer de son foyer, de l'endroit où il avait poussé. Il savait bien qu'il ne reverrait plus ses chers vieux camarades, les petits buissons et les fleurs qui l'avaient entouré, et peut-être même plus les oiseaux. Le départ n'avait rien d'agréable.

L'arbre ne revint à lui qu'une fois qu'il fut dans la cour, qu'on l'eut déballé avec les autres arbres et qu'il entendit un homme dire : « Celui-là est superbe ! C'est celui-là qu'il nous faut ! »

Deux domestiques en grande tenue arrivèrent alors et emportèrent le sapin dans une grande et belle salle. Tout autour, des portraits étaient accrochés aux murs, et à côté du grand poêle de faïence, il y avait de grands vases chinois dont les couvercles étaient ornés de lions. Il y avait des fauteuils à bascule, des sofas de soie, de grandes tables remplies de livres d'images, et des jouets qui coûtaient cent fois cent rixdales – c'est du moins ce que disaient les enfants. Et le sapin fut dressé dans un grand tonneau rempli de sable, mais personne ne pouvait voir que c'était un tonneau, car on l'entoura d'un tissu vert et il était placé sur un grand tapis multicolore. Oh, comme le sapin tremblait ! Qu'allait-il se passer ? Des domestiques et des demoiselles s'affairèrent autour de lui pour le décorer. À l'une des branches, ils suspendirent de petits filets découpés dans du papier de couleur, chaque filet était rempli de sucreries. Des pommes et des noisettes dorées pendaient comme si elles avaient poussé là, et on fixa aux branches plus d'une centaine de petites bougies rouges, bleues et blanches. Des poupées qui ressemblaient à s'y méprendre à des êtres humains – le sapin n'en avait jamais vu auparavant – étaient suspendues dans toute cette verdure et tout en haut, à la cime, on plaça une grande étoile dorée brillante. C'était superbe, tout à fait superbe et sans égal.

« Ce soir, disaient-ils tous, ce soir, il va être resplendissant ! »

« Oh, pensait le sapin, vivement ce soir ! Pourvu qu'on allume les bougies bientôt ! Et que va-t-il se passer à ce moment-là ? Viendra-t-il des arbres de la forêt pour me regarder ? Les moineaux voleront-ils près de la vitre ? Est-ce que je vais prendre racine ici et rester décoré hiver comme été ? »

En fait, il savait bien à quoi s'en tenir. Mais il languissait tellement que cela lui faisait mal à l'écorce, et le mal d'écorce est aussi mauvais pour un arbre que les maux de tête pour nous autres.

Voilà qu'on alluma les bougies. Quel éclat, quelle splendeur ! Toutes les branches du sapin se mirent à trembler si fort qu'une des bougies mit le feu à la verdure. Cela le brûla fortement.

« Que le ciel nous préserve ! » crièrent les demoiselles, qui s'empressèrent d'éteindre le feu.

Maintenant, l'arbre n'osait même plus trembler. C'était terrible ! Il avait tellement peur de perdre un peu de sa parure. Tout ce scintillement lui faisait perdre la tête. Et voici que les deux battants de la porte s'ouvrirent, et qu'une multitude d'enfants se précipita à l'intérieur, comme s'ils avaient voulu renverser l'arbre, ils étaient suivis par les personnes âgées, qui marchaient posément. Les petits en eurent le souffle coupé, mais cela ne dura qu'un instant. Aussitôt après ils se remirent à manifester leur joie exubérante et cela fit un beau vacarme ! Ils dansèrent autour de l'arbre et le dépouillèrent un par un de tous ses cadeaux.

« Qu'est-ce qu'ils font ? pensa le sapin. Que va-t-il se passer ? » Et les bougies se consumèrent jusqu'aux branches, et à mesure qu'elles se consumaient, on les éteignit et les enfants eurent la permission de dépouiller l'arbre. Oh, ils se précipitèrent sur lui, si bien qu'on entendit des craquements dans toutes ses branches. S'il n'avait pas été fixé au plafond par sa pointe et par l'étoile d'or, il se serait renversé.

Les enfants dansaient en rond avec leurs superbes jouets. Personne ne regardait l'arbre, si ce n'est la vieille bonne qui jetait un coup d'œil entre les branches, mais ce n'était que pour s'assurer que l'on n'avait pas oublié une figue ou une pomme.

« Une histoire, une histoire ! » crièrent les enfants en tirant vers l'arbre un petit homme corpulent. Il s'assit juste en dessous : « car, comme ça, nous sommes dans la verdure, dit-il, et ça pourra faire beaucoup de bien à l'arbre d'écouter aussi ! Mais je ne raconterai qu'une seule histoire. Voulez-vous entendre celle d'"Ivédé-Avédé" ou celle de "Klumpe-Dumpe" le maladroit [1], qui tomba au bas de l'escalier et qui termina pourtant à la place d'honneur et eut la princesse ?

— Ivédé-Avédé ! crièrent les uns. « Klumpe-Dumpe le maladroit ! » crièrent les autres. Les cris fusaient de toutes parts, le sapin était le seul à rester silencieux et il pensait : « Est-ce que je ne peux pas être de la partie, est-ce que je n'ai rien à faire ? » Mais il avait été de la partie, il avait fait ce qu'il avait à faire.

Et l'homme raconta l'histoire de « Klumpe-Dumpe le maladroit qui était tombé au bas de l'escalier et qui termina pourtant à la place d'honneur et eut la princesse ». Et les enfants frappèrent dans leurs mains et crièrent : « Raconte ! Raconte ! » Ils voulaient aussi entendre « Ivédé-Avédé », mais ils n'eurent droit qu'à

---

1. *Ivédé-Avédé* est formé de deux mots qui n'ont aucun sens en danois. C'est le début d'une chanson pour enfants. *Klumpe-Dumpe* évoque l'idée de maladresse. *Dumpe* signifie « tomber lourdement » ou « essuyer un échec » (à un examen, par exemple). Andersen avait d'abord pensé au nom de « Hans le lourdaud » (*Klods-Hans*), qu'il a utilisé dans un autre conte qui reprend l'idée d'un maladroit qui triomphe d'une épreuve difficile.

« Klumpe-Dumpe le maladroit ». Le sapin restait silencieux et pensif. Jamais les oiseaux de la forêt n'avaient raconté de telles choses. « Klumpe-Dumpe le maladroit est tombé au bas de l'escalier et il a pourtant eu la princesse ! Mais oui, voilà comment les choses se passent dans le monde ! » pensa le sapin, qui croyait que c'était vrai parce que c'était un monsieur bien qui racontait l'histoire. « Mais oui, qui sait ? Je vais peut-être tomber au bas de l'escalier et avoir la princesse ! » Et il était content en pensant qu'on l'habillerait le lendemain avec des bougies et des jouets, de l'or et des fruits.

« Demain, je ne tremblerai pas ! pensait-il. Je me réjouirai pleinement de toute ma splendeur. Demain, je vais entendre encore l'histoire de Klumpe-Dumpe le maladroit et peut-être aussi celle d'Ivédé-Avédé. » Et l'arbre resta silencieux et pensif pendant toute la nuit.

Le matin, le domestique et la soubrette entrèrent.

« Voilà la fête qui recommence ! » pensa le sapin, mais ils le traînèrent hors du salon, montèrent l'escalier, entrèrent dans le grenier, et, arrivés là, ils le mirent dans un coin sombre, où la lumière du jour ne parvenait pas. « Qu'est-ce que cela signifie ? pensa le sapin. Qu'est-ce que je vais faire ici ? Qu'est-ce que je vais entendre ? » Et il s'appuya contre le mur, et se mit à réfléchir, à réfléchir... Il eut tout son temps, car des jours et des nuits passèrent, et personne ne monta, jusqu'au jour où quelqu'un arriva enfin, mais c'était pour mettre de grandes caisses dans le coin. L'arbre était entièrement caché, on aurait cru qu'il avait été complètement oublié.

« Maintenant, c'est l'hiver à l'extérieur ! pensait le sapin. La terre est dure et couverte de neige, les gens ne pourraient pas me planter. C'est pour cela que je vais sans doute rester à l'abri jusqu'au printemps ! Comme tout est bien prévu ! Comme les gens sont gentils ! Si seulement il ne faisait pas aussi noir et si je n'étais pas aussi terriblement seul ! Il n'y a même pas un petit lièvre ! C'était quand même très agréable dans la forêt, quand il y avait de la neige et que le lièvre passait à côté en sautant, et même quand il sautait par-dessus moi, mais je n'aimais pas cela à l'époque. Ici, je suis tout de même terriblement seul !

— Pip, pip ! » fit aussitôt une petite souris qui s'avança en trottinant, et une de ses semblables vint se joindre à elle. Elles reniflèrent le sapin et se promenèrent entre ses branches.

« Il fait un froid terrible ! dirent les petites souris. Sinon, c'est un lieu très agréable ! N'est-ce pas, vieux sapin !

— Je ne suis pas vieux du tout ! dit le sapin. Il y en a beaucoup qui sont bien plus vieux que moi !

— D'où viens-tu ? demandèrent les souris, et que sais-tu ? » Elles étaient terriblement curieuses. « Parle-nous du plus bel endroit de la terre ! Y as-tu été ? As-tu été dans le garde-manger où il y a des fromages sur les étagères et où des jambons sont suspendus au plafond, où on danse sur des chandelles de suif et où on est maigre en entrant et gras en sortant ?

— Je ne connais pas cet endroit ! dit l'arbre, mais je connais la forêt où le soleil brille et où les oiseaux chantent ! » et il raconta toute sa jeunesse, et les petites souris n'avaient jamais entendu jusque-là une chose pareille, et elles écoutèrent bien, puis elles dirent : « Mais comme tu en as vu des choses ! Comme tu as été heureux !

— Moi ? » dit le sapin en réfléchissant à ce qu'il était en train de raconter. « Eh oui, finalement, c'était des temps très heureux ! » mais il raconta ensuite le soir de Noël, quand il était décoré avec des gâteaux et des bougies.

« Oh ! dirent les petites souris, comme tu as été heureux, vieux sapin !

— Je ne suis pas vieux du tout ! dit l'arbre, c'est au cours de cet hiver que je suis venu de la forêt ! Je suis dans la force de l'âge, je me suis seulement arrêté de pousser !

— Comme tu racontes bien ! » dirent les petites

souris, et la nuit suivante, elles vinrent avec quatre autres petites souris, qui voulaient entendre l'arbre raconter, et plus il racontait, plus il se souvenait clairement de tout et il pensait : « C'était tout de même des temps très heureux ! Mais cela peut venir, cela peut venir ! Klumpe-Dumpe le maladroit est tombé au bas de l'escalier et il a pourtant eu la princesse, peut-être que moi aussi, je pourrai avoir une princesse », et le sapin pensait à un charmant petit bouleau qui poussait dans la forêt. Pour le sapin, c'était vraiment une belle princesse.

« Qui est Klumpe-Dumpe le maladroit ? » demandèrent les petites souris. Et le sapin raconta alors tout le conte. Il n'avait pas oublié le moindre mot, et les petites souris étaient prêtes à sauter au sommet du sapin tellement elles étaient contentes. La nuit suivante, il vint des souris en beaucoup plus grand nombre et le dimanche, il y eut même deux rats, mais ils estimèrent que l'histoire n'était pas drôle et cela fit de la peine aux petites souris, car maintenant, elles l'appréciaient moins, elles aussi.

« Vous ne savez que cette histoire ? » demandèrent les rats.

« Uniquement celle-là ! répondit l'arbre, je l'ai entendue le soir le plus heureux de ma vie, mais à l'époque, je ne réalisais pas pleinement mon bonheur !

— Cette histoire est extrêmement mauvaise ! Vous n'en connaissez pas avec du lard et des chandelles de suif ? Pas d'histoires de garde-manger ?

— Non ! » dit l'arbre.

« Eh bien, nous vous remercions ! » répondirent les rats en retournant chez eux.

Les souris finirent aussi par disparaître, et l'arbre poussa alors un soupir : « C'était tout de même très bien quand elles étaient assises autour de moi, ces petites souris, et qu'elles écoutaient ce que je racontais ! Voilà que c'est fini, ça aussi ! Mais je penserai à m'amuser quand on me sortira à nouveau ! »

Mais quand cela eut-il lieu ? Eh bien, ce fut un

matin, lorsque des gens vinrent fouiller dans le grenier. On déplaça les caisses, on prit le sapin, on le jeta un peu brutalement sur le sol, c'est vrai, mais aussitôt après, un domestique l'emmena vers l'escalier où brillait la lumière du jour.

« Voilà la vie qui recommence ! » pensa l'arbre. Il sentait l'air frais, le premier rayon de soleil, et il était maintenant dans la cour. Tout allait tellement vite, l'arbre oubliait complètement de se regarder, il y avait tellement de choses à voir autour de lui. À l'extrémité de la cour, il y avait un jardin où tout était en fleurs. Les roses fraîches et parfumées recouvraient la petite barrière, les tilleuls étaient en fleur, et les hirondelles virevoltaient en disant : « cuicui, mon mari est arrivé ! », mais ce n'est pas au sapin qu'elles pensaient.

« Maintenant, je vais vivre ! » pensa-t-il, en débordant de joie, et il déploya largement ses branches. Hélas, elles étaient toutes sèches et jaunies. Il avait été mis sur le sol dans le coin où il y a des mauvaises herbes et des orties. L'étoile de papier doré était encore fixée à sa cime et elle scintillait à la lumière claire du soleil.

Dans la cour, quelques enfants jouaient, ils étaient de ceux qui avaient dansé autour de l'arbre à la fête de Noël et y avaient pris tant de plaisir. L'un des plus petits vint en courant pour arracher l'étoile d'or.

« Regardez ce qu'il y a encore sur cet affreux vieux sapin de Noël ! » dit-il en piétinant les branches, qui craquèrent sous ses bottes.

Et l'arbre regarda tout ce luxe de fleurs et cette fraîcheur qui étaient dans le jardin, il se regarda lui-même, et il regretta de ne pas être resté dans son coin sombre dans le grenier. Il pensa à sa fraîche jeunesse dans la forêt, à la joyeuse soirée de Noël et aux petites souris qui avaient été tellement heureuses d'entendre l'histoire de Klumpe-Dumpe le maladroit.

« Fini ! Fini ! dit le pauvre arbre. Si seulement je m'étais réjoui quand je le pouvais ! Fini ! Fini ! »

Le domestique vint ensuite débiter l'arbre en petits

morceaux, et cela donna tout un fagot. De belles flammes se formèrent sous la grande marmite et on entendit de profonds soupirs, chacun d'eux était comme une petite détonation, si bien que les enfants qui étaient en train de jouer accoururent et s'assirent devant le feu, fixèrent le regard sur lui et crièrent : « Pif ! paf ! », mais à chaque explosion, qui était un profond soupir, l'arbre pensait à une journée d'été dans la forêt, à une nuit d'hiver là-bas, quand les étoiles scintillaient. Il pensait à la fête de Noël et à Klumpe-Dumpe le maladroit, le seul conte qu'il avait entendu et savait raconter... et puis l'arbre fut consumé.

Les garçons jouaient dans la cour et le plus petit avait sur sa poitrine l'étoile d'or que l'arbre avait portée le soir où il avait été le plus heureux. Maintenant, c'était fini, et l'arbre était fini, et l'histoire aussi. Fini, fini, comme toutes les histoires !

# LA REINE DES NEIGES

## Conte en sept histoires

### PREMIÈRE HISTOIRE
#### *qui traite du miroir et de ses morceaux*

Voilà, nous commençons ! Quand nous serons arrivés à la fin de l'histoire, nous en saurons plus que nous n'en savons maintenant, car c'était un méchant troll, l'un des pires qui soient, c'était « le diable ». Un jour, il était de fort bonne humeur, car il avait fait un miroir qui avait pour propriété de réduire à presque rien le beau et le bien qui s'y réfléchissaient, tandis que tout ce qui ne valait rien et qui avait vilaine allure était mis nettement en valeur et devenait encore pire. Les plus beaux paysages y ressemblaient à des épinards cuits et les personnes les meilleures devenaient d'une laideur repoussante ou se tenaient la tête en bas et n'avaient pas de ventre ; les visages étaient tellement déformés qu'ils étaient méconnaissables, et si l'on avait une tache de rousseur, on pouvait être sûr qu'elle couvrirait le nez et la bouche. « Le diable » trouvait cela très amusant. Lorsqu'une pensée bonne et pieuse traversait l'esprit d'une personne, on voyait un ricanement apparaître dans le miroir, et le diable des trolls ne pouvait pas s'empêcher de rire de son ingénieuse invention. Tous ceux qui allaient à l'école des trolls – car il faisait l'école à des trolls – racontèrent partout qu'un miracle s'était produit : c'était seulement maintenant, disaient-ils, qu'on pouvait connaître l'aspect véritable du monde et des hommes. Ils allèrent partout avec le miroir, et pour finir, il n'y eut plus un pays, plus un homme, qui n'y eût été déformé. Ils voulurent alors voler vers le ciel lui-même pour se moquer des anges et de « Notre-Seigneur ». Plus ils s'élevèrent, plus le ricanement du miroir s'accentua, si bien qu'ils pouvaient à peine le retenir ; ils s'élevèrent de plus en plus haut et se rapprochèrent de Dieu et des anges ; alors le miroir ricana si fort qu'il fut pris d'un tremblement terrible, leur échappa des mains et vint s'écraser sur la terre où il se brisa en des centaines de millions, des milliards de morceaux et plus encore, et causa ainsi bien plus de malheur qu'auparavant ; car plusieurs de ces morceaux étaient à peine aussi gros que des grains de sable et ils s'éparpillèrent de par le vaste monde, et lorsqu'ils entraient dans les yeux des gens, ils y restaient, et ces personnes voyaient alors tout de travers, ou bien elles ne voyaient que le mauvais côté des choses, car chacun des petits morceaux du miroir avait gardé la même force que le miroir tout entier. Des petits fragments de miroir entrèrent même dans le cœur de certaines personnes, et c'était alors vraiment épouvantable, car ce cœur devenait comme un bloc de glace. Quelques morceaux de miroir furent assez grands pour servir de vitres, mais il ne faisait pas bon regarder ses amis au travers de ce genre de vitre ; d'autres morceaux furent utilisés comme verres de lunettes et cela se passait mal quand les gens mettaient ces lunettes pour bien voir et pour être justes ; le malin riait à s'en faire éclater le ventre, et cela le chatouillait fort agréablement. Mais des petits morceaux de verre volaient encore dans l'air. Écoutons donc !

DEUXIÈME HISTOIRE
*Un petit garçon et une petite fille*

Dans la grande ville, où il y a tant de maisons et tant de gens qu'il n'y a pas assez de place pour que tout le monde puisse avoir un petit jardin, et où la plupart des gens doivent se contenter de fleurs en pots, il y avait néanmoins deux enfants pauvres qui possédaient un jardin un peu plus grand qu'un pot de fleurs. Ils n'étaient pas frère et sœur, mais s'aimaient autant que s'ils l'avaient été. Leurs parents habitaient juste en face les uns des autres ; ils habitaient deux mansardes. Là où les toits des deux maisons voisines se rejoignaient et où la gouttière longeait les avant-toits, deux petites fenêtres se faisaient face ; il suffisait d'enjamber la gouttière pour passer d'une fenêtre à l'autre.

Les parents avaient chacun une grande caisse de bois devant leur fenêtre, et il y poussait des herbes potagères qu'ils utilisaient, ainsi qu'un petit rosier ; il y en avait un seul par caisse, il poussait à merveille. Les parents eurent l'idée de poser les caisses en travers de la gouttière, si bien qu'elles allaient presque d'une fenêtre à l'autre et ressemblaient exactement à deux remparts de fleurs. Les tiges des pois retombaient sur les caisses, et les rosiers avec leurs longues branches s'enlaçaient autour des fenêtres, et s'inclinaient l'un vers l'autre : c'était presque un arc de triomphe de verdure et de fleurs. Les caisses étaient très hautes, et les enfants savaient qu'ils n'avaient pas le droit d'y grimper, mais on leur permettait souvent d'aller se rejoindre, de s'asseoir sur leurs petits bancs sous les roses, et c'était un endroit où ils jouaient merveilleusement.

En hiver, ce plaisir n'existait plus. Les fenêtres étaient souvent entièrement couvertes de givre, mais ils faisaient alors chauffer des schillings de cuivre sur le poêle, appliquaient la pièce brûlante sur la vitre givrée, et cela donnait un beau trou d'observation, tout rond, tout rond. Derrière, à chaque fenêtre, un œil plein de tendresse regardait. C'étaient le petit garçon et la petite fille. Il s'appelait Kay et elle s'appelait Gerda. En été, ils pouvaient se rendre l'un chez l'autre d'un seul saut. En hiver, il leur fallait d'abord descendre beaucoup d'étages et en remonter autant. Au-dehors, la neige tourbillonnait.

« Ce sont les abeilles blanches qui essaiment », dit la vieille grand-mère.

« Ont-elles aussi une reine ? » demanda le petit garçon, car il savait que les vraies abeilles en ont une.

« Oui ! dit la grand-mère. Elle vole là où les abeilles sont le plus serrées. Elle est la plus grande de toutes, et elle ne reste jamais immobile sur le sol, elle repart avec la nuée noire. Par les nuits d'hiver, elle traverse souvent les rues de la ville et regarde par les fenêtres qui se couvrent étrangement de givre, et on croirait voir des fleurs.

— Oui, oui, c'est bien ce que j'ai vu ! » dirent les deux enfants, et ils surent ainsi que c'était vrai.

« Est-ce que la Reine des Neiges peut entrer ici ? » demanda la petite fille.

« Elle n'a qu'à venir, dit le petit garçon, je la mettrai sur le poêle tout chaud et elle fondra. »

Mais la grand-mère lui caressa les cheveux et raconta d'autres histoires.

Le soir, alors que le petit Kay était chez lui, à moitié déshabillé, il grimpa sur la chaise qui se trouvait près de la fenêtre et regarda par le petit trou. Quelques flocons de neige tombaient à l'extérieur, et l'un d'entre eux, le plus gros de tous, vint se placer sur le bord d'une des caisses de fleurs. Ce flocon grandit à vue d'œil et prit pour finir l'aspect d'une dame vêtue des voiles blancs les plus fins qui semblaient être composés de millions de flocons étoilés. Elle était belle et distinguée, mais toute de glace, de cette glace aveuglante et scintillante, mais elle était pourtant vivante. Ses yeux étincelaient comme des étoiles, mais ils ne restaient jamais tranquilles. Elle hocha la tête en direc-

tion de la fenêtre et fit un signe de la main. Le petit
garçon eut peur et sauta de la chaise et il lui sembla
alors qu'un grand oiseau passait dehors devant la
fenêtre.

Le lendemain, le temps était clair et il gelait, puis
vint le dégel, puis vint le printemps, le soleil brillait,
la verdure apparut, les hirondelles bâtirent leurs nids,
les fenêtres s'ouvrirent, et les deux enfants se retrouvèrent dans leur petit jardin perché bien haut dans la
gouttière, au-dessus de tous les étages.

Les roses fleurirent admirablement cet été-là. La
petite fille avait appris un psaume où il était question
de roses ; ces roses lui faisaient penser aux siennes.
Elle le chanta au petit garçon et il chanta avec elle :

> *Les roses poussent dans les vallées,*
> *Où avec l'Enfant Jésus nous pouvons parler !*

Et les enfants se tenaient par la main, donnaient des
baisers aux roses et plongeaient le regard dans la clarté
du soleil de Dieu et lui parlaient comme si l'Enfant
Jésus avait été là. Comme elles étaient belles, ces journées d'été, comme il faisait bon dehors près des rosiers
vivaces qui semblaient ne jamais vouloir s'arrêter de
fleurir !

Kay et Gerda étaient en train de regarder le livre
d'images qui représentait des animaux et des oiseaux
et c'est là que – l'horloge sonnait exactement cinq
heures au grand clocher de l'église – Kay s'écria :
« Aïe ! quelque chose m'a piqué au cœur ! et maintenant il vient de m'entrer quelque chose dans l'œil ! »

La petite fille le prit par le cou ; il clignota des yeux,
non, elle ne vit rien.

« Je crois que c'est parti ! » dit-il ; mais ce n'était
pas parti. C'était justement l'un de ces débris de verre
qui provenaient du miroir, le miroir du troll, nous nous
souvenons certainement de ce verre affreux qui faisait
qu'en s'y reflétant, tout ce qui était grand et bon parais-
sait petit et laid, tandis que ce qui était méchant et

mauvais était nettement mis en valeur, et qu'on remarquait aussitôt tous les défauts. Le pauvre Kay avait aussi reçu un éclat en plein cœur. Celui-ci n'allait pas tarder à devenir comme un bloc de glace. Cela ne lui faisait plus mal, mais le morceau de miroir était toujours là.

« Pourquoi pleures-tu ? demanda-t-il. Cela te rend laide ! Je n'ai rien, tout de même ! Pouah ! cria-t-il soudain, cette rose a été piquée par un ver ! et regarde celle-ci qui pousse tout de travers ! finalement, ces roses sont affreuses, elles ressemblent aux caisses dans lesquelles elles poussent ! » et il donna un grand coup de pied à la caisse et arracha les deux roses.

« Kay, que fais-tu ? » cria la petite fille ; et lorsqu'il vit qu'elle était tout effrayée, il arracha encore une rose et rentra rapidement chez lui en passant par sa fenêtre, pour ne pas rester avec la gentille petite Gerda.

Lorsqu'elle vint plus tard avec le livre d'images, il dit que c'était bon pour les bébés, et quand la grand-mère racontait des histoires, il trouvait toujours à redire ; quand il le pouvait, il marchait derrière elle, mettait des lunettes et parlait comme elle. C'était tout à fait ressemblant et cela faisait rire les gens. Il sut bientôt imiter la façon de parler et de marcher de toutes les personnes de la rue. Tout ce qu'ils avaient de bizarre et de déplaisant, Kay savait l'imiter, et les gens disaient : « Il est sûrement très doué, ce garçon ! » mais cela venait du verre qu'il avait reçu dans l'œil, du verre qui était entré dans son cœur ; et c'est pour cela qu'il taquinait même la petite Gerda, qui l'aimait de toute son âme.

Ses jeux devinrent alors bien différents de ce qu'ils avaient été auparavant, ils devinrent très raisonnables. Un jour d'hiver, alors que les flocons de neige tourbillonnaient, il apporta une grande loupe, tendit le bout de sa veste bleue au-dehors et y laissa tomber les flocons de neige.

« Regarde au travers de la loupe, Gerda ! » dit-il, et chacun des flocons devint beaucoup plus gros et prit l'aspect d'une superbe fleur ou d'une étoile à dix branches ; c'était beau à voir.

« Tu vois, comme elles sont faites avec art ! dit Kay. C'est bien plus intéressant que les vraies fleurs ! et elles n'ont pas le moindre défaut, elles sont parfaitement régulières, aussi longtemps qu'elles ne fondent pas ! »

Peu de temps après, Kay arriva, portant de gros gants, son traîneau sur le dos. Il cria aux oreilles de Gerda : « J'ai la permission d'aller faire du traîneau sur la grande place, où les autres jouent ! » et il disparut aussitôt.

Sur la place, les garçons les plus hardis attachaient souvent leur traîneau à la charrette d'un paysan et se faisaient ainsi tirer un bout de chemin. C'était bien amusant. Au moment où le jeu battait son plein, un grand traîneau arriva. Il était entièrement peint en blanc, et une personne enveloppée dans une fourrure blanche et coiffée d'un bonnet de fourrure blanc y était assise ; le traîneau fit deux fois le tour de la place, et Kay put y attacher prestement son petit traîneau, et il se laissa ensuite tirer. La vitesse augmenta de plus en plus jusqu'au moment où ils pénétrèrent dans la rue voisine ; la personne qui conduisait se retourna, fit à Kay un signe de tête amical, on aurait pu croire qu'ils se connaissaient ; à chaque fois que Kay voulait détacher son petit traîneau, la personne lui adressait un nouveau signe de tête, et Kay restait assis ; ils franchirent bientôt la porte de la ville. La neige se mit alors à tomber si fort que le petit garçon ne voyait plus devant lui, mais il filait très vite ; il lâcha alors rapidement la corde pour se détacher du grand traîneau, mais cela ne changea rien, son petit véhicule était bien accroché et il allait aussi vite que le vent. Il cria alors très fort, mais personne ne l'entendit, la neige continuait à tourbillonner et le traîneau s'éloignait à toute allure ; de temps à autre, il y avait une secousse, comme s'il passait par-dessus des fossés et des haies. Kay était tout épouvanté, il voulut réciter son Notre-Père, mais seule la table de multiplication lui revint à la mémoire.

Les flocons devinrent de plus en plus gros ; pour finir, on aurait dit de grosses poules blanches ; ils firent soudain un écart, le grand traîneau s'arrêta, et la personne qui le conduisait se leva, sa fourrure et son bonnet n'étaient que de la neige ; c'était une dame, grande et élancée, d'un blanc éclatant, c'était la Reine des Neiges.

« Nous avons fait un bon bout de chemin, dit-elle, mais il y a de quoi avoir froid ! Blottis-toi dans ma fourrure d'ours ! » et elle le fit asseoir à côté d'elle dans le traîneau, rabattit sur lui son manteau de fourrure, et il crut s'enfoncer dans un amas de neige.

« As-tu encore froid ? » demanda-t-elle, et elle lui donna un baiser sur le front. Oh ! c'était plus froid que la glace, et cela pénétra jusqu'à son cœur qui était pourtant déjà à moitié glacé ; il eut l'impression qu'il allait mourir ; mais cela ne dura qu'un instant ; après, il se sentit bien ; il ne ressentit plus le froid qui l'entourait.

« Mon traîneau ! N'oublie pas mon traîneau ! » Ce fut la première chose à laquelle il pensa ; et le traîneau fut attaché à l'une des poules blanches qui vola derrière en le portant sur son dos. La Reine des Neiges donna un nouveau baiser à Kay, et il oublia alors la petite Gerda et la grand-mère et toutes les personnes de sa maison.

« Tu n'auras pas d'autre baiser, dit-elle, sinon tu en mourrais ! »

Kay la regarda, elle était si belle, il ne pouvait s'imaginer visage plus intelligent et plus joli ; maintenant, elle ne lui semblait plus être faite de glace comme la fois où il l'avait vue devant la fenêtre et où elle lui avait fait signe ; elle était parfaite à ses yeux, il n'avait pas du tout peur ; il lui raconta qu'il savait faire du calcul mental, même avec des fractions, qu'il connaissait la superficie des pays et le nombre de leurs habitants, et elle souriait tout le temps ; il trouva alors qu'il

n'en savait pourtant pas assez, et il leva les yeux vers
l'espace aux dimensions si grandes, si grandes, et elle
s'envola avec lui, s'envola bien haut sur le nuage noir,
et la tempête sifflait et mugissait, on aurait dit qu'elle
chantait de vieilles chansons. Ils volèrent par-dessus
des forêts et des lacs, par-dessus des mers et des pays ;
au-dessous d'eux, le vent froid sifflait, les loups hurlaient, la neige étincelait ; les corneilles noires passaient au-dessus en croassant, mais tout en haut brillait
la lune, elle était grande et claire, et Kay passa toute
cette longue, longue nuit d'hiver à la regarder ; lorsque
le jour fut venu, il dormait aux pieds de la Reine des
Neiges.

TROISIÈME HISTOIRE
*Le jardin fleuri de la femme qui connaissait la magie*

Que devint la petite Gerda lorsqu'elle ne vit pas
revenir Kay ? Où était-il donc ? Personne ne le savait,
personne ne pouvait rien dire. Les garçons racontèrent
simplement qu'ils l'avaient vu attacher son petit traîneau à un autre, grand et magnifique, qui s'était engagé
dans la rue et qui était sorti par la porte de la ville.
Personne ne savait où il était, bien des larmes coulèrent, la petite Gerda pleura beaucoup et longtemps ; on
dit ensuite qu'il était mort, qu'il était tombé dans la
rivière qui coulait tout près de la ville. Oh ! que les
journées d'hiver furent longues et sombres !

Ensuite vint le printemps et le soleil devint plus
chaud.

« Kay est mort et disparu ! » dit la petite Gerda.

« Je ne le crois pas ! » dit le soleil.

« Il est mort et disparu ! » dit-elle aux hirondelles.

« Je ne le crois pas ! » répondirent-elles et, à la fin,
la petite Gerda elle-même ne le crut plus.

« Je vais mettre mes souliers rouges tout neufs, dit-elle un matin, ceux que Kay n'a jamais vus, et je vais descendre à la rivière pour l'interroger. »

Il était très tôt ; elle embrassa la vieille grand-mère qui dormait, mit ses souliers rouges et se rendit toute seule à la rivière en sortant par la porte de la ville.

« Est-il vrai que tu m'as pris mon petit camarade de jeux ? Je veux bien te faire cadeau de mes souliers rouges si tu veux me le rendre ! »

Et il lui sembla que les vagues lui faisaient de curieux signes ; elle prit alors ses souliers rouges, ce qu'elle avait de plus cher, et les jeta tous les deux dans la rivière, mais ils tombèrent tout près de la berge, et les petites vagues les ramenèrent aussitôt à terre auprès d'elle ; on aurait dit que la rivière ne voulait pas prendre ce qu'elle avait de plus cher, puisqu'elle n'avait pas pris le petit Kay ; mais Gerda crut qu'elle n'avait pas jeté les souliers assez loin du bord, et elle grimpa alors dans une barque qui était là au milieu des roseaux, elle alla jusqu'à l'extrémité de la barque, et lança ses souliers ; mais la barque n'était pas attachée et le mouvement qu'avait fait Gerda la fit s'éloigner du bord ; la petite fille s'en aperçut et courut pour sauter à terre, mais avant même qu'elle soit revenue à l'arrière, la barque était déjà à une aune de la berge et elle s'éloignait maintenant plus rapidement.

La petite Gerda fut alors très effrayée et elle se mit à pleurer, mais personne ne l'entendit, excepté les moineaux, et ils ne pouvaient pas la ramener à terre, ils volaient seulement le long de la berge en chantant comme pour la consoler : « Cuicui, nous voici ! Cuicui, nous voici ! » La barque était entraînée par le courant ; la petite Gerda restait entièrement immobile, elle n'avait aux pieds que ses bas ; ses petits souliers rouges flottaient derrière, mais ils ne pouvaient pas rattraper la barque, qui prenait encore de la vitesse.

Le paysage était beau des deux côtés de la rivière, de jolies fleurs, de vieux arbres et des coteaux où paissaient des moutons et des vaches, mais on ne voyait pas un seul être humain.

« Peut-être la rivière me conduit-elle vers le petit Kay », pensa Gerda, et elle se sentit alors de meilleure humeur. Elle se leva et regarda pendant de longues heures les jolies rives verdoyantes ; elle arriva ensuite devant un grand verger tout planté de cerisiers, où il y avait une petite maison avec de drôles de fenêtres rouges et bleues, et, en plus, un toit de chaume, et devant, deux soldats de bois présentaient les armes à ceux qui passaient en bateau.

Gerda les appela, elle croyait qu'ils étaient vivants, mais il va de soi qu'ils ne répondirent pas ; elle se rapprochait beaucoup d'eux, le courant poussait la barque droit vers la terre.

Gerda cria encore plus fort, et une vieille, vieille femme sortit de la maison en s'appuyant sur un bâton muni d'un crochet ; elle portait un grand chapeau de soleil sur lequel étaient peintes les plus jolies fleurs.

« Pauvre petite, dit la vieille femme, comment es-tu arrivée ainsi sur le grand fleuve rapide, comment as-tu été entraînée si loin à travers le vaste monde ? » et la vieille femme s'avança loin dans l'eau, accrocha son bâton à la barque, la tira à terre et en fit sortir la petite Gerda.

Gerda était contente de poser le pied sur la terre ferme, mais elle avait tout de même un peu peur de la vieille femme qu'elle ne connaissait pas.

« Viens donc me raconter qui tu es et comment tu es venue ici ! » dit celle-ci.

Et Gerda lui raconta tout ; et la vieille branlait la tête en faisant : « Hum ! hum ! » et, une fois que Gerda lui eut tout dit et lui eut demandé si elle n'avait pas vu le petit Kay, la femme lui dit qu'il n'était pas encore passé mais qu'il allait sans doute venir, elle ne devait surtout pas s'en attrister, mais il fallait qu'elle goûte à ses cerises, et qu'elle regarde ses fleurs ; elles étaient plus belles que n'importe quel livre d'images, chacune savait raconter toute une histoire. Elle prit alors Gerda par la main, elles entrèrent dans la petite maison, et la vieille femme ferma la porte.

Les fenêtres étaient situées très haut et les vitres
étaient rouges, bleues et jaunes ; la lumière du jour
prenait dans la maison des teintes étranges, mais il y
avait sur la table les cerises les plus délicieuses, et
Gerda en mangea autant qu'elle voulut, car c'était permis. Et pendant qu'elle mangeait, la vieille femme lui
peignait les cheveux avec un peigne d'or, et ses jolies
boucles blondes répandaient un ravissant éclat jaune
autour de son gentil petit visage qui était tout rond et
ressemblait à une rose.

« J'ai longtemps désiré avoir une gentille petite fille
comme toi, dit la vieille. Tu vas voir comme nous
allons bien nous entendre toutes les deux. » Et pendant
qu'elle peignait les cheveux de la petite Gerda, celle-
ci oublia de plus en plus celui qui était presque son
frère, le petit Kay ; car la vieille femme savait exercer
la magie, mais ce n'était pas une méchante magicienne,
elle faisait seulement un peu de magie pour son plaisir
personnel, et voilà qu'elle voulait garder la petite
Gerda. C'est pourquoi elle sortit dans le jardin, tendit
son bâton à crochet vers tous les rosiers, et tous, même
ceux qui étaient couverts des plus belles fleurs, disparurent dans la terre noire, et on ne voyait plus où ils
avaient poussé. La vieille avait peur qu'en voyant des
roses, Gerda ne se mette à penser aux siennes, que cela
lui rappelle le petit Kay et qu'elle se sauve.

Elle conduisit ensuite Gerda dans le jardin fleuri.
Oh ! quel lieu parfumé et charmant ! Toutes les fleurs
qu'on pouvait imaginer, celles qui poussent à toutes les
saisons, étaient là en pleine floraison ; nul livre
d'images n'aurait pu être plus coloré ni plus beau.
Gerda sautait, tant elle était heureuse, et elle joua jusqu'à ce que le soleil disparaisse derrière les grands
cerisiers. On lui fit alors un lit douillet aux édredons
de soie rouge, garnis de violettes bleues, et elle dormit
et fit d'aussi doux rêves qu'une reine le jour de ses
noces.

Le lendemain, elle put de nouveau jouer avec les
fleurs sous les chauds rayons du soleil. Bien des jours

passèrent ainsi. Gerda connaissait toutes les fleurs, mais malgré leur grand nombre, il lui semblait qu'il en manquait tout de même une, mais elle n'aurait pas su dire laquelle. Un jour, elle était en train de regarder le chapeau de soleil de la vieille femme avec ses fleurs peintes, et voilà que la plus belle était justement une rose. La vieille avait oublié d'enlever celle-ci de son chapeau lorsqu'elle avait fait disparaître les autres dans la terre. Mais voilà ce qui arrive quand on est distrait ! « Comment, dit Gerda, il n'y a pas de roses ici ! » et elle courut de parterre en parterre, chercha et chercha, mais elle n'en trouva pas. Elle s'assit alors sur le sol et pleura, et ses larmes brûlantes tombèrent précisément à l'endroit où s'était enfoncé un rosier, et lorsque les chaudes larmes arrosèrent la terre, l'arbuste surgit tout à coup, avec autant de fleurs qu'au moment où il avait disparu, et Gerda l'entoura de ses bras, embrassa les roses et pensa aux belles roses qui étaient chez elle et du même coup au petit Kay.

« Oh ! comme j'ai pris du retard ! dit la petite fille. J'étais pourtant à la recherche de Kay ! Ne savez-vous pas où il est ? demanda-t-elle aux roses. Croyez-vous qu'il soit mort et disparu ?

— Il n'est pas mort, dirent les roses, car nous avons été sous la terre, là où sont tous les morts, mais Kay n'y était pas !

— Je vous remercie ! » dit la petite Gerda, et elle alla vers les autres fleurs, regarda dans leur calice et leur demanda : « Ne savez-vous pas où est le petit Kay ? »

Mais chacune des fleurs était au soleil et rêvait son propre conte ou son histoire, et Gerda en entendit un très très grand nombre, mais aucune des fleurs ne savait rien de Kay.

Que dit donc le lis rouge ?

« Entends-tu le tambour ! boum ! boum ! il n'y a que deux notes, toujours boum ! boum ! Écoute la complainte des femmes ! Écoute l'appel des prêtres ! Vêtue de sa longue robe rouge, la femme hindoue se

tient debout sur le bûcher, les flammes s'élèvent autour
d'elle et de son mari mort ; mais la femme hindoue
pense à l'homme vivant dans le cercle qui l'entoure,
celui dont les yeux brûlent plus ardemment que les
flammes, celui dont le regard de feu touche plus son
cœur que les flammes qui vont bientôt réduire son
corps en cendres. La flamme du cœur peut-elle périr
dans les flammes du bûcher ?

— Je n'y comprends rien du tout ! » dit la petite
Gerda.

« C'est mon conte ! » dit le lis rouge.

Que dit le liseron ?

« Au-dessus de l'étroit sentier de montagne se dresse
un vieux château fort ; le lierre épais grimpe le long
des vieux murs rouges, feuille contre feuille, s'étend
jusqu'au balcon où se tient une charmante jeune fille ;
elle se penche au-dessus de la balustrade et surveille le
sentier. Aucune rose suspendue à sa tige n'est plus
fraîche qu'elle, aucune fleur de pommier arrachée par
le vent n'est plus légère qu'elle ; quel frou-frou fait sa
superbe robe de soie ! "Ne viendra-t-il donc pas ?"

— Est-ce de Kay que tu parles ? » demanda la petite
Gerda.

« Je ne parle que de mon conte, de mon rêve »,
répondit le liseron.

Que dit le petit perce-neige ?

« Parmi les arbres, la longue planche est suspendue
par des cordes, c'est une balançoire ; deux charmantes
petites filles – leurs robes sont blanches comme la
neige, de longs rubans de soie verts flottent à leurs
chapeaux – sont en train de se balancer ; leur frère, qui
est plus grand qu'elles, est debout sur la balançoire, il
a passé son bras autour de la corde pour se tenir, car il
a une petite coupe dans une main et une pipe de terre
dans l'autre, il fait des bulles de savon ; la balançoire
va et vient, et les bulles aux beaux reflets irisés flottent
dans l'air ; la dernière est encore accrochée au tuyau
de la pipe et suit le mouvement du vent ; la balançoire
va et vient. Léger comme les bulles, le petit chien noir

se dresse sur ses pattes de derrière et veut aller aussi sur la balançoire, mais elle vole ; le chien tombe, aboie et se fâche ; on se paie sa tête, les bulles éclatent... Une planche qui se balance, une image de mousse qui disparaît, voilà ma chanson !

— Il se peut que ce soit joli, ce que tu racontes, mais tu le dis sur un ton tellement triste, et tu ne parles pas du tout de Kay. Que disent les jacinthes ?

— Il y avait trois charmantes sœurs, toutes transparentes et gracieuses ; la robe de l'une était rouge, celle de l'autre était bleue, et celle de la troisième toute blanche ; elles dansaient en se tenant par la main près du lac paisible au clair de lune. Ce n'étaient pas des elfes, c'étaient des enfants d'hommes. L'air était rempli d'un parfum délicieux, et les jeunes filles disparurent dans la forêt ; le parfum se fit plus fort ; trois cercueils dans lesquels se trouvaient les charmantes jeunes filles glissèrent hors d'un fourré et passèrent au-dessus du lac ; des vers luisants les entouraient comme des petites lumières vacillantes. Les jeunes filles se sont-elles endormies après leur danse, ou sont-elles mortes ? – Le parfum des fleurs dit que ce sont des cadavres ; la cloche du soir sonne le glas.

— Tu me rends toute triste, dit la petite Gerda. Ton parfum est si fort ; je ne peux pas m'empêcher de penser aux jeunes filles mortes ! Hélas ! le petit Kay est-il vraiment mort ? Les roses ont été sous la terre et elles disent que non !

— Ding, dong ! sonnèrent les cloches des jacinthes. Ce n'est pas à cause du petit Kay que nous sonnons, nous ne le connaissons pas ! Nous chantons simplement notre chanson, la seule que nous sachions ! »

Et Gerda alla voir le bouton-d'or qui brillait au milieu de ses feuilles vertes et luisantes.

« Tu es un petit soleil clair ! dit Gerda. Dis-moi si tu sais où je pourrai trouver mon camarade de jeux ! »

Et le bouton-d'or brillait joliment et il regarda Gerda. Quelle chanson le bouton-d'or pouvait-il donc chanter ? Il n'y était pas non plus question de Kay.

« Dans une petite cour, le soleil de Notre-Seigneur brillait et réchauffait l'atmosphère le premier jour du printemps ; ses rayons effleuraient le mur blanc du voisin, tout près poussaient les premières fleurs jaunes, or brillant sous les chauds rayons du soleil ; la vieille grand-mère était assise dehors sur sa chaise, sa petite-fille, la pauvre et jolie servante, arriva à la maison pour une courte visite ; elle embrassa la grand-mère. Il y avait de l'or, l'or qui vient du cœur, dans ce baiser bienfaisant. Lèvres d'or, cœur en or, le soleil prend son essor ! Voilà, c'est ma petite histoire ! » dit le bouton-d'or.

« Ma pauvre vieille grand-mère ! soupira Gerda. Il lui tarde certainement de me revoir, elle est triste à cause de moi, comme elle l'était à cause du petit Kay. Mais je vais bientôt rentrer à la maison, et je ramènerai Kay. Cela ne sert à rien d'interroger les fleurs, elles ne connaissent que leur propre chanson, elles ne me donnent aucune indication ! » et elle retroussa sa petite robe pour pouvoir courir plus vite ; mais le narcisse lui fit un croc-en-jambe au moment où elle sautait par-dessus lui ; elle s'arrêta, regarda la longue fleur jaune et demanda : « Tu sais peut-être quelque chose ? » et elle se pencha jusqu'au narcisse. Et que lui dit-il ?

« Je me vois moi-même ! Je me vois moi-même ! dit le narcisse. Oh ! oh ! comme je sens bon ! Là-haut, dans la petite mansarde, il y a une petite danseuse à demi vêtue, elle se tient tantôt sur une jambe, tantôt sur les deux, elle envoie promener le monde entier d'un coup de pied, elle n'est qu'une hallucination. Elle verse de l'eau avec la théière sur un de ses vêtements, c'est son corset – la propreté est une bonne chose ! – ; la robe blanche est suspendue à la patère, elle aussi a été lavée avec la théière et séchée sur le toit ; elle la met, passe autour de son cou le foulard jaune safran, si bien que le blanc de la robe est encore plus éclatant. La jambe en l'air ! la voilà dressée sur une tige ! je me vois moi-même ! je me vois moi-même !

— Cela m'est tout à fait égal ! dit Gerda. Ce n'est

pas une chose à me raconter ! » et elle courut jusqu'au bout du jardin.

La porte était fermée, mais elle força le verrou rouillé qui céda, la porte s'ouvrit brusquement, et la petite Gerda s'élança pieds nus dans le vaste monde. Elle regarda trois fois en arrière, mais personne ne courait à ses trousses ; à la fin, elle fut obligée de s'arrêter de courir et s'assit sur une grosse pierre, et lorsqu'elle jeta un coup d'œil à la ronde, l'été était passé, l'automne était déjà avancé ; on ne pouvait pas du tout s'en rendre compte dans le beau jardin où il y avait toujours du soleil et où poussaient des fleurs de toutes les saisons.

« Mon Dieu, comme je me suis attardée ! dit la petite Gerda. C'est déjà l'automne ! Je ne peux pas me reposer ! » et elle se leva pour partir.

Oh ! comme ses petits pieds étaient meurtris et fatigués, et autour d'elle, tout était froid et humide ; les longues feuilles de saules étaient toutes jaunes, et, à leur contact, le brouillard se condensait et coulait goutte à goutte, les feuilles tombaient l'une après l'autre, seul le prunellier avait encore ses fruits, âcres à vous en emporter la bouche. Oh ! que le vaste monde était gris et morne !

QUATRIÈME HISTOIRE
*Prince et princesse*

Gerda dut se reposer une nouvelle fois ; alors, juste en face de l'endroit où elle était assise, une grande corneille se mit à sautiller sur la neige, elle était longtemps restée là à la regarder en secouant la tête ; elle dit ensuite : « Croa, croa, comment qu'ça va ? comment qu'ça va ? » Elle ne parlait pas trop bien, mais elle était très bien disposée à l'égard de la petite fille et elle lui demanda où elle allait ainsi toute seule dans le vaste monde. Gerda comprit très bien le mot « seule », elle sentait très bien tout ce qu'il pouvait renfermer ; et elle raconta toute sa vie à la corneille et lui demanda si elle n'avait pas vu Kay.

Et la corneille répondit en hochant la tête d'un air réfléchi : « Cela se pourrait ! Cela se pourrait !

— Tu crois vraiment ? » cria la petite fille qui embrassa la corneille tellement fort qu'elle l'aurait presque étouffée.

« Soyons raisonnable, soyons raisonnable ! dit la corneille. Je crois que ce peut être le petit Kay ! mais il t'a sans doute oubliée auprès de la princesse !

— Est-ce qu'il habite chez une princesse ? » demanda Gerda.

« Oui, écoute ! dit la corneille, mais j'ai du mal à parler ta langue. Si tu comprends la langue des corneilles [1], je pourrai mieux te raconter les choses.

— Non, je ne l'ai pas apprise ! dit Gerda, mais ma grand-mère savait la parler, de même que le javanais. Si seulement je l'avais apprise !

— Cela ne fait rien ! dit la corneille, je vais te raconter les choses du mieux que je pourrai, mais ce sera mauvais malgré tout. » Et elle raconta ce qu'elle savait.

« Dans le royaume où nous nous trouvons maintenant habite une princesse qui est extrêmement intelligente ; il faut dire qu'elle a lu tous les journaux qui existent dans le monde, et qu'elle les a ensuite oubliés, tellement elle est intelligente. Il y a quelque temps, elle était assise sur son trône – et il paraît que ce n'est pas très amusant – et voilà qu'elle se mit à fredonner une chanson ; c'était celle où il est dit "Pourquoi donc ne me marierais-je pas ?" "Tiens, voilà qui n'est pas sans intérêt", dit-elle, et elle eut envie de se marier, mais

---

1. Andersen joue ici sur les mots. Le terme *Kragemaal* signifie littéralement « langue des corneilles », mais on l'emploie aussi comme synonyme de « charabia ». Le terme *P-Maal* désigne une langue artificielle. Nous le rendons par « javanais » dans la réplique suivante.

elle voulait avoir un mari qui savait répondre quand on lui parlait ; il ne fallait pas que ce soit quelqu'un qui se contente de rester planté là avec son air distingué, car c'est très ennuyeux. Elle fit alors venir toutes ses dames d'honneur, et lorsque celles-ci surent ce qu'elle voulait, elles furent très contentes. "Voilà qui me plaît, dirent-elles. J'y ai d'ailleurs pensé il n'y a pas si longtemps." Crois-moi, chacune des paroles que je dis est vraie, dit la corneille. J'ai une fiancée apprivoisée qui circule librement dans le château, et c'est elle qui m'a tout raconté ! »

Sa fiancée était naturellement aussi une corneille, car qui se ressemble s'assemble [1], et il n'y a qu'une corneille pour ressembler à une autre corneille.

« Les journaux parurent tout de suite, bordés de cœurs et des initiales de la princesse ; on pouvait y lire que tout jeune homme de belle prestance pouvait se présenter au château pour y parler avec la princesse, et que celui qui parlerait de façon telle qu'on pourrait entendre qu'il était bien à sa place dans ces lieux, celui qui parlerait le mieux, la princesse le prendrait pour époux ! Oui, oui, dit la corneille, c'est aussi vrai que tu me vois là devant toi. Les gens affluèrent, on se bouscula, on se pressa, mais ce fut sans résultat le premier comme le deuxième jour. Ils savaient bien parler, tous autant qu'ils étaient, aussi longtemps qu'ils étaient dans la rue, mais lorsqu'ils franchissaient la porte du château et qu'ils apercevaient les gardes en uniformes argentés, ainsi que les laquais en livrées dorées sur les marches de l'escalier et les grandes salles illuminées, ils étaient déconcertés ; et lorsqu'ils se retrouvaient devant le trône où la princesse était assise, ils ne savaient que répéter le dernier mot qu'elle avait prononcé, et elle n'avait aucune envie de le réentendre. On aurait dit que tous ces gens avaient avalé du tabac à priser et qu'une sorte de torpeur s'emparait d'eux

---

1. Nouveau jeu de mots : traduit littéralement, ce dicton signifie « Une corneille cherche sa semblable ».

jusqu'au moment où ils retournaient dans la rue ; et là, ils étaient capables de parler. On faisait la queue depuis la porte de la ville jusqu'au château. J'ai vu cela de mes propres yeux ! dit la corneille. Ils finissaient par avoir faim et soif, mais le personnel du château ne leur servait pas même un verre d'eau tiède. Il est vrai que quelques-uns parmi les plus avisés avaient apporté des casse-croûte, mais ils ne partageaient pas avec leurs voisins, car ils se disaient : "S'il a l'air affamé, la princesse ne le prendra pas !"

— Mais Kay, le petit Kay, demanda Gerda. Quand est-il arrivé ? Se trouvait-il parmi tous ces gens ?

— Attends ! Attends ! Nous arrivons justement à lui. Le troisième jour, on vit arriver un petit personnage sans cheval ni voiture qui s'avança d'un pas décidé jusqu'au château ; ses yeux brillaient comme les tiens, il avait de beaux cheveux longs, mais de pauvres vêtements.

— C'était Kay ! s'écria Gerda joyeusement. Je l'ai donc trouvé ! » Et elle battait des mains.

« Il avait un petit sac sur le dos ! » dit la corneille.

« Non, c'était certainement son traîneau, dit Gerda, car il est parti avec le traîneau.

— C'est fort possible, dit la corneille, je n'y ai pas regardé de si près ! Mais ce que je sais par ma fiancée apprivoisée, c'est que lorsqu'il eut franchi la porte du château, il ne fut pas le moins du monde intimidé par les gardes en uniformes argentés ni par les laquais en livrées dorées sur les marches de l'escalier. Il leur fit un signe de la tête et leur dit : "Ce doit être ennuyeux de rester sur les marches, je préfère entrer !" Les salles étaient inondées de lumière ; des conseillers privés et des excellences marchaient pieds nus et portaient des plats d'or ; il y avait de quoi être impressionné ! Ses bottes craquaient horriblement fort, mais il n'avait tout de même pas peur !

— C'est sûrement Kay, dit Gerda, je sais qu'il avait des bottes neuves, je les ai entendu craquer dans la maison de ma grand-mère !

— Pour craquer, ils craquaient ! dit la corneille, et il s'avança d'un pas décidé jusque devant la princesse, qui était assise sur une perle aussi grande qu'une roue de rouet ; et toutes les dames d'honneur avec leurs servantes et les servantes de leurs servantes, de même que les chevaliers avec leurs domestiques et les domestiques de leurs domestiques, qui avaient eux-mêmes un valet, étaient placés partout ; et plus ils se tenaient près de la porte, plus ils avaient fière allure. Le valet d'un domestique de domestique se promène toujours en pantoufles, et on ose à peine le regarder, tellement il a l'air fier, debout à la porte !

— Ce doit être affreux, dit la petite Gerda, et Kay a tout de même pu avoir la princesse ?

— Si je n'étais pas une corneille, je l'aurais prise, bien que je sois fiancé. Il paraît qu'il a parlé aussi bien que moi lorsque je parle la langue des corneilles ; c'est ma fiancée apprivoisée qui me l'a dit. Il avait l'air décidé et il était charmant ; il n'était pas venu du tout pour la demander en mariage, mais simplement pour se rendre compte de l'intelligence de la princesse, et il s'estima satisfait et la princesse s'estima satisfaite, elle aussi !

— Bien sûr ! C'était Kay ! dit Gerda. Il était très intelligent, il savait faire du calcul mental avec des fractions ! Oh ! ne veux-tu pas m'introduire dans le château ?

— C'est facile à dire, dit la corneille, mais comment nous y prendre ? Je vais en parler à ma fiancée apprivoisée ; elle saura sans doute nous conseiller ; car il faut que je te dise qu'en temps normal, une petite fille comme toi n'obtient jamais l'autorisation d'entrer !

— Eh bien, je l'obtiendrai tout de même, dit Gerda. Quand Kay entendra que je suis là, il viendra tout de suite me chercher !

— Attends-moi près de cette clôture ! » dit la corneille, puis elle secoua la tête et s'envola.

La nuit était déjà tombée lorsque la corneille revint : « Croa, croa ! dit-elle. J'ai à te transmettre les meil-

leures salutations de ma fiancée, et voilà un petit pain
pour toi, elle l'a pris à la cuisine, il y en a assez et tu
dois avoir faim. Il n'est pas possible pour toi d'entrer
au château, car tu es pieds nus ; les gardes en uniformes argentés et les laquais en livrées dorées ne le
permettraient pas ; mais ne pleure pas, tu vas tout de
même pouvoir y aller. Ma fiancée connaît un petit
escalier dérobé qui mène dans la chambre à coucher et
elle sait où trouver la clef ! »

Et elles entrèrent dans le jardin, suivirent la grande
allée où les feuilles tombaient les unes après les autres,
et lorsque les lumières s'éteignirent dans le château,
l'une après l'autre, la corneille conduisit Gerda jusqu'à
la porte de derrière qui était entrebâillée.

Oh ! comme le cœur de Gerda palpitait de peur et
d'impatience ! C'était comme si elle s'apprêtait à faire
quelque chose de mal, mais en réalité elle voulait simplement savoir si c'était le petit Kay ; oui, ce devait
être lui ; elle pensa intensément à ses yeux intelligents,
à ses longs cheveux ; elle le voyait nettement sourire
comme lorsqu'ils étaient à la maison sous les roses. Il
serait certainement heureux de la voir, d'apprendre
quel long trajet elle avait fait à cause de lui ; combien,
à la maison, tout le monde avait été triste de ne pas le
voir revenir. Oh ! la peur se mêlait à la joie !

Elles étaient maintenant dans l'escalier ; une petite
lampe brûlait sur une commode ; la corneille apprivoisée était là sur le parquet et tournait la tête de tous les
côtés ; elle regarda Gerda qui fit la révérence comme
sa grand-mère le lui avait appris.

« Mon fiancé m'a dit beaucoup de bien de vous, ma
petite demoiselle, dit la corneille apprivoisée, et votre
*curriculum vitae*, comme on dit, est également très
émouvant ! Si vous voulez bien prendre la lampe, je
vous précéderai. Nous irons tout droit, car ainsi nous
ne rencontrerons personne !

— Il me semble qu'il vient quelqu'un derrière
nous », dit Gerda, et elle sentit quelque chose la frôler ;
on voyait passer comme des ombres sur le mur, des

chevaux aux crinières flottantes et aux pattes fines, de jeunes chasseurs, des cavaliers et des cavalières.

« Ce ne sont que les rêves, dit la corneille, ils viennent chercher les pensées du couple princier pour les conduire à la chasse ; c'est une bonne chose, car vous pourrez ainsi les regarder plus facilement dans leur lit. J'espère bien que si vous parvenez un jour aux plus hautes dignités, vous saurez vous montrer reconnaissante !

— Ce ne sont pas des choses à dire ! » dit la corneille de la forêt.

Elles entrèrent alors dans la première salle, dont les murs étaient tendus de satin rose brodé de fleurs ; les rêves passèrent devant elles, mais ils filaient si vite que Gerda n'eut pas le temps de voir le couple princier. Les salles se succédaient, l'une plus belle que l'autre ; il y avait vraiment de quoi être déconcerté, et elles arrivèrent bientôt dans la chambre à coucher. Le plafond ressemblait à un grand palmier aux feuilles de verre, d'un verre précieux, et au milieu de la pièce, deux lits étaient suspendus à une épaisse tige d'or, ils faisaient tous deux penser à des lis : l'un était blanc, et c'est là que reposait la princesse ; l'autre était rouge, et c'est là que Gerda devait chercher le petit Kay. Elle écarta l'un des pétales rouges, et vit alors une nuque brune. Oh ! c'était Kay ! Elle cria son nom d'une voix très forte, dirigea la lampe vers lui... les rêves revinrent dans la pièce au galop... il se réveilla, tourna la tête et... ce n'était pas le petit Kay.

Le prince ne lui ressemblait que par la nuque, mais il était jeune et beau. Et la princesse sortit la tête de son petit lit en forme de lis blanc et demanda ce qu'il y avait. La petite Gerda se mit alors à pleurer et elle raconta toute son histoire ainsi que tout ce que les corneilles avaient fait pour elle.

« Pauvre petite ! » dirent le prince et la princesse, et ils félicitèrent les corneilles et dirent qu'ils ne leur en voulaient pas du tout, mais qu'il ne fallait tout de même pas recommencer. Elles auraient même droit à une récompense.

« Voulez-vous avoir la liberté de voler où vous voudrez, demanda la princesse, ou voulez-vous être engagées définitivement comme corneilles de cour, avec la possibilité de récupérer tous les déchets de la cuisine ? »

Les deux corneilles firent la révérence et demandèrent à être engagées définitivement, car elles pensaient à leur vieillesse, et elles estimaient qu'il fallait faire quelque chose pour « ses vieux jours », comme elles disaient.

Le prince sortit ensuite de son lit et il laissa Gerda y dormir ; il ne pouvait pas faire plus. Elle joignit ses petites mains et pensa : « Que les hommes et les animaux sont bons ! », puis elle ferma les yeux et dormit d'un sommeil bienfaisant. Tous les rêves revinrent à vive allure, et cette fois-ci, ils ressemblaient aux anges de Dieu et ils tiraient un petit traîneau sur lequel Kay était assis et faisait des signes de tête. Mais tout cela n'était que des rêves, et c'est pourquoi tout disparut dès qu'elle se réveilla.

Le lendemain, on l'habilla de la tête aux pieds de soie et de velours ; on lui proposa de rester au château, et d'y passer des jours heureux, mais elle demanda seulement une petite voiture tirée par un cheval ainsi qu'une paire de petites bottes ; elle voulait repartir dans le vaste monde pour trouver Kay.

Et on lui donna des bottes et aussi un manchon ; on lui mit des habits ravissants et, lorsqu'elle voulut partir, un carrosse d'or pur tout neuf s'arrêta devant la porte ; les armoiries du prince et de la princesse y brillaient comme une étoile ; le cocher, les domestiques et les postillons, car il y avait aussi des postillons, portaient des livrées brodées de couronnes d'or. Le prince et la princesse l'aidèrent eux-mêmes à monter dans la voiture, et lui exprimèrent tous leurs vœux de bonheur. La corneille de la forêt, qui était maintenant mariée, l'accompagna pendant les trois premières lieues ; elle prit place à côté d'elle, car elle ne pouvait pas supporter d'être assise en sens inverse de la marche ; l'autre corneille se posta à la porte de la ville et battit des ailes ; elle ne les suivit pas, car elle souffrait de maux de tête depuis qu'on l'avait engagée définitivement et qu'elle avait trop à manger. L'intérieur du carrosse était matelassé de craquelins et le siège était bourré de fruits et de pain d'épice.

« Adieu ! Adieu ! » crièrent le prince et la princesse, et la petite Gerda pleura, et la corneille pleura ; on parcourut ainsi les premières lieues, puis la corneille fit aussi ses adieux, ce fut la séparation la plus dure ; elle s'envola dans un arbre et agita ses ailes noires aussi longtemps qu'elle put voir la voiture qui rayonnait comme le soleil dans sa clarté.

## CINQUIÈME HISTOIRE
### *La petite fille de brigands*

Ils traversaient la forêt sombre, mais le carrosse brillait comme un flambeau ; cela faisait mal aux yeux des brigands, ils ne pouvaient pas le supporter.

« C'est de l'or ! C'est de l'or ! » crièrent-ils. Ils se précipitèrent, arrêtèrent les chevaux, tuèrent les petits postillons, le cocher et les domestiques, et tirèrent la petite Gerda hors de la voiture.

« Elle est grasse, elle est mignonne, elle a été engraissée avec des noix ! dit la vieille femme de brigand qui avait une longue barbe en broussaille et des sourcils qui lui pendaient jusque sur les yeux. C'est aussi bon qu'un petit agneau dodu ! Comme nous allons nous régaler ! » et elle sortit son couteau luisant et il brillait tellement que c'était épouvantable.

« Aïe ! » cria tout à coup la mégère. Elle venait d'être mordue à l'oreille par sa propre petite fille qui était suspendue dans son dos et qui était si sauvage et

si mal élevée que c'était un plaisir. « Sale petite ! » dit
la mère, et elle n'eut pas le temps de tuer Gerda.

« Je veux qu'elle joue avec moi, dit la petite fille de
brigands, qu'elle me donne son manchon, sa belle robe,
et qu'elle dorme avec moi dans mon lit ! » Puis elle
mordit de nouveau la femme de brigand qui sauta en
l'air et se retourna ; et tous les brigands se mirent à rire
et ils dirent : « Regardez-la danser avec sa petite ! »

« Je veux aller dans le carrosse ! » dit la petite fille
de brigands et elle voulait absolument qu'on cède à
son caprice, car elle était gâtée et entêtée. Elle prit
place avec Gerda dans la voiture, et elles s'enfoncèrent
plus profondément dans la forêt en roulant sur des
souches et des broussailles. La petite fille de brigands
était aussi grande que Gerda, mais elle était plus forte,
plus large d'épaules et elle avait le teint foncé. Ses
yeux étaient tout noirs, ils avaient l'air presque tristes.
Elle saisit la petite Gerda par la taille et lui dit : « Ils
ne te tueront pas tant que je ne me fâcherai pas contre
toi ! Tu es certainement une princesse ?

— Non », dit la petite Gerda, et elle lui raconta tout
ce qui lui était arrivé et combien elle aimait le petit
Kay.

La fille de brigands la regarda d'un air très sérieux,
fit un léger signe de tête et dit : « Ils ne te tueront pas,
même si je me fâche contre toi ; ce sera certainement
à moi de le faire ! » Puis elle essuya les yeux de Gerda
et fourra ses deux mains dans le beau manchon qui
était si doux et si chaud.

Le carrosse s'arrêta ; elles étaient au milieu de la
cour d'un château de brigands qui était lézardé de haut
en bas, des corbeaux et des corneilles sortaient par des
trous, et de grands bouledogues qui avaient l'air
capables d'avaler chacun un homme sautaient très
haut, mais ils n'aboyaient pas, car c'était interdit.

Dans la grande et vieille salle noire de suie, un grand
feu brûlait sur les dalles de pierre, la fumée s'accumu-
lait au plafond et s'échappait par où elle pouvait ; une

grande marmite de soupe bouillait et des lièvres et des lapins tournaient sur des broches.

« Tu vas dormir ici cette nuit avec moi auprès de tous mes petits animaux ! » dit la fille de brigands. On leur donna à manger et à boire, et elles allèrent dans un coin où il y avait de la paille et des couvertures. Au-dessus d'elles, près d'une centaine de pigeons étaient perchés sur des lattes et des barreaux, et ils semblaient tous dormir, mais ils se retournèrent tout de même un peu lorsque les petites filles arrivèrent.

« Ils sont tous à moi ! » dit la petite fille de brigands et elle saisit l'un de ceux qui étaient les plus proches, le tint par les pattes et le secoua, le faisant ainsi battre des ailes. « Embrasse-le ! » cria-t-elle en frappant le visage de Gerda avec le pigeon. « Et voilà les canailles de la forêt ! » continua-t-elle en montrant une quantité de barreaux qui fermaient un trou placé haut dans le mur. « Ce sont les canailles de la forêt, ces deux-là, ils s'envolent tout de suite si on ne les enferme pas bien ; et voilà mon vieux fiancé. Bêêê ! » Et elle tira par une corne un renne qui portait un anneau de cuivre poli autour du cou et qui était attaché. « Celui-là aussi, il faut le retenir, sinon il nous fausse compagnie comme les autres. Tous les soirs, je lui chatouille le cou avec mon couteau aiguisé, cela lui fait très peur ! » Et la petite fille sortit un long couteau d'une fente du mur et le promena sur le cou du renne ; la pauvre bête se mit à ruer, et la fille de brigands rit et entraîna Gerda dans le lit.

« Vas-tu garder ton couteau pendant que tu dormiras ? » demanda Gerda, un peu effrayée.

« Je dors toujours avec un couteau ! dit la petite fille de brigands. On ne sait jamais ce qui peut arriver. Mais raconte-moi encore une fois ce que tu m'as dit tout à l'heure du petit Kay et répète-moi pourquoi tu es partie dans le vaste monde. » Gerda recommença son histoire, tandis que les pigeons de la forêt roucoulaient là-haut dans leur cage et que les autres pigeons dormaient. La petite fille de brigands passa son bras autour du cou de Gerda tout en tenant le couteau dans l'autre main, et elle dormit en faisant du bruit ; mais Gerda n'arriva pas du tout à fermer l'œil, elle ne savait pas si elle s'en tirerait la vie sauve. Les brigands étaient assis autour du feu, ils chantaient et buvaient, et la vieille femme de brigand faisait des cabrioles. Oh ! quel affreux spectacle pour la petite fille !

Alors, les pigeons de la forêt dirent : « Crou, crou ! nous avons vu le petit Kay. Une poule blanche portait son traîneau, il était assis dans la voiture de la Reine des Neiges, qui volait bas au-dessus de la forêt quand nous étions dans notre nid ; elle a soufflé sur nous, les petits, et ils sont tous morts, sauf nous deux. Crou, crou !

— Que dites-vous, là-haut ? cria Gerda. Où la Reine des Neiges est-elle partie ? En savez-vous quelque chose ?

— Elle est sans doute partie en Laponie, car c'est un endroit où il y a toujours de la neige et de la glace ! Demande donc au renne qui est attaché à la corde.

— Il y a de la glace et de la neige ; comme il y fait bon vivre ! dit le renne. On s'ébat librement dans les grandes vallées d'un blanc éclatant ! C'est là que la Reine des Neiges a sa tente d'été, mais le château qui est sa résidence principale se trouve près du pôle Nord, sur l'île qu'on appelle Spitzberg !

— Oh ! Kay ! Mon petit Kay ! » soupira Gerda.

« Tiens-toi tranquille, dit la fille de brigands, sinon je vais te planter le couteau dans le ventre ! »

Le lendemain matin, Gerda lui raconta tout ce que les pigeons de la forêt avaient dit, et la petite fille de brigands avait l'air très sérieux, mais elle hocha la tête et dit : « Cela m'est égal ! Cela m'est égal ! Sais-tu où est la Laponie ? » demanda-t-elle au renne.

« Qui pourrait le savoir mieux que moi, dit le renne dont les yeux s'étaient mis à pétiller, c'est là que je suis né, c'est là que j'ai bondi dans les champs de neige !

— Écoute, dit la fille de brigands à Gerda. Tu vois que tous nos hommes sont partis, mais ma mère est encore là et elle va rester, mais dans le courant de la matinée, elle va boire à la grande bouteille et elle fera ensuite un petit somme ; je ferai alors quelque chose pour toi ! » Elle sauta à bas du lit, se jeta au cou de sa mère, lui tira la moustache et dit : « Bonjour, mon gentil petit bouc ! » Sa mère lui donna alors une tape si forte sur le nez qu'il en devint rouge et bleu, mais tout cela n'était que des preuves d'amour.

Après que la mère eut bu à la bouteille et qu'elle se fut couchée pour faire un petit somme, la fille de brigands alla vers le renne et lui dit : « Ce n'est pas l'envie qui me manque de te chatouiller encore beaucoup avec mon couteau aiguisé, car je te trouve très amusant dans ces moments-là, mais cela ne fait rien, je vais détacher ta corde et t'aider à sortir pour que tu puisses aller en Laponie ; mais il ne faudra pas traîner et il faudra conduire cette petite fille au château de la Reine des Neiges où se trouve son camarade de jeux. Tu as certainement entendu ce qu'elle a raconté, car elle parlait assez fort et tu tends l'oreille. »

Le renne bondit de joie. La fille de brigands souleva la petite Gerda et prit la précaution de bien l'attacher, et elle lui donna même un petit coussin pour s'asseoir. « Cela m'est égal, dit-elle, voilà tes bottes fourrées car il va faire froid, mais je garde le manchon, il est trop joli ! Mais il ne faut tout de même pas que tu aies froid. Voilà les grandes moufles de ma mère, elles t'arrivent jusqu'au coude. Fourre tes mains dedans ! Maintenant, tes mains ressemblent à celles de ma sale mère ! »

Et Gerda pleura de joie.

« Je n'aime pas quand tu pleurniches ! dit la petite fille de brigands. Il faut avoir l'air content maintenant, et voilà deux pains et un jambon, comme cela, tu n'auras pas faim. » Elle attacha ces provisions sur le dos du renne, ouvrit la porte, enferma tous les grands chiens, puis elle coupa la corde avec son couteau et elle dit au renne : « Cours maintenant, mais fais bien attention à la petite fille ! »

Gerda tendit à la fille de brigands ses mains enfouies dans les grandes moufles et lui dit au revoir. Puis le renne partit comme une flèche, sautant par-dessus les buissons et les souches ; il traversa la grande forêt, des marais et des steppes, il courait tant qu'il pouvait. Les loups hurlaient, et les corbeaux croassaient. Le ciel faisait « pfut ! pfut ! ». On aurait dit qu'il éternuait rouge.

« Ce sont mes bonnes vieilles aurores boréales, dit le renne, regardez comme elles éclairent ! » et il galopa encore plus vite, jour et nuit. Les pains furent mangés, le jambon aussi, et ils arrivèrent en Laponie.

### SIXIÈME HISTOIRE
### *La Lapone et la Finnoise*

Ils s'arrêtèrent près d'une petite maison. Elle était bien misérable, son toit descendait jusqu'à terre, et la porte était si basse que la famille devait ramper sur le ventre pour entrer et sortir. Il n'y avait dans cette maison qu'une vieille Lapone qui était en train de faire cuire du poisson à la lueur d'une lampe à l'huile de baleine ; et le renne raconta toute l'histoire de Gerda, mais il commença par la sienne propre, car il estimait qu'elle était beaucoup plus importante, et Gerda était tellement engourdie par le froid qu'elle ne pouvait pas parler.

« Ah ! comme je vous plains ! dit la Lapone, vous avez encore beaucoup à courir ! Vous avez plus de cent lieues à faire pour arriver jusqu'au Finnmark, car c'est là que la Reine des Neiges a sa maison de campagne et qu'elle allume tous les soirs des feux bleus. Je vais écrire quelques mots sur une morue séchée – je n'ai pas de papier – et vous la porterez à la Finnoise, là-haut ; elle saura mieux vous renseigner que moi ! »

Et lorsque Gerda se fut réchauffée et qu'elle eut mangé et bu, la Lapone écrivit quelques mots sur une morue séchée, pria Gerda d'en prendre bien soin, et attacha de nouveau la petite fille sur le renne, qui partit au galop. « Pfut ! Pfut ! » entendait-on dans l'air, la jolie lumière bleue des aurores boréales brûla toute la nuit, et ils arrivèrent au Finnmark et frappèrent à la cheminée de la Finnoise, car elle n'avait même pas de porte.

Il faisait une telle chaleur à l'intérieur que la Finnoise se promenait presque toute nue ; elle était petite et très sale ; elle défit tout de suite les vêtements de la petite Gerda, lui enleva ses moufles et ses bottes, sinon elle aurait eu trop chaud, mit un morceau de glace sur la tête du renne et lut ensuite ce qui était écrit sur la morue séchée ; elle le lut trois fois, après quoi elle le sut par cœur, puis elle mit le poisson dans la marmite, car il n'y avait pas de raison de ne pas le manger, et elle ne laissait jamais rien se perdre.

Le renne raconta d'abord son histoire, puis celle de la petite Gerda, et la Finnoise cligna de ses yeux intelligents, mais elle ne dit rien.

« Tu es très avisée, dit le renne, je sais que tu peux lier tous les vents du monde avec un fil à coudre ; quand le patron du bateau défait le premier nœud, le vent lui est favorable, s'il défait le second, le vent est fort, et s'il défait le troisième et le quatrième, la tempête se déchaîne et elle arrache les arbres des forêts. Ne veux-tu pas donner à la petite fille un breuvage qui lui procurera la force de douze hommes et lui permettra de vaincre la Reine des Neiges ?

— La force de douze hommes, dit la Finnoise, en effet, cela fera l'affaire ! » et elle alla prendre sur une étagère une grande peau roulée, qu'elle déroula ; des caractères étranges y étaient écrits, et la Finnoise suait à grosses gouttes en les lisant.

Mais le renne intercéda une nouvelle fois avec une telle insistance pour la petite Gerda, et Gerda regarda la Finnoise avec des yeux tellement suppliants et pleins de larmes que celle-ci se remit à cligner des yeux, entraîna le renne dans un coin, où, tout en lui mettant un nouveau morceau de glace sur la tête, elle lui chuchota :

« Le petit Kay est en effet chez la Reine des Neiges ; il y trouve tout à son goût, et croit que c'est la meilleure partie du monde, mais cela vient de ce qu'il a reçu un éclat de verre dans le cœur et une poussière de verre dans l'œil ; il faut d'abord qu'il en soit débarrassé, sinon il ne deviendra jamais un être humain, et la Reine des Neiges conservera le pouvoir qu'elle a sur lui.

— Mais ne peux-tu pas donner à Gerda quelque chose qui lui accordera le pouvoir sur tout cela ?

— Je ne peux pas lui donner un pouvoir plus grand que celui qu'elle a déjà ! Ne vois-tu pas combien il est grand ? Ne vois-tu pas comment les hommes et les animaux sont forcés de la servir, et comment elle a si bien pu parcourir le monde, les pieds nus ? Il ne faut pas que nous lui fassions savoir quel est son pouvoir, il réside dans son cœur, il vient de ce que c'est une enfant gentille et innocente. Si elle n'entre pas elle-même dans le château de la Reine des Neiges pour débarrasser Kay de son verre, nous ne pourrons rien faire pour elle ! Le jardin de la Reine des Neiges commence à deux lieues d'ici, tu peux y conduire la petite fille ; dépose-la près du grand buisson qui porte des baies rouges et qui pousse dans la neige, ne perds pas ton temps en bavardages et dépêche-toi de revenir ici ! » Et la Finnoise plaça de nouveau Gerda sur le renne qui courut de toutes ses forces.

« Oh ! je n'ai pas pris mes bottes, je n'ai pas pris mes moufles ! » cria la petite Gerda. Elle s'en rendait compte avec le froid cuisant, mais le renne n'osa pas s'arrêter, il courut jusqu'au moment où il arriva près du grand buisson aux baies rouges ; il y déposa Gerda, lui donna un baiser sur la bouche, et de grosses larmes brillantes roulèrent le long des joues de l'animal, puis il se remit à courir de toutes ses forces pour revenir. La pauvre Gerda était là sans chaussures, sans gants, dans le froid terrible du Finnmark.

Elle avança en courant aussi vite qu'elle put ; et tout un régiment de flocons de neige arriva, mais ils ne tombaient pas du ciel, qui était tout clair et illuminé par l'aurore boréale ; les flocons de neige couraient sur le sol et plus ils s'approchaient, plus ils grossissaient ; Gerda se souvenait combien les flocons de neige qu'elle avait vus à la loupe lui avaient paru gros et artistement travaillés, mais ceux-ci étaient autrement grands et effrayants ; ils étaient vivants, c'étaient les avant-postes de la Reine des Neiges. Ils avaient les formes les plus étranges ; certains ressemblaient à de gros hérissons affreux, d'autres à des amas de serpents entrelacés qui avançaient leurs têtes, et d'autres encore à de petits ours trapus au poil hirsute. Ils étaient tous d'un blanc éclatant, ils étaient tous des flocons de neige vivants.

Alors la petite Gerda dit son Notre-Père, et le froid était si intense qu'elle pouvait voir sa propre haleine ; elle sortait de sa bouche comme de la fumée ; son haleine se fit de plus en plus dense et elle se transforma en petits anges lumineux qui grandissaient à vue d'œil dès qu'ils avaient touché le sol ; et ils avaient tous des casques sur la tête et des lances et des boucliers dans les mains ; ils devinrent de plus en plus nombreux, et quand Gerda eut terminé son Notre-Père, elle était entourée de toute une légion ; ils frappèrent de leurs lances les terribles flocons qui se brisèrent en une centaine de morceaux, et la petite Gerda s'avança d'un pas sûr et décidé. Les anges lui tapotaient les pieds et les mains, si bien qu'elle sentait moins combien il faisait froid, et elle s'approcha rapidement du château de la Reine des Neiges.

Mais il faut d'abord que nous sachions ce que faisait Kay. Il est certain qu'il ne pensait pas à la petite Gerda, et surtout pas qu'elle se trouvait devant le château.

## SEPTIÈME HISTOIRE
*Ce qui s'était passé dans le château de la Reine*
*des Neiges et ce qui se passa ensuite*

Les murs du château étaient faits de neige tourbillonnante, et les fenêtres et les portes étaient des
vents cinglants ; il y avait plus d'une centaine de salles,
formées par des tourbillons de neige, la plus grande
s'étendait sur des lieues ; elles étaient toutes illuminées
par l'éclat des aurores boréales, et elles étaient toutes
vastes, vides, d'un froid glacial et étincelantes. Aucune
gaieté n'entrait jamais ici, il n'y avait pas le moindre
petit bal d'ours, où la tempête aurait pu souffler et où
les ours blancs auraient marché sur leurs pattes de derrière en prenant des airs distingués ; jamais une petite
séance de jeux où on aurait donné des tapes sur la
bouche ou sur les pattes ; jamais la moindre invitation
de ces demoiselles les renardes blanches pour venir
bavarder autour d'une tasse de café ; tout était vide,
vaste et froid dans les salles de la Reine des Neiges.
Les feux des aurores boréales s'allumaient et s'étei-
gnaient avec une telle précision qu'il suffisait de compter pour savoir quand elles seraient au plus haut et
quand elles seraient au plus bas. Au milieu de la salle
neigeuse et vide qui s'étendait à perte de vue, il y avait
un lac gelé ; la glace était brisée en mille morceaux,
mais tous les morceaux étaient à ce point identiques
que c'était une vraie merveille ; et c'est là au centre
que trônait la Reine des Neiges quand elle était chez
elle ; elle disait alors qu'elle trônait sur le miroir de la
raison, et que c'était le seul et le meilleur au monde.
Le petit Kay était tout bleu de froid, il était même
presque noir, mais il ne s'en apercevait pas à cause du
baiser que la Reine des Neiges lui avait donné pour lui
faire passer le frisson du froid, et son cœur était d'ailleurs pratiquement comme un bloc de glace. Il transportait des morceaux de glace plats et coupants qu'il
disposait ensuite de toutes les façons possibles, car il

voulait en faire quelque chose ; c'était comme lorsque nous autres, nous avons de petites pièces de bois et que nous les assemblons pour former des figures ; c'est ce qu'on appelle le jeu chinois. Kay passait ainsi son temps à former les figures les plus compliquées, c'était le « jeu de glace de la raison » ; ces figures étaient tout à fait remarquables à ses yeux et il leur attribuait la plus grande importance ; c'était à cause de l'éclat de verre qui était dans son œil ! Il composait des figures entières qui représentaient chacune un mot, mais il n'arrivait jamais à composer exactement le mot qu'il voulait, le mot « Éternité ». La Reine des Neiges lui avait dit : « Si tu arrives à composer cette figure, tu deviendras ton propre maître et je t'offrirai le monde entier et une paire de patins neufs. » Mais il n'y arrivait pas.

« Je pars maintenant pour les pays chauds, dit la Reine des Neiges. Je veux aller jeter un coup d'œil dans les marmites noires ! » Elle parlait des montagnes qui crachent le feu, qu'on appelle l'Etna et le Vésuve. « Je vais un peu les blanchir, ça se fait habituellement ; ça fait bien sur les citronniers et les vignes ! » Et la Reine des Neiges s'envola, et Kay resta tout seul dans la salle de glace vide qui mesurait des milliers de lieues, à regarder les morceaux de glace, et il réfléchissait et réfléchissait tellement qu'on entendait des craquements en lui ; il était assis là tout raide et immobile, on aurait cru qu'il était mort de froid.

C'est à ce moment-là que la petite Gerda franchit le grand portail du château qui était fait de vents cinglants ; mais elle récita sa prière du soir et les vents se calmèrent comme s'ils avaient voulu dormir ; elle pénétra dans les grandes salles vides et froides, et c'est alors qu'elle vit Kay ; elle le reconnut, elle se jeta à son cou, l'étreignit et cria : « Kay ! mon gentil petit Kay ! Je t'ai enfin retrouvé ! »

Mais il restait complètement immobile, raide et froid ; alors la petite Gerda versa de chaudes larmes qui tombèrent sur la poitrine de Kay, pénétrèrent jusqu'à son cœur, firent fondre le bloc de glace, et absorbèrent le petit éclat de verre qui s'était logé là ; il la regarda et elle chanta le psaume :

> *Les roses poussent dans les vallées,*
> *Où avec l'Enfant Jésus nous pouvons parler !*

Alors Kay éclata en sanglots. Il pleura si fort que le débris de verre sortit de son œil, il la reconnut et poussa un cri de joie : « Gerda ! ma gentille petite Gerda ! Où as-tu donc été pendant tout ce temps ? Et moi, où est-ce que j'ai été ? » Et il regarda autour de lui. « Comme il fait froid ici ! Comme c'est grand et vide ! » Il se serrait contre Gerda qui riait et pleurait de joie. C'était si touchant que même les morceaux de glace se mirent à danser de joie autour d'eux ; et quand ceux-ci furent fatigués, ils se couchèrent, et voici qu'ils s'assemblèrent de façon à composer les lettres du mot que la Reine des Neiges lui avait demandé de trouver s'il voulait être son propre maître et recevoir en cadeau le monde entier et une paire de patins neufs.

Et Gerda lui donna un baiser sur les joues et elles devinrent roses, un baiser sur les yeux et ils se mirent à briller comme les siens, un baiser sur les mains et les pieds et il retrouva force et santé. La Reine des Neiges pouvait rentrer chez elle : la lettre de franchise de Kay était là, écrite avec des morceaux de glace étincelants.

Ils se prirent alors par la main et sortirent du grand château ; ils parlaient de la grand-mère et des roses là-haut sur le toit ; et partout où ils passaient, les vents s'apaisaient et le soleil apparaissait ; et lorsqu'ils atteignirent le buisson aux baies rouges, le renne était là en train de les attendre ; il avait avec lui une jeune femelle dont le pis était plein, et elle donna aux enfants de son lait chaud et les embrassa sur la bouche. Puis ils emportèrent Kay et Gerda d'abord chez la Finnoise, où les enfants se réchauffèrent dans la pièce où l'air était brûlant, et où ils recueillirent des indications sur leur voyage de retour ; puis chez la Lapone qui leur avait cousu des vêtements neufs et avait préparé son traîneau.

Et le renne et la jeune femelle les accompagnèrent jusqu'à la frontière du pays en bondissant à côté d'eux ; là, la première verdure commençait à apparaître, et les enfants prirent congé du renne et de la Lapone. Ils se dirent tous « adieu ! ». Les premiers petits oiseaux se mirent à gazouiller, la forêt avait des bourgeons verts, et Gerda en vit sortir un magnifique cheval qu'elle connaissait (il avait été attelé au carrosse d'or) et qui était monté par une jeune fille qui avait un bonnet d'un rouge éclatant sur la tête et tenait des pistolets devant elle. C'était la petite fille de brigands qui en avait assez de rester chez elle et qui voulait d'abord aller vers le nord et ensuite dans une autre direction, si cela ne lui plaisait pas. Elle reconnut tout de suite Gerda, et Gerda la reconnut, ce fut un plaisir.

« Tu es un drôle de vadrouilleur ! dit-elle au petit Kay ; je me demande si tu mérites qu'on aille jusqu'au bout du monde pour te retrouver ! »

Mais Gerda lui tapota la joue et demanda des nouvelles du prince et de la princesse.

« Ils sont partis à l'étranger ! » dit la fille de brigands.

« Et la corneille ? » demanda la petite Gerda.

« La corneille est morte ! répondit-elle. La corneille apprivoisée est devenue veuve et porte un bout de laine noire à la patte ; elle gémit lamentablement, mais tout ça, ce ne sont que des histoires stupides. Raconte-moi plutôt ce qui t'est arrivé et comment tu l'as retrouvé ! »

Gerda et Kay firent tous les deux leur récit.

« Et voilà comment on écrit l'histoire ! » dit la fille de brigands. Elle les prit tous les deux par la main et promit que si elle venait un jour à traverser leur ville, elle viendrait leur rendre visite, puis elle partit sur son cheval pour parcourir le vaste monde. Mais Kay et Gerda marchaient main dans la main, et, pendant qu'ils marchaient, le printemps apparut, délicieux, amenant des fleurs et de la verdure ; les cloches des églises son-

naient et ils reconnurent les hautes tours, la grande
ville, c'était celle où ils habitaient, et ils y entrèrent,
allèrent jusqu'à la porte de la grand-mère, montèrent
l'escalier, entrèrent dans la pièce, où tout était à la
même place qu'auparavant ; l'horloge disait : « Tic,
tac ! » et les aiguilles tournaient ; mais lorsqu'ils franchirent la porte, ils s'aperçurent qu'ils étaient devenus
des grandes personnes. Les rosiers de la gouttière fleurissaient jusque dans la maison par les fenêtres
ouvertes, et leurs petites chaises d'enfants étaient là ;
Kay et Gerda s'assirent chacun sur la sienne en se
tenant par la main ; ils avaient oublié, comme on oublie
un rêve pénible, la splendeur froide et vide du château
de la Reine des Neiges. La grand-mère était assise sous
les vifs rayons du soleil de Dieu et elle lisait à haute
voix dans la Bible : « Si vous ne devenez pas comme
des enfants, vous n'entrerez pas dans le royaume de
Dieu ! »

Kay et Gerda se regardèrent alors dans les yeux et
comprirent tout à coup le vieux psaume :

*Les roses poussent dans les vallées,*
*Où avec l'Enfant Jésus nous pouvons parler !*

Ils étaient assis là, tous deux, adultes et cependant
enfants, enfants par le cœur, et c'était l'été, l'été chaud
et béni.

## LA BERGÈRE ET LE RAMONEUR

As-tu jamais vu une armoire de bois vraiment vieille, toute noircie par l'âge et ornée de volutes et de feuilles sculptées ? C'était précisément une de ces armoires qui se trouvait dans un salon, elle venait de l'arrière-grand-mère, et elle était décorée de haut en bas de roses et de tulipes sculptées ; il y avait les plus étranges volutes et entre celles-ci, de petits cerfs avançaient leurs têtes avec leurs nombreux bois. Mais au milieu de l'armoire on voyait sculpté un homme entier, il avait vraiment l'air grotesque, et il ricanait, on ne pouvait pas dire qu'il riait. Il avait des pattes de bouc, de petites cornes sur le front et une longue barbe. Les enfants qui étaient dans le salon l'appelaient toujours Sergent-major-général-en-chef-et-en-second-aux-pieds-de-bouc, car c'était un nom difficile à prononcer et il n'y a pas beaucoup de personnes qui portent ce titre ; mais ce n'est pas tout le monde qui aurait eu l'idée de le faire sculpter. De toute façon, il était là ! Il avait toujours les yeux fixés sur la console qui était sous la glace, car il y avait là une ravissante petite bergère en porcelaine. Elle portait des souliers dorés, sa robe était coquettement retroussée à l'aide d'une rose rouge, et elle avait un chapeau d'or et une houlette. Elle était charmante ! Tout près d'elle, il y avait un petit ramoneur noir comme du charbon, mais pourtant en porcelaine, lui aussi. Il était aussi propre et bien mis que quiconque, car il n'avait du ramoneur que l'apparence.

Le fabricant de porcelaine aurait tout aussi bien pu faire de lui un prince, cela aurait été la même chose !

Il portait gracieusement son échelle et son visage était blanc et rose comme celui d'une jeune fille mais, en réalité, c'était une erreur, car il aurait bien pu être un peu noir. Il était tout près de la bergère. On les avait placés tous les deux à l'endroit où ils se trouvaient et, puisqu'ils étaient là, ils s'étaient fiancés. Il faut reconnaître qu'ils allaient bien ensemble, ils étaient jeunes l'un et l'autre, ils étaient faits de la même porcelaine et l'un était aussi fragile que l'autre.

Il y avait tout près d'eux une autre statuette qui était trois fois plus grande, c'était un vieux Chinois qui pouvait hocher la tête. Il était aussi de porcelaine, et disait qu'il était le grand-père de la petite bergère, mais il n'aurait certainement pas pu le prouver. Il prétendait avoir autorité sur elle et c'est pourquoi il avait répondu d'un hochement de tête au Sergent-major-général-en-chef-et-en-second-aux-pieds-de-bouc qui avait demandé la main de la petite bergère.

« Tu auras là un mari, dit le vieux Chinois, que je crois presque fait de bois d'acajou, il pourra faire de toi Madame le Sergent-major-général-en-chef-et-en-second-aux-pieds-de-bouc, il a toute son armoire remplie d'argenterie, sans compter ce qu'il cache dans des cachettes secrètes.

— Je ne veux pas entrer dans cette armoire sombre, dit la petite bergère, j'ai entendu dire qu'il gardait là-dedans onze femmes de porcelaine !

— Eh bien, tu seras la douzième, dit le Chinois. Cette nuit, dès que la vieille armoire se mettra à craquer, vous vous marierez, aussi vrai que je suis un Chinois ! » et, là-dessus, il hocha la tête et s'endormit.

Mais la petite bergère pleurait en regardant l'élu de son cœur, le ramoneur de porcelaine.

« Je crois que je vais te demander, dit-elle, de partir avec moi dans le vaste monde, car nous ne pouvons pas rester ici !

— Je veux tout ce que tu veux, dit le petit ramoneur. Partons tout de suite, je crois bien que mon métier me permettra de te nourrir !

— Si seulement nous étions déjà au bas de la console, dit-elle. Je ne serai pas heureuse avant que nous soyons arrivés dans le vaste monde ! »

Et il la rassura et lui montra où elle devait poser son petit pied sur les rebords sculptés et les feuilles dorées qui ornaient le pied de la console. Il se servit aussi de son échelle, et ils furent bientôt arrivés sur le plancher, mais lorsqu'ils regardèrent la vieille armoire, ils virent qu'il y avait un grand remue-ménage ; tous les cerfs sculptés sortaient un peu plus leurs têtes, dressaient leurs bois et tournaient le cou. Le Sergent-major-général-en-chef-et-en-second-aux-pieds-de-bouc fit un grand bond et il cria au vieux Chinois : « Ils se sauvent ! Ils se sauvent ! »

Cela leur fit un peu peur, si bien qu'ils sautèrent rapidement dans le tiroir qui était dans le banc sous la fenêtre.

Il y avait là trois ou quatre jeux de cartes qui n'étaient pas complets, ainsi qu'un petit théâtre de poupées qui avait été monté tant bien que mal. On était en train d'y jouer la comédie, et toutes les dames, qu'elles fussent de carreau, de cœur, de trèfle ou de pique, étaient assises au premier rang et s'éventaient avec leurs tulipes, tandis que tous les valets se tenaient debout derrière elles et montraient qu'ils avaient une tête en haut et une en bas, comme c'est le cas sur les cartes à jouer. Il était question dans la pièce de deux jeunes gens qu'on empêchait de se marier, et cela fit pleurer la bergère car c'était comme sa propre histoire.

« Je ne peux pas supporter cela ! dit-elle. Il faut que je sorte du tiroir ! » Mais lorsqu'ils eurent de nouveau mis le pied sur le plancher et qu'ils levèrent les yeux vers la console, ils s'aperçurent que le vieux Chinois s'était réveillé et que tout son corps se balançait, car sa partie inférieure n'était qu'une grosse boule !

« Voilà le vieux Chinois qui arrive ! » cria la petite

bergère, et elle était si désolée qu'elle tomba sur ses
genoux de porcelaine.

« Il me vient une idée, dit le ramoneur. Nous pourrions nous cacher au fond de la grande potiche à fleurs
séchées, là dans le coin ; nous y serions couchés sur
des roses et de la lavande, et nous pourrions lui jeter
du sel aux yeux quand il viendrait.

— Cela ne servirait à rien ! dit-elle. Je sais d'ailleurs que le vieux Chinois et la potiche à fleurs séchées
ont été fiancés, et il reste toujours un fond d'amitié
quand on a été lié de cette manière ! Non, il ne nous
reste pas d'autre issue que de nous sauver dans le vaste
monde !

— As-tu vraiment le courage de partir avec moi
dans le vaste monde ? demanda le ramoneur. As-tu
songé comme le monde est grand et que nous ne pourrons plus jamais revenir ici ?

— J'y ai songé ! » dit-elle.

Et le ramoneur la regarda droit dans les yeux, puis
il dit : « C'est par la cheminée que je passe ! As-tu
réellement le courage de me suivre dans le poêle, de
traverser le foyer et de grimper le long du tuyau ? Nous
arriverons ensuite dans la cheminée, et là, je m'y
connais ! Nous monterons tellement haut qu'ils ne
pourront pas nous atteindre et, tout en haut, il y a un
trou qui débouche sur le vaste monde ! »

Et il la conduisit à la porte du poêle.

« Il fait noir ! » dit-elle, mais elle le suivit tout de
même, au travers du foyer et le long du tuyau où il
faisait noir comme dans un four.

« Nous voilà arrivés dans la cheminée ! dit-il.
Regarde, regarde ! là-haut brille la plus belle étoile ! »

Et il y avait vraiment une étoile dans le ciel, son
éclat descendait jusqu'à eux, comme si elle avait voulu
leur montrer le chemin. Ils montèrent et grimpèrent
péniblement, c'était un chemin épouvantable, c'était
tellement, tellement haut : mais il la soulevait, l'aidait,
la soutenait et lui montrait les meilleurs endroits où
elle devait poser ses petits pieds de porcelaine, et ils

arrivèrent ainsi jusqu'au rebord de la cheminée où ils s'assirent, car ils étaient bien fatigués et il y avait de quoi.

Au-dessus d'eux, il y avait le ciel avec toutes ses étoiles et, au-dessous, tous les toits de la ville ; leur regard s'étendait à perte de vue, bien loin dans le monde ; la petite bergère n'avait jamais pensé que ce serait comme cela ; elle appuya sa petite tête contre son ramoneur et elle pleura si fort que cela fit sauter l'or de sa ceinture.

« C'est beaucoup trop ! dit-elle. Je ne peux pas supporter cela ! Le monde est beaucoup trop grand ! Que ne suis-je encore sur la petite console sous la glace ! Je ne serai pas heureuse tant que je n'y serai pas retournée ! Puisque je t'ai suivi jusque dans le vaste monde, tu peux bien m'accompagner pour retourner à la maison, si tu m'aimes un peu. »

Et le ramoneur lui dit des choses raisonnables, il lui parla du vieux Chinois et du Sergent-major-général-en-chef-et-en-second-aux-pieds-de-bouc, mais elle sanglota si fort et elle embrassa si bien son petit ramoneur qu'il ne put pas faire autrement que de lui céder, même s'il n'aurait pas dû.

Et ils redescendirent avec beaucoup de peine par la cheminée, traversèrent le foyer et le tuyau, ce n'était pas du tout agréable, et ils se retrouvèrent dans le poêle sombre ; ils écoutèrent alors derrière la porte pour savoir ce qui se passait dans le salon. Tout était tranquille ; ils mirent la tête dehors et... voilà que le vieux Chinois gisait à même le sol, il était tombé de la console en se lançant à leur poursuite, et il s'était cassé en trois morceaux ; son dos s'était défait d'une seule pièce, et sa tête avait roulé dans un coin ; le Sergent-major-général-en-chef-et-en-second-aux-pieds-de-bouc n'avait pas changé de place et il réfléchissait.

« C'est terrible, dit la petite bergère, le vieux grand-père est cassé et c'est notre faute ! Je n'y survivrai pas ! » Et elle tordait ses toutes petites mains.

« On peut encore le réparer ! dit le ramoneur. On

peut très bien le réparer ! Ne t'emporte donc pas comme ça ! S'ils lui recollent le dos et qu'ils lui fixent une bonne attache à la nuque, il sera de nouveau comme neuf et pourra nous dire beaucoup de choses désagréables !

— Tu crois ? » dit-elle. Et ils remontèrent sur la console où ils étaient auparavant.

« Nous voilà bien avancés, dit le ramoneur. Nous aurions pu nous épargner toute cette peine !

— Pourvu que le vieux grand-père puisse être réparé ! dit la bergère. Crois-tu que cela puisse coûter très cher ? »

Et il fut en effet réparé. La famille lui fit recoller le dos, on lui mit une bonne attache dans le cou, et il fut comme neuf, mais il ne pouvait plus hocher la tête.

« Il me semble que vous êtes devenu bien fier depuis que vous avez été cassé ! dit le Sergent-major-général-en-chef-et-en-second-aux-pieds-de-bouc. Je ne trouve pourtant pas qu'il y a de quoi prendre de grands airs ! Vous me la donnerez ou vous ne me la donnerez pas ? »

Le ramoneur et la petite bergère jetaient sur le vieux Chinois un regard attendrissant. Ils avaient très peur qu'il hoche la tête, mais il ne le pouvait pas, et il trouvait ennuyeux de raconter à un étranger qu'il avait toujours une attache à la nuque ; si bien que les deux personnages de porcelaine restèrent ensemble, et ils bénirent l'attache du grand-père et s'aimèrent jusqu'au jour où ils se cassèrent.

## L'OMBRE

Dans les pays chauds, le soleil peut vraiment brûler !
Les gens y deviennent bruns comme de l'acajou, et
dans les pays les plus chauds, ils deviennent même des
Nègres, tellement ils sont brûlés, mais un savant
homme venu des pays froids n'alla pas plus loin que
les pays chauds ; il croyait pouvoir s'y promener
comme chez lui, mais il dut vite y renoncer. Comme
tous les gens raisonnables, il fut obligé de rester à la
maison et de garder les volets et les portes fermés toute
la journée. On avait l'impression que toute la maison
dormait ou qu'il n'y avait personne. Il faut dire aussi
que la rue étroite dans laquelle il habitait était bordée
de hautes maisons, et qu'elle était orientée de telle
manière que le soleil y brillait du matin au soir. C'était
vraiment insupportable ! Le savant homme des pays
froids, homme jeune et intelligent, se croyait dans une
fournaise. Cela lui usait la santé, il maigrit beaucoup,
son ombre se rétrécit elle aussi, elle devint beaucoup
plus petite que lorsqu'il était chez lui, elle souffrait
aussi du soleil. Ils ne se ranimaient l'un et l'autre que
le soir, lorsque le soleil s'était couché.

Cela faisait vraiment plaisir à voir ! Dès qu'on
apportait de la lumière dans la pièce, l'ombre s'étendait
sur toute la hauteur du mur, et elle était tellement
longue qu'elle occupait même une partie du plafond.
Il fallait qu'elle s'allonge pour reprendre ses forces. Le
savant sortait sur le balcon pour s'allonger, lui aussi,

et à mesure que les étoiles apparaissaient dans le beau
ciel clair, il se sentait revivre. Sur tous les balcons de
la rue — et dans les pays chauds chaque fenêtre a son
balcon — on voyait des gens sortir, car on a besoin
d'air, même si on est habitué à être acajou ! Tout s'ani-
mait de haut en bas, les cordonniers et les tailleurs,
tout le monde s'installait dans la rue, on sortait des
tables et des chaises, et la lumière brûlait, plus de mille
chandelles brûlaient, et l'un parlait tandis que l'autre
chantait, et les gens se promenaient, les voitures roulaient, les ânes passaient en faisant « drelin, drelin ! » :
ils ont des clochettes. On portait des corps en terre en
chantant des cantiques, les gamins des rues tiraient des
pétards, et les cloches des églises carillonnaient, on
peut vraiment dire qu'il y avait de la vie dans la rue.
Seule la maison qui se trouvait juste en face de celle
où habitait le savant restait silencieuse ; et pourtant,
quelqu'un y habitait, car il y avait des fleurs sur le
balcon, elles poussaient très bien malgré l'ardeur du
soleil, ce qu'elles n'auraient pas pu faire sans être arro-
sées, et il fallait bien que quelqu'un les arrose ; il y
avait certainement des gens. La porte d'en face s'en-
trouvrait dans le cours de la soirée, mais il faisait noir
à l'intérieur, en tout cas dans la pièce de devant, plus
loin au-dedans, il y avait de la musique. Le savant
étranger la trouvait tout à fait extraordinaire, mais peut-
être était-ce simplement un effet de son imagination,
car il trouvait tout extraordinaire dans les pays chauds,
il aurait seulement souhaité qu'il n'y eût pas de soleil.
Le logeur de l'étranger lui dit qu'il ne savait pas qui
avait loué la maison d'en face, on ne voyait d'ailleurs
jamais personne et quant à la musique, il la trouvait
terriblement ennuyeuse. « On dirait que quelqu'un étu-
die un morceau et qu'il n'en vient jamais à bout, c'est
toujours le même morceau. Il se dit certainement qu'il
va en venir à bout, mais il peut jouer aussi longtemps
qu'il veut, il n'y arrive tout de même pas. »

Une nuit, l'étranger se réveilla, il avait laissé la porte
du balcon ouverte pour dormir ; le vent souleva le

rideau et il crut voir une lueur étrange venant du balcon d'en face. Toutes les fleurs brillaient comme des flammes aux couleurs les plus belles, et parmi les fleurs se tenait une jeune femme svelte et gracieuse qui semblait répandre de la lumière, elle aussi. Cela lui faisait vraiment mal aux yeux, il faut dire qu'il les ouvrait démesurément et qu'il sortait à peine de son sommeil. D'un bond il fut sur pied, et il s'approcha tout doucement du rideau, mais la jeune femme avait disparu, et la lueur avait disparu. Les fleurs ne brillaient pas du tout, elles étaient plantées là, aussi belles que d'habitude. La porte était entrouverte et la musique qui provenait de l'intérieur était si agréable et si belle qu'elle avait de quoi inspirer de douces pensées à celui qui l'écoutait. Il y avait quelque sorcellerie là-dessous. Qui pouvait donc habiter là ? Où pouvait être l'entrée ? Tout le rez-de-chaussée se composait de boutiques, les gens ne pouvaient donc pas constamment passer par là.

Un soir, l'étranger était assis sur son balcon ; derrière lui, la lumière brûlait dans la pièce, il était donc tout naturel que son ombre se projette sur le mur du voisin d'en face. Elle se trouvait juste en face, parmi les fleurs du balcon et lorsque l'étranger bougeait, l'ombre bougeait aussi, car c'est ce qu'elle fait normalement.

« Je crois que mon ombre est la seule chose vivante qu'on voit là-bas en face ! dit le savant. Comme elle est gentiment assise parmi les fleurs. La porte est entrouverte, mon ombre devrait avoir l'idée d'entrer et d'observer un peu autour d'elle, après quoi elle pourrait venir me raconter ce qu'elle a vu ! Tu devrais tout de même te rendre utile ! » dit-il en plaisantant. « Je t'en prie, entre donc ! Eh bien ! Tu y vas ? » et il fit un signe de tête à son ombre qui lui répondit par un signe de tête. « Eh bien, vas-y, mais ne manque pas de revenir ! » Puis l'étranger se leva et son ombre se leva aussi, sur le balcon d'en face ; l'étranger se retourna et son ombre se retourna aussi. Si quelqu'un avait fait bien attention, il aurait pu voir nettement que l'ombre pénétrait chez le voisin d'en face en passant par la porte du balcon entrouverte, pendant que l'étranger rentrait dans sa pièce et laissait retomber le long rideau derrière lui.

Le lendemain matin, le savant sortit pour prendre son café et pour lire les journaux. « Comment ? » dit-il en arrivant au soleil. « Je n'ai pas d'ombre ! Elle est donc réellement partie hier soir et elle n'est pas revenue. C'est bien ennuyeux ! »

Et s'il était contrarié, ce n'était pas tant parce que son ombre avait disparu que parce qu'il savait qu'il existait une histoire d'homme sans ombre que tout le monde connaissait dans les pays froids [1], et si le savant venait à son tour raconter la sienne, les gens diraient qu'il ne faisait qu'imiter, et il n'avait pas besoin de cela. Il résolut donc de ne pas du tout en parler, et c'était raisonnable de sa part.

Le soir, il retourna sur son balcon, il avait bien pris soin de placer la lumière derrière lui, car il savait que l'ombre veut toujours se protéger derrière son maître, mais il lui fut impossible de la faire revenir. Il se fit petit, il se fit grand, mais l'ombre ne réapparut pas pour autant ! Il dit : « Hum ! Hum ! », mais cela ne donna aucun résultat.

C'était fâcheux, mais dans les pays chauds, tout pousse très vite, si bien qu'au bout de huit jours, il s'aperçut à sa grande satisfaction qu'une nouvelle ombre lui sortait des pieds quand il se trouvait au soleil. La racine était certainement restée. Au bout de trois semaines, il avait une ombre tout à fait présentable qui grandit encore au cours du voyage qui le ramena dans les pays du Nord, de sorte qu'à la fin, elle était si longue et si grande que la moitié aurait suffi.

Le savant revint donc dans son pays, et il écrivit des livres sur ce qui était vrai dans le monde, et sur ce qui était bon et sur ce qui était beau, et les jours passèrent

---

1. Il s'agit de *Peter Schlemihls wundersame Geschichte* (*L'Étrange Histoire de Peter Schlemihl*), de Chamisso (1814).

et les années passèrent, de nombreuses années passèrent ainsi.

Un soir qu'il était assis dans son salon, quelqu'un frappa tout doucement à la porte.

« Entrez ! » dit-il, mais personne n'entra ; il ouvrit alors la porte et se trouva face à un homme d'une maigreur si exceptionnelle que cela lui fit une impression étrange. Pour le reste, cet homme avait une mise particulièrement soignée, c'était certainement un homme du monde.

« À qui ai-je l'honneur de parler ? » demanda le savant.

« C'est bien ce que je pensais ! dit l'homme distingué. Vous ne me reconnaissez pas ! J'ai tellement pris corps, j'ai de la chair et je porte des habits. Vous n'avez sans doute jamais pensé que vous me verriez un jour aussi riche et fortuné. Vous ne reconnaissez pas votre vieille ombre ? Vous avez probablement cru que je ne reviendrais plus. J'ai eu bien de la chance depuis l'époque où j'étais chez vous, la fortune m'a souri à tous égards ! J'ai les moyens d'acheter ma liberté, si c'est nécessaire ! » Il fit cliqueter tout un ensemble de sceaux précieux qui étaient attachés à sa montre, et porta sa main à la lourde chaîne d'or qu'il avait autour du cou. Oh ! tous ses doigts étaient couverts de bagues ornées de diamants scintillants ! et tout cela était vrai.

« Je n'en reviens vraiment pas, dit le savant. Que signifie tout cela ?

— Certes, ce n'est pas ordinaire, dit l'Ombre, mais vous-même, vous sortez de l'ordinaire, et quant à moi, vous le savez bien, j'ai suivi vos traces dès mon enfance. Dès que vous avez estimé que j'avais la maturité nécessaire pour faire seul mon chemin dans le monde, je suis parti. Ma situation de fortune est des plus brillantes, mais j'ai été subitement pris du vif désir de vous revoir avant votre mort, car il vous faudra bien mourir ! J'avais aussi très envie de revoir ces pays, car on est toujours attaché à sa patrie ! Je sais que vous

avez maintenant une autre ombre, si j'ai quelque chose
à payer à elle ou à vous, ayez l'obligeance de le dire !

— Comment, est-ce vraiment toi ? dit le savant.
C'est tout de même extrêmement curieux ! Je n'aurais
jamais cru que mon ancienne ombre pourrait revenir
sous la forme d'un homme !

— Dites-moi ce que j'ai à payer ! dit l'Ombre, car
je n'aime pas être en dettes !

— Comment peux-tu dire des choses pareilles ? dit
le savant. De quelles dettes veux-tu parler ? Sens-toi
aussi libre que n'importe qui ! Je me réjouis énormément de ton bonheur ! Assieds-toi, vieil ami, et
raconte-moi un peu ce qui s'est passé et ce que tu as vu
chez le voisin d'en face, là-bas dans les pays chauds !

— Eh bien, je vais vous le raconter, dit l'Ombre
en s'asseyant ; mais promettez-moi d'abord que jamais
vous ne direz à personne dans cette ville, à quelque
endroit que vous me rencontriez, que j'ai été autrefois
votre ombre ! J'ai l'intention de me fiancer ; je peux
largement nourrir une famille.

— Tu peux être tout à fait tranquille ! dit le savant.
Je ne dirai à personne qui tu es ! Tope là ! Je te le
promets et tout homme d'honneur n'a qu'une parole !

— Et toute parole d'honneur n'est qu'une ombre ! »
dit l'Ombre qui était bien sûr obligée de dire la chose
de cette manière.

Il était d'ailleurs très curieux de voir à quel point
elle était homme ; elle était toute vêtue de noir, son
habit était des plus distingués, elle portait des bottes
vernies, et un chapeau claque qui s'aplatissait jusqu'à
ne plus être que l'ombre de lui-même [1], sans parler de
tout ce que nous savons déjà : les sceaux, la chaîne
d'or et les bagues ornées de diamants ; en effet,
l'Ombre avait une tenue extrêmement recherchée, et

---

1. Andersen joue ici habilement sur les mots. Il signale qu'une fois qu'il
est aplati, il ne reste plus que « la forme et le rebord » du chapeau claque
(*Pul og Skygge*), mais le mot « rebord » est le même que celui qui signifie
« ombre ».

c'est justement cela qui faisait qu'elle était tout à fait homme.

« Je vais vous raconter tout cela », dit l'Ombre en posant ses pieds chaussés de bottes vernies aussi lourdement que possible sur la manche de la nouvelle ombre du savant, qui était couchée à ses pieds comme un caniche. Elle faisait cela par orgueil ou peut-être pour l'obliger à ne pas perdre le fil. Quoi qu'il en soit, l'ombre qui gisait sur le sol se tint très tranquille pour bien écouter ; elle voulait certainement savoir comment faire pour être libérée et devenir son propre maître.

« Savez-vous qui habitait dans la maison du voisin d'en face ? dit l'Ombre. C'était la personne la plus charmante de toutes, c'était la Poésie ! J'y suis resté pendant trois semaines, et l'effet produit est le même que si on vivait pendant trois mille ans et lisait tous les poèmes et tous les livres qui ont été écrits, car c'est moi qui vous le dis et c'est vrai. J'ai tout vu et je sais tout !

— La Poésie ! s'écria le savant. Mais oui, elle vit souvent en ermite dans les grandes villes ! La Poésie ! Je ne l'ai vue qu'une fois, l'espace d'un instant, mais j'avais les yeux pleins de sommeil ! Elle se tenait sur le balcon et brillait comme le fait l'aurore boréale ! Raconte, raconte donc ! Tu étais sur le balcon, tu es entré par la porte et puis... !

— Et je me suis retrouvé dans l'antichambre ! dit l'Ombre. C'est l'antichambre qui s'offrait toujours à vos regards. Il n'y avait aucune lumière, on s'y trouvait dans une sorte de pénombre, mais par les portes ouvertes qui se faisaient face, je vis une longue enfilade de pièces et de salles qui étaient éclairées ; j'aurais été foudroyé par la lumière si j'avais pénétré jusqu'à l'endroit où se trouvait la jeune femme ; mais j'ai été prudent, j'ai pris mon temps et c'est ce qu'il faut faire !

— Et qu'est-ce que tu as vu, alors ? » demanda le savant.

« J'ai tout vu, et je vais vous le raconter, mais... ce

n'est pas du tout de la fierté de ma part, mais... comme je suis un homme libre et avec les connaissances que j'ai, sans parler de ma position, ni de ma fortune, je souhaiterais que vous me disiez "vous" !

— Je vous demande pardon ! dit le savant. C'est une vieille habitude fortement ancrée ! Vous avez parfaitement raison et je m'en souviendrai ! Mais racontez-moi maintenant tout ce que vous avez vu !

— Tout ! dit l'Ombre, car j'ai tout vu et je sais tout !

— Comment étaient les salles les plus retirées ? demanda le savant. Était-ce comme dans une fraîche forêt ? Était-ce comme dans une sainte église ? Les salles étaient-elles comme le ciel étoilé quand on se trouve sur de hautes montagnes ?

— Tout y était ! dit l'Ombre. Il est vrai que je ne suis pas entré complètement à l'intérieur, je suis resté dans la première pièce dans la pénombre, mais j'étais très bien placé, j'ai tout vu et je sais tout ! J'ai été à la cour de la Poésie, dans l'antichambre.

— Mais qu'avez-vous vu ? Est-ce que tous les dieux de l'Antiquité traversaient ces grandes salles ? Est-ce que les anciens héros y combattaient ? Y voyait-on jouer de charmants enfants et racontaient-ils leurs rêves ?

— Je vous dis que j'étais sur les lieux ! Vous comprenez bien que j'ai vu tout ce qu'il y avait à voir ! Si vous étiez venu, vous ne seriez pas devenu un homme, mais moi, j'en suis devenu un ! Et en même temps, j'y ai découvert ma nature la plus profonde, mes qualités innées, la parenté qui me lie à la Poésie. Lorsque j'étais avec vous, je n'y pensais pas, mais vous savez bien que je grandissais d'une façon étrange quand le soleil se levait et quand il se couchait ; au clair de lune, on me distinguait presque plus nettement que vous-même ; à l'époque, je ne comprenais pas ma nature, c'est dans l'antichambre que j'ai appris à la connaître ! Je suis devenu un homme ! Quand je suis sorti, j'étais devenu mûr, mais vous n'étiez déjà plus dans les pays chauds. Puisque j'étais un homme, j'eus honte de ma tenue, j'avais besoin de bottes, de vêtements, de tout ce vernis auquel on reconnaît un homme. Je suis allé – je vous le dis à vous parce que vous ne l'écrirez pas dans un livre –, je suis allé sous les jupons d'une marchande de gâteaux, et je m'y suis caché ; cette femme ne savait pas tout ce qu'elle cachait ; je ne sortais que le soir, je parcourais les rues au clair de lune ; je grimpais le long du mur, cela chatouille si agréablement dans le dos ! Je montais et descendais, je regardais par les fenêtres les plus hautes, aux différents étages et sur le toit ; je regardais là où personne ne pouvait regarder, et je voyais ce que personne d'autre ne voyait ; ce que personne ne devait voir ! Au fond, le monde est bien vil ! S'il n'était pas généralement admis que cela vaut la peine d'être un homme, je n'aurais aucune envie d'en être un ! J'ai vu les choses les plus inimaginables chez les femmes, chez les hommes, chez les parents et chez les gentils, les merveilleux enfants ; j'ai vu, dit l'Ombre, ce que personne n'avait le droit de savoir, mais ce que tout le monde voulait absolument savoir : le mal chez le voisin. Si j'avais écrit un journal, il aurait été lu ! Mais j'ai préféré écrire aux personnes elles-mêmes, et cela a répandu l'épouvante dans toutes les villes par où je suis passé. Les gens avaient très peur de moi, et ils se prenaient d'une très vive affection pour moi ! Les professeurs me firent professeur, les tailleurs me donnèrent des vêtements neufs, j'ai tout ce qu'il faut ; l'intendant de la Monnaie battit monnaie pour moi, et les femmes dirent que j'étais un bel homme ! Et c'est ainsi que je suis devenu l'homme que je suis ! Je prends maintenant congé de vous, voici ma carte, j'habite du côté du soleil, et je suis toujours chez moi par temps de pluie ! » Et là-dessus, l'Ombre s'en alla.

« C'est tout de même curieux ! » dit le savant.

Des années passèrent, puis l'Ombre revint.

« Comment allez-vous ? » demanda-t-elle.

« Hélas ! dit le savant. J'écris sur ce qui est vrai, ce

qui est bon et beau, mais personne n'a envie d'entendre
parler de ces choses-là. Je suis au désespoir, car je
prends cela très à cœur !

— Ce n'est pas mon cas ! dit l'Ombre. J'engraisse,
et c'est cela qu'il faut ! Vous ne comprenez pas le
monde. Vous vous abîmez la santé. Partez donc en
voyage ! Je vais en faire un cet été, voulez-vous venir
avec moi ? J'aimerais bien avoir un compagnon de
voyage ! Voulez-vous m'accompagner, en qualité
d'ombre ? Je me ferai un grand plaisir de vous emmener, je paie le voyage !

— Vous y allez fort ! » dit le savant.

« Tout dépend de la façon dont on prend la chose !
dit l'Ombre. Cela vous ferait beaucoup de bien de
voyager ! Si vous acceptez d'être mon ombre, vous
n'aurez rien à dépenser de tout le voyage !

— C'est le comble ! » dit le savant.

« Ainsi va le monde ! dit l'Ombre. Et les choses ne
sont pas près de changer ! » Sur ces mots, l'Ombre
s'en alla.

Le savant n'allait pas bien du tout, chagrins et tracas
s'acharnaient sur lui, et, pour la plupart des gens, ce
qu'il disait à propos du vrai, du bon et du beau était
comme des roses pour une vache ! Il finit par tomber
sérieusement malade.

« Vous avez vraiment l'air d'une ombre ! » lui
disait-on. Et le savant était pris d'un frisson, car cela
lui suggérait certaines idées.

« Il faut que vous alliez en cure ! lui dit l'Ombre
lors d'une visite. Il n'y a rien d'autre à faire ! Je vous
emmène avec moi au nom de notre vieille amitié, je
paie le voyage et, en contrepartie, vous me donnerez
des explications sur ce que nous verrons et vous me
distrairez un peu chemin faisant ! Je pars en cure, car
ma barbe ne pousse pas comme elle devrait, c'est aussi
une maladie. On ne peut pas se passer de barbe ! Soyez
donc raisonnable et acceptez ma proposition, c'est en
tant que camarades que nous voyagerons ! »

Ils se mirent alors en route. L'Ombre était le maître

et le maître était devenu une ombre. Ils étaient toujours ensemble, en voiture, à cheval et à pied ; l'un à côté de l'autre ou l'un devant l'autre, suivant la position du soleil. L'Ombre faisait en sorte de toujours occuper la place du maître, mais le savant ne faisait guère attention à cela. Il avait très bon cœur, et il était d'une douceur et d'une amabilité extrêmes. Il dit un jour à l'Ombre : « Puisque nous voilà devenus compagnons de voyage, et que nous avons grandi ensemble depuis notre enfance, nous pourrions peut-être nous tutoyer, c'est tout de même plus intime !

— Vous n'y pensez pas ! dit l'Ombre qui était maintenant le véritable maître. Vous dites les choses très franchement et vous avez de bonnes intentions ; les miennes sont aussi bonnes que les vôtres, et je serai aussi franc que vous. En tant que savant, vous devez savoir combien la nature est étrange. Il y a des personnes qui ne peuvent pas toucher du papier d'emballage sans que cela leur fasse mal ; d'autres sont parcourus des pieds à la tête par un frisson quand on frotte un clou contre une vitre. J'éprouve la même sensation quand je vous entends me tutoyer, cela me fait comme si on me forçait à me coucher par terre pour reprendre la position que j'avais autrefois auprès de vous. Vous voyez que c'est un sentiment, ce n'est pas de la fierté de ma part ; je ne peux pas vous laisser me tutoyer, mais je vous tutoierai avec plaisir, comme cela nous aurons fait la moitié du chemin ! »

Et l'Ombre se mit à tutoyer son ancien maître.

« C'est un peu fort ! pensa-t-il. Il faut que je lui dise "vous" et il me dit "tu". » Mais maintenant, il fallait qu'il tienne bon.

Ils arrivèrent ensuite à un lieu de cure, où il y avait beaucoup d'étrangers, et parmi ceux-ci une jolie fille de roi qui avait la maladie qui consiste à voir beaucoup trop bien, et c'était très inquiétant.

Elle s'aperçut aussitôt que celui qui venait d'arriver était très différent de tous les autres. « On dit qu'il est ici pour faire pousser sa barbe, mais je vois que la véritable cause, c'est qu'il n'a pas d'ombre. »

Elle était tellement intriguée que, lors d'une promenade, elle engagea tout de suite la conversation avec l'étranger. Comme elle était fille de roi, elle n'avait pas besoin de faire beaucoup de manières, et elle lui dit : « Votre maladie, c'est que vous ne pouvez pas projeter d'ombre.

— Il faut croire que Votre Altesse royale va beaucoup mieux ! dit l'Ombre. Je sais que votre mal est de trop bien voir, mais vous voilà délivrée, vous êtes guérie. J'ai simplement une ombre qui est tout à fait hors du commun ! Est-ce que vous ne voyez pas la personne qui est toujours avec moi ? Les autres gens ont une ombre ordinaire, mais je n'aime pas ce qui est ordinaire. On donne souvent pour livrée à son domestique du drap plus fin que celui qu'on porte soi-même, et c'est ainsi que j'ai fait revêtir à mon ombre des habits d'homme ! Vous voyez que je lui ai même donné une ombre. Cela me revient très cher, mais j'aime bien avoir des choses que les autres n'ont pas. »

« Quoi ! pensa la princesse. Suis-je vraiment guérie ? Ce lieu de cure est inégalable ! L'eau possède des vertus bien singulières, à notre époque ! Mais je ne pars pas, car on commence à s'amuser ici. L'étranger me plaît énormément. Pourvu que sa barbe ne pousse pas, sinon il s'en ira ! »

Le soir, la fille de roi et l'Ombre dansèrent dans la grande salle de bal. Elle était légère, mais il était encore plus léger. Elle n'avait jamais eu un cavalier comme lui. Elle lui dit de quel pays elle était, et il connaissait ce pays, il y avait été, mais comme elle n'était pas chez elle, il avait regardé par les fenêtres du haut et du bas, il avait vu toutes sortes de choses, si bien qu'il put répondre à la fille de roi et faire des allusions qui la plongèrent dans le plus profond étonnement. C'était certainement l'homme le plus sage de toute la terre ! Elle conçut une grande estime pour ce qu'il savait, et lorsqu'ils dansèrent de nouveau ensemble, elle tomba amoureuse, et l'Ombre n'eut aucun mal à s'en apercevoir car elle était sur le point de le percer littéralement du regard. Ils dansèrent encore une fois ensemble et, pour un peu, elle le lui aurait dit, mais elle resta prudente, elle pensa à son pays, à son royaume et aux nombreuses personnes sur lesquelles elle devait régner. « C'est un homme sage, se dit-elle. C'est une bonne chose ! Et il danse bien, c'est aussi une bonne chose ! Mais je me demande s'il possède des connaissances profondes, c'est tout aussi important ! Il faut que je lui fasse subir un examen. » Et elle se mit peu à peu à l'interroger sur l'une des choses les plus difficiles, elle n'aurait pas pu répondre elle-même. L'Ombre fit tout à coup une drôle de figure.

« Vous ne pouvez pas répondre ? » dit la fille de roi.

« Ce sont des choses que j'ai apprises dans mon enfance, dit l'Ombre. Je crois que même mon ombre qui se tient là-bas près de la porte est capable de répondre à cette question !

— Votre ombre ! dit la fille de roi. Ce serait extrêmement curieux !

— Attendez ! Je n'en suis pas tout à fait certain, dit l'Ombre. Mais je suis prêt à le croire, cela fait si longtemps qu'elle me suit et m'écoute. Je suis prêt à le croire ! Mais que Votre Altesse royale me permette de lui faire remarquer que cette ombre est tellement fière de passer pour un homme que si l'on veut qu'elle soit de bonne humeur, et c'est nécessaire pour qu'elle réponde bien, il faut la traiter exactement comme un homme.

— Voilà qui me plaît ! » dit la fille de roi.

Et elle s'approcha du savant qui se tenait près de la porte, et s'entretint avec lui du soleil et de la lune, de l'homme tant extérieur qu'intérieur, et il répondit avec beaucoup d'intelligence et de justesse.

« Quel homme ce doit être, pour avoir une ombre si sage ! pensa-t-elle. Ce serait un bienfait sans pareil

pour mon peuple et pour mon royaume si je le choisis-
sais pour époux. C'est décidé ! »

La fille de roi et l'Ombre eurent tôt fait de s'entendre, mais il fut décidé que personne ne devait le
savoir avant que la fille de roi soit retournée dans son
royaume.

« Personne, pas même mon ombre ! » dit l'Ombre,
avec quelques arrière-pensées.

Puis ils arrivèrent dans le pays où la fille de roi
régnait quand elle était chez elle.

« Écoute, mon ami ! dit l'Ombre au savant. Me voilà
parvenu au comble du bonheur et de la puissance. Je
veux maintenant faire quelque chose de particulier
pour toi ! Tu demeureras toujours avec moi au château,
tu prendras place avec moi dans ma voiture royale, et
tu recevras cent mille rixdales par an ; il suffira pour
cela que tu te laisses qualifier d'ombre par tout le
monde. Tu ne devras jamais dire que tu as été un
homme et, une fois par an, lorsque je m'assiérai au
soleil sur le balcon pour me montrer, tu te coucheras à
mes pieds comme doit le faire une ombre ! Sache que
j'épouse la fille de roi, les noces auront lieu ce soir.

— Non, cela dépasse les limites ! dit le savant. Je
ne veux pas, je ne m'y prêterai pas ! Ce serait tromper
tout le pays ainsi que la fille de roi ! Je vais tout dire !
C'est moi qui suis l'homme, et toi, tu es l'ombre, tu as
simplement mis des habits !

— Personne ne te croira ! dit l'Ombre. Sois raisonnable, sinon j'appelle la garde !

— Je vais tout de suite voir la fille de roi ! » dit le
savant.

« Mais j'y vais le premier ! dit l'Ombre ; et toi, tu
vas aller en prison ! » Et il fut bien obligé, car les
gardes obéissaient à celui que la fille de roi – ils le
savaient – allait avoir pour époux.

« Tu trembles ! dit la fille de roi quand l'Ombre
arriva auprès d'elle. Est-il arrivé quelque chose ? Il ne
faut pas que tu tombes malade pour ce soir, nous allons
célébrer nos noces.

— Il vient de m'arriver la chose la plus horrible qui soit ! dit l'Ombre. Imagine donc ! Un pauvre cerveau d'ombre ne supporte vraiment pas grand-chose ! Imagine donc : mon ombre est devenue folle ! Elle croit que c'est elle qui est l'homme et que moi – tu t'imagines un peu – je suis son ombre !

— C'est terrible ! dit la princesse. J'espère qu'on l'a enfermée ?

— C'est fait ! J'ai peur qu'elle ne se remette jamais.

— Pauvre ombre ! dit la princesse. Elle est bien malheureuse ; ce serait vraiment charitable de lui ôter le peu de vie qu'elle a et, tout bien considéré, je crois qu'il est nécessaire d'en finir discrètement avec elle.

— C'est vraiment dur ! dit l'Ombre. Car c'était un fidèle serviteur ! » et elle fit entendre comme un soupir.

« Vous êtes un noble caractère ! » dit la fille de roi.

Le soir, toute la ville fut illuminée, et on tira le canon : « Boum ! » et les soldats présentèrent les armes. Ce furent des noces grandioses ! La fille de roi et l'Ombre sortirent sur le balcon pour se montrer et pour recueillir un autre hourra !

Le savant n'entendit rien de tout cela, car on l'avait tué.

## LA GOUTTE D'EAU

Tu sais sûrement ce qu'est un verre grossissant, un de ces verres de lunette ronds qui grossissent tout cent fois ? Lorsqu'on le tient devant son œil et qu'on regarde une goutte d'eau de l'étang, on aperçoit plus d'un millier d'animaux bizarres, qu'on ne voit jamais dans l'eau d'habitude, mais qui y sont, et c'est pour de vrai. On dirait presque une assiette remplie de crevettes qui sautent l'une sur l'autre, et elles sont très voraces, elles s'arrachent les bras et les jambes, et diverses parties du corps, et elles sont pourtant très contentes, à leur manière.

Or il y avait une fois un vieillard que tout le monde appelait Grouille-Fourmille, car il s'appelait comme ça. Il voulait toujours tirer le meilleur parti de tout, et quand cela ne marchait pas, il avait recours à la magie.

Et voilà qu'un jour, il était assis, son verre grossissant sous l'œil, et qu'il regardait une goutte d'eau qu'on avait prise dans une flaque d'eau dans le fossé. Oh ! comme cela grouillait et fourmillait ! Tous ces milliers de petites bêtes sautillaient et bondissaient, se tiraillaient et se mangeaient les unes les autres.

« Mais c'est horrible ! dit le vieux Grouille-Fourmille. Ne peut-on pas faire en sorte qu'elles vivent en paix, et que chacune s'occupe de ses propres affaires ? » Et il réfléchit et réfléchit, mais cela ne marchait pas, il fallait donc qu'il ait recours à la magie. « Il faut que je leur donne des couleurs pour qu'on puisse les distinguer ! » dit-il, puis il versa quelque chose comme une petite goutte de vin rouge dans la goutte d'eau, mais c'était du sang de sorcière, de la meilleure espèce à deux schillings ; et le corps de toutes les étranges bêtes devint tout rose, on aurait cru une ville entière remplie de sauvages tout nus.

« Qu'est-ce que tu as là ? » demanda un autre vieux magicien, qui n'avait pas de nom, et c'est ce qu'il avait de bien.

« Si tu arrives à deviner ce que c'est, dit Grouille-Fourmille, je t'en ferai cadeau, mais ce n'est pas facile à trouver, quand on ne le sait pas ! »

Et le magicien qui n'avait pas de nom regarda avec le verre grossissant. On aurait vraiment dit une ville entière où tous les gens se déplaçaient sans habits ! C'était affreux, mais c'était encore plus affreux de voir comment l'un poussait et bousculait l'autre, comment ils se tiraillaient et s'attrapaient, se mordaient et se traînaient les uns les autres. Ce qui était tout en dessous voulait aller au-dessus et ce qui était au-dessus voulait aller en dessous ! Voyez-vous cela ! sa patte est plus longue que la mienne ! paf ! enlevons-la ! Voilà quelqu'un qui a un petit bouton derrière l'oreille, un petit bouton innocent, mais il lui fait mal, et il n'a qu'à lui faire encore plus mal ! et ils le mordillèrent et le tiraillèrent, et ils le mangèrent à cause du petit bouton. Quelqu'un était là, très tranquille, comme une jeune demoiselle, et elle ne demandait rien d'autre que la paix et le calme, mais ils la firent s'avancer, et ils la tiraillèrent, la traînèrent et la mangèrent !

« C'est on ne peut plus amusant ! » dit le magicien.

« Certes, mais qu'est-ce que c'est, à ton avis ? demanda Grouille-Fourmille. Est-ce que tu peux le trouver ?

— Ça se voit facilement ! dit l'autre. C'est Copenhague, bien sûr, ou une autre grande ville, elles se ressemblent toutes. C'est une grande ville !

— C'est de l'eau du fossé ! » dit Grouille-Fourmille.

## LA PETITE FILLE AUX ALLUMETTES

Il faisait un froid terrible ! Il neigeait et il commençait à faire nuit. C'était d'ailleurs le dernier soir de l'année, la veille du Jour de l'An. Dans ce froid et cette obscurité, une petite fille pauvre marchait dans la rue, la tête et les pieds nus. Elle avait bien des pantoufles en quittant la maison, mais à quoi bon ? C'étaient de très grandes pantoufles, sa mère les avait portées en dernier, elles étaient donc vraiment grandes, et ce sont elles que la petite perdit en se pressant pour traverser la rue, au moment où deux voitures passaient à une vitesse effrayante. L'une des pantoufles resta introuvable, quant à l'autre, un gamin l'emporta, en disant qu'il pourrait en faire un berceau quand il aurait lui-même des enfants.

La petite fille marchait ainsi, ses petits pieds nus tout rougis et bleuis par le froid. Elle portait dans un vieux tablier une quantité d'allumettes, et elle en tenait un paquet à la main. Personne ne lui avait rien acheté de toute la journée, et personne ne lui avait donné de petite pièce de monnaie. Elle avait faim, elle était transie, et elle avait l'air pitoyable, la pauvre petite ! Les flocons de neige tombaient sur ses longs cheveux blonds, si gentiment bouclés dans son cou, mais il est vrai qu'elle ne pensait pas à ces futilités. Les lumières brillaient aux fenêtres et le fumet d'oies rôties se répandait dans la rue. C'était la veille du Jour de l'An, voilà à quoi elle pensait.

Elle s'assit et se blottit dans un coin, entre deux maisons, dont l'une avançait un peu plus que l'autre dans la rue. Elle avait replié ses petites jambes sous elle, mais elle avait encore plus froid, et, de toute façon, elle n'osait pas retourner chez elle : elle n'avait pas vendu d'allumettes et personne ne lui avait donné le moindre sou. Son père la battrait, et, du reste, il faisait froid chez elle aussi. Ils logeaient directement sous le toit, et le vent soufflait au travers, bien qu'on eût bouché les plus grandes fentes avec de la paille et des chiffons. Ses petites mains étaient presque mortes de froid. Oh ! comme une petite allumette aurait pu leur faire du bien ! Si seulement elle pouvait en tirer une seule du paquet, la frotter sur le mur et réchauffer ses doigts ! Elle en tira une : pfft... comme elle brillait ! comme elle brûlait ! C'était une flamme chaude et claire pareille à une petite chandelle et elle la protégeait de sa main. C'était une curieuse lumière ! Il semblait à la petite fille qu'elle était assise devant un grand poêle de fer qui avait des boules et une porte de laiton étincelants. Le feu y brûlait si magnifique, il chauffait si bien ! Mais qu'y avait-il ? La petite étendait déjà ses pieds pour les réchauffer aussi, quand la flamme s'éteignit et le poêle disparut : elle était assise, un petit bout de l'allumette brûlée à la main.

Elle en frotta une autre, qui brûla, qui brilla, et, là où la lueur tomba sur le mur, il devint transparent comme un voile. La petite voyait l'intérieur d'une salle à manger où la table était couverte d'une nappe d'un blanc éclatant, de vaisselle en porcelaine fine, et sur laquelle une oie rôtie, farcie de pruneaux et de pommes, fumait en répandant un parfum délicieux. Mais ce qui était encore plus magnifique, c'est que l'oie sauta de son plat et roula sur le plancher, une fourchette et un couteau dans le dos. Elle arriva jusqu'à la pauvre fille. L'allumette s'éteignit alors, et elle n'avait plus devant elle que le mur épais et froid.

Elle en alluma une nouvelle. Elle était alors assise sous l'arbre de Noël le plus magnifique. Il était encore plus grand et mieux décoré que celui qu'elle avait vu par la porte vitrée, à Noël, quelques jours auparavant, chez le riche marchand. Mille bougies brûlaient sur les branches vertes, et des images de toutes les couleurs, comme celles qui ornent les vitrines des magasins, la regardaient d'en haut. La petite tendit les deux mains : l'allumette s'éteignit. Toutes les bougies de Noël montaient, montaient, et elle s'aperçut que c'étaient maintenant des étoiles brillantes. L'une d'elles tomba en traçant une longue traînée de feu dans le ciel.

« C'est quelqu'un qui meurt », dit la petite, car sa vieille grand-mère, la seule personne qui avait été bonne pour elle, mais qui était morte maintenant, lui avait dit : « Lorsqu'une étoile tombe, c'est qu'une âme monte vers Dieu. »

Elle frotta encore une allumette sur le mur : il se fit une lumière éclatante au milieu de laquelle elle vit la vieille grand-mère debout, l'air si doux, si radieux !

« Grand-mère, s'écria la petite, emmène-moi ! Lorsque l'allumette s'éteindra, je sais que tu ne seras plus là, tu disparaîtras, comme le poêle de fer, comme l'oie rôtie, comme le bel arbre de Noël. » Elle frotta vite le reste du paquet, elle tenait à garder sa grand-mère, et les allumettes répandirent un éclat tellement vif qu'il faisait plus clair qu'en plein jour. Jamais la grand-mère n'avait été aussi belle et aussi grande. Elle prit la petite fille dans ses bras, et elles s'envolèrent toutes les deux joyeuses au milieu de ce rayonnement, bien haut, bien haut, là où il n'y avait plus ni froid, ni faim, ni angoisse : elles étaient auprès de Dieu.

Mais dans le coin entre les deux maisons, dans la froideur de cette heure matinale, la petite fille était assise, les joues toutes rouges, un sourire sur les lèvres... morte, morte de froid, le dernier soir de l'année. Le Jour de l'an se leva sur le petit cadavre, assis là avec les allumettes, dont un paquet avait été presque entièrement brûlé. « Elle a voulu se réchauffer ! » dit quelqu'un. Personne ne sut quelles belles choses elle avait vues et au milieu de quelle splendeur elle était entrée avec sa vieille grand-mère dans la joie de la nouvelle année.

# LE FAUX COL

Il y avait une fois un élégant cavalier qui n'avait pour tous biens qu'un tire-botte et un peigne, mais il avait le plus beau faux col du monde et c'est justement une histoire sur ce faux col que nous allons entendre.
– Il était en âge de penser au mariage, et voilà qu'il fut mis à la lessive avec une jarretière.

« Ça alors, dit le faux col, je n'ai jamais vu une personne aussi svelte et élégante, aussi douce et gentille. Puis-je vous demander votre nom ?

— Je ne le dirai pas ! » répondit la jarretière.

« Où habitez-vous ? » demanda le faux col.

Mais la jarretière était très timide et elle trouvait que c'était une étrange question.

« Vous êtes certainement une ceinture ! dit le faux col. Une de ces ceintures de dessous ! Je vois bien que vous êtes utile tout en étant un objet de luxe, ma petite demoiselle !

— Vous n'avez pas à m'adresser la parole ! dit la jarretière, je ne pense pas vous avoir donné des raisons de le faire !

— Oh que si ! Quand on est charmante comme vous, dit le faux col, c'est une raison bien suffisante !

— Je vous prie de ne pas vous approcher de si près ! dit la jarretière. Vous avez l'air tellement mâle !

— Il faut dire aussi que je suis un élégant cavalier ! dit le faux col. J'ai un tire-botte et un peigne ! » Ce n'était pas vrai, puisqu'ils appartenaient à son maître, mais il se vantait.

« Ne vous approchez pas de moi ! dit la jarretière, je ne suis pas habituée à cela !

— Sainte-nitouche ! » dit le faux col, et on le retira de la lessive, on l'empesa et le mit sur une chaise, au soleil, avant de le placer sur la planche à repasser. Et le fer chaud arriva.

« Madame, dit le faux col, ma petite dame veuve, je deviens tout chaud, je me transforme en quelqu'un d'autre, je sors complètement de mes plis, vous me brûlez et cela me fait des trous ! Hou ! Je vous demande en mariage !

— Espèce de chiffon ! » dit le fer à repasser en passant fièrement sur le faux col, car il se prenait pour une machine à vapeur qu'on allait mettre sur des rails pour tirer des wagons.

« Espèce de chiffon ! » dit-il.

Le faux col s'effilochait un peu sur les bords, et la paire de ciseaux à papier arriva pour couper les fils.

« Oh ! dit le faux col, vous êtes certainement première danseuse. Comme vous savez tendre les jambes ! Je n'ai jamais rien vu d'aussi charmant ! Personne ne peut faire cela aussi bien que vous !

— Je le sais ! » dit la paire de ciseaux.

« Vous mériteriez d'être comtesse ! dit le faux col. Je n'ai rien d'autre qu'un élégant cavalier, un tire-botte et un peigne ! Si seulement j'avais un comté !

— Il me demande en mariage ! » dit la paire de ciseaux, car elle était en colère et elle lui fit une grande coupure, et du coup, elle l'avait éconduit.

« Il faut certainement que je demande le peigne en mariage ! » « C'est curieux de voir comment vous conservez toutes vos dents, ma petite demoiselle ! dit le faux col. N'avez-vous jamais pensé à vous fiancer ?

— Mais bien sûr que si ! dit le peigne. Je suis fiancé avec le tire-botte !

— Fiancé ! » dit le faux col. Il ne pouvait plus demander personne en mariage, si bien qu'il se mit à mépriser la chose.

Longtemps après, le faux col se retrouva dans une

caisse chez le fabricant de papier, en compagnie de beaucoup de chiffons. Les chiffons délicats étaient d'un côté, les grossiers de l'autre, comme il se doit. Ils avaient tous beaucoup de choses à raconter, surtout le faux col, car c'était un grand fanfaron.

« J'ai eu énormément de fiancées ! dit le faux col. Je ne pouvais pas rester en place ! Il faut dire aussi que j'étais un élégant cavalier, tout amidonné ! J'avais un tire-botte et un peigne dont je ne me servais jamais ! Vous auriez dû me voir à l'époque, me voir quand j'étais couché sur le côté ! Je n'oublierai jamais ma première fiancée. C'était une ceinture, elle était si élégante, si douce et si charmante, elle s'est jetée dans un baquet à cause de moi ! Il y a eu aussi une veuve qui est devenue rouge vif, mais je l'ai laissée attendre et elle devenue toute noire ! Il y a eu la première danseuse, elle m'a fait la balafre que j'ai encore, tellement elle était vorace ! Mon propre peigne était amoureux de moi, il a perdu toutes ses dents à la suite de ce chagrin d'amour. Eh oui, j'ai eu beaucoup d'aventures de ce genre, mais c'est la jarretière – je veux dire la ceinture qui s'est jetée dans le baquet – qui me fait le plus mal au cœur. J'ai la conscience bien chargée, j'aurais bien besoin de me transformer en papier blanc ! »

Et c'est bien ce qui arriva. Tous les chiffons furent changés en papier blanc, mais le faux col devint justement le morceau de papier que nous voyons ici, sur lequel cette histoire a été imprimée, justement parce qu'il s'était terriblement vanté de choses qui n'avaient jamais existé. Souvenons-nous bien de cela, de façon à ne pas faire de même, car on ne sait jamais, il se pourrait fort bien que nous terminions dans la caisse à chiffons et que nous soyons transformés en papier blanc, sur lequel toute notre histoire serait imprimée, même la plus secrète, et nous serions alors obligés de courir partout pour la raconter, comme le faux col.

## LA CLOCHE

Le soir, dans les rues étroites de la grande ville, lorsque le soleil se couchait et que les nuages brillaient comme de l'or entre les cheminées, il arrivait souvent qu'une personne ou une autre entende un son étrange, comme l'écho lointain d'une cloche d'église, mais on ne pouvait l'entendre que l'espace d'un instant, car il était vite couvert par le roulement des voitures et par les cris. « C'est la cloche du soir qui sonne ! disait-on. Le soleil se couche ! »

Ceux qui sortaient de la ville, là où les maisons étaient plus espacées et séparées par des jardins et des petits champs, voyaient beaucoup mieux la splendeur du ciel et percevaient beaucoup plus nettement le son de la cloche qui semblait provenir d'une église qui aurait été située tout au cœur de la forêt paisible et embaumée ; et quand les gens regardaient dans cette direction, ils prenaient un air très solennel...

Beaucoup de temps passa et, un jour, une personne dit à une autre : « Y a-t-il vraiment une église là-bas dans la forêt ? Cette cloche a tout de même un son étrange et agréable, ne devrions-nous pas y aller pour la voir d'un peu plus près ? » Et les riches partirent en voiture, les pauvres à pied, mais le chemin leur parut étrangement long, et lorsqu'ils arrivèrent près d'un endroit planté de saules qui poussaient à la lisière de la forêt, ils s'assirent et regardèrent les longues branches au-dessus d'eux et ils crurent être en pleine nature. Le pâtissier du centre de la ville vint y dresser sa tente, puis il vint encore un pâtissier qui suspendit une cloche au-dessus de sa tente, et cette cloche était couverte de bitume pour pouvoir supporter la pluie, et elle n'avait pas de battant. Quand les gens retournèrent chez eux, ils dirent que cela avait été fort romantique, ce qui veut dire que cela n'avait rien à voir avec les conversations qu'on peut avoir autour d'une tasse de thé. Trois personnes assurèrent qu'elles avaient pénétré dans la forêt jusqu'à l'endroit où elle s'arrêtait et qu'elles avaient entendu pendant tout le temps le curieux son de cloche, mais il leur avait semblé qu'il provenait de l'intérieur de la ville ; l'une d'entre elles en fit le sujet de toute une chanson et elle dit que le timbre de la cloche ressemblait à la voix d'une mère qui s'adresse à un enfant sage qu'elle aime ; il n'y avait pas de mélodie plus belle que le son de la cloche.

L'empereur du pays s'intéressa aussi à la chose, et il promit que celui qui découvrirait d'où provenait ce son recevrait le titre de « sonneur de cloches du monde », et cela même si le son n'était pas produit par une cloche.

Ils furent nombreux à aller dans la forêt à cause du bon gagne-pain que cela pourrait leur procurer, mais il n'y en eut qu'un seul qui revint avec une sorte d'explication. Personne ne s'était avancé assez loin dans la forêt, lui non plus d'ailleurs, mais il dit néanmoins que le son de la cloche provenait d'une très grosse chouette qui était nichée dans un arbre creux, c'était une de ces chouettes qui détiennent la sagesse, et qui cognait sans cesse sa tête contre l'arbre, mais il ne pouvait pas encore dire avec certitude si le son venait de la tête de la chouette ou du tronc creux. Il fut alors nommé sonneur de cloches du monde et écrivit tous les ans un petit traité sur la chouette, mais on n'en savait toujours pas plus long.

Puis vint un jour de confirmation, le pasteur avait fait un beau sermon émouvant, les communiants avaient été vivement émus, c'était un jour important pour eux, d'enfants qu'ils étaient, ils devenaient soudain des adultes, leur âme d'enfant devait passer en quelque sorte dans une personne plus raisonnable. Le soleil resplendissait, les communiants sortirent de la ville et, depuis la forêt, le son de la grande cloche inconnue leur parvint, avec une intensité surprenante. Tous, ils eurent aussitôt très envie d'y aller, à part trois d'entre eux : une fille devait rentrer chez elle pour essayer sa robe de bal, car cette robe et ce bal étaient justement la raison pour laquelle elle avait accepté de se faire confirmer cette fois-ci, sinon elle ne se serait pas jointe aux autres ; le deuxième était un pauvre garçon qui avait emprunté son habit de communiant et ses bottes au fils de son logeur et il fallait qu'il les rende à une heure précise ; le troisième dit qu'il n'allait jamais sans ses parents dans des endroits qu'il ne connaissait pas ; qu'il avait toujours été sage et qu'il voulait le rester, même après avoir été confirmé, et il ne faut pas se moquer de ces choses-là, mais pourtant ils le firent.

Trois d'entre eux ne suivirent donc pas les autres, qui partirent en trottinant. Le soleil brillait et les oiseaux chantaient et les communiants chantaient aussi et se tenaient par la main, car ils n'exerçaient pas encore de fonctions et ils étaient tous communiants devant Notre-Seigneur.

Mais deux des plus petits furent bientôt fatigués et ils retournèrent en ville ; deux petites filles s'assirent et se mirent à tresser des couronnes, elles ne suivirent pas le groupe, elles non plus, et lorsque les autres arrivèrent près des saules où habitait le pâtissier, ils dirent : « Voilà, nous sommes arrivés ; on voit bien que, finalement, la cloche n'existe pas, ce n'est qu'une idée qu'on se fait ! »

Et au même instant, le son de la cloche retentit au cœur de la forêt, si doux et si solennel que quatre ou cinq enfants résolurent de s'enfoncer un peu plus loin dans la forêt. Elle était si dense et le feuillage y était si épais qu'on n'y progressait que très péniblement ;

les muguets des bois et les anémones montaient presque trop haut, les liserons fleuris et les ronces pendaient en longues guirlandes entre les arbres où chantait le rossignol et où jouaient les rayons du soleil ; oh ! comme c'était ravissant, mais ce n'était pas un chemin pour les filles, elles auraient déchiré leurs vêtements. Il y avait de gros blocs de pierre couverts de lichens de toutes les couleurs, l'eau coulait d'une source fraîche et on avait l'étrange impression de l'entendre dire « glou, glou ! ».

« Ce n'est tout de même pas la cloche ! dit l'un des communiants, qui s'allongea sur le sol et tendit l'oreille. Il faut étudier la chose de près ! » et il laissa les autres reprendre leur marche sans lui.

Ils atteignirent une maison construite en écorce et en branches, un grand pommier sauvage se penchait au-dessus d'elle comme s'il avait voulu répandre tous ses bienfaits sur le toit, sur lequel poussaient des roses. Les longues branches entouraient le pignon auquel était suspendue une petite cloche. C'était peut-être celle qu'on avait entendue ? Ils s'accordèrent alors tous pour le dire, excepté l'un d'entre eux qui dit que cette cloche était trop petite et trop délicate pour que ce puisse être celle qu'ils avaient entendue d'aussi loin ; il dit aussi que c'était tout à fait un autre son qui émouvait un cœur humain de cette façon. Celui qui parlait ainsi était un fils de roi, si bien que les autres dirent : « Ceux-là, ils veulent toujours être plus intelligents ! »

Ils le laissèrent alors partir tout seul, et à mesure qu'il avançait, solitaire, sa poitrine se remplit de plus en plus de la solitude de la forêt ; mais il entendait encore la petite cloche qui procurait aux autres tant de satisfaction, et de temps à autre, lorsque le vent provenait de l'endroit où se trouvait le pâtissier, il entendait aussi que l'on chantait en buvant du thé ; mais les accents profonds de la cloche retentissaient tout de même plus fortement ; il eut bientôt l'impression qu'un orgue jouait en même temps, le son venait de la gauche, du côté où se trouve le cœur.

Il y eut alors un bruit dans le buisson, et un petit garçon apparut devant le fils de roi ; il était en sabots et sa veste était si courte qu'on voyait bien qu'il avait de longs poignets. Ils se connaissaient, le garçon était justement celui des communiants qui n'avait pas pu venir avec les autres parce qu'il devait rentrer à la maison pour rendre une veste et des bottes au fils de son logeur ; après avoir fait cela, il était parti seul avec ses sabots et ses pauvres habits, parce que le son de la cloche était si fort et si profond qu'il n'avait pas pu faire autrement que d'y aller.

« Nous pourrions bien faire le chemin ensemble ! » dit le fils de roi. Mais le pauvre communiant en sabots était très timide, il tira sur ses manches de veste trop courtes et dit qu'il avait peur de ne pas pouvoir marcher assez vite et, d'ailleurs, il pensait qu'il fallait chercher la cloche à droite, car c'était là que se trouvait tout ce qui était grand et glorieux.

« Mais, dans ces conditions, nous ne nous rencontrerons jamais ! » dit le fils de roi en faisant un signe de tête au pauvre garçon qui s'enfonça dans la partie la plus sombre et la plus épaisse de la forêt, où les épines déchirèrent ses pauvres habits, et écorchèrent son visage, ses mains et ses pieds. Le fils de roi eut aussi quelques bonnes égratignures, mais le soleil brillait tout de même sur son chemin, et c'est lui que nous allons suivre car c'était un garçon résolu.

« Il faut absolument que je trouve cette cloche, dit-il, même si je dois aller jusqu'au bout du monde ! »

D'affreux singes étaient juchés dans les arbres et ils montraient toutes leurs dents en faisant la grimace. « Est-ce que nous allons lui lancer des projectiles ? dirent-ils. Est-ce que nous allons lui lancer des projectiles ? C'est un fils de roi ! »

Mais, sans se lasser, il pénétra de plus en plus profondément dans la forêt où poussaient les fleurs les plus étranges ; il y avait des lis blancs aux étamines rouge sang, des tulipes d'un bleu azur qui étincelaient dans le vent, et des pommiers dont les fruits ressemblaient parfaitement à de grosses bulles de savon brillantes ; imaginez comment ces arbres devaient scintiller au soleil ! Les prairies du vert le plus tendre, où le cerf et la biche jouaient dans l'herbe, étaient entourées de chênes et de hêtres magnifiques, et quand l'écorce de l'un de ces arbres était fendue, de l'herbe et de longues tiges venaient se loger dans la fente ; il y avait aussi de vastes étendues de forêt avec des lacs paisibles où nageaient des cygnes blancs qui battaient des ailes. Le fils de roi s'arrêta souvent pour écouter, croyant fréquemment que c'était d'un de ces lacs profonds que le son de la cloche montait vers lui, mais il finit tout de même par s'apercevoir que ce n'était pas de là, mais de plus loin dans la forêt que venait le son de la cloche.

Puis le soleil se coucha, le ciel s'embrasa d'une lueur rouge comme du feu, un profond silence se fit dans la forêt, et il tomba à genoux, récita sa prière du soir et dit : « Je ne trouverai jamais ce que je cherche ! Le soleil est en train de se coucher, bientôt la nuit, la sombre nuit va tomber ; peut-être puis-je encore une fois voir le disque rouge du soleil avant qu'il ne s'enfonce complètement derrière la terre ; je vais monter sur les rochers qui sont là-bas, ils s'élèvent aussi haut que les plus grands arbres ! »

Et en s'agrippant aux tiges et aux racines, il escalada les pierres humides, au milieu des couleuvres qui se tortillaient et des crapauds qui semblaient aboyer après lui ; il arriva néanmoins au sommet avant que le soleil, vu de cette hauteur, eût entièrement disparu. Oh ! quelle splendeur ! La mer, la mer immense et magnifique s'étendait devant ses yeux, roulant ses longues vagues contre la côte, et le soleil ressemblait à un grand autel qui aurait resplendi à l'horizon, là où la mer et le ciel se rencontraient. Tout se fondait dans les feux du couchant, la forêt chantait et la mer chantait et son cœur chantait avec elles ; la nature entière était une grande église sacrée dont les arbres et les nuages suspendus en l'air étaient les piliers, les fleurs et l'herbe son tapis de velours et le ciel lui-même sa vaste coupole ; là-haut, les lueurs rouges s'éteignirent quand le soleil disparut, mais des millions d'étoiles s'allumèrent, des millions de lampes de diamant se mirent alors à briller, et le fils de roi étendit les bras vers le ciel, vers la mer et la forêt... et au même moment apparut le pauvre communiant ; il s'avançait dans l'allée de droite, avec sa veste aux manches courtes et ses sabots ; il était arrivé en même temps, après avoir suivi son chemin à lui, et ils coururent l'un vers l'autre, et se tinrent par la main dans la grande église de la nature et de la poésie, et au-dessus d'eux retentissait le son de la cloche sacrée invisible ; des esprits bienheureux l'entouraient de leurs danses tandis que résonnait un alléluia plein d'allégresse !

## UNE IMAGE VUE DEPUIS LE REMPART
## DE LA CITADELLE

C'est l'automne, nous sommes sur le rempart de la citadelle et nous regardons les nombreux bateaux qui sont sur la mer, ainsi que la côte suédoise, qui s'élève bien haut à la lumière du soleil du soir. Derrière nous, le rempart descend en pente raide. Il y pousse des arbres superbes, le feuillage jauni tombe des branches. Là en bas, il y a des maisons à l'aspect sinistre, entourées de palissades de bois et derrière celles-ci, là où marche le gardien, l'espace est très réduit et l'atmosphère très sinistre, mais il fait encore plus sombre derrière le trou protégé par une grille : il y a des forçats, les pires criminels.

Un rayon du soleil couchant tombe dans la pièce nue. Le soleil brille sur les méchants et sur les bons ! Le prisonnier à l'air sombre et bourru regarde d'un œil mauvais le froid rayon de soleil. Un petit oiseau vient frapper contre la grille. L'oiseau chante pour les méchants et pour les bons ! Il chante un bref « cui-cui ! », mais il reste perché là, bat des ailes, en arrache une plume, gonfle ses autres plumes autour de son cou, tandis que le méchant homme enchaîné le regarde. Une expression plus douce parcourt son visage hideux. Une pensée, qu'il n'arrive pas à se représenter clairement lui-même, s'éclaire dans sa poitrine, elle est liée au rayon de soleil qui traverse la grille, liée au parfum des violettes, qui, au printemps, poussent au-dehors en abondance. Voilà que retentit la musique des chasseurs, suave et forte. L'oiseau quitte la grille du prisonnier, le rayon de soleil disparaît et il fait sombre dans la cellule, sombre dans le cœur du méchant homme, mais le soleil y a pourtant brillé, l'oiseau y a pourtant chanté.

Continuez, beaux sons des cors de chasse ! La soirée est douce, la mer est calme, lisse comme un miroir.

## UN CARACTÈRE GAI

Mon père m'a légué la meilleure part de sa succession : j'ai hérité d'un caractère gai. Et qui était mon père ? Eh bien, cela n'a rien à voir avec mon caractère ! Il était enjoué et avenant, gras et rond, extérieurement et intérieurement en complète contradiction avec sa fonction. Et quelle était sa fonction, sa position dans la société ? Eh bien, si on devait le noter par écrit et l'imprimer au début d'un livre, il est fort probable qu'en lisant cela, plusieurs personnes mettraient le livre de côté en disant : « Je trouve cela bien lugubre, je ne veux pas de ce genre de choses. » Et pourtant, mon père n'était ni bourreau ni assistant de bourreau, bien au contraire, sa fonction le plaçait souvent à la tête des hommes les plus honorables de la ville, et il y était tout à fait dans son droit, tout à fait à sa place. Il fallait qu'il soit tout devant, devant l'évêque, devant les princes du sang – et il était effectivement tout devant – il était cocher de corbillard !

Voilà, c'est dit ! Et je peux dire que lorsqu'on voyait mon père assis en haut, à l'avant de l'omnibus de la mort, vêtu de son long manteau noir flottant, la tête couverte de son tricorne à franges noires, et qu'on voyait en même temps son visage, qui ressemblait à s'y méprendre au soleil tel qu'on le représente sur les dessins, rond et riant, on ne pouvait pas penser au deuil et à la tombe. Ce visage disait : « Cela ne fait rien, cela ira beaucoup mieux qu'on ne le croit ! »

C'est donc de lui que je tiens mon caractère gai et l'habitude d'aller régulièrement au cimetière, et c'est très amusant, à condition d'y venir uniquement le cœur gai..., et puis je suis aussi abonné aux *Petites Annonces*, comme lui, quand il était encore de ce monde.

Je ne suis pas tout jeune, je n'ai ni femme ni enfants, ni bibliothèque, mais, comme je vous l'ai dit, je suis abonné aux *Petites Annonces*. Cela me suffit, je trouve que c'est le meilleur journal, et mon père pensait la même chose. C'est bien utile, et on y trouve tout ce qu'on a besoin de savoir : qui prêche dans les églises et qui prêche dans les nouveaux livres ! Où trouver une maison, des gens de service, vêtements et nourriture, qui liquide et qui a été lui-même « liquidé », et on y trouve beaucoup d'œuvres charitables et de vers innocents qui n'engagent à rien ! Des annonces matrimoniales, et des rendez-vous qu'on respecte ou qu'on ne respecte pas ! Tout est simple et naturel ! On peut fort bien vivre heureux et se faire enterrer en étant abonné aux *Petites Annonces*..., et comme cela, à la fin de sa vie, on a tellement de papier qu'on peut se coucher confortablement dessus, si on n'a pas envie d'être couché sur des copeaux.

De tout temps, les *Petites Annonces* et le cimetière ont été les deux promenades les plus stimulantes pour mon esprit, les deux établissements de bains les plus agréables où j'ai retrempé mon caractère gai.

N'importe qui peut avoir son nom dans les *Petites Annonces*, mais accompagnez-moi au cimetière. Allons-y lorsque le soleil brille et que les arbres sont verts. Marchons parmi les tombes ! Chacune d'entre elles est comme un livre fermé dont le dos serait tourné vers le haut, on peut lire le titre, qui dit ce que le livre contient, et cela ne dit pourtant rien. Mais je sais à quoi m'en tenir, grâce à ce que j'ai appris par mon père et par moi-même ! C'est écrit dans mon *Registre des tombes*. C'est un livre que j'ai fait moi-même, pour mon utilité et mon agrément. Ils y sont tous, et il y en a même quelques-uns en plus !

Nous voici au cimetière.

Ici, derrière la grille peinte en blanc, là où il y avait autrefois un rosier – il n'est plus là maintenant, mais quelques pervenches s'étendent depuis la tombe du voisin et y mêlent une touche de verdure, pour que cela ait tout de même un peu d'allure –, repose un homme très malheureux, et pourtant, quand il était en vie, ses affaires marchaient bien, comme on dit, il avait de bons revenus, et même un peu plus, mais il prenait le monde – c'est-à-dire l'art – trop à cœur. Si un soir il était au théâtre pour jouir du spectacle, de toute son âme, il sortait de ses gonds pour peu que le machiniste ait mis une lumière trop forte sur les deux joues de la lune, ou que le rideau qui représente le ciel se soit trouvé devant la coulisse alors qu'il aurait dû être suspendu derrière, ou qu'il y ait eu un palmier à Amager, un cactus au Tyrol et des hêtres dans le nord de la Norvège ! Est-ce que cela ne revient pas au même ? Qui réfléchit à ces choses-là ? C'est de la comédie, et c'est fait pour distraire !... Tantôt le public applaudissait trop, tantôt il n'applaudissait pas assez. « C'est du bois mouillé, disait-il, ça ne prendra pas, ce soir ! » Il se retournait pour voir qui étaient ces gens, et il voyait qu'ils riaient à tort et à travers. Ils riaient aux endroits où ils n'auraient pas dû rire, et cela le contrariait et le faisait souffrir, et c'était un homme malheureux, mais maintenant il est dans la tombe.

Ici repose un homme très heureux, c'est-à-dire un homme très distingué, de haute naissance, et c'était sa chance, car sinon il ne serait jamais arrivé à rien, mais il faut dire que tout est disposé avec une telle sagesse dans la nature que c'est un plaisir d'y penser. Il portait de la broderie par-devant et par-derrière, et on le plaçait dans le salon, comme on place le précieux cordon de sonnette brodé de perles. Il y a toujours derrière lui une bonne grosse ficelle qui fait le travail. Il avait lui aussi une bonne ficelle derrière lui, un substitut qui faisait le travail et qui le fait encore derrière un autre cordon de sonnette brodé. Il faut dire que tout est disposé avec une telle sagesse qu'on a vraiment de quoi avoir le caractère gai.

Ici repose, mais c'est vraiment triste... ! Ici repose un homme qui pendant soixante-sept ans avait cherché à placer un bon mot ! Il vivait uniquement pour trouver un bon mot, et il lui en vint un, en effet, à ce qu'il croyait, mais il en conçut une telle joie qu'il en mourut. Il mourut de joie d'en avoir trouvé un. Mais personne n'en a profité, personne n'a entendu ce mot d'esprit. J'imagine que ce bon mot ne le laisse même pas tranquille dans sa tombe, car admettons que pour qu'il produise son effet il faille le dire au moment du déjeuner, et que, l'homme étant mort, il ne puisse apparaître qu'à minuit, d'après ce qu'on pense généralement. Dans ces conditions, le bon mot arrivera à contretemps, personne ne rira, et il pourra retourner dans sa tombe avec son bon mot. C'est une triste tombe.

Ici repose une dame très avare. Quand elle était en vie, elle se levait la nuit pour miauler, pour faire croire aux voisins qu'elle avait un chat. Voilà jusqu'où allait son avarice !

Ici repose une demoiselle de bonne famille. Quand elle était en société, il fallait toujours qu'elle fasse un petit numéro de chant, et elle chantait alors *mi manca la voce*[1] ! Il n'y avait que cela de vrai dans sa vie !

Ici repose une fille d'une autre sorte ! Quand le canari du cœur se met à crier, la raison se bouche les oreilles. La belle demoiselle était parée de l'auréole du mariage... ! C'est une histoire de tous les jours..., mais exprimée en termes élégants. Laissons reposer les morts !

Ici repose une veuve, qui avait un chant de cygne dans la bouche et du fiel de hibou dans le cœur. Elle allait de famille en famille à la recherche des défauts

---

1. Signifie « la voix me manque » en italien.

de son prochain, comme autrefois *L'Ami de la police*[1] quand il faisait sa tournée pour trouver une dalle de caniveau qui manquait.

Voici un caveau de famille. Dans cette famille, à chaque génération, on a toujours été uni pour croire que si le monde entier et le journal disaient : « Voilà ce qu'il en est ! » et que le jeune fils revenait de l'école en disant : « J'ai entendu présenter la chose de telle façon ! », c'était sa façon de voir qui était la seule juste, parce qu'il était de la famille. Et il est certain que s'il arrivait que le coq de la ferme familiale chante à minuit, c'était le matin, même si le veilleur et toutes les horloges de la ville disaient qu'il était minuit.

Le grand Goethe termine son *Faust* en disant « À suivre », on peut dire la même chose de notre promenade dans le cimetière. Je viens souvent ici ! Si un de mes amis ou une personne qui ne fait pas partie de mes amis m'empoisonne trop l'existence, je viens ici chercher un endroit où il y a du gazon et je l'attribue à celui ou celle que je veux enterrer. Et je les enterre aussitôt, et ils restent là, morts et impuissants, jusqu'à ce qu'ils reviennent, *nouveaux et meilleurs*. Je consigne leur vie – selon l'idée que je m'en fais – dans mon *Registre des tombes*, et tous les hommes devraient faire de même. Ils ne devraient pas se fâcher quand quelqu'un leur rend la vie difficile, mais ils devraient les enterrer, conserver leur caractère gai et les *Petites Annonces*, ce journal que le peuple écrit de sa propre main, souvent avec la main de quelqu'un d'autre par-dessus pour diriger la plume.

Lorsque le moment viendra où il faudra me mettre sous reliure dans la tombe avec l'histoire de ma vie, mettez comme inscription :

*Un caractère gai !*

C'est mon histoire.

---

1. Nom d'un hebdomadaire populaire connu pour ses critiques mesquines sur les questions de voirie à Copenhague.

## UNE PEINE DE CŒUR

En réalité, c'est une histoire en deux parties que nous présentons ici. La première aurait fort bien pu être laissée de côté, mais elle fournit des connaissances préalables et celles-ci sont utiles !

Nous faisions un séjour à la campagne, dans un manoir, et voilà que les maîtres de la maison partirent pour une journée. C'est alors qu'une dame arriva de la ville la plus proche, elle avait avec elle son petit chien, un carlin[1], et elle venait pour qu'on achète ce qu'elle appelait des « actions » dans sa tannerie. Elle avait apporté ses papiers, et nous lui conseillâmes de les glisser dans une enveloppe et d'y écrire l'adresse du propriétaire du château : « Commissaire général de guerre, chevalier, etc., etc. »

Elle nous écouta, prit la plume, s'arrêta, et nous demanda de répéter l'adresse, en allant lentement. C'est ce que nous fîmes, et elle l'écrivit. Mais au milieu de « Commissaire général », elle s'interrompit, soupira et dit : « Je ne suis qu'une femme ! » Elle avait posé le carlin sur le sol pendant qu'elle écrivait, et il grognait. En effet, il l'avait accompagnée pour son plaisir et à cause de sa santé, et dans ces conditions, on n'a pas à être posé sur le sol. Un museau écrasé et un dos qui ressemblait à celui d'un porc, voilà le spectacle qu'il offrait.

---

**1.** *Le Petit Robert* décrit le carlin de la façon suivante : « Petit chien d'agrément, à poil ras, au museau noir et écrasé ».

« Il ne mord pas ! dit la dame. Il n'a pas de dents. Il fait pour ainsi dire partie de la famille, il est fidèle et hargneux, mais c'est parce que mes petits-enfants le taquinent. Ils jouent à la noce et ils veulent qu'il soit demoiselle d'honneur, et cela le fatigue, le pauvre vieux ! »

Puis elle déposa ses papiers et prit le petit chien sous son bras. C'est la première partie... dont on aurait certainement pu se passer !

« Le carlin est mort ! » C'est la deuxième partie.

Une semaine s'était écoulée. Nous arrivâmes à la ville et descendîmes dans une auberge. Nos fenêtres donnaient sur la cour, qu'une palissade séparait en deux parties. Dans la première, des fourrures et des peaux étaient suspendues, brutes et tannées. On y voyait tous les matériaux qu'on trouve dans une tannerie, et cela appartenait à la veuve. Le petit chien était mort ce matin-là, et il avait été enterré dans la cour. Les petits-enfants de la veuve – je veux dire la veuve du tanneur, car le petit chien n'avait pas été marié – rebouchèrent la tombe, une jolie tombe au demeurant, ce devait être un plaisir d'être enterré là.

La tombe était entourée de morceaux de poteries, et recouverte de sable. À son extrémité, ils avaient placé une demi-bouteille de bière, le goulot tourné vers le haut, et ça n'avait absolument rien d'allégorique.

Les enfants dansèrent autour de la tombe, et le plus âgé des garçons, un petit bonhomme de sept ans à l'esprit pratique, proposa qu'on fasse une exposition avec la tombe du petit chien, et qu'on l'ouvre à tous les gens de la ruelle. L'entrée devait coûter un bouton de bretelle, c'est une chose que tous les garçons avaient, et ils pouvaient aussi en fournir aux petites filles. Cette proposition fut adoptée à l'unanimité.

Et tous les enfants de la ruelle, ainsi que ceux de la ruelle de derrière, vinrent et donnèrent leur bouton. Il y en eut beaucoup qui durent se contenter d'une seule bretelle cet après-midi là, mais on avait vu la tombe du petit chien, après tout, et cela valait bien la peine.

Mais en dehors de la cour de la tannerie, tout près du portail, il y avait une petite fille déguenillée, très gracieuse d'aspect, avec les boucles les plus jolies qui soient et des yeux si bleus et si clairs que cela faisait plaisir à voir. Elle ne disait pas un mot, elle ne pleurait pas non plus, mais elle essayait de voir le plus loin possible, à chaque fois que le portail s'ouvrait. Elle n'avait pas de bouton, elle le savait bien, et c'est pour cela qu'elle restait dehors, toute triste, elle resta là jusqu'à ce que tous les autres aient fini de regarder, et qu'ils soient tous partis. Elle s'assit alors en couvrant ses yeux de ses petites mains brunes et elle éclata en sanglots. Elle était la seule à ne pas avoir vu la tombe du carlin. C'était une peine de cœur, une grande, comme peut souvent l'être celle d'un adulte.

Nous avons vu cela d'en haut et, vue d'en haut, eh bien ! cette peine est comme beaucoup de nos peines ou de celles d'autres personnes : nous pouvons en rire !... Voilà l'histoire, et celui qui ne la comprend pas peut acheter des actions à la tannerie de la veuve.

## CHAQUE CHOSE À SA PLACE

Il y a plus de cent ans de cela !

Derrière la forêt, près du grand lac, il y avait un vieux manoir, et il était entouré de douves profondes dans lesquelles poussaient la massette, le jonc et le roseau. Tout près du pont qui menait à la porte d'entrée, il y avait un vieux saule qui se penchait au-dessus des roseaux.

Le bruit du cor et d'une cavalcade arrivait de la route encaissée, voilà pourquoi la petite gardeuse d'oies se dépêchait de chasser les oies du pont, avant que les chasseurs arrivent au galop. Ils allaient tellement vite qu'elle dut sauter rapidement sur l'une des hautes pierres du pont pour ne pas se faire renverser par les cavaliers. Elle était encore à moitié enfant, mince et menue, mais son visage avait une expression agréable et elle avait deux gentils yeux clairs. Mais le châtelain ne s'arrêta pas à cela. Alors qu'il arrivait à bride abattue, il retourna son fouet dans sa main, et s'amusa grossièrement en lui donnant un coup de manche dans la poitrine qui la fit tomber à la renverse.

« Chaque chose à sa place ! Va donc rejoindre la boue ! » cria-t-il en riant, il trouvait que c'était très amusant, et les autres rirent avec lui. Toute la compagnie criait et vociférait et les chiens de chasse aboyaient, c'était vraiment :

*Oiseau riche arrive à tire-d'aile !*

Dieu sait ce qu'il en était alors de sa richesse.

La pauvre gardeuse d'oies chercha à s'accrocher à quelque chose en tombant, et elle réussit à attraper l'une des branches du saule qui pendait. Grâce à celle-ci, elle arriva à se maintenir au-dessus de la vase, et dès que les maîtres et les chiens eurent franchi la porte, elle essaya de remonter, mais la branche cassa près de la cime, et la gardeuse d'oies retomba lourdement dans les roseaux, lorsqu'une forte poigne la tira subitement vers le haut. C'était un marchand ambulant qui avait vu la scène à distance et qui se hâtait maintenant de lui venir en aide.

« Chaque chose à sa place ! » dit-il en imitant le châtelain pour se moquer et en tirant la fillette sur la terre ferme. Il tendit la branche cassée vers l'endroit où elle s'était brisée, mais il n'est pas toujours possible de mettre tout « à sa place », et il planta la branche dans la terre meuble : « Pousse si tu le peux et fais en sorte qu'ils ne puissent pas se tirer des flûtes [1] là-haut dans le manoir ! » Il estimait que le châtelain et son entourage avaient mérité une bonne volée de coups de trique. Puis il entra dans le manoir, mais ce n'est pas dans la grande salle d'honneur qu'il alla, il était de condition trop humble pour cela ! Ce sont les gens de la salle commune qu'il alla rejoindre, et ils regardèrent sa marchandise et firent quelques achats. Mais des vociférations et des braillements parvenaient d'en haut, de la table du banquet, c'était censé être des chants, ils ne pouvaient pas faire mieux. Il y avait des rires et des hurlements de chiens, on faisait ripaille et on se soûlait. Le vin et la vieille bière moussaient dans les verres et les chopes, et les chiens préférés étaient de la partie. L'un ou l'autre de ces animaux eut droit aux baisers des hobereaux, après qu'on lui eut essuyé le museau avec une des ses longues oreilles. On fit monter le marchand ambulant avec sa marchandise, mais ce n'était

---

1. Nous avons recours à cette expression familière pour rendre un jeu de mots essentiel à la compréhension du texte. « Tailler une flûte à quelqu'un » signifie en danois : jouer un tour à quelqu'un, se payer sa tête.

que pour se payer sa tête. Le vin qu'on avait absorbé avait chassé la raison. Ils lui versèrent de la bière dans une chaussette, pour le faire boire, mais il fallait qu'il fasse vite ! C'était vraiment très malin et cela faisait bien rire. Des troupeaux entiers de bétail, des paysans et des fermes furent joués aux cartes et perdus.

« Chaque chose à sa place ! » dit le marchand ambulant, une fois qu'il eut échappé à Sodome et Gomorrhe, comme il appelait cela. « La grand-route, voilà la place qui me revient, là-haut, je n'étais pas du tout à mon aise. » Et la petite gardeuse d'oies approuva d'un signe de tête, depuis la barrière du champ.

Et les jours passèrent, et les semaines passèrent, et on constata que la branche de saule cassée que le marchand ambulant avait plantée près de la douve restait toujours fraîche et verte, et qu'elle avait même de nouvelles pousses. La petite gardeuse d'oies vit qu'elle devait avoir pris racine, et ce fut un grand sujet de joie pour elle, c'était son arbre, estimait-elle.

Il y avait certes du progrès de ce côté-là, mais pour le reste, tout allait de plus en plus mal pour le manoir, noyé dans les beuveries et le jeu. Ce sont deux roues sur lesquelles il ne fait pas bon se déplacer.

Six années ne s'étaient pas écoulées, que le châtelain, devenu pauvre, quittait le manoir à pied, avec une musette et un bâton. La propriété fut rachetée par un riche marchand ambulant, et c'était justement celui dont on s'était payé la tête en lui servant de la bière dans une chaussette, mais l'honnêteté et l'ardeur au travail sont un vent favorable, et maintenant le marchand ambulant était le maître du manoir. Mais à partir de ce moment-là, on n'y joua plus jamais aux cartes. « Ce sont de mauvaises lectures, dit-il, cela vient de ce qu'en voyant la Bible pour la première fois, le diable a voulu en faire une caricature, et c'est comme ça qu'il a inventé le jeu de cartes ! »

Le nouveau châtelain prit femme, et qui est-ce que ce fut ? Ce fut la petite gardeuse d'oies qui avait toujours été honnête, pieuse et bonne, et, dans ses nouveaux habits, elle avait l'air aussi distinguée et aussi belle que si elle avait été de haute naissance. Comment cela se fit-il ? Ah, c'est une histoire trop longue pour notre époque pleine d'activité, mais cela se fit, et le plus important reste à venir.

Tout allait pour le mieux dans le vieux manoir, la mère s'occupait elle-même des travaux d'intérieur, et le père des travaux d'extérieur. On avait l'impression que la bénédiction coulait à flots, et là où il y a du bien-être, le bien-être abonde encore plus. On nettoya et peignit le vieux manoir, cura les douves et planta des arbres fruitiers. L'atmosphère était accueillante et bonne, et le plancher de la salle était brillant comme un tranchoir. Les soirs d'hiver, madame était dans la grande salle d'honneur avec toutes ses servantes, et elles filaient de la laine et du lin, et tous les dimanches soirs, on lisait à haute voix dans la Bible, et c'est le conseiller lui-même qui le faisait, car il devint conseiller, le marchand ambulant, mais ce ne fut qu'après avoir atteint un âge très avancé. Les enfants grandirent – il y eut des enfants – et ils reçurent tous une bonne éducation, mais ils n'avaient évidemment pas tous une aussi bonne tête les uns que les autres, comme c'est le cas dans toutes les familles.

Mais la branche de saule, au-dehors, était devenue un arbre superbe qui poussait librement et qu'on ne taillait pas. « C'est notre arbre généalogique ! disaient les vieillards, et il faut avoir du respect pour cet arbre », disaient-ils aux enfants, y compris ceux qui n'avaient pas une bonne tête.

Et maintenant, cent ans avaient passé.

C'était à notre époque. Le lac était devenu un marais, et le vieux manoir avait été pour ainsi dire effacé. Il y avait une mare d'eau de forme allongée, dont les bords étaient soutenus par quelques amas de pierres, c'étaient les vestiges des profondes douves, et il y avait encore un vieil arbre superbe qui inclinait ses branches, c'était l'arbre généalogique. Il montrait combien un saule peut être beau, quand on lui permet de prendre soin de lui-même. Il est vrai que son tronc s'était fendu par le milieu, de la racine à la cime, la tempête l'avait un peu tordu, mais il était debout, et dans toutes ses fentes et ses fissures, où les vents avaient déposé de la terre, il poussait de l'herbe et des fleurs. Surtout tout en haut, là où les grosses branches se séparaient, il y avait comme un petit jardin suspendu, avec des framboises et du mouron, et un tout petit sorbier avait même pris racine et se dressait, svelte et délicat, au beau milieu du vieux saule, qui se reflétait dans l'eau noire, quand le vent avait poussé les lentilles d'eau dans un coin de la mare. Un petit sentier traversait le champ et passait tout à côté.

En haut de la colline, près de la forêt, là où la vue était agréable, il y avait le nouveau manoir, vaste et superbe, avec des vitres tellement claires qu'on aurait pu croire qu'il n'y en avait pas. Le grand escalier, devant la porte, semblait recouvert de tonnelles de roses et de plantes à larges feuilles, la pelouse était d'un vert tellement pur qu'on aurait pu croire qu'on entretenait chaque brin d'herbe matin et soir. À l'intérieur, dans la salle, de précieux tableaux étaient accrochés aux murs, et il y avait des fauteuils et des canapés de soie et de velours qui auraient presque pu marcher sur leurs propres pieds, des tables avec des plateaux de marbre poli et des livres aux reliures en maroquin, dorés sur tranche... Mais oui, c'étaient certainement des gens riches qui habitaient ici, c'étaient des gens distingués, c'est ici qu'habitaient le baron et sa famille.

Tout était à l'avenant. « Chaque chose à sa place ! » disaient-ils aussi, c'est pourquoi tous les tableaux qui avaient jadis servi de décoration et avaient fait honneur au vieux manoir étaient maintenant suspendus dans le couloir qui conduisait à la chambre des domestiques. C'était un vrai bric-à-brac, surtout deux vieux portraits, l'un représentait un homme en habit rose et perruque, l'autre une dame au chignon poudré, une rose rouge à la main, mais tous deux pareillement entourés d'une

grande couronne de branches de saule. Il y avait beaucoup de trous ronds dans les deux tableaux, et cela
venait de ce que les petits barons tiraient toujours à
l'arc sur les deux vieillards. C'étaient le conseiller et la
conseillère, c'est d'eux que toute la famille descendait.

« Mais ils ne font pas vraiment partie de la famille !
dit l'un des petits barons. Il était marchand ambulant
et elle était gardeuse d'oies. Ils n'étaient pas comme
papa et maman. »

Ces tableaux étaient un bric-à-brac sans valeur, et
« Chaque chose à sa place ! » disait-on, et c'est ainsi
que l'arrière-grand-père et l'arrière-grand-mère se
retrouvèrent dans le couloir qui conduisait à la
chambre des domestiques.

Le fils du pasteur était précepteur dans ce manoir. Il
se promenait un jour avec les petits barons et leur sœur
aînée, qui venait d'être confirmée, et ils empruntèrent
le sentier qui les amena jusqu'au vieux saule, et pendant qu'ils marchaient, elle fit un bouquet de plantes
des champs. « Chaque chose à sa place ! » et cela
donna un bel ensemble. En même temps, elle écoutait
malgré tout très bien tout ce qui était dit, et cela lui
faisait beaucoup plaisir d'entendre le fils du pasteur
parler des forces de la nature et de l'histoire de grands
personnages, hommes et femmes. C'était une nature
saine et bonne, noble dans son âme et dans sa pensée,
et elle avait un cœur prêt à s'intéresser à tout ce que
Dieu a créé.

Ils s'arrêtèrent en bas, près du vieux saule. Le plus
petit des barons voulait absolument qu'on lui taille une
flûte, comme on l'avait déjà fait avec d'autres saules,
et le fils du pasteur cassa une branche.

« Oh, non ! dit la jeune baronne, ne faites pas ça ! »
mais c'était déjà fait. « Vous savez que c'est notre vieil
arbre mémorable ! J'y suis tellement attachée ! C'est
pour cela qu'on se moque de moi, d'ailleurs, à la maison, mais ça n'a pas d'importance ! Il y a une légende
au sujet de cet arbre... ! »

Et elle se mit à raconter. Tout ce qu'elle avait

entendu au sujet de l'arbre, du vieux manoir, de la gardeuse d'oies et du marchand ambulant, qui s'étaient rencontrés ici et qui étaient devenus les ancêtres de la noble famille et de la jeune baronne.

« Ils n'ont pas voulu se faire anoblir, ces honnêtes vieillards ! » dit-elle. « Ils avaient cette devise : "Chaque chose à sa place !" et ils trouvaient qu'ils n'auraient pas été à la leur s'ils avaient acheté des titres de noblesse. C'est leur fils, mon grand-père, qui est devenu baron, on dit qu'il était très savant, qu'il était fort considéré et apprécié par des princes et des princesses, qu'il a participé à toutes leurs fêtes. C'est lui que les autres, à la maison, préfèrent, mais quant à moi, je ne sais pas, le vieux couple a quelque chose qui attire mon cœur vers lui. L'atmosphère était certainement très agréable, très patriarcale, dans le vieux manoir, où la maîtresse de maison filait avec toutes ses servantes et où le vieux maître lisait à haute voix dans la Bible.

— C'étaient des gens remarquables, des gens sensés ! » dit le fils du pasteur, et ils se mirent bientôt à parler de la noblesse et de la bourgeoisie, et on aurait pu croire que le fils du pasteur ne faisait pas partie de la bourgeoisie, à en juger d'après ce qu'il disait de ceux qui étaient de la noblesse.

« C'est heureux d'appartenir à une famille qui s'est distinguée ! d'avoir ainsi dans le sang comme un éperon qui pousse à développer ses capacités. C'est bien d'avoir un nom de famille qui est un billet d'entrée pour accéder aux premières familles. Noblesse signifie élévation, c'est la pièce d'or dont l'inscription indique la valeur. Il est de bon ton à notre époque, et on retrouve cela chez beaucoup de poètes, bien entendu, de prétendre que tout ce qui est noble est mauvais et stupide, tandis que chez le pauvre, plus on va vers le bas, plus c'est brillant. Mais ce n'est pas mon avis, car c'est tout à fait inexact, tout à fait faux. Il y a beaucoup de beaux traits émouvants dans les classes supérieures. Ma mère m'en a raconté un, et je pourrais en rapporter d'autres. Elle était en visite dans une maison distinguée, en ville, ma grand-mère maternelle, je crois, avait été la nourrice de la noble dame. Ma mère était dans le salon avec le vieux monsieur de haute noblesse, il vit alors qu'une vieille femme arrivait avec des béquilles en bas dans la cour, elle venait tous les dimanches, et on lui donnait deux schillings. « Voilà la pauvre vieille, dit le maître, elle a tellement de mal à marcher ! » et avant que ma mère ait eu le temps de comprendre, il avait franchi la porte, descendu l'escalier, lui, l'Excellence âgée de soixante-dix ans, et rejoint la pauvre femme, pour lui éviter de monter péniblement jusqu'à l'endroit où on lui donnerait l'aumône qu'elle était venue chercher. Ce n'est qu'un modeste trait, mais comme « le denier de la veuve », il a des accents qui viennent du fond du cœur, des accents qui viennent de la nature humaine, et c'est cette direction que le poète doit indiquer, il doit chanter ces choses justement à notre époque, cela fait du bien, cela adoucit et réconcilie. Mais quand un individu, parce qu'il a du sang noble, et un pedigree, comme les chevaux arabes, se cabre et hennit dans la rue et dans le salon en disant : "Il y a eu des gens de la rue ici !" quand un bourgeois est venu, là, la noblesse a commencé à pourrir, elle est devenue un masque du type de ceux que Thespis se fabriquait, on se moque de cette personne et on la donne en pâture à la satire. »

Voilà le discours du fils du pasteur, c'était un peu long, mais la flûte était taillée.

Il y avait beaucoup de monde au manoir, de nombreux invités des environs et de la capitale, des dames vêtues avec goût et sans goût. La grande salle d'honneur était bondée. Les pasteurs des environs étaient regroupés respectueusement dans un coin, on aurait cru que c'était un enterrement, alors qu'on était là pour sa distraction, mais celle-ci n'avait pas encore commencé.

Il devait y avoir un grand concert, et c'est pourquoi le petit baron avait apporté sa flûte de saule, mais il n'arrivait pas à souffler dedans, pas plus que son papa, elle ne valait donc rien.

Il y avait de la musique et des chants, de l'espèce qui est la plus amusante pour ceux qui les exécutent, un délice, au demeurant.

« Vous êtes aussi virtuose ! dit un cavalier qui était fils de famille. Vous jouez de la flûte. Vous la taillez vous-même. C'est le génie qui l'emporte, il est assis à droite, à Dieu ne plaise ! je suis tout à fait de mon époque, il le faut. N'est-ce pas ! Vous allez tous nous ravir avec ce petit instrument ! » et il lui tendit la petite flûte, qui avait été taillée dans le saule en bas près de la mare d'eau, et il annonça à haute et intelligible voix que le précepteur voulait leur offrir un solo de flûte.

On voulait se moquer de lui, c'était facile à comprendre, et le précepteur refusa donc de jouer, bien qu'il en fût capable, mais ils insistèrent, ils le forcèrent, et il prit alors la flûte et la porta à sa bouche.

C'était une curieuse flûte ! Un son retentit, aussi persistant que celui qui s'échappe d'une locomotive à vapeur, et même beaucoup plus fort. Il retentit dans tout le manoir, le jardin et la forêt, à une lieue alentour dans le pays, et ce son était accompagné d'un vent de tempête qui mugissait : « Chaque chose à sa place ! » et papa s'envola alors, comme porté par le vent, quitta le manoir et alla tout droit dans la maison du gardien de vaches, et le gardien de vaches s'envola... pas dans la grande salle d'honneur, là, il ne pouvait pas y aller, non, mais dans la chambre des domestiques, parmi les valets élégants qui portaient des bas de soie, et ces fiers gaillards furent comme atteints de rhumatisme en voyant qu'une personne aussi modeste osait s'asseoir à table avec eux.

Mais dans la grande salle, la jeune baronne vola jusqu'au bout de la table, où elle était digne de s'asseoir, et le fils du pasteur prit place à ses côtés, et ils étaient là tous les deux comme s'ils avaient été un couple de mariés. Un vieux comte d'une des plus vieilles familles du pays resta assis à sa place d'honneur, car la flûte avait le sens de la justice, et il faut l'avoir. Le cavalier qui avait de l'esprit, à qui on devait le jeu de flûte, celui qui était fils de famille, atterrit la tête la première parmi les poules, mais il ne fut pas le seul.

Le son de la flûte retentit à une bonne lieue à la ronde, et on entendit parler d'événements importants. Une famille de riches négociants, qui avait un attelage à quatre chevaux, fut soufflée hors de la voiture et ne put même pas prendre place à l'arrière. Deux riches paysans dont l'influence avait fini par dépasser les limites de leur propre champ de blé furent précipités dans le fossé plein de vase. C'était une flûte dangereuse ! Heureusement, elle se brisa dès le premier son, et c'était bien, car elle retourna dans la poche : « Chaque chose à sa place ! »

Le lendemain, on ne parla pas de l'événement. C'est pourquoi on utilise l'expression : « Couper le sifflet. » Tout était à nouveau rentré dans l'ordre, si ce n'est que les deux vieux tableaux, le marchand ambulant et la gardeuse d'oies, étaient suspendus dans la grande salle d'honneur, un coup de vent les avait placés sur le mur, et comme une des personnes qui s'y connaissaient vraiment en art dit qu'ils avaient été peints par une main de maître, on les accrocha et les mit en état. Auparavant, on n'avait pas su qu'ils avaient de la valeur, et comment aurait-on pu le savoir ? Ils étaient maintenant à une place d'honneur. « Chaque chose à sa place ! » et c'est ce qui arrive ! L'éternité est longue, plus longue que cette histoire !

## LE LUTIN CHEZ LE CHARCUTIER

Il y avait un vrai étudiant, il habitait dans la mansarde et ne possédait rien. Il y avait un vrai charcutier, il habitait au rez-de-chaussée et possédait toute la maison, et c'est à lui que le lutin restait attaché, car c'est ici qu'à chaque veillée de Noël on lui donnait un plat de bouillie avec un gros morceau de beurre dedans ! Ça, le charcutier pouvait le donner. Et le lutin restait dans la boutique et c'était très instructif.

Un soir, l'étudiant entra par la porte de derrière pour acheter lui-même une bougie et du fromage. Il n'avait personne à envoyer pour faire ses courses, et il les faisait donc lui-même. Il eut ce qu'il avait demandé, il le paya, et le charcutier et sa femme lui firent « bonsoir » de la tête, et c'était une femme qui était capable d'autre chose que de faire des signes de tête, elle savait parler ! Et l'étudiant leur rendit leur signe de tête, puis il s'arrêta pour lire la feuille de papier qui servait d'emballage au fromage. C'était une feuille qu'on avait arrachée à un vieux livre qu'on n'aurait pas dû déchirer, un vieux livre plein de poésie.

« Tout n'est pas là ! dit le charcutier. J'ai donné quelques grains de café à une vieille femme pour l'avoir. Si vous voulez me donner huit schillings, vous aurez le reste !

— Merci, dit l'étudiant. Donnez-le moi à la place du fromage ! Je peux manger ma tartine sans rien dessus ! Ce serait un péché de déchirer tout ce livre en mille morceaux. Vous êtes un homme remarquable, un homme au sens pratique, mais vous ne vous y entendez pas plus en poésie que ce tonneau ! »

Et c'était malpoli, en particulier pour le tonneau, mais le charcutier rit et l'étudiant rit. Il avait dit ça un peu en plaisantant. Mais le lutin était fâché qu'on ose dire de telles choses à un épicier qui avait des locataires et qui vendait le meilleur beurre.

Quand il fit nuit – la boutique était fermée et tout le monde était au lit, sauf l'étudiant –, le lutin entra et prit la jactance de la patronne, elle ne s'en servait pas quand elle dormait, et il pouvait la poser n'importe où dans la pièce, sur n'importe quel objet, et celui-ci était alors doué de parole, il était capable d'exprimer ses pensées et ses sentiments aussi bien que la patronne. Mais cela ne pouvait se faire qu'avec un seul objet à la fois, et c'était heureux, car sinon, ils auraient tous parlé en même temps.

Et le lutin posa la jactance sur le tonneau où se trouvaient les vieux journaux : « Est-il bien vrai, demanda-t-il, que vous ne savez pas ce qu'est la poésie ?

— Si, je le sais, dit le tonneau, c'est quelque chose qui est au bas des pages de journaux et qu'on découpe ! Je crois que j'ai plus de ces choses-là en moi que l'étudiant, et je ne suis qu'un pauvre tonneau, en comparaison avec le charcutier ! »

Et le lutin plaça la jactance sur le moulin à café, oh, comme il tournait ! et il la plaça sur le tonneau de beurre et le tiroir-caisse. Ils étaient tous du même avis que le tonneau, et ce sur quoi la plupart des gens sont d'accord, il faut le respecter.

« Maintenant, c'est le tour de l'étudiant ! » et le lutin monta tout doucement par l'escalier de la cuisine jusqu'à la mansarde où l'étudiant habitait. Il y avait de la lumière à l'intérieur, et le lutin regarda par le trou de la serrure et il vit que l'étudiant lisait dans le livre en lambeaux qui venait d'en bas. Mais comme il faisait clair, là-dedans ! Un rayon lumineux sortait du livre, devenait un tronc, puis un arbre puissant qui s'élevait très haut et étendait largement ses branches au-dessus de l'étudiant. Chaque feuille était très fraîche et chaque fleur était une jolie tête de jeune fille, certaines avec des yeux de couleur sombre et rayonnants, d'autres bleus et étrangement clairs. Chaque fruit était une étoile brillante et le son des chants et de la musique était d'une merveilleuse beauté !

Non, le lutin n'avait jamais imaginé une telle splendeur, et il l'avait encore moins vue ou remarquée. Et il resta sur la pointe des pieds, à regarder et regarder, jusqu'à ce que la lumière s'éteigne à l'intérieur. L'étudiant avait sans doute soufflé sa lampe et il se mettait au lit. Mais le petit lutin resta tout de même là, car le chant résonnait encore, doux et charmant, une gracieuse berceuse pour l'étudiant qui allait se reposer.

« C'est extraordinaire, ici ! Je ne m'y attendais pas ! Je crois que je vais rester chez l'étudiant ! » et il réfléchit, et réfléchit avec bon sens, puis il soupira : « L'étudiant n'a pas de bouillie ! », et il partit, eh oui, il redescendit chez le charcutier, et c'était une bonne chose qu'il arrive, car le tonneau avait épuisé presque toute la jactance de la patronne en exposant tout ce qu'il contenait en le prenant par un bout, et il était sur le point de tout répéter, mais pas l'autre bout, lorsque le lutin arriva et reprit la jactance pour la rapporter à la patronne. Mais toute la boutique, depuis le tiroir-caisse jusqu'au petit bois, avait désormais adopté les opinions du tonneau, et ils les respectaient à un tel point et le croyaient capable de tellement de choses que lorsque le charcutier lut par la suite les *Comptes rendus concernant les arts et le théâtre* dans sa gazette, celle du soir, ils crurent que cela venait du tonneau.

Mais le petit lutin n'écoutait plus tranquillement toute la sagesse et le bon sens là en bas, non, dès que la lumière descendait de la mansarde, il avait comme l'impression que ses rayons étaient le solide cordage d'une ancre qui le tirait vers le haut, et il ne pouvait pas faire autrement que d'aller regarder par le trou de la serrure, et il était alors saisi par le sentiment exaltant qu'on ressent près de la mer houleuse quand Dieu passe sur elle dans la tempête. Et il éclatait en sanglots. Il ne savait pas lui-même pourquoi il pleurait, mais il y avait dans ces pleurs quelque chose de tellement bienfaisant ! Comme cela aurait été merveilleux d'être sous l'arbre avec l'étudiant, mais cela ne pouvait pas se faire. Il était content devant le trou de la serrure. Il était encore là dans le couloir froid, lorsque le vent d'automne souffla par l'ouverture du grenier. Il faisait très froid, très froid, mais le lutin ne le sentait que lorsque la lumière s'éteignait dans la mansarde, et que les sons étaient étouffés par le vent. Hou ! il se mettait alors à avoir froid et redescendait dans son coin douillet. Là, c'était confortable et agréable ! Et lorsque la bouillie de Noël arriva avec un gros morceau de beurre, eh bien, c'était le charcutier qui était son maître !

Mais au milieu de la nuit, le lutin se réveilla en entendant un vacarme terrible sur les volets. Des gens tambourinaient dessus de l'extérieur. Le veilleur sifflait, un grand incendie s'était déclaré, toute la rue était en flammes. Était-ce ici dans la maison, ou chez le voisin ? Où ? C'était épouvantable ! La femme du charcutier était tellement désemparée qu'elle ôta ses boucles d'oreilles en or et les mit dans sa poche, pour sauver tout de même quelque chose. Le charcutier alla chercher ses obligations et la bonne sa mantille de soie, elle avait les moyens de se la payer. Chacun voulait sauver le meilleur, et le petit lutin aussi, et il escalada l'escalier quatre à quatre et fut bientôt chez l'étudiant qui était tout tranquille devant la fenêtre ouverte et regardait le feu qui brûlait dans la cour du voisin d'en face. Le petit lutin prit le livre merveilleux qui était sur la table, le mit dans son bonnet rouge et le tint serré entre ses deux mains, le plus grand trésor de la maison était sauvé ! et il partit à toute vitesse, sortit sur le toit, grimpa sur la cheminée et il resta assis là, à la lumière de la maison en feu, juste en face, en tenant des deux mains son bonnet rouge où était le trésor. Il savait maintenant vers qui son cœur le portait, auprès de qui il avait sa place, mais quand l'incendie eut été éteint et qu'il eut repris ses esprits, eh bien ! « Je vais me partager entre les deux ! dit-il, je ne peux pas abandonner complètement le charcutier, à cause de la bouillie ! »

Et c'était très humain ! Nous autres, nous allons aussi chez le charcutier, pour la bouillie [1].

---

**1.** Ce conte expose avec beaucoup d'humour l'opposition entre l'écrivain et le critique littéraire. L'un et l'autre écrivent dans les journaux, mais le génie du premier s'oppose aux considérations théoriques du second. Andersen fait ici clairement allusion au raisonnement dialectique inspiré par la philosophie hégélienne, cheval de bataille de l'influent J. L. Heiberg.

# EN REGARDANT PAR UNE FENÊTRE À VARTOU [1]

Face au rempart couvert de verdure qui entoure Copenhague, il y a un grand bâtiment rouge aux nombreuses fenêtres, où poussent la balsamine et la citronnelle. L'intérieur laisse une impression de pauvreté, et ce sont de pauvres vieux qui y habitent. C'est Vartou.

Regardez ! Une vieille fille vient s'appuyer sur le chambranle de la fenêtre, elle cueille la feuille fanée de la balsamine et regarde le rempart couvert de verdure où s'ébattent de joyeux enfants. À quoi pense-t-elle ? Le drame de toute une vie défile en pensées devant elle.

Ces petits pauvres, comme ils jouent joyeusement ! Comme leurs joues sont rouges, comme leur regard est candide, mais ils n'ont ni chaussures ni chaussettes ! Ils dansent sur la levée de terre couverte de verdure, là où, il y a bien longtemps, d'après la légende, à l'époque où la terre s'enfonçait toujours, des gens attirèrent un enfant innocent avec des fleurs et des jouets dans le trou béant qu'ils murèrent pendant que le petit était en train de jouer et de manger. Le rempart ne bougea plus à cet endroit-là, et il se couvrit bientôt d'un joli gazon. Ces petits ne connaissent pas la légende, sinon, ils entendraient l'enfant

---

**1.** Vartou est un hospice de vieillards fondé en 1607 par Christian IV.

crier encore sous la terre, et la rosée sur l'herbe leur semblerait être ses larmes brûlantes. Ils ne connaissent pas l'histoire du roi du Danemark qui, au moment où l'ennemi campait de l'autre côté, passa ici à cheval et jura qu'il voulait mourir dans son nid[1]. Des femmes et des hommes vinrent alors verser de l'eau bouillante sur les ennemis vêtus de blanc qui escaladaient le rempart couvert de neige.

Les petits pauvres jouent joyeusement.

Joue, petite fille ! Bientôt viendront les années... eh oui ! Ces années bienheureuses où les premiers communiants se promènent main dans la main. Tu portes une robe blanche, elle a coûté assez cher à ta mère, et pourtant elle a été taillée dans une vieille robe trop grande ! On te donne un châle rouge qui descend trop bas, mais comme cela, on peut voir qu'il est grand, bien trop grand ! Tu penses à tes beaux habits et au bon Dieu. Comme il fait bon se promener sur le rempart ! Et les années passent, il y a beaucoup de jours sombres, mais tu restes jeune de cœur, et tu te fais un ami, sans le savoir ! Vous vous rencontrez, vous vous promenez sur le rempart au début du printemps, quand toutes les cloches d'églises sonnent pour la fête. On ne trouve pas encore de violettes, mais devant le château de Rosenborg, il y a un arbre qui a ses premiers bourgeons verts, vous vous arrêtez devant. Chaque année, il pousse de nouvelles branches vertes sur cet arbre, on ne peut pas en dire autant du cœur de l'homme, dans sa poitrine, il est assombri par davantage de nuages noirs qu'il n'y en a dans les pays du Nord. Pauvre enfant, la chambre nuptiale de ton fiancé sera un cercueil, et tu resteras vieille fille. Depuis Vartou, derrière la balsamine, tu regardes les enfants jouer, tu vois ton histoire se répéter.

Et c'est justement le drame de toute sa vie qui défile à l'esprit de la vieille fille, pendant qu'elle

---

1. *Cf.* les paroles prononcées par le roi Frédéric III à l'occasion du siège de Copenhague en 1658-1659.

regarde le rempart où brille le soleil, où les enfants aux joues rouges sans chaussettes ni chaussures poussent des cris de joie, comme tous les autres oiseaux du ciel.

### ELLE N'ÉTAIT BONNE À RIEN !

Le maire était devant la fenêtre ouverte. Il était en chemise empesée, une épingle à cravate dans le jabot, et il s'était rasé lui-même en y apportant un soin extrême. Il s'était pourtant fait une petite coupure, mais elle était recouverte par un morceau de papier journal.

« Écoute, petit ! » cria-t-il.

Le petit était bel et bien le fils de la lavandière, qui passait justement par là et ôtait poliment sa casquette, dont la visière était cassée pour qu'il puisse la mettre facilement dans sa poche. Avec ses habits pauvres, mais propres et particulièrement bien rapiécés, et avec ses gros sabots, le garçon manifestait autant de respect que s'il avait eu affaire au roi lui-même.

« Tu es un bon garçon ! dit le maire. Tu es un garçon poli ! Ta mère est sans doute en train de faire la lessive dans la rivière, et tu dois lui apporter ce que tu as dans la poche. Cela va mal avec ta mère ! Combien en as-tu ?

— Une demi-chopine ! » dit le garçon, la voix à demi étouffée par la peur.

« Et elle en a déjà eu autant ce matin ! » continua l'homme.

« Non, c'était hier ! » répondit le garçon.

« Deux demi-chopines font une chopine entière ! Elle n'est bonne à rien ! C'est triste de voir ces gens du peuple ! Dis à ta mère qu'elle devrait avoir honte, et quant à toi, ne deviens jamais ivrogne, mais c'est sans doute ce qui va t'arriver ! Pauvre gosse ! Allez, va-t'en ! »

Et le garçon s'en alla, en gardant sa casquette à la main, tandis que le vent soufflait sur ses cheveux blonds en soulevant de longues mèches. Il tourna au coin de la rue pour emprunter la ruelle qui menait à la rivière, où sa mère était dans l'eau avec son tréteau, en train de frapper le linge lourd avec son battoir. Il y avait du courant, car les vannes du moulin à eau étaient ouvertes, et le courant était tellement fort qu'il entraînait le drap et renversait presque le tréteau. La lavandière était obligée d'opposer de la résistance.

« Je vais bientôt me transformer en bateau, dit-elle. C'est bien que tu sois arrivé, car j'ai besoin de reprendre un peu de forces. Il fait froid dans l'eau ! Cela fait six heures que je suis là. Tu as quelque chose pour moi ? »

Le garçon sortit la bouteille, et sa mère la porta à sa bouche et but une gorgée.

« Oh, comme ça fait du bien, comme ça réchauffe ! C'est aussi bon qu'un repas chaud et ce n'est pas aussi cher ! Bois, mon garçon ! Tu es tout pâle, tu as froid dans tes habits légers ! Il faut dire que c'est l'automne. Oh ! que l'eau est froide ! Pourvu que je ne tombe pas malade ! Mais ça ne m'arrivera pas ! Donne-moi encore une goutte et bois aussi, juste une petite goutte. Il ne faut pas que tu t'y habitues, mon pauvre enfant ! »

Et elle emprunta le pont où se trouvait le garçon, et monta sur la terre ferme. L'eau s'écoulait de la natte de jonc qu'elle portait autour de la taille, l'eau coulait à flots de sa jupe.

« Je travaille tellement dur que le sang est prêt à jaillir à la racine de mes ongles, mais ça ne fait rien, pourvu que je puisse assurer ton avenir honnêtement, mon cher petit ! »

Au même moment, une femme un peu plus âgée arriva, elle était pauvrement accoutrée, elle boitait d'une jambe et portait une très grosse boucle de faux cheveux qui devait cacher l'un de ses yeux, mais cela ne faisait que souligner son défaut. C'était une amie de la lavandière. Les voisins l'appelaient « Maren-la-boiteuse-à-la-boucle ».

« Ma pauvre, comme tu travailles dur dans l'eau froide ! Tu as certainement besoin de quelque chose pour te réchauffer, et pourtant on te reproche la goutte que tu bois ! » Et la lavandière ne tarda pas à apprendre tout ce que le maire avait dit au garçon, car Maren avait tout entendu et elle n'avait pas aimé qu'il dise au garçon de telles choses sur sa mère et sur la goutte qu'elle prenait, alors que le maire offrait au même moment un grand dîner avec des quantités de bouteilles de vin, des vins fins et forts, plus qu'il n'en fallait pour étancher la soif de beaucoup de monde, mais on n'appelle pas cela boire ! « Eux, ils valent quelque chose, alors que toi tu n'es bonne à rien !

— Il t'a donc parlé, mon enfant ! dit la lavandière, tandis que ses lèvres tremblaient. Ta mère n'est bonne à rien ! Il a peut-être raison, mais il ne devrait pas le dire à son enfant ! Mais j'en supporte des choses de la part de cette maison !

— Vous avez servi dans la ferme où vivaient les parents du maire. Il y a bien longtemps de cela ! On a mangé passablement de sel depuis cette époque, et il y a de quoi avoir soif ! dit Maren en riant. Il y a un grand dîner chez le maire, aujourd'hui. On aurait dû le décommander, mais ils ont estimé que c'était trop tard, car le repas était prêt. C'est le domestique qui me l'a dit. Il y a une heure, une lettre est arrivée annonçant que le frère cadet est mort à Copenhague.

— Mort ! » s'écria la lavandière, le teint livide.

« Certes, dit la femme. Pourquoi cela vous touche-t-il ? C'est vrai, vous le connaissez de l'époque où vous faisiez partie du personnel de la maison.

— Il est mort ? C'était le meilleur, la crème des hommes ! Le bon Dieu n'en a pas beaucoup comme lui ! « Et les larmes lui coulaient le long des joues. » Oh, mon Dieu, j'ai la tête qui tourne ! C'est parce que j'ai vidé la bouteille ! Je n'ai pas pu le supporter ! Je ne me sens pas bien du tout ! » Et elle s'accrocha à la palissade.

« Mon Dieu, ça va vraiment mal, la mère ! dit la femme. Allez, ça va passer ! Non, vous êtes vraiment malade ! Il vaut mieux que je vous ramène à la maison !

— Mais le linge qui est là ?

— Je vais m'en occuper ! Appuyez-vous sur mon bras ! En attendant, le garçon pourra rester pour surveiller, avant que je revienne pour terminer la lessive. Il ne reste plus grand-chose ! »

Et la lavandière sentait ses jambes se dérober sous elle.

« Je suis restée trop longtemps dans l'eau froide ! Je n'ai rien mangé ni rien bu depuis ce matin ! J'ai de la fièvre ! Oh, Seigneur Jésus ! aide-moi à rentrer à la maison ! Mon pauvre enfant ! » Et elle pleurait.

Le garçon pleurait et il fut bientôt seul au bord de la rivière, près du linge mouillé. Les deux femmes marchaient lentement, la lavandière avait le pas hésitant. Elles remontèrent la ruelle, entrèrent dans la rue, passèrent devant la cour du maire, et elle s'effondra sur les pavés juste à ce moment-là. Il y eut un attroupement.

Maren-la-boiteuse courut dans la cour pour demander de l'aide. Le maire et ses invités regardèrent par les fenêtres.

« C'est la lavandière, dit-il. Elle a bu un coup de trop, elle n'est bonne à rien ! C'est dommage pour le beau garçon qu'elle a. Cet enfant me fait pitié. La mère n'est bonne à rien ! »

Et on la ramena chez elle dans son pauvre foyer, où on la mit au lit. La brave Maren lui fit un bol de bière chaude avec du beurre et du sucre, c'était le meilleur remède qu'elle connaissait, puis elle alla au lavoir, s'occupa de la lessive, qu'elle lava très mal, mais sans mauvaise intention. Elle se contenta à vrai dire de ramener le linge mouillé sur le bord et de le mettre dans une caisse.

Le soir, elle resta dans la pauvre pièce de la lavandière. La cuisinière du maire lui avait donné quelques pommes de terre rôties et un morceau de jambon bien gras. C'était pour la malade, mais ce furent le garçon et Maren qui en profitèrent. La malade eut la joie d'en sentir l'odeur, c'était très nourrissant, disait-elle.

Et le garçon se mit au lit, le même que celui où se trouvait sa mère, mais sa place était en travers, à ses pieds, et il était recouvert d'un vieux tapis, composé de bandes bleues et rouges qui avaient été mises les unes au bout des autres.

Et la lavandière se sentait un peu mieux. La bière chaude lui avait redonné des forces, et l'odeur de la bonne nourriture lui faisait du bien.

« Merci, ma bonne âme ! dit-elle à Maren. Je vais d'ailleurs tout te dire quand le garçon dormira ! Je crois que c'est déjà fait ! Comme il a l'air bon et gentil, les yeux fermés ! Il ne sait pas ce que sa mère endure. Que le Seigneur lui épargne un tel sort ! J'étais en service chez les parents du conseiller, le père du maire, et il arriva que le plus jeune des fils, l'étudiant, revint à la maison. À l'époque, j'étais jeune, sauvage et folle, mais honnête, je peux le dire devant la face de Dieu ! dit la lavandière. L'étudiant avait l'humeur gaie et joyeuse, il était tellement gentil ! Chaque goutte de son sang était honnête et bonne ! La terre n'a jamais porté une meilleure personne. C'était le fils de la maison, et je n'étais qu'une bonne, mais nous sommes tombés amoureux, en tout bien tout honneur, un baiser n'est tout de même pas un péché, quand on s'aime vraiment. Et il le dit à sa mère. Elle était comme Notre-Seigneur pour lui sur la terre ! Et elle était si intelligente, si affectueuse et si aimable ! Il partit en voyage, et il me mit au doigt sa bague en or. Un bon moment après qu'il fut parti, ma patronne me demanda de venir la voir. Elle avait l'air sérieux et pourtant si doux, et elle me parla comme seul Notre-Seigneur aurait pu le faire. Elle m'expliqua qu'il y avait en esprit et en vérité une distance entre lui et moi. "Ce qu'il voit actuellement, c'est que tu es belle, mais l'aspect extérieur disparaîtra ! Tu n'as pas fait d'études comme lui, vous n'êtes pas au même niveau au royaume de l'esprit et c'est cela qui est malheureux. Je respecte le pauvre, dit-elle, auprès de Dieu, il aura peut-être une place plus élevée que bien des riches, mais, sur la terre, on ne peut pas s'engager dans une mauvaise ornière, quand on roule, sinon la voiture se renverse, et vous vous renverseriez tous les deux ! Je sais qu'un brave homme, un artisan a demandé ta main. C'est Erik, le gantier, il est veuf, sans enfants, et ses affaires marchent bien, réfléchis à la question !" Chaque mot qu'elle avait prononcé tranchait comme un coup de couteau dans mon cœur, mais cette femme avait raison ! Et cela m'écrasait de tout son poids ! Je lui baisai la main et fondit en larmes, surtout quand je me retrouvai dans ma chambre et m'allongeai sur mon lit. La nuit qui suivit fut difficile, Notre-Seigneur sait combien je me suis débattue et combien j'ai souffert. Le dimanche suivant, j'allai à la table du Seigneur pour être éclairée. Il se passa quelque chose de surnaturel : en sortant de l'église, je rencontrai Erik, le gantier. Tous les doutes disparurent de mon esprit : nous avions la même condition sociale et il avait même quelque fortune ! Je me dirigeai alors vers lui, lui pris la main et dis : "Penses-tu toujours à moi ? – Oui, pour toute l'éternité !" dit-il. "Veux-tu d'une fille qui te respecte et t'honore, sans t'aimer, bien que cela puisse venir ? — Cela viendra !" dit-il, et là-dessus, nous nous donnâmes la main. J'allai voir ma patronne. Je portais tout contre ma poitrine la bague d'or que son fils m'avait donnée, je ne pouvais pas la mettre à mon doigt dans la journée, je ne le faisais que le soir, en allant au lit, je donnais des baisers à la bague à en faire saigner ma bouche, mais je la remis à la patronne et lui annonçai qu'on publierait en chaire les bans pour le gantier et moi la semaine suivante. Ma patronne me serra dans ses bras et m'embrassa. Elle ne dit pas que je n'étais bonne à rien, mais à l'époque, j'étais peut-être meilleure, bien que je n'aie pas encore subi autant d'adversités dans ce monde. Et le mariage eut lieu à la Chandeleur. La première année se passa bien, nous avions un compagnon, un apprenti et toi, Maren, tu étais à notre service.

— Oh, que vous étiez une bonne patronne ! dit Maren, je n'oublierai jamais combien vous étiez gentils, vous et votre mari !

— Tu as été chez nous pendant nos bonnes années ! Nous n'avions pas d'enfant à l'époque. Je n'ai jamais revu l'étudiant ! Si, je l'ai revu, mais lui, il ne m'a pas vue ! Il est venu ici pour l'enterrement de sa mère. Je l'ai vu devant la tombe, il était blanc comme un linge et très attristé, mais c'était à cause de sa mère. Quand son père est mort, il était à l'étranger et il n'est pas venu. Il n'est d'ailleurs pas revenu depuis. Je sais qu'il ne s'est jamais marié. Il était sans doute avocat ! Il ne se souvenait pas de moi et s'il m'avait vue, il ne m'aurait sans doute pas reconnue, tellement je suis laide. Et c'est très bien comme ça ! »

Et elle parla des dures périodes d'épreuves qu'elle avait connues, du malheur qui s'était abattu sur eux. Ils possédaient cinq cents rixdales et comme il y avait dans leur rue une maison à vendre pour deux cents, et qu'il était rentable de la démolir et d'en construire une neuve, ils achetèrent la maison. Les maçons et les charpentiers firent des devis, et dirent qu'il fallait compter mille deux cents rixdales de plus. On pouvait faire crédit à Erik le gantier, il put emprunter de l'argent à Copenhague, mais le bateau qui devait le lui amener fit naufrage, et l'argent avec.

« C'est là que j'ai donné naissance à mon garçon chéri, qui est là en train de dormir. Son père a eu une grave et longue maladie. J'ai dû le déshabiller et l'habiller pendant les trois quarts d'une année. Les choses ont été de mal en pis pour nous, nous avons fait de plus en plus d'emprunts. Tous nos vêtements y sont passés, et le père est mort, nous laissant seuls ! J'ai travaillé dur, je me suis battue, je me suis donné bien du mal à cause de l'enfant, j'ai lavé des escaliers, lavé du linge, grossier et fin, mais Notre-Seigneur ne veut pas que les choses aillent mieux pour moi. Mais il va certainement me délivrer et il va s'occuper du garçon. »

Et elle s'endormit.

Vers le matin, elle sentit qu'elle avait reprit des forces, et elle pensa qu'elle était assez forte pour retourner à son travail. Elle était à peine entrée dans l'eau froide qu'elle fut saisie d'un tremblement et qu'elle se sentit défaillir. Elle fit un effort désespéré pour trouver un appui pour sa main, fit un pas pour remonter et tomba à la renverse. Sa tête était au sec sur la terre, mais ses pieds étaient dans la rivière, et ses sabots, qu'elle avait aux pieds lorsqu'elle était debout dans l'eau – il y avait dans chacun d'eux un peu de paille –, furent emportés par le courant. C'est là que Maren la trouva, alors qu'elle lui apportait du café.

Un messager était venu de chez le maire pour lui dire qu'elle devait venir tout de suite, parce qu'il avait quelque chose à lui dire. C'était trop tard. On fit venir un barbier pour qu'il lui fasse une saignée. La lavandière était morte.

« Elle est morte à force de boire ! » dit le maire.

La lettre qui informait de la mort du frère indiquait quel était le contenu du testament, et il y était écrit que six cents rixdales devaient revenir à la veuve du gantier, qui avait été jadis en service chez ses parents. Cet argent devait lui être versé, à elle et à son enfant, en parts plus ou moins importantes, suivant ce qui semblerait le plus approprié.

« Il y a eu des micmacs entre mon frère et elle ! dit le maire. C'est une bonne chose qu'elle soit éliminée. Tout revient maintenant au garçon et je vais le placer chez de braves gens. Il peut devenir un bon artisan ! » Et Notre-Seigneur accompagna ces paroles de sa bénédiction.

Le maire fit venir le garçon, lui promit qu'il s'occuperait de lui, et lui dit que c'était très bien que sa mère soit morte, elle n'était bonne à rien !

On la mit au cimetière, au cimetière des pauvres. Maren planta un petit rosier sur la tombe, le garçon était à ses côtés.

« Ma chère mère ! dit-il, et ses larmes ruisselaient. Est-ce vrai que tu n'étais bonne à rien ?

— Si, elle était bonne à quelque chose, dit la vieille fille en levant les yeux au ciel. Je le sais depuis des années et depuis sa dernière nuit. Je peux te dire qu'elle était bonne à quelque chose ! et Notre-Seigneur dans le royaume des cieux le dit aussi. Laisse donc le monde dire : "Elle n'était bonne à rien !" »

## LE VENT RACONTE L'HISTOIRE
## DE VALDEMAR DAAE ET DE SES FILLES[1]

Quand le vent court sur l'herbe, elle se couvre de rides, comme un lac, quand il court sur le blé, il se couvre de vagues, comme une mer. C'est la danse du vent. Mais écoute-le raconter son histoire : il chante à tue-tête, et le bruit qu'il fait n'est pas le même suivant qu'il souffle dans les arbres de la forêt ou qu'il passe par les ouvertures, les fentes et les crevasses du mur. Vois-tu le vent chasser les nuages là-haut, comme si c'était un troupeau de moutons ? Entends-tu le vent hurler, ici sur le sol, quand il s'engouffre sous la porte cochère ouverte, comme s'il était veilleur de nuit et soufflait dans sa trompe ? Il siffle étrangement lors-qu'il descend dans la cheminée et pénètre jusque dans l'âtre. Cela ravive les flammes et le feu produit des étincelles, il éclaire loin dans le salon. Comme il fait bon ici, quel plaisir quand on est confortablement assis bien au chaud, et qu'on écoute. Il suffit de laisser le vent raconter ! Il connaît plus de contes et d'histoires que nous tous réunis. Écoute donc ce qu'il raconte :

*Hou-ou-ou ! Hors d'ici ! Passez votre chemin !*

C'est le refrain de la chanson.

« Sur les bords du Grand-Belt[2], il y a un vieux

---

**1.** Ce récit a un fondement historique.     **2.** Détroit qui sépare l'île de Fionie de celle de la Seeland.

manoir aux murs épais et rouges ! dit le vent. Je connais toutes les pierres pour les avoir vues autrefois, quand elles faisaient encore partie du château fort de Mark Stig qui se trouvait sur la pointe de terre. Il a fallu le démolir ! Quelqu'un a ramassé les pierres et elles sont devenues une nouvelle muraille, un nouveau manoir, à un autre endroit. C'est le manoir de Borreby, tel qu'il existe encore aujourd'hui !

J'ai vu et connu les hommes et les dames de haute noblesse, les générations qui se sont succédé, qui y ont habité. Maintenant, je vais raconter l'histoire de Valdemar Daae et de ses filles[1] !

Il marchait avec fierté, le front haut, il était de race royale ! Il savait faire mieux que chasser le cerf et vider une chope... "Les choses s'arrangeront certainement", disait-il lui-même.

Son épouse s'avançait d'un pas fier et majestueux, dans sa robe de brocart d'or, sur son parquet brillant. Les tapisseries étaient superbes, les meubles avaient coûté cher, ils étaient artistement sculptés. Elle avait apporté dans la maison de la vaisselle d'argent et d'or. De la bière allemande était entreposée dans la cave, à l'époque où celle-ci n'était pas encore vide. Des chevaux noirs fougueux hennissaient dans l'écurie. Le manoir de Borreby respirait l'opulence, à l'époque où la richesse y régnait.

Et il y avait aussi des enfants : trois élégantes jeunes filles, Ida, Johanne et Anne-Dorothée. Je me rappelle encore leurs noms.

C'étaient des gens riches, des gens distingués, nés et élevés dans la splendeur ! "Hou-ou-ou ! Hors d'ici ! Passez votre chemin !" chanta le vent, avant de continuer son histoire.

Contrairement à ce qu'on voit dans d'autres vieux manoirs, je n'ai pas vu ici la noble dame assise à son rouet dans la grande salle, entourée de ses servantes. Elle jouait sur le luth sonore pour accompagner son

---

1. Il s'agit d'un personnage historique qui a vécu de 1616 à 1691.

chant, mais ce n'étaient pas toujours les vieux chants danois. C'étaient parfois des chansons dans une langue étrangère. Il y avait de la vie et du mouvement, on recevait des hôtes distingués venus de près et de loin, la musique résonnait, les coupes s'entrechoquaient, je ne pouvais pas couvrir tout ce bruit ! dit le vent. L'orgueil s'y déployait avec arrogance et insolence, les maîtres de ces lieux étaient des nobles, mais Notre-Seigneur n'y était pas !

C'était justement un soir de premier mai, dit le vent. Je venais de l'ouest et j'avais vu des bateaux venir se briser contre la côte du Jutland de l'Ouest, je parcourus la lande et la côte aux vertes forêts, je passai au-dessus de la Fionie et arrivai ensuite au-dessus du Grand-Belt, essoufflé et haletant.

Je me reposai sur la côte de la Seeland, près du manoir de Borreby, où la forêt abritait encore de magnifiques chênes.

Les jeunes valets de ferme de la région venaient jusque-là pour ramasser des brindilles et des branches, les plus grosses et les plus sèches qu'ils pouvaient trouver. Ils les emportaient ensuite au village, en faisaient des tas, auxquels ils mettaient le feu, et filles et garçons dansaient ensuite autour en chantant.

J'étais tranquille, dit le vent, mais tout à coup, je touchai doucement une branche, celle que le plus beau des jeunes gens avait apportée. Les flammes de son tas de bois se ravivèrent, elles montèrent plus haut que celles de tous les autres. C'était lui l'élu, on lui attribua le titre honorifique de "champion de la rue". Il fut le premier à choisir son petit "agneau de la rue" parmi les filles[1]. La joie et la gaieté étaient plus grandes que dans le riche manoir de Borreby. »

Et la grande dame arriva alors tout près de son manoir, dans un carrosse doré tiré par six chevaux, accompagnée de ses trois filles, qui étaient si délicates

---

1. Allusion à un jeu populaire d'origine jutlandaise.

et si jeunes, qu'on aurait dit trois fleurs ravissantes : la rose, le lys et la pâle jacinthe. Leur mère était elle-même une superbe tulipe. Elle ne salua aucun des jeunes gens, qui interrompirent leur jeu et firent force révérences. On aurait cru que la dame était fragile de la tige.

La rose, le lys et la pâle jacinthe, oui, je les ai vues toutes les trois ! De qui seraient-elles un jour l'"agneau de la rue", pensai-je. Leur "champion de la rue" serait un fier chevalier, peut-être un prince ! "Hou-ou-ou ! Hors d'ici ! Passez votre chemin ! Passez votre chemin !"

Puis la voiture les emporta et les jeunes paysans se laissèrent entraîner par la danse. On fêtait l'arrivée de l'été à Borreby, Tjæreby, et dans tous les villages des environs.

Mais la nuit, lorsque je me levai, dit le vent, la noble dame se coucha pour ne plus se relever. Cela la prit comme cela prend tous les êtres humains, ce n'est pas nouveau. Valdemar Daae resta grave et songeur pendant un moment. Il y avait quelque chose en lui qui lui disait qu'on peut tordre l'arbre le plus fier, mais qu'on ne peut pas le briser. Ses filles pleurèrent et tous les gens du manoir essuyèrent leurs yeux, mais la dame Daae était partie, et moi aussi, je quittai les lieux ! "Hou-ou-ou ! Hors d'ici !"dit le vent.

Je revins, je revins souvent, au-dessus de la Fionie et de l'eau du Belt, m'arrêtai près de la plage de Borreby, à proximité de la splendide forêt de chênes. C'est là que l'aigle pêcheur, les pigeons sauvages, les corbeaux bleus et même la cigogne noire construisaient leurs nids. L'année n'était pas encore très avancée, certains couvaient des œufs, et d'autres avaient déjà des petits. Oh, comme ils volaient, comme ils criaient ! On entendait des coups de hache, des coups sans cesse renouvelés. Il fallait abattre la forêt. Valdemar Daae voulait construire un bateau superbe, un navire de guerre à trois ponts avant, que le roi voudrait certainement acheter, et c'est pour cela que tombait la forêt, repère pour les marins et demeure pour les oiseaux. La pie-grièche volait, épouvantée, on détruisait son nid. L'aigle pêcheur et tous les oiseaux de la forêt perdaient leur foyer. Ils volaient dans tous les sens et poussaient des cris de frayeur et de colère. Je les comprenais bien. Les corneilles et les choucas criaient à haute voix sur un ton moqueur : "Hors du nid ! Hors du nid ! Croa ! Croa !"

Et au milieu de la forêt, près du groupe des ouvriers, on voyait Valdemar Daae et ses trois filles, et ils riaient tous en entendant les cris sauvages des oiseaux. Mais sa fille la plus jeune, Anne-Dorothée, éprouvait de la compassion pour eux dans son cœur, et lorsqu'ils voulurent aussi abattre un arbre à moitié mort, sur les branches nues duquel la cigogne noire s'était installée, et que les petits sortirent leurs têtes, elle prit leur défense, les larmes aux yeux, elle supplia son père, et elle obtint que l'arbre fût laissé debout, avec le nid de la cigogne noire. Ce n'était pas grand-chose.

On abattit, on scia... On construisit un navire à trois ponts avant. Le constructeur était certes d'origine modeste, mais il avait la corpulence d'une personne de qualité. Ses yeux et son front témoignaient d'une grande intelligence, et Valdemar Daae aimait bien l'écouter, tout comme la petite Ida, l'aînée des filles, qui avait quinze ans. Et pendant qu'il construisait un navire pour son père, il construisit un château de rêve où lui et la petite Ida devaient habiter, une fois qu'ils seraient devenus mari et femme, et c'est bien ce qui serait arrivé si le château avait été construit en pierre, avec des remparts et des fossés, des forêts et un jardin. Mais malgré toute son habileté, le maître d'œuvre n'était qu'un pauvre bougre, et pourquoi vouloir mélanger les torchons avec les serviettes ? "Hou-ou-ou !"... je m'envolai et il s'envola, car il n'osa pas rester, et la petite Ida se consola, car il fallait bien qu'elle se console !

Dans l'écurie, les chevaux noirs hennissaient, ils méritaient qu'on les regarde, et on les regardait... L'amiral avait été envoyé par le roi en personne pour voir le nouveau navire de guerre et pour discuter de son achat. Il parla à haute voix des chevaux fougueux qu'il admirait. Je l'ai bien entendu ! dit le vent. Je suis passé par la porte ouverte en même temps que ces messieurs, et j'ai répandu de la paille à leurs pieds, comme autant de lingots d'or. C'est de l'or que Valdemar Daae voulait avoir. L'amiral, lui, voulait les chevaux noirs, c'est pour cela qu'il en disait tant de bien, mais il ne fut pas compris, si bien que le navire ne fut pas acheté non plus. Il resta sur le rivage, bien visible, couvert de planches, comme une arche de Noé qui n'aurait jamais pris la mer. "Hou-ou-ou ! Hors d'ici ! Passez votre chemin !" C'était un spectacle pitoyable !

Quand l'hiver fut venu, alors que les champs étaient couverts de neige, que les glaces flottantes remplissaient le Belt et que je les projetais sur la côte, dit le vent, des corbeaux et des corneilles vinrent, plus noirs les uns que les autres, par grandes bandes. Ils se posèrent sur le navire désert, mort et solitaire, près du rivage, en poussant des cris rauques qui parlaient de la forêt qui avait disparu, des nombreux et précieux nids d'oiseaux qui avaient été détruits, des vieux sans abri, des petits sans abri, et tout cela à cause de cette grande carcasse, ce fier vaisseau qui ne naviguerait jamais.

Je soulevais des tourbillons de neige. La neige s'entassait bien haut tout autour de lui, comme de grandes vagues, et je les précipitais sur lui ! Je faisais entendre ma voix, pour qu'il sache ce qu'une tempête a à dire. J'ai vraiment fait mon possible pour qu'il acquière des notions de navigation. "Hou-ou-ou ! Hors d'ici ! Passez votre chemin !"

Et l'hiver passa, hiver et été passèrent. Ils passent comme moi aussi je passe, comme la neige vole, comme la fleur du pommier vole et comme tombent les feuilles. Nous ne faisons que passer, passer, passer, et les hommes aussi !

Mais les filles étaient encore jeunes. La petite Ida était une rose ravissante à voir, comme lorsque le constructeur du navire l'avait vue. Souvent, je m'en prenais à ses longs cheveux bruns, quand elle se tenait près du pommier, dans le jardin, absorbée dans ses pensées, et qu'elle ne remarquait pas que je faisais tomber une pluie de fleurs sur ses cheveux, qui se dénouaient. Elle regardait le soleil rouge et le ciel doré au travers des buissons et des arbres sombres du jardin.

Sa sœur, Johanne, était comme un lys, d'une beauté éclatante et elle portait haut la tête. Elle avait fière allure et belle prestance, et comme sa mère, elle était fragile de la tige. Elle aimait bien se rendre dans la grande salle où étaient accrochés les portraits de la famille. Les dames étaient peintes vêtues de velours et de soie, et elles portaient sur leurs cheveux tressés un tout petit chapeau brodé de perles. C'étaient de belles dames ! Leurs époux étaient bardés de fer ou ils portaient un manteau de grand prix doublé de peau d'écureuil, ainsi qu'une collerette bleue. Ils portaient leur épée à la cuisse et non au côté. Où le portrait de Johanne serait-il accroché sur le mur et de quoi son noble époux aurait-il l'air ? Voilà à quoi elle pensait, elle en parlait à voix basse. Je l'entendais quand je passais par le long couloir pour entrer dans la salle, avant de changer une nouvelle fois de direction !

Anne-Dorothée, la pâle jacinthe, une enfant qui n'avait encore que quatorze ans, était tranquille et réfléchie. Ses grands yeux bleus limpides avaient l'air songeur, mais le sourire de l'enfant était continuellement sur ses lèvres. Je ne pouvais pas l'en chasser, et je ne le voulais pas non plus.

Je la rencontrais dans le jardin, dans le chemin creux et dans les champs qui appartenaient au château. Elle ramassait des plantes et des fleurs, celles dont elle savait que son père pourrait les utiliser pour les boissons et les gouttes qu'il savait distiller. Valdemar Daae était orgueilleux et arrogant, mais il était aussi instruit, et il savait beaucoup de choses. On s'en rendait bien compte, des rumeurs couraient à ce sujet. Le feu brûlait dans sa cheminée même en été. La porte de son cabinet était fermée à clef. Il y passait des jours et des nuits, mais il n'en parlait guère. C'est dans le silence qu'on déchiffre le mystère des forces de la nature. Il ne tarderait sans doute pas à savoir comment fabriquer la chose la plus précieuse... l'or rouge !

C'est pour cela que la cheminée dégageait de la vapeur, c'est pour cela que le feu crépitait et flambait ! oui, j'y étais, racontait le vent. "Laisse tout cela ! Laisse tout cela ! chantais-je dans le conduit de fumée. Cela se terminera en fumée, en nuages de vapeur, en tisons et en cendre ! Tu finiras par te consumer toi-même !" "Hou-ou-ou ! Hors d'ici ! Passez votre chemin ! Passez votre chemin !" Mais Valdemar Daae ne voulut pas s'arrêter.

Les superbes chevaux de l'écurie... qu'étaient-ils devenus ? et la vieille vaisselle d'argent et d'or dans les armoires et les coffres, les vaches dans les champs, les terres et la ferme ? Eh bien, ils avaient fondu ! fondu au creuset, et pourtant, il n'en ressort pas de l'or.

Grange et garde-manger, cave et grenier se vidèrent. Moins de gens, davantage de souris. Une vitre se fendit, l'autre se brisa, je n'avais plus besoin d'entrer par la porte ! dit le vent. Là où la cheminée fume, le repas est en train de mijoter... La cheminée fumait, mais elle dévorait tous les repas, à cause de l'or rouge.

Je soufflais par la grande porte du château, comme un veilleur qui souffle dans sa trompe, mais il n'y avait pas de veilleur ! dit le vent.

Je tournais la girouette sur sa flèche, elle grinçait, comme si le veilleur avait ronflé dans le clocher, mais il n'y avait pas de veilleur. Il y avait des rats et des souris. La pauvreté mettait le couvert, la pauvreté occupait la garde-robe et les placards à provisions. La porte sortit de ses gonds, il y eut des fissures et des crevasses. Je sortais et j'entrais librement, dit le vent, c'est pour cela que je suis bien renseigné !

La fumée et la cendre, le chagrin et les nuits sans

sommeil firent grisonner sa barbe et ses cheveux, son teint devint cireux et jaunâtre, et ses yeux cherchaient avidement de l'or, l'or tant attendu.

Je lui soufflais de la fumée et de la cendre au visage et dans la barbe. Les dettes vinrent à la place de l'or. Je chantais au travers des vitres brisées et des fissures ouvertes. Je soufflais jusqu'aux banquettes sur lesquelles les filles dormaient, et dans lesquelles étaient entreposés leurs vêtements, défraîchis, usés, car il fallait toujours garder les mêmes. Cette chanson-là, personne ne l'avait chantée près du berceau de ces enfants ! La vie de grand seigneur se changea en une vie misérable ! J'étais le seul à chanter à haute voix dans le château, dit le vent. Je fis en sorte qu'ils soient enfouis sous la neige, cela tient chaud, d'après ce qu'on dit. Ils n'avaient pas de bois à brûler. La forêt où ils auraient dû aller en chercher avait été abattue. Il gelait à pierre fendre. Je me faufilais par les ouvertures et les couloirs, par-dessus les toits et les murs pour me maintenir en forme. Elles restaient dans leurs lits à cause du froid, les nobles filles. Leur père se glissait sous sa couverture de peau. Rien à se mettre sous la dent, rien à mettre dans l'âtre, c'est la vie du seigneur ! "Hou-ou-ou ! Laisse tout cela !..." mais le seigneur Daae ne le pouvait pas.

Après l'hiver vient le printemps, dit-il. Après la misère viendront des jours prospères !... Mais ils se font attendre, attendre !... Maintenant, le manoir est hypothéqué ! C'est maintenant la toute dernière chance... et puis viendra l'or ! À Pâques !

Je l'entendis murmurer au-dessus de la toile d'araignée : "Vaillante petite tisserande ! Tu m'apprends à persévérer ! Quand ta toile est déchirée, tu recommences tout ton travail et tu l'achèves !... Si elle est encore déchirée, tu te remets au travail, tu recommences tout ! tout ! C'est comme cela qu'il faut faire ! Et on finit par être récompensé !"

C'était le matin de Pâques, les cloches sonnaient, le soleil riait dans le ciel. En proie à une agitation fébrile, il avait veillé, fait bouillir et refroidir, mélangé et distillé. Je l'entendais soupirer comme une âme désespérée, je l'entendais prier, je sentais qu'il retenait son souffle. La lampe s'était éteinte, mais il ne le remarquait pas. Je soufflai sur les braises qui projetaient leur lueur sur son visage au teint crayeux et lui donnaient un peu de couleurs. Ses yeux étaient enfoncés dans ses orbites profondes... mais voilà qu'ils s'ouvraient grand, tout grand... comme s'ils avaient voulu lui sortir de la tête.

Regardez la cornue d'alchimiste ! On y voit briller quelque chose ! C'est chauffé au rouge, c'est pur et lourd ! Il l'éleva d'une main tremblante, il cria d'une voix tremblante : "De l'or ! De l'or !", et il fut pris de vertige. J'aurais pu le renverser, dit le vent, mais je me contentai de souffler sur les charbons ardents. Je franchis la porte et entrai avec lui là où ses filles avaient froid. Son vêtement était couvert de cendre, il en avait aussi dans sa barbe et dans ses cheveux en broussaille. Il se redressa de toute sa hauteur, éleva son riche trésor que contenait la cornue fragile : "J'ai trouvé ! J'ai gagné ! De l'or !" cria-t-il. Il leva en l'air la cornue qui scintillait dans les rayons du soleil... et sa main tremblait et la cornue d'alchimiste tomba à terre et se brisa en mille morceaux. La dernière bulle de son bonheur venait d'éclater. "Hou-ou-ou ! Hors d'ici ! Passez votre chemin !..." Et je quittai le manoir du faiseur d'or.

Tard dans l'année, au moment où les jours sont courts, où le brouillard vient avec son torchon et le tord pour en extraire des gouttes humides dont il asperge les baies rouges et les branches sans feuilles, je me sentis tout à coup d'humeur badine, j'aérai, nettoyai le ciel et cassai les branches pourries. Ce n'est pas un grand travail, mais il faut le faire. Un nettoyage d'une autre espèce eut également lieu dans le manoir de Borreby chez Valdemar Daae. Son ennemi, Ove Ramel, de Basnæs, avait acheté l'hypothèque sur le manoir et tout son mobilier, et il vint se présenter. Je tambourinai sur les vitres brisées, claquai les portes délabrées, sifflai entre les fissures et les fentes. Hou ! Il fallait enlever au seigneur Ove l'envie de s'installer là. Ida et Anne-Dorothée pleuraient à chaudes larmes. Johanne se tenait droite, le teint pâle, elle se mordit le pouce jusqu'au sang, mais cela ne servait pas à grand-chose ! Ove Ramel accorda au seigneur Daae la permission de rester dans son manoir pendant toute sa vie, mais personne ne lui adressa de remerciements pour sa proposition. Je continuais à écouter... Je vis le seigneur privé de demeure redresser la tête plus fièrement, prendre un air hautain, et j'envoyai une rafale contre le manoir et contre les vieux tilleuls, si bien que la branche la plus grosse se cassa, et elle n'était pourtant pas pourrie. Elle resta sur le sol devant le porche, comme un balai, dans le cas où quelqu'un aurait voulu tout balayer, et tout fut balayé. C'est bien ce que je pensais !

Ce fut une journée pénible, un moment difficile à passer, mais son cœur était dur, son cou était roide.

Ils ne possédaient rien d'autre que les vêtements qu'ils portaient sur eux. Si ! La cornue d'alchimiste achetée récemment et remplie de ce qui avait été récupéré sur le sol, le trésor qui avait fait des promesses, mais ne les avait pas tenues. Valdemar Daae la cacha sur sa poitrine, prit son bâton à la main, et celui qui avait été jadis un riche seigneur sortit du manoir de Borreby avec ses trois filles. Je soufflai du froid sur ses joues brûlantes, je passai dans sa barbe grise et ses longs cheveux blancs, je chantai comme je savais le faire ! "Hou-ou-ou ! Hors d'ici ! Passez votre chemin ! Passez votre chemin !..." Le temps des splendeurs était terminé.

Ida et Anne-Dorothée marchaient à ses côtés. Johanne se retourna au moment de franchir la porte, mais à quoi bon ? Ce n'est pas cela qui pouvait faire tourner la chance. Elle regarda les briques rouges du mur du château de Mark Stig, et elle pensa aux filles de celui-ci :

*L'aînée prit la plus jeune par la main,*
*Et elles parcoururent le vaste monde !*

Elle pensait à ce chant... quant à elles, elles étaient
trois... et leur père était avec elles ! Ils suivirent le chemin sur lequel ils avaient roulé en carrosse. Elles marchèrent comme des mendiantes avec leur père,
jusqu'au champ de Smidstrup, jusqu'à la maison de
torchis qu'on leur loua pour dix marks par an, nouvelle
demeure de maîtres aux murs vides et aux récipients
vides. Des corneilles et des choucas passaient au-
dessus de leurs têtes en criant comme pour se moquer :
"Hors du nid ! Hors du nid ! Croa ! croa !" comme les
oiseaux l'avaient crié dans la forêt de Borreby lorsqu'on avait abattu les arbres.

Le seigneur Daae et ses filles l'entendaient bien ! Je
sifflai à leurs oreilles. Il ne valait pas la peine d'écouter
cela.

Il entrèrent alors dans la maison de torchis dans le
champ de Smidstrup... Je m'enfuis par-dessus les
marécages et les champs, traversai des haies dénudées
et des forêts dépouillées, pour atteindre la pleine mer,
et d'autres pays... "Hou-ou-ou ! Hors d'ici ! Passez
votre chemin ! Passez votre chemin !" Et les années se
succédèrent ! »

Qu'advint-il de Valdemar Daae, qu'advint-il de ses
filles ? Le vent raconte :

« La dernière d'entre elles que j'ai vue, pour la dernière fois, c'était Anne-Dorothée, la pâle jacinthe...
Elle était vieille maintenant, et elle se tenait courbée.
C'était un demi-siècle plus tard. C'est elle qui avait
vécu le plus longtemps, elle était au courant de tout.

Là-bas, dans la lande, près de la ville de Viborg, se
trouvait un manoir neuf et splendide qui appartenait au
doyen de la cathédrale. Il était fait de briques rouges
et ses pignons étaient crénelés. Une fumée abondante
sortait de la cheminée. La douce dame et ses gracieuses
filles étaient assises devant la fenêtre en saillie et regardaient la lande brune, par-delà les fleurs grimpantes

du jardin... ! Que cherchaient-elles du regard ? Elles cherchaient le nid de la cigogne installé sur la maison délabrée. Il poussait sur le toit de la mousse et de la joubarbe, mais il était presque entièrement recouvert par le nid de la cigogne, qui était la seule partie restée en état, car la cigogne l'entretenait.

C'était une maison qu'on pouvait regarder, mais il ne fallait pas y toucher ! Je devais user de précautions ! dit le vent. C'est à cause du nid de cigogne qu'on voulait bien laisser la maison debout. Car pour le reste, c'était un véritable épouvantail sur la lande. Comme le doyen de la cathédrale ne voulait pas chasser la cigogne, la masure pouvait rester là, et la pauvresse qui l'occupait avait le droit de continuer à y habiter. Elle devait cela à l'oiseau égyptien..., à moins que cela n'ait été une façon de la remercier d'avoir pris la défense du nid de son frère noir sauvage, dans la forêt de Borreby ? À l'époque, la pauvre n'était qu'une jeune enfant, une délicate jacinthe pâle dans le jardin seigneurial. Elle se souvenait de tout cela, Anne-Dorothée.

"Oh ! Oh ! Eh oui ! Les êtres humains soupirent parfois comme le vent dans les roseaux et les joncs ! Oh !... les cloches n'ont pas sonné au-dessus de ta tombe, Valdemar Daae ! Les pauvres écoliers n'ont pas chanté, lorsque l'ancien seigneur de Borreby a été mis en terre !... Oh ! il y a une fin à tout, même à la misère !... Sa sœur Ida a épousé un paysan ! Ce fut l'épreuve la plus dure pour son père ! Le mari de sa fille, un vilain serf, que le seigneur pouvait condamner au chevalet de torture !... Il est certainement sous terre, maintenant, et toi aussi, Ida ?... Oh oui ! Oh oui ! ce n'est pas encore fini, pauvre de moi ! Pauvre de moi ! Viens me délivrer, Christ tout-puissant !"

C'était ainsi que priait Anne-Dorothée dans sa misérable maison qu'on laissait debout à cause de la cigogne.

Je me suis chargé de la plus vive des trois sœurs ! dit le vent. Elle se procura des vêtements qui lui permirent de faire ce qu'elle avait en tête ! Elle se fit passer pour un pauvre valet de ferme et se fit engager par un capitaine de bateau. Elle était peu loquace, elle avait la mine renfrognée, mais elle ne rechignait pas à la besogne. Mais voilà, elle ne savait pas grimper... Alors je l'ai fait passer par-dessus bord, avant qu'on ait pu découvrir que c'était une femme, et j'ai certainement bien fait ! dit le vent.

C'était un matin de Pâques, comme lorsque Valdemar Daae avait cru trouver l'or rouge. J'entendis soudain quelqu'un chanter des cantiques sous le nid de la cigogne, entre les murs branlants. Ce fut le dernier chant d'Anne-Dorothée.

Il n'y avait pas de vitre. Il n'y avait qu'un trou dans le mur... Le soleil vint comme une pépite d'or, et s'y installa. Comme il brillait ! Ses yeux s'éteignirent, son cœur s'arrêta ! Tout comme ils l'auraient fait, même si le soleil n'avait pas brillé sur elle ce matin-là.

La cigogne lui avait fourni un toit au-dessus de la tête, jusqu'au jour de sa mort ! J'ai chanté sur sa tombe ! dit le vent. J'ai chanté sur la tombe de son père. Je sais où elle est et où est sa tombe. Et personne d'autre ne le sait !

Autres temps, autres mœurs ! L'ancienne route aboutit à un champ clos, des tombes jadis protégées se changent en une voie fréquentée... et bientôt viendra la vapeur avec tous ses wagons, et elle passera en mugissant au-dessus des tombes, qu'on aura oubliées, comme les personnes qui y sont enterrées. "Hou-ouou ! Hors d'ici ! Passez votre chemin !"

C'est l'histoire de Valdemar Daae et de ses filles. Racontez-la mieux que moi, vous autres, si vous le pouvez ! dit le vent en se retournant.

Il avait déjà disparu.

## UNE HISTOIRE DES DUNES

C'est une histoire qui vient des dunes du Jutland, mais ce n'est pas là-bas qu'elle commence. Non, c'est loin d'ici, dans le Sud, en Espagne. La mer est une route qui relie les pays. Imagine que tu sois là-bas, en Espagne ! Il fait chaud et on y est très bien. Les fleurs rouge feu des grenadiers poussent entre les lauriers aux couleurs sombres. Un vent rafraîchissant vient des montagnes, et il souffle sur les orangeraies et les superbes salles mauresques aux coupoles dorées et aux murs colorés. Des enfants défilent dans les rues en processions avec des cierges et des bannières qui flottent au vent, et au-dessus d'eux, haut et clair, le ciel étend sa voûte aux étoiles scintillantes ! Chansons et castagnettes résonnent, des garçons et des filles dansent sous les acacias en fleur, tandis que le mendiant, assis sur un bloc de marbre taillé, se désaltère en mangeant une pastèque succulente et passe son temps à somnoler. Tout est comme un beau rêve ! Il suffit de s'y abandonner... C'est justement ce que faisaient deux nouveaux mariés, des jeunes gens qui jouissaient de tous les biens de cette terre : santé, bonne humeur, richesse et honneurs.

« Nous sommes aussi heureux qu'il est possible de l'être ! » disaient-ils du fond du cœur. Et pourtant, leur bonheur pouvait s'élever d'un degré supplémentaire, mais pour cela, il fallait que Dieu leur accorde un enfant, un fils qui leur ressemblerait selon le corps et l'âme.

Cet heureux enfant serait salué avec allégresse, il serait entouré des soins et de l'amour les plus tendres, de tout le bien-être que la richesse et une famille aisée peuvent procurer.

Pour eux, les jours s'écoulaient comme une fête.

« La vie est un don d'amour que nous fait la grâce, sa grandeur est presque insaisissable ! disait la femme, et la plénitude de cette félicité doit encore grandir dans la vie à venir, et ce, jusque dans l'éternité ! Cette pensée me dépasse.

— Il faut dire que c'est vraiment présomptueux de la part des hommes ! dit son mari. En réalité, c'est terriblement orgueilleux de croire qu'on vivra éternellement, qu'on deviendra comme Dieu ! C'est d'ailleurs ce que le serpent a dit, et c'est lui le maître du mensonge.

— Tu ne doutes tout de même pas qu'il y ait une vie après celle-ci ! » demanda la jeune femme, et on aurait dit qu'un nuage parcourait pour la première fois le ciel ensoleillé de leurs pensées.

« La foi le promet, les pasteurs le disent ! dit le jeune homme, mais au milieu de tout mon bonheur, je sens et je comprends que c'est une pensée orgueilleuse, présomptueuse, de demander qu'il y ait une autre vie après celle-ci, que la félicité continue ! Est-ce que nous n'avons pas déjà tellement reçu dans cette existence que nous pourrions et devrions être satisfaits ?

— Nous avons en effet beaucoup reçu, dit la jeune femme, mais pour combien de milliers de personnes cette vie n'a-t-elle pas été une lourde épreuve, combien de personnes n'ont-elles pas été comme projetées dans le monde dans la pauvreté, la honte, la maladie et le malheur ! Non, s'il n'y avait pas une autre vie après celle-ci, tout serait réparti de façon inégale sur cette terre, et Dieu ne serait pas juste.

— Le mendiant qui est en bas dans la rue a des joies qui sont à ses yeux aussi grandes que celles que le roi éprouve dans son château somptueux ! dit le jeune homme, et ne crois-tu pas que la bête de somme qu'on frappe, qui a faim et se tue au travail a conscience d'avoir une existence pénible ? Dans ces conditions, elle pourrait elle aussi demander une autre vie, et estimer qu'il est injuste qu'on ne lui ait pas attribué un rang plus élevé dans la Création.

— Il y a beaucoup de demeures dans le Royaume des Cieux, a dit le Christ, répondit la jeune femme. Le Royaume des Cieux est infini, comme l'amour de Dieu ! L'animal est lui aussi une créature et, à mon avis, aucune vie ne périra. Elle obtiendra toute la félicité qu'elle sera capable de recevoir et celle-ci lui suffira.

— Mais moi, ce monde me suffit ! » dit le mari en entourant de ses bras sa charmante épouse bien-aimée, tout en fumant sa cigarette sur le balcon ouvert où l'air frais était rempli du parfum des oranges et des œillets. Le son de la musique et des castagnettes montait de la rue, les étoiles scintillaient en haut, et deux yeux pleins d'amour, les yeux de sa femme, le regardaient, animés par la vie éternelle qui est dans l'amour.

« Cela vaut la peine d'être né pour vivre une minute comme celle-là, et pour... disparaître ! » dit-il en souriant. Sa femme leva la main en signe de doux reproche, et le nuage était déjà parti. Ils étaient beaucoup trop heureux.

Et tout semblait s'arranger de façon à leur permettre de progresser dans les honneurs, la joie et le bien-être. Il y eut bien un changement, mais de lieu seulement, il n'altéra en rien la joie et le plaisir que leur offrait la vie. Le jeune homme fut envoyé par son roi pour être ambassadeur à la cour impériale de Russie. C'était un poste brillant, auquel sa naissance et ses capacités lui donnaient droit. Il avait une solide fortune, sa jeune épouse lui en avait apporté une non moins grande, elle était la fille du commerçant le plus riche et le plus considéré. L'un des plus grands et des plus beaux bateaux de celui-ci devait justement aller cette année-là à Stockholm. Il devait emmener les chers enfants, sa fille et son gendre, à Pétersbourg, et on aménagea l'intérieur du bateau avec un luxe royal : tapis moelleux pour les pieds, soie et magnificence partout.

Il y a une vieille ballade héroïque danoise que tous les Danois connaissent sans doute. Elle s'appelle *Le Fils du roi d'Angleterre*. Il navigue lui aussi sur un bateau tellement luxueux que son ancre est incrustée d'or rouge et tous ses cordages sont tissés d'argent. On était obligé de penser à ce bateau quand on voyait celui qui venait d'Espagne. C'était la même splendeur, la même pensée au moment des adieux :

*Que Dieu nous permette de nous retrouver tous*
*dans la joie !*

Et le vent soufflait fort depuis la côte espagnole, et les adieux furent brefs. En l'espace de quelques semaines, ils devaient avoir atteint le but de leur voyage. Mais lorsqu'ils furent arrivés en pleine mer, le vent tomba. La mer se fit d'huile, l'eau était lumineuse, les étoiles du ciel étaient lumineuses. Il y eut comme des soirées de fête dans la somptueuse cabine.

On finit tout de même par souhaiter que le vent se lève, un bon vent bien fort, mais il ne venait pas. Lorsque le vent se levait, il était toujours contraire. Des semaines passèrent ainsi, et même deux mois entiers. C'est alors seulement que le vent fut favorable. Il soufflait du sud-ouest. Ils se trouvaient juste entre l'Écosse et le Jutland, et le vent grossit, tout à fait comme dans la vieille ballade du *Fils du roi d'Angleterre* :

*Alors la tempête se leva, amenant de sombres nuages,*
*Ils ne savaient où trouver terre ou un abri,*
*Ils jetèrent alors leur ancre fidèle,*
*Mais le vent les poussa vers l'ouest du Danemark.*

*

Il y a bien longtemps de cela, Christian VII était sur le trône du Danemark et c'était alors un jeune homme. Bien des choses se sont passées depuis cette époque. Bien des choses se sont transformées et elles ont changé. Des lacs et des marais sont devenus des pâturages fertiles, la lande s'est changée en terre cultivée, et à l'abri de la maison du Jutlandais de l'Ouest, il pousse des pommiers et des roses, mais il faut les chercher, car ils s'abritent pour échapper à la morsure des vents d'ouest. Quand on est là-bas, il est facile de se transposer dans le passé, plus loin encore que sous le règne de Christian VII. Comme dans le Jutland de l'époque, la lande brune s'étend encore sur des lieues, avec ses tertres, ses mirages, ses chemins qui s'entrecroisent, cahoteux et ensablés. Vers l'ouest, là où de larges rivières se jettent dans des fjords, les prairies et les marécages sont délimités par de hautes dunes qui, comme une chaîne de montagnes dans les Alpes, avec leurs sommets en dents de scie, se dressent contre la mer, interrompues uniquement par de hautes falaises d'argile, auxquelles la mer arrache des bouchées gigantesques, année après année, si bien que des pans entiers ou des hauteurs s'effondrent, comme s'ils étaient secoués par un tremblement de terre. Tout est encore aujourd'hui comme il y a de nombreuses années, lorsque les heureux jeunes gens naviguaient sur le bateau somptueux.

C'était à la fin du mois de septembre. C'était un dimanche, il y avait du soleil, le son des cloches d'églises se répandait le long du fjord de Nissum. Les églises étaient comme des blocs de granit, chacune d'elles est un morceau de montagne. La mer du Nord pourrait déferler sur elles, elles resteraient debout. Il leur manque la plupart du temps le clocher, les cloches sont donc suspendues en plein air entre deux poutres. Le culte était terminé, les paroissiens sortaient de la maison de Dieu et entraient dans le cimetière, où, déjà à l'époque, il n'y avait ni arbre ni buisson, pas une fleur n'avait été plantée, ni une couronne posée sur la tombe. De petits monticules montrent où les morts ont été enterrés. Une herbe dure, fouettée par le vent, pousse dans tout le cimetière. Une seule tombe a peut-être un monument, c'est-à-dire un tronc d'arbre en décomposition, taillé en forme de cercueil. Ce morceau de bois provient de la forêt de l'ouest du pays : la mer sauvage. Pour celui qui habite le long de la côte, c'est là que poussent les poutres, les planches et les arbres équarris que le mouvement de la mer ramène à terre. Le vent et les embruns ne tardent pas à s'attaquer au bout de bois qui a échoué là. C'est un de ces morceaux qui était sur une tombe d'enfant, et c'est vers lui que se dirigeait l'une des femmes qui sortaient de l'église. Elle resta immobile, regarda le morceau de bois à demi décomposé, et peu après, son mari arriva. Ils ne dirent pas un mot, il lui prit la main, et ils s'éloignèrent de la tombe pour aller dans la lande brune, ils franchirent les marécages et se dirigèrent vers les dunes. Ils marchèrent longtemps en silence.

« Le sermon était bon aujourd'hui, dit l'homme. Si nous n'avions pas Notre-Seigneur, nous n'aurions rien.

— Oui, répondit sa femme. Il nous réjouit et il nous attriste ! Il en a le droit ! Demain, notre petit garçon aurait eu cinq ans, si nous avions pu le garder.

— Ton chagrin ne sert à rien ! dit l'homme. Il s'en est bien tiré ! Car il est là où nous devons demander dans nos prières de pouvoir arriver nous-mêmes. »

Puis ils ne dirent plus rien, et ils se dirigèrent vers leur maison entre les dunes. Tout à coup, là où l'oyat ne retenait pas le sable, il s'éleva de l'une d'entre elles comme une épaisse fumée, c'était une rafale de vent qui s'enfonçait dans la dune et soulevait ensuite les fines particules de sable dans un tourbillon. Il y eut encore un coup de vent, qui projeta contre le mur de la maison tous les poissons qui avaient été accrochés à des cordes pour sécher, et tout redevint calme. Le soleil était brûlant.

L'homme et sa femme entrèrent dans la maison et ils eurent vite fait d'enlever leurs habits du dimanche, puis ils franchirent les dunes, qui étaient comme de formidables vagues de sable qui auraient été brusquement arrêtées dans leur mouvement. Le toit de chaume et les tiges bleu vert et dures de l'oyat contrastaient avec la couleur du sable, uniformément blanche. Quelques voisins arrivèrent, ils s'entraidèrent pour remonter les barques plus haut sur le sable, le vent souffla plus fort, il était d'un froid mordant, et lorsqu'ils franchirent à nouveau les dunes en sens inverse, le sable et de petits cailloux pointus leur fouettaient le visage. Les vagues soulevaient leurs crêtes blanches et le vent venait en découper la frange supérieure, en projetant des éclaboussures.

Le soir arriva. Il y avait dans l'air un bruit qui allait en grandissant, composé de hurlements, de plaintes, comme en aurait fait entendre une multitude d'esprits désespérés. Il dominait le grondement de la mer, bien que la maison du pêcheur fût tout près. Le sable fouettait les vitres, et par moments, une rafale arrivait, qui semblait vouloir ébranler la maison jusque dans ses fondements. Il faisait noir, mais vers minuit la lune était sur le point de se lever.

L'atmosphère s'éclaircit, mais la tempête frappait de toute sa force la mer profonde et noire. Les pêcheurs s'étaient déjà couchés depuis longtemps, mais il n'était pas question de fermer l'œil par un temps pareil. On frappa alors à la fenêtre, la porte s'ouvrit et quelqu'un dit :

« Un gros navire a échoué sur le dernier banc de sable ! » D'un bond, les pêcheurs avaient sauté hors du lit et avaient enfilé leurs vêtements.

La lune était apparue. Il faisait assez clair pour qu'on ait pu voir si on avait pu garder les yeux ouverts dans la tempête de sable. Il y avait un tel vent qu'il fallait s'arc-bouter pour lui résister, et qu'on y arrivait à grand-peine. On arriva à franchir les dunes en rampant entre les rafales, et là, les embruns et l'écume salés flottaient dans l'air comme du duvet de cygne et montaient de la mer qui venait se jeter sur la côte comme une chute d'eau grondante et bouillonnante. Il fallait vraiment avoir l'œil exercé pour trouver tout de suite où était le navire. C'était un superbe deux-mâts.

Il était justement en train de se faire soulever par-dessus le banc de sable, à trois, quatre encablures de l'endroit où se trouvait habituellement la grève, il dériva vers la terre, heurta l'autre banc de sable et s'échoua. Il était impossible de porter secours, la mer était trop violente, elle frappait le navire et passait par-dessus. On crut entendre les cris de détresse, des appels face à l'angoisse de la mort, on vit se déployer une activité fébrile et désespérée. Puis un paquet de mer s'abattit comme un roc écrasant sur le beaupré, qui disparut, la poupe s'éleva très haut au-dessus de l'eau. Deux personnes sautèrent ensemble dans la mer, elles disparurent, l'espace d'un instant, et l'une des plus grosses vagues qui déferlèrent sur les dunes projeta un corps sur le rivage, c'était une femme, un cadavre, pensa-t-on. Quelques femmes s'affairèrent autour d'elle et crurent déceler de la vie. Elle fut transportée par-delà les dunes jusqu'à la maison du pêcheur. Comme elle était belle et distinguée ! C'était sans doute une grande dame.

On la coucha dans le pauvre lit. Il n'y avait pas un fil de lin dedans, c'était un drap de laine dont on s'enveloppait, et cela tenait bien chaud.

Elle reprit vie, mais elle avait la fièvre, elle ne savait pas du tout ce qui s'était passé ni où elle était, et c'était d'ailleurs bien, car tout ce qui lui était cher gisait au fond de la mer. Il était arrivé à ces gens ce que chante la ballade héroïque du *Fils du roi d'Angleterre* :

> *C'était affreux à voir,*
> *Le bateau était réduit en petits morceaux.*

Des débris d'épaves et des bouts de bois échouèrent sur le rivage. Elle était la seule survivante. Le vent balayait encore la côte en hurlant. Elle eut quelques instants de calme, mais bientôt vinrent des douleurs et des cris. Elle ouvrit ses deux yeux ravissants, prononça quelques paroles, mais aucun de ceux qui étaient là ne put la comprendre.

C'est alors que, pour prix de toutes ses souffrances

et de ses luttes, elle tint dans ses bras un enfant nou-
veau-né. Il aurait dû reposer sur un lit d'apparat, avec
des rideaux de soie, dans la maison somptueuse. Des
cris d'allégresse auraient dû lui souhaiter une vie riche
en biens terrestres, mais Notre-Seigneur l'avait fait
naître dans ce pauvre réduit. Il n'eut même pas un baiser de sa mère.

La femme du pêcheur posa l'enfant sur le sein de la
mère, mais il était près d'un cœur qui ne battait plus.
Elle était morte. L'enfant qui aurait dû être nourri par
la richesse et le bonheur avait été jeté dans le monde,
jeté dans les dunes par la mer, pour qu'il connaisse le
sort et les jours pénibles du pauvre.

Et la vieille chanson nous revient ici toujours à
l'esprit :

> *Le fils de roi, les larmes lui coulaient sur la joue,*
> *À Dieu ne plaise, me voici à Bovbjerg !*
> *Les choses ont mal tourné pour moi !*
> *Mais si j'étais arrivé dans le fief de messire Bugge,*
> *Ni chevalier ni valet ne m'aurait détroussé.*

C'est un peu au sud du fjord de Nissum, sur le rivage
que messire Bugge avait jadis compté au nombre de
ses possessions, que le navire avait échoué. Les temps
durs et inhumains où les habitants de la côte ouest agis-
saient mal, comme on dit, envers les naufragés, étaient
révolus depuis longtemps. On y témoignait aux res-
capés la charité, la cordialité, et l'abnégation qu'on
voit rayonner aujourd'hui sur les visages aux traits les
plus nobles. La mère mourante et le pitoyable enfant
auraient été entourés de sollicitude et de soins, à
quelque endroit que « le vent aurait soufflé », mais
nulle part, ils n'auraient été reçus avec plus de chaleur
que chez la pauvre femme de pêcheur qui, la veille
encore, s'était tenue le cœur lourd près de la tombe qui
abritait son enfant, qui aurait eu cinq ans ce jour-là, si
Dieu lui avait accordé la grâce de vivre.

Personne ne savait qui était cette étrangère qui était

morte, ni d'où elle venait. Les débris et les morceaux de bois du bateau restaient muets à cet égard.

En Espagne, dans la somptueuse maison, aucune lettre ni aucun message ne parvinrent jamais au sujet de la fille ou du gendre. Ils n'avaient pas atteint leur lieu de destination. De violentes tempêtes avaient fait rage ces dernières semaines. On attendit des mois. « Le navire a péri corps et biens. Il n'y a pas de rescapé. » Voilà ce qu'ils savaient.

Mais dans les dunes de Husby, dans la maison du pêcheur, il y avait maintenant un petit bambin.

Là où Dieu donne à manger pour deux, le troisième trouve sûrement de quoi se faire un repas, et au bord de la mer, il est aisé de faire un plat de poisson pour une bouche affamée. On donna au petit le nom de Jørgen.

« C'est sans doute un enfant juif, disait-on, il a le teint tellement foncé ! » « Ce pourrait aussi être un Italien ou un Espagnol ! » dit le pasteur. La femme du pêcheur ne voyait pas de différence entre ces trois peuples, et elle se consolait à la pensée que l'enfant était devenu chrétien par le baptême. Le garçon prospérait, son sang noble restait chaud et il puisait des forces dans la maigre pitance, il grandit dans cette humble maison. La langue danoise, comme la parle le Jutlandais de l'Ouest, devint sa langue. La graine de grenadier du sol d'Espagne se changea en plante d'oyat sur la côte ouest du Jutland. Voilà à quoi l'homme peut arriver ! C'est à ce foyer qu'il agrippa les racines de sa vie au fil des années. Il fallait qu'il connaisse la faim, le froid, le besoin et la détresse du pauvre, mais aussi la joie du pauvre.

L'enfance a pour tout le monde ses moments lumineux qui, par la suite, illuminent toute la vie. Des quantités de choses s'offraient à lui pour son plaisir et sa distraction ! Toute la plage, sur des lieues, était remplie de jouets : une mosaïque de galets, rouges comme des coraux, jaunes comme de l'ambre, blancs et arrondis comme des œufs d'oiseaux. Il y en avait de toutes les

couleurs, la mer les avait tous polis et rendus lisses.
Même une carcasse de poisson desséchée, des plantes
aquatiques séchées par le vent, les algues d'un blanc
éclatant, longues et étroites comme des rubans, qui
voletaient entre les pierres, tout était fait pour amuser
et distraire l'œil et l'esprit, et le garçon était un enfant
éveillé. De grands et nombreux talents sommeillaient
en lui. Comme il arrivait bien à se souvenir des histoires et des chansons qu'il entendait, et il était habile
de ses mains ! Avec des pierres et des coquillages, il
construisait des navires entiers et des images qui pouvaient servir à décorer la pièce. Il arrivait curieusement
à exprimer ses pensées en les sculptant dans un morceau de bois, disait sa mère adoptive, et le garçon était
pourtant encore petit. Il avait une belle voix et il retenait facilement les mélodies. Sa poitrine abritait de
nombreuses cordes qui auraient pu résonner de par le
monde s'il avait été placé autre part que dans la maison
du pêcheur près de la mer du Nord.

Un jour, un bateau s'échoua à cet endroit, une caisse
de bulbes de fleurs rares fut ramenée sur la côte. On
en prit quelques-uns, qu'on jeta dans la marmite, en
croyant qu'ils étaient mangeables, d'autres restèrent
sur le sable et pourrirent, ils n'arrivèrent pas à remplir
leur mission, qui était de déployer le luxe de couleurs,
la splendeur qu'ils renfermaient... Jørgen connaîtrait-il
un sort meilleur ? Les bulbes de fleurs ne durèrent pas
longtemps, mais quant à lui, il lui restait encore des
années à vivre.

Il ne leur venait jamais à l'idée, ni à lui ni aux autres,
là-bas, que les journées étaient solitaires et monotones.
Il y avait des quantités de choses à faire, à entendre et
à voir. La mer était elle-même un grand manuel qui
s'ouvrait chaque jour à une nouvelle page : calme plat,
houle, brise et tempête. Les naufrages étaient des
moments privilégiés. Quand on allait à l'église, c'était
comme si on avait reçu de la visite à l'occasion d'une
fête. Pour ce qui est des visites, il y en avait une qui
était particulièrement la bienvenue dans la maison du

pêcheur, et elle se répétait deux fois par an. C'était la visite de l'oncle maternel, le marchand d'anguilles de Fjaltring, près de Bovbjerg. Il venait avec une voiture peinte en rouge, remplie d'anguilles. La voiture était fermée comme une caisse et décorée de tulipes bleues et blanches. Elle était tirée par deux bœufs de couleur fauve, et Jørgen avait la permission de les conduire.

Le marchand d'anguilles avait de l'esprit, c'était un boute-en-train. Il avait sur lui un bidon plein d'eau-de-vie. Il en donnait un petit verre à tout le monde, ou une tasse à café, s'il n'y avait pas assez de verres, et Jørgen lui-même, malgré son jeune âge, avait droit à un dé à coudre bien plein. C'était pour ne pas lâcher l'anguille grasse, disait le marchand d'anguilles et il racontait toujours la même histoire, et si cela faisait rire, il la racontait aussitôt une deuxième fois aux mêmes personnes. Tous les bavards font comme ça ! Et comme Jørgen utilisa cette histoire et lui emprunta des expressions pendant toute sa jeunesse et encore à l'âge adulte, il faut sans doute que nous l'entendions.

« Les anguilles se déplaçaient dans la rivière, et la mère anguille dit à ses filles qui lui demandaient la permission de remonter un peu la rivière toutes seules : "N'allez pas trop loin ! Le méchant pêcheur d'anguilles aurait vite fait de venir et il vous attraperait toutes !" Mais elles allèrent trop loin et sur huit anguilles, seules trois revinrent auprès de la mère anguille, et elles se lamentaient : "Nous avions à peine franchi la porte que le méchant pêcheur d'anguilles est venu et qu'il a tué nos cinq sœurs !" "Elles vont certainement revenir !" dit la mère anguille. "Non ! dirent ses filles, car il les a dépouillées, coupées en morceaux et il les a fait frire." "Elles vont certainement revenir ! dit la mère anguille. "Oui, mais il les a mangées !" "Elles vont certainement revenir", dit la mère anguille. "Mais pour finir, il a bu de l'eau-de-vie !" dirent les filles. "Aïe, aïe ! Dans ce cas-là, elles ne reviendront jamais ! s'écria la mère anguille. L'eau-de-vie enterre l'anguille !"

« Et c'est pour cela qu'on doit toujours boire un petit verre d'eau-de-vie pour accompagner ce plat ! » dit le marchand d'anguilles.

Et cette histoire devint le fil conducteur de la vie de Jørgen, ce qui détermina son humeur. Lui aussi, il avait fort envie de franchir le seuil de la porte, « remonter un peu la rivière », c'est-à-dire partir dans le monde sur un navire. Et sa mère disait comme la mère anguille : « Il y a beaucoup de personnes méchantes, de pêcheurs d'anguilles ! », mais il avait tout de même la permission de s'éloigner un peu des dunes, de pénétrer un peu dans la lande, et c'est ce qui devait arriver. Quatre journées pleines d'entrain, les plus lumineuses de toute son enfance, s'approchaient. Elles représentaient tout le charme du Jutland, la joie et le soleil du foyer. Il devait aller à un banquet – un banquet d'enterrement, c'est vrai.

Un parent fortuné de la famille de pêcheurs était mort. Son manoir était à l'intérieur du pays. « À l'est, quelques degrés vers le nord », comme on disait. Le père et la mère devaient s'y rendre, et Jørgen devait les accompagner. Après avoir quitté les dunes, ils traversèrent la lande et la région des marécages, et ils arrivèrent à la verte prairie où la rivière de Skjærum se frayait un passage ; cette rivière où il y avait beaucoup d'anguilles, où la mère anguille habitait avec ses filles, que les hommes méchants attrapaient et coupaient en morceaux. Et pourtant, les hommes n'avaient souvent pas mieux traité leurs semblables. Messire Bugge, le chevalier dont il était question dans la vieille chanson, fut assassiné par des hommes méchants, et on a beau dire qu'il était bon, il avait tout de même voulu tuer le maître d'œuvre qui avait construit pour lui un château avec des tours et d'épaisses murailles, à l'endroit précis où Jørgen se trouvait avec ses parents adoptifs, là où la rivière de Skjærum se jette dans le fjord de Nissum. On voyait encore le talus, et les pans de mur rouges éparpillés çà et là. C'est là que le chevalier Bugge, après le départ du maître d'œuvre, avait dit à son valet :

« Rattrape-le et dis-lui : "Maître, la tour penche !" S'il
se retourne, tue-le et prends l'argent que je lui ai
donné, mais s'il ne se retourne pas, laisse-le partir en
paix ! » Et le valet obéit. Le maître d'œuvre répondit :
« La tour ne penche pas, mais de l'ouest viendra un
jour un homme en manteau bleu qui la fera pencher ! »
Et c'est arrivé cent ans plus tard, lorsque la mer du
Nord a fait irruption et que la tour est tombée. Mais le
propriétaire du manoir, Predbjørn Gyldenstjerne,
construisit plus en hauteur, là où la prairie s'arrête, une
nouvelle demeure, et elle est encore debout, c'est
Nørre-Vosborg.

Jørgen devait justement passer devant avec ses
parents adoptifs. On lui en avait décrit tous les détails
au cours des longues soirées d'hiver, et maintenant, il
voyait la propriété, avec son double fossé, ses arbres
et ses buissons. Le talus couvert de fougères s'élevait
à l'intérieur, mais le plus charmant, c'étaient les hauts
tilleuls. Ils arrivaient jusqu'au toit et remplissaient l'atmosphère du parfum le plus suave. Vers le nord-ouest,
dans un coin du jardin, il y avait un gros buisson avec
des fleurs qui ressemblaient à de la neige hivernale au
milieu de la verdure de l'été. C'était un sureau, le premier que Jørgen voyait fleurir de cette manière. Le
souvenir qu'il lui laissa, avec les tilleuls, fut tout au
long de sa vie le parfum et le charme du Danemark,
que son âme d'enfant « garda pour sa vieillesse ».

Le voyage se poursuivit aussitôt, plus confortable,
car à partir de Nørre-Vosborg, là où le sureau était en
fleur, il put rouler en voiture. Ils rencontrèrent d'autres
invités qui devaient aller à l'enterrement, et ils firent
route avec eux dans leur voiture. Il est vrai qu'ils
durent prendre place tous les trois à l'arrière, sur un
petit coffre de bois muni d'un garniture de fer, mais
c'était tout de même mieux que de faire le trajet à pied,
estimaient-ils. Leur route passait par la lande cahoteuse. Les bœufs qui tiraient la voiture s'arrêtaient de
temps à autre, quand il y avait une plaque d'herbe verte
au milieu de la bruyère. Le soleil était chaud, et on

voyait loin de là un étrange spectacle, une fumée qui ondulait et qui était pourtant plus claire que l'air. On voyait au travers, on aurait dit que les rayons de lumière roulaient et dansaient sur la lande.

« C'est Loki qui mène son troupeau de moutons », dirent-ils, et Jørgen n'en demandait pas plus. Il avait l'impression d'entrer tout droit dans le pays des contes et c'était pourtant la réalité ! Quel silence il y avait !

La lande s'étendait à perte de vue, mais elle ressemblait à un tapis très luxueux. La bruyère était en fleur, les genévriers verts comme des cyprès et les jeunes pousses de chênes se détachaient de la bruyère de la lande comme des bouquets de fleurs. On aurait eu fort envie de s'y ébattre s'il n'y avait pas eu toutes ces vipères ! C'est d'elles qu'on parlait, de même que des nombreux loups qu'il y avait eus, ce qui expliquait d'ailleurs pourquoi le canton s'appelait le canton d'Ulvborg[1]. Le vieil homme qui conduisait racontait que, du temps de son père, les chevaux de la région avaient souvent été obligés de se battre avec acharnement contre ces bêtes sauvages qui avaient maintenant été exterminées, et qu'un matin, au moment où il arrivait sur les lieux, un des chevaux était en train de piétiner un loup qu'il avait tué, mais la chair avait été arrachée à la patte du cheval.

Le voyage au travers de la lande cahoteuse et du sable profond fut beaucoup trop rapide. Ils s'arrêtèrent devant la maison de deuil, où il y avait beaucoup d'étrangers, à l'intérieur comme à l'extérieur. Les voitures étaient stationnées l'une à côté de l'autre, des chevaux et des bœufs déambulaient dans la maigre prairie. De grandes falaises de sable, comme celles qui leur étaient familières, au bord de la mer du Nord, s'élevaient derrière la ferme, et s'étendaient à perte de vue ! Comment étaient-elles arrivées jusque-là, à trois lieues à l'intérieur du pays, aussi hautes et puissantes

---

1. *Ulv* signifie « loup » en danois.

que celles qui étaient sur la côte ? Le vent les avait soulevées et déplacées. Elles avaient aussi leur histoire.

On chanta des cantiques, quelques vieilles personnes pleurèrent, mais à part cela, Jørgen trouvait tout très agréable. Il y avait à manger et à boire en abondance, les anguilles grasses les plus délicieuses, qu'il faut arroser avec un verre d'eau-de-vie. « Elle retient l'anguille ! » avait dit le marchand d'anguilles, et il est bien vrai que ces paroles ne restèrent pas sans effet.

Jørgen était tantôt à l'intérieur, tantôt à l'extérieur. Le troisième jour, il se sentait autant chez lui que s'il avait été dans la maison des pêcheurs et dans les dunes où il avait passé toute sa vie jusque-là. Il est vrai qu'ici sur la lande, la nature était autrement riche. La bruyère était parsemée d'une multitude de fleurs, les raisins de corneille et les myrtilles abondaient, gros et sucrés, on pouvait facilement les écraser avec le pied, et la bruyère dégouttait de leur jus rouge.

Ici, il y avait un tertre de guerrier, là un autre. Des colonnes de fumée s'élevaient dans l'air tranquille. C'était des incendies dans la lande, disait-on, ils répandaient une belle clarté au cours de la soirée.

Le quatrième jour arriva, et c'était la fin du banquet d'enterrement. Il fallait quitter les dunes de l'intérieur pour rejoindre les dunes de la côte.

« Ce sont tout de même les nôtres qui sont les vraies, dit le père, celles-ci n'ont aucun pouvoir. »

Et on parla de la façon dont elles étaient arrivées là, et tout était très compréhensible. On avait trouvé un cadavre sur la plage, les paysans l'avaient mis au cimetière, mais la tempête de sable avait commencé, la mer avait déferlé avec impétuosité. Un homme avisé, dans la paroisse, avait conseillé d'ouvrir la tombe et de vérifier si celui qui avait été enterré n'était pas en train de sucer son pouce, car si c'était le cas, cela prouvait que c'était un ondin qu'ils avaient porté en terre, et la mer se déchaînerait pour venir le prendre. On ouvrit la tombe. Il était bien en train de sucer son pouce. On le mit alors tout de suite sur une charrette, on y attela deux bœufs, et comme s'ils avaient été piqués par des mouches, ils lui firent traverser la lande et le marécage et l'emmenèrent dans la mer. La tempête de sable s'arrêta alors, mais les dunes sont encore là. Jørgen entendit tout cela et le retint, ce furent les jours les plus heureux de son enfance : les journées du banquet de l'enterrement.

C'était magnifique de se déplacer, de voir de nouvelles régions et de nouvelles personnes, et il n'avait pas fini de se déplacer. Il n'avait pas quatorze ans, c'était encore un enfant. Il partit sur un navire et fit connaissance avec ce que le monde a à offrir. Il connut le mauvais temps, la tempête en mer, la méchanceté et les hommes durs. Il devint mousse ! Maigre pitance, nuits froides, punitions et coups de poing furent son lot. Quelque chose se mit alors à bouillonner dans son sang espagnol de haute naissance, et des paroles de colère écumèrent sur ses lèvres, mais il était certainement plus sage de les ravaler, et il avait le sentiment d'être une anguille quand on lui arrache la peau, qu'on la coupe en morceaux et qu'on la met à la poêle.

« Je reviendrai », disait une voix au-dedans de lui. Il eut l'occasion de voir la côte espagnole, la patrie de ses parents, la ville même où ils avaient vécu dans la prospérité et le bonheur, mais il ne savait rien de sa région d'origine ni de sa parenté, et sa famille en savait encore moins à son sujet.

Le pauvre mousse n'avait d'ailleurs pas le droit d'aller à terre, et pourtant, le dernier jour que le navire devait passer là, il mit le pied sur la terre ferme. Il y avait des achats à faire, et il devait servir de portefaix pour les ramener à bord.

Jørgen était là, vêtu d'habits minables, qui semblaient avoir été lavés dans le fossé et avoir séché dans la cheminée. C'était la première fois que cet habitant des dunes voyait une grande ville. Comme les maisons étaient hautes, les rues étroites, grouillantes de monde ! On se pressait ici, on se pressait là, c'était un véritable tourbillon de citadins et de paysans, de moines et de

soldats. On braillait, on criait, les clochettes des ânes
et des mules tintaient, et les cloches des églises sonnaient en même temps ! On entendait des chants et de
la musique, des martèlements et des coups, car chaque
profession avait son atelier à la porte ou sur le trottoir,
et le soleil était si brûlant, et l'air si lourd qu'on se
serait cru dans un four de boulanger plein de scarabées,
de hannetons, d'abeilles et de mouches, qui bourdonnaient et vrombissaient. Jørgen ne savait pas où diriger
ses pas. Il vit alors juste en face de lui l'imposant portail de la cathédrale, les cierges répandaient leur
lumière dans la pénombre des voûtes, et il se dégageait
un parfum d'encens. Même le plus pauvre des mendiants en haillons se hasardait à monter l'escalier pour
y entrer. Le matelot que Jørgen accompagnait passa
par l'église et Jørgen se retrouva ainsi dans le sanc-
tuaire. Des images chamarrées se détachaient sur des
fonds dorés. La mère de Dieu avec l'Enfant Jésus se
tenait sur l'autel entre des fleurs et des cierges. Des
prêtres en habits de cérémonie chantaient, de beaux
enfants de chœur à la tenue soignée balançaient des
encensoirs d'argent. C'était un spectacle magnifique,
somptueux. Cela envahissait l'âme de Jørgen, il en
était submergé. L'église et la foi de ses parents l'entouraient et vibraient en harmonie avec son âme, si bien
que les larmes lui vinrent aux yeux.

De l'église, ils allèrent au marché. Il dut alors trans-
porter des ingrédients pour la cuisine et des provisions.
Le trajet n'était pas court, la fatigue le prit, et il se
reposa devant une grande maison splendide qui avait
des colonnes de marbre, des statues et de larges escaliers. Il appuya son fardeau contre le mur, mais un por-
tier galonné vint aussitôt, leva sa canne à embout
d'argent, et le chassa, lui, le petit-fils de la maison,
mais personne ne le savait, lui moins que personne.

Puis il revint à bord, fut malmené et eut droit à des
paroles dures, peu de sommeil et beaucoup de travail.
Il savait maintenant ce que c'était ! C'est une bonne
chose de passer par de dures épreuves dans sa jeunesse,

dit-on, et c'est bien vrai, à condition qu'on ait une bonne vieillesse.

Son contrat était à son terme, le navire était à nouveau près du fjord de Ringkøbing. Il débarqua et retourna chez lui parmi les dunes de Husby, mais sa mère était morte pendant qu'il avait été en voyage.

L'hiver qui suivit fut rude. Des tempêtes de neige balayèrent la mer et la terre. On ne pouvait pas se frayer un chemin. Comme les choses étaient réparties différemment dans ce monde ! Un froid glacial et des tourbillons de neige ici, tandis qu'au pays d'Espagne, la chaleur du soleil était brûlante, et même beaucoup trop forte, et pourtant, par une bonne journée de gel, alors que le temps était très clair et que Jørgen vit les cygnes arriver de la mer en grandes bandes, survoler le fjord de Nissum et se diriger vers Nørre-Vosborg, il trouva que c'était tout de même ici qu'on respirait le mieux et que l'été était agréable ici aussi. Il vit alors en pensée la lande fleurir et pulluler de baies mûres et juteuses. Les tilleuls et le sureau de Nørre-Vosborg étaient en fleurs. Il fallait qu'il y retourne un jour.

Le printemps approchait, la pêche commença, Jørgen apporta son aide. Il avait grandi cette dernière année et il allait vite en besogne. Il était plein d'énergie, il savait nager, se maintenir debout en battant des pieds, faire des pirouettes et s'ébattre dans l'eau. On l'avertit souvent qu'il devait se méfier des bancs de maquereaux. Ils s'emparent du meilleur nageur, l'entraînent sous l'eau, le dévorent et on ne le retrouve plus. Mais ce ne fut pas ce sort que Jørgen eut en partage.

Chez le voisin, dans les dunes, il y avait un garçon, Morten, avec qui Jørgen s'entendait bien, et ils s'engagèrent tous les deux sur un navire en partance pour la Norvège. Ils allèrent aussi en Hollande, et ils n'avaient jamais de sujet de discorde, mais c'est pourtant vite fait, et si on est d'un naturel un peu violent, on fait facilement des gestes un peu trop vifs. C'est ce qui arriva une fois à Jørgen, lorsqu'ils vinrent à se disputer pour un rien. Ils étaient assis derrière la porte de la cabine et mangeaient dans un plat de terre posé entre eux. Jørgen tenait son canif à la main, il le leva vers Morten, mais au même moment, il devint livide et ses yeux prirent une expression affreuse. Et Morten dit simplement : « Ah bon, tu es de ceux qui jouent du couteau... »

Il avait à peine dit cela que la main de Jørgen était déjà retombée. Il ne dit pas un mot, mangea sa ration et vaqua à ses occupations. Lorsqu'ils revinrent du travail, il alla voir Morten et lui dit : « Frappe-moi en pleine figure ! Je l'ai mérité ! J'ai en moi comme une marmite qui bouillonne !

— N'en parlons plus ! » dit Morten. Et après cela, leur amitié fut presque deux fois plus solide. Si bien que lorsqu'ils revinrent chez eux au Jutland dans les dunes et qu'ils racontèrent ce qui c'était passé, ils parlèrent aussi de cela. Il arrivait à Jørgen de bouillonner, mais c'était malgré tout une honnête marmite. « Ce n'est pas un Jutlandais ! On ne peut pas dire que c'est un Jutlandais ! », et de la part de Morten, c'étaient des paroles spirituelles.

Ils étaient l'un et l'autre jeunes et en bonne santé, bien bâtis et robustes, mais Jørgen était le plus souple.

En Norvège, les paysans vont à l'alpage et font paître le bétail sur les hauteurs. Sur la côte ouest du Jutland, à l'intérieur des dunes, on a bâti des cabanes avec des morceaux d'épaves, qu'on a recouverts de tourbe de la lande et de couches de bruyère, des couchettes sont installées tout autour de la pièce, et c'est là que les pêcheurs dorment et habitent au début du printemps. Chacun d'eux a son « appâteuse », comme on l'appelle, et elle a pour fonction de mettre l'appât sur l'hameçon, d'accueillir les pêcheurs avec une bière chaude lorsqu'ils débarquent et de leur donner à manger quand ils rentrent à la maison fatigués. Les appâteuses sortent les poissons du bateau, les vident et elles ont fort à faire.

Jørgen, son père, quelques autres pêcheurs, et leurs

appâteuses partageaient le même logement. Morten habitait juste à côté.

Or il y avait une des filles, Else, que Jørgen connaissait depuis qu'elle était petite. Ils s'entendaient très bien tous les deux, ils voyaient les choses de la même manière sur beaucoup de points, mais ils étaient le contraire l'un de l'autre quant à l'aspect extérieur. Il avait le teint foncé, et elle l'avait clair, et ses cheveux étaient d'un blond de lin. Ses yeux étaient bleus comme l'eau de la mer au soleil.

Un jour qu'ils se promenaient ensemble, et que Jørgen la tenait par la main, tendrement et fermement, elle lui dit : « Jørgen, j'ai quelque chose sur le cœur ! Permets-moi d'être ton appâteuse, car tu es comme un frère pour moi, mais Morten, qui m'a engagée, lui et moi, nous sommes fiancés... mais ce n'est pas la peine d'en parler aux autres ! »

Et Jørgen eut comme l'impression que le sable de la dune se dérobait sous ses pieds. Il ne dit pas un mot, il fit un signe de tête, et cela veut dire la même chose que oui. Il n'avait pas besoin d'en dire plus, mais il sentit aussitôt dans son cœur qu'il ne pouvait pas supporter Morten, et plus il y pensait – jusque-là il n'avait jamais pensé à Else de cette manière –, plus il lui apparaissait clairement que Morten lui avait volé la seule chose qu'il aimait, et c'était justement Else. Il venait de s'en rendre compte.

Si la mer est un peu agitée et que les pêcheurs rentrent avec leurs bateaux, regardez-les quand ils passent les bancs de sable. L'un des hommes est debout à l'avant, les autres l'observent, assis aux rames, qu'ils maintiennent à l'extérieur, jusqu'à ce qu'il leur signale d'un geste l'arrivée de la vague plus grosse qui va soulever le bateau, et il se soulève effectivement, si bien qu'on voit sa quille depuis le rivage, et à l'instant suivant, toute l'embarcation est cachée par les paquets de mer qui sont devant elle, on ne voit ni bateau, ni gens, ni mât. On pourrait croire que la mer les a engloutis. Un instant après, ils arrivent comme un animal marin imposant qui ramperait par-dessus la vague. Les manches des rames s'activent autour de ses pattes en mouvement. Au deuxième et au troisième banc de sable, les choses se passent comme au premier, et maintenant, les pêcheurs sautent dans l'eau, tirent le bateau à terre. Chaque vague les aide et leur donne une bonne secousse, jusqu'à ce qu'ils aient quitté la grève.

Une erreur de commandement devant le banc de sable, une hésitation, et ils font naufrage.

« C'en serait fini de moi, tout comme de Morten ! » Cette pensée vint à l'esprit de Jørgen, en mer, juste au moment où son père adoptif venait de tomber sérieusement malade. La fièvre l'accablait. C'était tout près du premier banc de sable. Jørgen sauta d'un bond à l'avant : « Père, laisse-moi faire ! » dit-il, et son regard passa sur Morten et sur les vagues. Mais au moment où les hommes tiraient fortement sur chacune des rames et où la plus grosse vague arriva, il vit le visage blême de son père et... il lui fut impossible de suivre l'impulsion que lui dictait la méchanceté. Le bateau franchit correctement les bancs de sable et il arriva à terre, mais sa mauvaise pensée lui resta dans le sang. Elle faisait bouillir et rebouillir chaque petit brin d'amertume du souvenir qu'il avait gardé de l'époque où ils étaient camarades. Ils s'effilochaient sans qu'il parvienne à en tresser un fil et il n'insista pas. Morten avait tout gâché, il le sentait, et cela suffisait pour le remplir de haine à son égard. Quelques pêcheurs le remarquèrent, mais pas Morten. Il était comme toujours serviable et bavard, un peu trop bavard.

Le père adoptif de Jørgen dut garder le lit, ce fut son lit de mort. Il mourut la semaine suivante, et Jørgen hérita alors de la maison derrière les dunes, ce n'était qu'une humble maison, mais c'était tout de même quelque chose. Morten n'en avait pas autant.

« Tu ne vas tout de même plus te faire embaucher sur un bateau, Jørgen ! Tu vas toujours rester avec nous ! » dit l'un des vieux pêcheurs.

Ce n'était pas dans les plans de Jørgen, qui prévoyait

justement de parcourir encore un peu le monde. Le marchand d'anguilles de Fjaltring avait un oncle maternel dans le Vieux-Skagen. Il était pêcheur, mais c'était aussi un commerçant fortuné qui possédait un navire. Il avait la réputation d'être un homme charmant. Cela valait certainement la peine de travailler pour lui. Le Vieux-Skagen se trouve tout au nord du Jutland, aussi loin des dunes de Husby qu'il est possible d'aller dans ce pays, et c'était certainement cela qui plaisait le plus à Jørgen. Il ne voulut même pas rester pour les noces de Else et de Morten, qui devaient avoir lieu deux semaines plus tard.

C'était un acte inconsidéré de s'en aller, estima le vieux pêcheur. Jørgen avait une maison, maintenant. Else serait sans doute disposée à lui donner la préférence.

Jørgen répondit avec mollesse. Il n'était pas facile de savoir ce qu'il voulait dire, mais le vieil homme lui amena Else. Elle ne dit pas grand-chose, mais elle dit en tout cas : « Tu as une maison ! Il faut réfléchir. »

Et Jørgen réfléchit beaucoup.

La mer est agitée par de fortes vagues, et le cœur de l'homme encore plus. Un grand nombre de pensées, tantôt fortes, tantôt faibles, parcoururent la tête et l'esprit de Jørgen, et il demanda à Else :

« Si Morten avait une maison comme la mienne, qui de nous préférerais-tu ?

— Mais Morten n'en a pas et il n'en aura pas !

— Mais supposons qu'il en ait une !

— Eh bien, je prendrais sans doute Morten, car je vois les choses comme ça maintenant ! Mais ce n'est pas ça qui fait vivre. »

Et Jørgen réfléchit à cela pendant toute la nuit. Il y avait quelque chose en lui qu'il ne pouvait pas s'expliquer, mais il avait une pensée qui était plus forte que son amour pour Else. Et il alla voir Morten, et ce qu'il dit et fit à cette occasion, il y avait bien réfléchi. Il lui céda la maison aux conditions les plus avantageuses. Quant à lui, il voulait se faire embaucher sur un bateau.

C'est ce qui lui faisait plaisir. Et Else l'embrassa sur la bouche en entendant cela, car c'était bien Morten qu'elle aimait le plus.

Jørgen voulait partir tôt le matin. La veille au soir, il était déjà tard, il eut envie de rendre encore une visite à Morten. Tandis qu'il y allait, il rencontra entre les dunes le vieux pêcheur qui n'était pas d'avis qu'il devait partir. Morten avait certainement un bec de canard cousu à son pantalon[1], disait-il, pour que les filles aient à ce point le béguin pour lui. Jørgen ne tint pas compte de ses paroles, lui dit au revoir et se rendit à la maison où habitait Morten. Il entendit qu'on y échangeait des propos bruyants, Morten n'était pas seul. Jørgen hésita. Il ne voulait surtout pas rencontrer Else, et tout compte fait, il ne voulait pas non plus que Morten lui dise encore une fois merci, et il fit demi-tour.

Le lendemain matin, avant le lever du jour, il fit son balluchon, prit sa boîte à provisions et descendit les dunes pour se rendre sur la grève. C'était plus facile de passer par là que par le pénible chemin sablonneux, et c'était aussi plus court, car il voulait d'abord aller à Fjaltring, près de Bovbjerg, où habitait le marchand d'anguilles, à qui il avait promis de rendre visite.

La mer était bleue et elle brillait, il y avait toutes sortes de coquillages sur le sol, les jouets de son enfance craquaient sous ses pieds. Tandis qu'il marchait, son nez se mit à saigner, ce n'était pas grand-chose, mais cela peut aussi avoir son importance. Quelques grosses gouttes de sang tombèrent sur sa manche. Il les nettoya, arrêta le sang et se sentit la tête et l'esprit plus légers. Un peu de chou marin fleurissait dans le sable. Il en cassa une branche et la piqua à son chapeau. Il voulait être gai et joyeux, lui qui partait dans le vaste monde, « franchir la porte pour remonter un peu la rivière ! » comme les petites anguilles vou-

---

1. La superstition populaire voulait que celui qui cousait un bec de canard à son pantalon était sûr d'être aimé de toutes les femmes.

laient le faire. « Faites attention aux personnes méchantes qui veulent vous attraper, vous enlever la peau, vous couper en morceaux et vous mettre dans la poêle », se répéta-t-il en riant. Il s'en tirerait certainement toujours la vie sauve. Le courage est une bonne protection.

Le soleil était déjà très haut lorsqu'il s'approcha de l'étroite embouchure qui relie la mer du Nord au fjord de Nissum. Il se retourna et aperçut à une assez grande distance deux hommes à cheval. D'autres suivaient. Ils se dépêchaient. Cela ne le concernait pas.

Le bac était de l'autre côté de l'embouchure. Jørgen le héla, monta à bord, mais avant qu'il fût arrivé au milieu avec le passeur, les hommes qui s'étaient tellement dépêchés arrivèrent, ils appelèrent, ils firent des menaces et se recommandèrent de l'autorité publique. Jørgen ne comprenait pas ce que cela voulait dire, mais il estima qu'il était préférable de faire demi-tour. Il se mit lui-même à l'une des rames et retourna au point de départ. À l'instant même, les hommes sautèrent dans le bateau, et avant qu'il ait pu réagir, ils lui ligotèrent les mains.

« Ta mauvaise action va te coûter la vie, dirent-ils. C'est bon que nous t'ayons mis la main dessus. »

C'était bel et bien un meurtre qu'on l'accusait d'avoir commis. Morten avait été retrouvé un couteau planté dans la gorge. La veille, tard dans la soirée, l'un des pêcheurs avait rencontré Jørgen qui allait chez Morten. Ce n'était pas la première fois que Jørgen avait levé le couteau contre lui, d'après ce qu'on savait. C'était certainement lui le meurtrier. Il fallait maintenant le mettre sous les verrous. Ringkøbing était le lieu qu'il fallait, mais la route était longue, le vent venait de l'ouest, il leur faudrait moins d'une demi-heure pour traverser le fjord jusqu'à la rivière de Skjærum, et de là, il ne leur resterait plus qu'une demi-lieue pour aller à Nørre-Vosborg, qui était un manoir entouré de remparts et de fossés. Il y avait dans le bateau un frère de l'intendant de la propriété. Il pensait qu'on leur per-

mettrait sûrement de mettre provisoirement Jørgen
dans le cachot où la grande Margrethe, la bohémienne,
était restée avant son exécution.

On n'écouta pas ce que Jørgen avait à dire pour sa
défense. Quelques gouttes de sang sur sa chemise parlaient avec plus de certitude contre lui. Il était
conscient de son innocence, mais comme il ne pouvait
être question de se justifier ici, il se résigna à son sort.

Ils accostèrent à l'endroit exact où s'était trouvé
jadis le manoir du chevalier Bugge, là où Jørgen s'était
rendu au banquet avec ses parents adoptifs. Le banquet
d'enterrement, ces quatre journées bienheureuses, les
plus lumineuses de toute son enfance. On lui fit suivre
de nouveau le même chemin qui traverse la prairie et
mène à Nørre-Vosborg, et le sureau était là, en pleine
floraison, les hauts tilleuls exhalaient leur parfum. Il
lui semblait qu'il avait été là la veille.

Dans le bâtiment du château qui se trouve à l'ouest,
il y a un passage sous le grand escalier, on y accède à
une cave basse et voûtée, et c'est de là que la grande
Margrethe avait été menée au supplice. Elle avait
mangé cinq cœurs d'enfants, et elle croyait que si elle
en avait eu deux de plus, elle aurait pu voler et se
rendre invisible. Il y avait dans le mur un petit soupirail
étroit et sans vitre. Les tilleuls odorants qui étaient à
l'extérieur ne parvenaient pas à envoyer le moindre
réconfort. Tout y était froid, humide et moisi. Il n'y
avait qu'un grabat, mais une bonne conscience est un
mol oreiller, si bien que Jørgen avait une couche
confortable.

La porte aux planches épaisses était fermée, ver-
rouillée d'une barre de fer, mais le cauchemar de la
superstition s'introduit par un trou de serrure, dans le
manoir comme dans la maison du pêcheur, et de toute
façon là où Jørgen se trouvait maintenant, en train de
penser à la grande Margrethe et à ses méfaits. Ses dernières pensées avaient rempli cette pièce, la nuit
d'avant son exécution. Il se souvenait de toute la sorcellerie qu'on avait pratiquée ici autrefois, lorsque le

seigneur Svanwedel habitait là, et il était bien connu que tous les matins, on trouvait le chien de garde qui était sur le pont, pendu à sa chaîne par-dessus le parapet. Tout cela remplissait les pensées de Jørgen et le glaçait, et pourtant, un rayon de soleil venant de ces lieux pénétrait en lui et l'éclairait intérieurement, et c'était le souvenir du sureau en fleur et des tilleuls.

Il ne resta pas longtemps là. On l'emmena à Ringkøbing où la prison fut tout aussi sévère.

C'étaient d'autres temps que les nôtres. La vie était dure pour le pauvre. On ne s'était pas encore habitué à l'idée que des fermes et des villages soient rattachés à de nouveaux domaines, et sous ce régime, le cocher et le domestique devenaient baillis, si bien que pour un petit délit, ils pouvaient condamner le pauvre à la perte de ses biens et à être fouetté publiquement. Il restait encore quelques-uns de ces juges ici, et au Jutland, loin de la Copenhague royale et des dirigeants éclairés et animés des meilleures intentions, la loi suivait son cours comme elle le pouvait, et c'était vraiment un moindre mal que l'affaire de Jørgen tire en longueur.

Il faisait terriblement froid là où il se trouvait, quand cela prendrait-il fin ? Sans l'avoir mérité, il avait été précipité dans la détresse et la misère, c'était son lot ! Comment lui était-il échu dans ce monde ? Il avait maintenant le temps de réfléchir à la question. Pourquoi se retrouvait-il dans cette situation ? Eh bien, les choses s'éclairciraient dans « l'autre vie », celle qui nous attend avec certitude ! Cette foi s'était enracinée en lui dans la pauvre maison. Ce qui, dans l'abondance et le soleil de l'Espagne, n'avait pas illuminé la pensée de son père, devint pour lui, dans le froid et l'obscurité, une lumière qui lui apportait la consolation, le don de la grâce de Dieu, et elle ne déçoit jamais.

C'était maintenant le temps des tempêtes de printemps. On entend le déferlement de la mer du Nord à des lieues à l'intérieur du pays, mais uniquement après que la tempête s'est calmée. Cela fait penser à de lourdes voitures qui passeraient par centaines sur une chaussée dure et défoncée. Jørgen entendait cela depuis sa prison et cela lui apportait du changement. Aucune mélodie ancienne n'aurait pu toucher son cœur plus profondément que ces accents, le déferlement de la mer, la mer libre qui vous transportait de par le monde, vous faisait voler avec les vents, et où que l'on arrive, on avait sa propre maison avec soi, comme l'escargot a la sienne. On est toujours sur son propre sol, on est chez soi, même dans un pays étranger.

Comme il écoutait ce grondement profond, comme ses pensées faisaient remonter des souvenirs ! « Libre, libre ! Quelle félicité d'être libre, même sans semelles à ses chaussures, et avec une chemise de fil d'étoupe rapiécée ! » Parfois, cette pensée l'enflammait, et il frappait du poing contre le mur.

Des semaines, des mois, une année entière avaient passé, quand on arrêta un malfaiteur, Niels le Voleur, on le surnommait aussi le Vendeur de chevaux, et c'est là que vinrent les temps meilleurs. On apprit l'injustice que Jørgen avait subie.

Au nord du fjord de Ringkøbing, chez un petit paysan qui tenait une auberge, l'après-midi avant que Jørgen ne quitte sa maison et avant que le meurtre n'ait été commis, Niels le Voleur et Morten s'étaient rencontrés. On avait bu quelques verres, qui n'auraient dû monter à la tête de personne, mais qui avaient tout de même un peu trop délié la langue de Morten. Il se lança dans de grands discours, raconta qu'il avait fait l'acquisition d'une ferme et qu'il allait se marier. Et lorsque Niels lui demanda où était cet argent, il avait tapé orgueilleusement sur sa poche : « Il est là où il doit être ! » répondit-il.

Cette vantardise lui coûta la vie. Après qu'il fut parti, Niels le suivit et lui planta un couteau dans la gorge pour lui prendre l'argent qui n'existait pas.

L'affaire fut minutieusement analysée. Il nous suffira de savoir que Jørgen fut mis en liberté. Mais quel dédommagement lui accorda-t-on pour les souffrances qu'il avait endurées pendant plus d'un an, en prison,

au froid, mis au ban de la société ? Eh bien, on lui dit
que c'était heureux qu'il fût innocent, maintenant il
pouvait s'en aller. Le bourgmestre lui donna dix marks
pour ses frais de voyage, et plusieurs habitants de la
ville lui donnèrent de la bière et de bonnes choses à
manger. Il y avait tout de même de braves gens ! Ce
n'était pas tout le monde qui « attrapait, enlevait la
peau et mettait dans la poêle » ! Mais ce qu'il y avait
de mieux dans tout cela, c'est que le commerçant
Brønne, de Skagen, chez qui Jørgen avait voulu se faire
embaucher un an plus tôt, était justement à Ringkøbing
ces jours-là, pour affaires. Il apprit toute l'histoire. Il
avait du cœur, comprit et sentit ce que Jørgen avait
souffert. Il voulut alors lui faire du bien, et mieux
encore, lui faire voir qu'il y a aussi des braves gens.

Il était passé de la prison à la liberté, au Royaume
des Cieux, à l'amour et à la cordialité ! Il fallait aussi
qu'il passe par là ! Dans la vie, il n'y a pas de coupe
où il n'y aurait que de l'absinthe. Un brave homme ne
peut pas offrir cela à son semblable. Est-ce que Dieu,
qui est tout amour, en serait capable ?

« Que tout cela soit enterré et oublié ! dit le commerçant Brønne. Nous tirons un trait bien épais sur la dernière année. Nous brûlons l'almanach, et dans deux
jours, nous irons à Skagen, lieu paisible, béni et agréable ! Les gens disent que c'est un coin perdu de ce
pays. C'est un endroit béni au coin du feu, avec des
fenêtres ouvertes sur le vaste monde. »

Quel voyage ! Il pouvait à nouveau respirer ! Il avait
quitté l'air froid de la prison pour sortir à la chaleur du
soleil. La lande était couverte de bruyère en fleur, une
végétation luxuriante, et le jeune berger était assis sur
la pierre levée et il jouait de sa flûte, qu'il avait taillée
dans un os de mouton. On vit la Fée Morgane, ravissant mirage que produit l'air du désert, avec des jardins
suspendus et des forêts flottantes, ainsi que ce léger et
étrange ondoiement de l'air qu'on appelle « Loki qui
mène son troupeau ».

Leur voyage les menait vers le nord, vers le Lim-

fjord, traversait le pays de Vendsyssel, en direction de
Skagen, d'où avaient émigré les hommes aux longues
barbes, les Lombards, à l'époque de la famine, sous le
règne du roi Snio, où on aurait dû tuer tous les enfants
et les vieillards, mais la noble femme Gambaruk, qui
possédait des terres là-haut, avait proposé à la place
que les jeunes quittent le pays. Jørgen était au courant
de cela, sa science s'étendait jusque-là, et s'il ne
connaissait pas le pays des Lombards derrière les
hautes Alpes, il savait au moins de quoi il avait l'air.
Il avait été lui-même dans le Sud, quand il était jeune,
dans le pays d'Espagne. Il se rappelait comment on y
entassait les fruits, les fleurs rouges des grenadiers, le
bourdonnement et le vrombissement et le son des
cloches dans la grande ruche de la ville, mais c'est tout
de même dans son pays qu'on est le mieux, et le foyer
de Jørgen, c'était le Danemark.

Ils finirent par atteindre Vendilskaga, suivant le nom
que porte Skagen dans les anciens écrits norvégiens et
islandais. À des lieues à la ronde, entrecoupées de
dunes et de champs cultivés, s'étendent et s'étendaient
déjà à l'époque le Vieux-Skagen, la partie ouest et la
partie est de la ville jusqu'au phare près de la langue
de terre appelée Grenen. Il y avait des maisons et des
fermes, comme aujourd'hui, éparpillées entre des collines de sable formées par le vent, mouvantes, paysage
désertique où le vent s'ébat dans le sable et où les
mouettes, les hirondelles de mer et les cygnes sauvages
font un vacarme à vous crever le tympan. Au sud-
ouest, à une lieue de Grenen, se trouve Høien ou le
Vieux-Skagen. C'est là qu'habitait le commerçant
Brønne, et c'est là que Jørgen devait vivre. La ferme
était goudronnée, les petites dépendances avaient chacune un bateau renversé en guise de toit, des débris
d'épaves avaient été mis bout à bout pour faire une
porcherie. Il n'y avait pas d'enclos, car il n'y avait rien
à entourer, mais sur des cordes, en longues rangées
superposées, des poissons ouverts étaient pendus pour
sécher au vent. Tout le long de la plage était envahi

par des harengs pourris. À peine le filet était-il entré dans l'eau qu'on ramenait à terre des quantités innombrables de harengs. Il y en avait de trop, on les rejetait à la mer, ou on les laissait pourrir sur place.

La femme du commerçant et sa fille, et même les serviteurs et les servantes, manifestèrent beaucoup de joie lorsque le père arriva à la maison. On échangea des poignées de main, des cris et des paroles, et comme la fille avait un joli visage et deux yeux pleins de bonté !

L'intérieur de la maison était agréable et spacieux. On mit des plats de poisson sur la table, des carrelets qu'un roi aurait pu appeler un mets raffiné, du vin des vignobles de Skagen, de la vaste mer : les raisins arrivaient tout pressés à terre, en tonneaux et en bouteilles.

Lorsque la mère et sa fille apprirent plus tard qui était Jørgen et par quelles souffrances il était passé bien qu'innocent, leurs yeux le regardèrent avec un éclat encore plus doux, et ceux qui brillaient avec le plus de douceur étaient bien ceux de la fille, la jolie demoiselle Clara. Il trouva un foyer béni au Vieux-Skagen. Cela fit du bien à son cœur, et le cœur de Jørgen était passé par toutes sortes d'expériences, y compris les flots amers de l'amour, qui endurcissent ou qui radoucissent. Le cœur de Jørgen était encore très tendre, il était bien jeune, il y avait une place à y occuper. C'est pourquoi c'était certainement un excellent concours de circonstances que mademoiselle Clara dût prendre le bateau juste trois semaines plus tard pour aller à Kristiansand, en Norvège, pour rendre visite à sa tante maternelle et y rester tout l'hiver.

Le dimanche qui précédait le départ, ils étaient tous à l'église pour communier. L'église était grande et magnifique. Des Écossais et des Hollandais l'avaient construite plusieurs siècles plus tôt, à quelque distance de l'endroit où se trouve la ville actuellement. Elle était un peu délabrée, et le chemin qu'il fallait parcourir dans le sable profond en montant et en descendant était fort pénible. On le supportait pourtant volontiers pour aller à la maison de Dieu, chanter des cantiques et écouter un sermon. Le sable arrivait jusqu'au mur d'enceinte du cimetière, mais on dégageait encore le sable que le vent amenait sur les tombes.

C'était la plus grande église au nord du Limfjord. Sur le retable, la Vierge Marie, une couronne d'or sur la tête et l'Enfant Jésus sur le bras, avait l'air d'être vivante. Les saints apôtres étaient taillés dans le chœur, et tout en haut du mur, on y voyait les portraits des anciens bourgmestres et conseillers de Skagen, avec leurs sceaux. La chaire était sculptée. Le soleil jetait une lumière vivifiante dans l'église et éclairait le lustre de laiton poli, ainsi que le petit bateau qui était suspendu au plafond.

Jørgen était comme submergé par un sentiment sacré, qui avait la pureté de l'enfance, comme lorsque, étant tout jeune, il s'était trouvé dans la splendide église en Espagne, mais ici, il était conscient de faire partie de la paroisse.

Après le sermon, il y eut la communion. Il reçut le pain et le vin, comme les autres, et il se trouva qu'il s'agenouilla juste à côté de mademoiselle Clara, et pourtant ses pensées étaient tellement tournées vers Dieu et l'acte sacré qu'il ne remarqua qu'en se relevant qu'elle avait été sa voisine. Il vit ses joues inondées de larmes.

Deux jours plus tard, elle partit pour la Norvège et Jørgen se rendit fort utile à la ferme. Il participa à la pêche, et on prenait du poisson à l'époque, plus qu'aujourd'hui. Les bancs de maquereaux luisaient dans les nuits sombres et ils savaient se diriger. Le grondin grondait et la seiche poussait des hurlements pitoyables quand on la pourchassait. Les poissons ne sont pas aussi muets qu'on le dit. Jørgen l'était beaucoup plus à l'égard des choses qu'il gardait pour lui, mais cela finirait bien par sortir.

Tous les dimanches, quand il était à l'église et que ses yeux se fixaient sur le tableau du retable qui représentait Marie, mère de Dieu, ils s'arrêtaient aussi un

instant sur l'endroit où mademoiselle Clara s'était age-
nouillée à côté de lui, et il pensait à elle, combien elle
avait été bonne avec lui.

L'automne arriva, avec sa boue et sa neige fondante.
L'eau séjournait et créait des inondations dans la ville
de Skagen. Le sable ne pouvait pas absorber toute cette
eau. On était obligé de patauger, et même parfois de
se déplacer en bateau. Les tempêtes précipitaient
navire après navire sur les bancs de sable meurtriers.
Il y avait des tempêtes de neige et des tempêtes de
sable. Le sable tourbillonnait autour des maisons, si
bien que les gens devaient sortir par la cheminée, mais
ce n'était pas surprenant dans la région. On se sentait
bien au chaud à l'intérieur dans la salle, la tourbe de
bruyère et les débris d'épaves crépitaient et craquaient,
et le commerçant Brønne lisait à haute voix une vieille
chronique, il lisait l'histoire du prince Hamlet du Danemark, qui était venu d'Angleterre, avait débarqué ici
près de Bovbjerg et avait livré une bataille. Sa tombe
était à Ramme, à deux lieues de l'endroit où habitait
le marchand d'anguilles. Des pierres tombales s'élevaient par centaines dans la lande, un grand cimetière.
Le commerçant Brønne avait lui-même été sur la
tombe de Hamlet. On parla des temps anciens, des voisins, Anglais et Écossais, et Jørgen chanta alors la
chanson sur le « Fils du roi d'Angleterre », et sur le
superbe navire et son équipement :

*Il était doré d'un bord à l'autre,*
*Les paroles de Notre-Seigneur y étaient inscrites.*
*Et la proue à l'avant portait une peinture,*
*Le fils du roi prit sa bien-aimée dans ses bras.*

C'est surtout cette strophe-là que Jørgen chantait
avec beaucoup de tendresse. Cela faisait briller ses
yeux. Il faut dire aussi qu'ils étaient noirs et brillants
de naissance.

Le chant et la lecture avaient leur place dans la maison, le bien-être y régnait. Les animaux domestiques
eux-mêmes étaient considérés comme faisant partie de

la famille et tout était bien tenu. Le vaisselier brillait avec ses assiettes astiquées, et au plafond pendaient des saucisses et des jambons, des provisions pour l'hiver en quantité. Cela se voit d'ailleurs encore là-bas, dans les nombreuses et riches fermes de la côte ouest. Il y a abondance de nourriture, des pièces joliment décorées, intelligence et bonne humeur, et à notre époque, la prospérité s'est installée. On y pratique l'hospitalité comme dans la tente de l'Arabe.

Jørgen n'avait jamais eu une période aussi agréable depuis les quatre journées du banquet de l'enterrement, quand il était enfant, et pourtant, mademoiselle Clara était absente, mais pas dans ses pensées ni dans ses conversations.

En avril, un navire devait partir pour la Norvège. Jørgen devait être du voyage. Il avait de l'entrain, maintenant, et il avait pris de l'embonpoint, disait la mère Brønne. Il faisait plaisir à voir.

« Toi aussi, disait le vieux commerçant. Jørgen a mis de l'animation dans nos soirées d'hiver, et cela t'a aussi donné de l'allant, la mère ! Tu as rajeuni, cette année, tu es jolie et charmante ! Il faut dire que tu étais la plus belle fille de Viborg, et ce n'est pas peu dire, car c'est là que j'ai toujours trouvé que les filles étaient les plus belles. »

Jørgen ne répondit rien, ce n'était pas convenable, mais il pensait à une fille de Skagen, et c'est elle qu'il allait rejoindre. Le bateau jeta l'ancre à Kristiansand. Un vent favorable l'y amena en une demi-journée.

Un matin, le commerçant Brønne se rendit au phare qui se trouve loin du Vieux-Skagen, près de Grenen. On avait éteint le charbon depuis longtemps, le soleil était déjà haut quand il monta dans la tour. À une lieue de l'endroit où la pointe s'avance le plus dans la mer, il y a des bancs de sable sous l'eau. Ce jour-là, beaucoup de bateaux croisaient à cet endroit, et parmi ceux-ci, il crut reconnaître à la longue-vue le *Karen Brønne*, c'était le nom du bateau. Et c'était bien lui qui était en train de s'approcher de la côte. Clara et Jørgen étaient à bord. Le phare et le clocher de Skagen les faisaient penser à un héron et à un cygne sur l'eau bleue. Clara était assise près du bastingage et elle voyait petit à petit les dunes apparaître. Mais oui, si le vent se maintenait, ils pourraient être à la maison en une heure. Autant ils étaient près du foyer et de la joie, autant ils étaient près de la mort et de ses affres.

Une planche du bateau sauta, l'eau pénétra, on calfata, on pompa, sortit toutes les voiles, hissa le pavillon de détresse. Il y avait encore une lieue à parcourir, il y avait bien des barques de pêcheurs, mais elles étaient très loin. Le vent soufflait vers la côte, les vagues aidaient aussi, mais pas suffisamment, le bateau s'enfonçait. Jørgen entoura fermement Clara de son bras droit.

Quel regard elle plongea dans ses yeux lorsqu'au nom de Notre-Seigneur, il se précipita avec elle dans la mer. Elle poussa un cri, mais elle pouvait être sûre qu'il ne la lâcherait pas.

Ce que chantait la ballade : « Il y avait une peinture à la proue, à l'avant. Le fils du roi prit sa belle dans les bras ! », Jørgen le fit à l'heure du danger et de l'angoisse. Cela lui était bien utile d'être un bon nageur. Il s'aidait de ses pieds et d'une de ses mains pour avancer, pendant qu'il tenait fermement la jeune fille de l'autre. Il fit la planche, battit des pieds, eut recours à tous les mouvements qu'il connaissait, de façon à avoir assez de forces pour rejoindre la côte. Il entendit qu'elle poussait un soupir, il sentit un frisson convulsif la parcourir, et il la retint plus fortement. Une vague les enveloppa, un courant les souleva, l'eau était si profonde, si claire. Pendant un instant, il crut voir le banc de maquereaux scintiller là en bas, ou était-ce le Léviathan lui-même, qui voulait les engloutir ? Les nuages firent de l'ombre sur l'eau, et des rayons de soleil brillèrent à nouveau. Des oiseaux en grandes bandes passaient au-dessus de lui en criant, et les canards sauvages lourds et somnolents, qui se laissaient aller à la dérive sur l'eau, s'envolaient, effrayés par le nageur.

Mais ses forces déclinaient, il le sentait. La côte était encore à plusieurs encablures, et pourtant, le secours arrivait, une barque s'approchait... Mais sous l'eau, il voyait clairement une silhouette blanche qui le regardait fixement... Une vague le souleva, la silhouette s'approcha... Il sentit un coup, ce fut la nuit, tout disparut.

Il y avait une épave de navire sur le banc de sable, la mer la recouvrait, la figure de proue blanche s'appuyait sur une ancre, le fer pointu affleurait à la surface de l'eau. Jørgen l'avait heurté, le courant l'avait poussé avec une force accrue. Il perdit connaissance et s'enfonça avec son fardeau, mais la vague suivante les souleva à nouveau, lui et la jeune fille.

Les pêcheurs les sortirent de l'eau et les mirent dans la barque. Le sang ruisselait sur le visage de Jørgen, il était comme mort, mais il tenait la jeune fille avec une telle force qu'il fallut la lui arracher du bras et de la main. Elle était là, livide, sans vie, étendue dans la barque qui se dirigeait vers Grenen, la pointe de Skagen.

On mit tout en œuvre pour ramener Clara à la vie. Elle était morte. Il avait nagé longtemps en mer avec un cadavre, il avait fait des efforts et s'était épuisé pour une morte.

Jørgen respirait encore. Ils le transportèrent jusqu'à la maison la plus proche, dans les dunes. Une sorte de chirurgien militaire, qui se trouvait sur les lieux, et qui était d'ailleurs aussi forgeron et petit commerçant, soigna Jørgen avant qu'on aille chercher le médecin de Hjørring le lendemain.

Le cerveau du malade était atteint. Il se comportait comme un forcené, poussait des cris sauvages, mais le troisième jour, il sombra dans une sorte de torpeur. Sa vie semblait ne tenir qu'à un fil, et, le mieux qu'on pouvait souhaiter pour Jørgen, dit le médecin, c'était que ce fil se brise.

« Prions Notre-Seigneur qu'il soit délivré ! Il ne redeviendra jamais normal. »

Mais la vie ne l'abandonna pas, le fil ne voulait pas se briser, mais il perdit la mémoire, tous les liens de ses capacités mentales étaient coupés, c'était ce qu'il y avait d'effroyable. Il restait un corps, un corps qui devait recouvrer la santé, recommencer à marcher.

Jørgen resta dans la maison du commerçant Brønne.

« Il a attrapé cette maladie incurable pour sauver notre enfant, dit le vieil homme. Maintenant, c'est notre fils. »

On disait de Jørgen que c'était un idiot, mais ce n'était pas le mot juste. Il était comme un instrument dont les cordes sont détendues et ne peuvent plus vibrer... Par moments, l'espace de quelques minutes, elles se tendaient et elles vibraient... de vieilles mélodies résonnaient, quelques mesures. Des images défilaient puis se dissipaient... Il restait alors le regard fixe, l'air absent. Nous osons croire qu'il ne souffrait pas. Ses yeux sombres perdaient alors leur éclat, ils ressemblaient à du verre noir terni.

« Pauvre idiot de Jørgen ! » disait-on.

C'est lui qui, dans le sein de sa mère, avait été porté pour qu'il ait une vie terrestre riche et heureuse, si bien que c'était « de l'orgueil, une terrible fierté » de souhaiter, qui plus est, de croire qu'il y aurait une vie après celle-ci. Toutes les grandes facultés de son âme étaient-elles donc perdues ? Des jours pénibles, la souffrance et la déception avaient été son seul lot. C'était un superbe oignon à fleur, arraché à son sol fertile et jeté dans le sable pour se décomposer ! Ce qui avait été créé à l'image de Dieu ne valait-il pas mieux que cela ? Tout était-il et est-il encore le jeu du hasard ? Non, le Dieu dont l'amour est infini devait et voulait lui donner une compensation dans une autre vie pour les souffrances et les privations qu'il endurait ici-bas. « Le Seigneur est bon envers tous et ses compassions s'étendent sur toutes ses œuvres. » Ce sont ces paroles d'un psaume de David que prononça avec foi et confiance la femme du commerçant, pieuse et âgée, et la prière de son cœur était que Notre-Seigneur délivre bientôt Jørgen, pour qu'il puisse entrer dans « la grâce de Dieu », la vie éternelle.

C'était au cimetière dont le mur était enfoui sous le sable que Clara était enterrée. Il semblait que Jørgen n'en avait pas conscience, cela ne faisait pas partie de ses pensées, qui ne surgissaient du passé que sous forme de débris d'épaves. Tous les dimanches, il accompagnait la famille à l'église et il restait assis le regard vide. Un jour, pendant le chant des cantiques, il poussa un soupir, ses yeux brillaient, ils étaient tournés vers l'autel, vers l'endroit où plus d'un an auparavant, il s'était agenouillé avec son amie morte. Il prononça son nom et devint blanc comme un linge, des larmes roulèrent sur ses joues.

On l'aida à sortir de l'église, et il leur dit qu'il se sentait bien. Il n'avait pas l'impression d'avoir été malade. Il ne s'en souvenait pas, lui qui avait été éprouvé, rejeté par Dieu. Et Dieu, notre Créateur, est sage et son amour est infini, qui peut en douter ? Notre cœur et notre intelligence le reconnaissent, et la Bible le confirme : « Ses compassions s'étendent à toutes ses œuvres. »

En Espagne, là où, entre les orangers et les lauriers, une brise chaude souffle par vagues sur les coupoles mauresques dorées, où les chants et les castagnettes résonnent, un vieillard sans enfant était dans la splendide maison. C'était le marchand le plus riche. Dans les rues, des enfants défilaient en processions avec des cierges et des bannières qui flottaient au vent. Que n'aurait-il donné de sa richesse pour avoir ses enfants, sa fille ou l'enfant de celle-ci, qui n'avait peut-être jamais vu la lumière de ce monde, et à combien plus forte raison la lumière de l'éternité, du Paradis ? « Pauvre enfant ! »

Eh oui, pauvre enfant ! Enfant, justement, et pourtant il avait atteint la trentaine... C'était l'âge auquel Jørgen était parvenu au Vieux-Skagen.

Le vent avait accumulé le sable sur les tombes du cimetière, jusqu'au mur de l'église, mais c'est là, auprès de ceux qui les avaient précédés, auprès de leurs parents et leurs bien-aimés que les morts voulaient et devaient être mis en terre. Le marchand Brønne et sa femme reposaient là, auprès de leurs enfants, sous le sable blanc.

C'était au début de l'année, à l'époque de la tempête. Le sable des dunes volait, la mer se couvrait de hautes vagues, les oiseaux, en grandes bandes, comme des nuages dans la tempête, passaient en criant au-dessus des dunes. Les naufrages se succédaient sur les bancs de sable depuis la pointe de Skagen jusqu'aux dunes de Husby.

Un après-midi, Jørgen était seul dans la pièce, une lueur traversa son esprit, ce sentiment d'inquiétude qui, souvent dans sa jeunesse, l'avait poussé à aller dans les dunes et sur la lande :

« À la maison ! À la maison ! » dit-il. Personne ne l'entendait. Il sortit de la maison, s'avança dans les dunes, le sable et les petits cailloux lui fouettaient le visage, s'élevaient en tourbillonnant autour de lui. Il se dirigea vers l'église. Le sable s'était accumulé le long des murs et arrivait jusqu'à mi-hauteur des fenêtres, mais dans l'allée de devant, le sable avait été déblayé, la porte de l'église n'était pas fermée et elle était facile à ouvrir. Jørgen entra.

Le vent soufflait en hurlant sur la ville de Skagen. C'était un ouragan comme on n'en avait jamais vu de mémoire d'homme, un temps épouvantable, mais Jørgen était dans la maison de Dieu, et tandis que la nuit noire se faisait à l'extérieur, une lumière intérieure l'illuminait. C'était la lumière de l'âme, qu'on ne pourra jamais éteindre. Il eut la sensation que la lourde pierre qui était dans sa tête sautait avec une détonation. Il croyait entendre l'orgue jouer, mais c'étaient la tempête et le grondement de la mer. Il s'assit sur le banc de l'église, et les cierges s'allumèrent, un cierge après l'autre, avec une profusion qu'il n'avait vue que dans le pays d'Espagne. Et tous les portraits des anciens conseillers et

bourgmestres s'animèrent. Ils se détachèrent du mur
où ils étaient restés pendant des années. Ils s'assirent
dans le chœur. Les portails et les portes de l'église
s'ouvrirent et tous les morts entrèrent, revêtus d'habits de fête, comme à leur époque. Ils s'avançaient
au son d'une belle musique et prenaient place sur
les bancs. Le chant des cantiques résonna alors
comme une mer houleuse, et ses vieux parents adoptifs des dunes de Husby étaient là, ainsi que le vieux
commerçant Brønne et sa femme, et à côté d'eux,
tout contre Jørgen, il y avait leur douce et charmante
fille. Elle tendit la main à Jørgen, et ils allèrent
jusqu'à l'autel, où ils s'étaient agenouillés jadis, et
le pasteur joignit leurs mains, et les consacra pour
une vie dans l'amour... Alors retentit le son des
trompettes, étrange comme une voix d'enfant pleine
d'un désir nostalgique. Il s'enfla jusqu'à devenir
comme de grandes orgues, un ouragan de sonorités
pleines et exaltantes, qui transportaient d'aise et
étaient pourtant assez puissantes pour faire sauter la
pierre d'une tombe.

Et le bateau qui était suspendu dans le chœur descendit devant le couple. Il devint si grand et si splendide, avec des voiles de soie et une vergue dorée, les
ancres étaient d'or rouge et chaque cordage était fait
de fil de soie, comme c'est écrit dans la vieille chanson. Les mariés montèrent à bord, et toute l'assistance
qui était dans l'église les suivit, et il y avait assez de
place et de splendeur pour eux tous. Et les murs et les
voûtes de l'église fleurirent comme le sureau, et les
tilleuls odorants agitèrent doucement leurs branches et
leurs feuilles. Ils s'inclinèrent, se séparèrent, et le
bateau s'éleva et emporta le couple, leur faisant traverser la mer et l'air. Chacun des cierges était une petite
étoile, et le vent entonna un cantique et tout le monde
s'associa au chant :

> *Dans l'amour, vers la gloire !*
> *Aucune vie ne sera perdue !*

> *Bonheur ineffable !*
> *Alléluia !*

Et ces paroles furent d'ailleurs les dernières qu'il prononça dans ce monde. Le lien qui retenait l'âme immortelle se brisa... Ce n'était plus qu'un corps mort qui était dans l'église sombre, sur laquelle la tempête s'acharnait en l'entourant d'un tourbillon de sable.

\*

Le lendemain, c'était dimanche. Les paroissiens et le pasteur vinrent pour le culte. Ils avaient eu du mal à arriver jusque-là. Le trajet dans le sable avait été presque impossible, et maintenant qu'ils étaient arrivés, la porte de l'église était enfouie sous un gros monticule de sable. Le pasteur fit alors une courte prière, disant que Dieu avait fermé la porte de cette maison, la sienne, et qu'ils devaient s'en aller et lui en construire une nouvelle à un autre endroit.

Puis ils chantèrent un cantique et rentrèrent chez eux.

Il fut impossible de trouver Jørgen dans la ville de Skagen ou parmi les dunes, où on le chercha. Les vagues qui avaient déferlé sur le sable l'avaient entraîné avec elles, dit-on.

Son corps était inhumé dans le plus grand sarcophage, l'église elle-même. Dans la tempête, Dieu avait jeté de la terre sur le cercueil. L'épaisse couche de sable était là, et elle y est encore.

Le sable volant a couvert les imposantes voûtes. Argousiers et roses sauvages poussent sur l'église où le promeneur s'avance maintenant jusqu'au clocher qui pointe hors du sable, imposante pierre tombale, qu'on aperçoit à des lieues à la ronde. Aucun roi n'a eu de sépulture plus superbe ! Personne ne trouble le repos du mort. Personne ne savait cela ou ne le sait encore, jusqu'à maintenant... C'est la tempête qui m'a chanté cette histoire entre les dunes.

# LE BONHOMME DE NEIGE

« Je sens que ça craque de partout en moi, avec ce froid délicieux ! dit le bonhomme de neige. Il n'y a pas de doute, la morsure du vent vous ravigote ! Mais comme elle me regarde fixement, celle-là, avec son œil ardent[1] ! » C'est du soleil[2] qu'il parlait. Il était sur le point de se coucher. « Elle ne me fera pas cligner des yeux, je saurai bien garder mes morceaux. »

C'étaient deux grands morceaux de tuiles de forme triangulaire qui lui servaient d'yeux. Sa bouche était un vieux bout de râteau : comme cela, il avait des dents.

Il était né au milieu des hourras des garçons, avait été salué par le tintement des clochettes et le claquement de fouets des traîneaux.

Le soleil se coucha, la pleine lune apparut, ronde et grande, claire et belle, dans le ciel bleu.

« La voilà encore, qui revient par un autre côté ! » dit le bonhomme de neige. Il croyait que c'était le soleil qui se montrait à nouveau. « Je lui ai fait perdre l'habitude de regarder fixement les gens ! Maintenant, elle n'a qu'à rester là en l'air, à éclairer, et comme cela, je pourrai me voir moi-même. Si seulement je

---

1. Andersen se sert ici d'un jeu de mots qui repose sur une homonymie : le soleil est « gloende », c'est-à-dire rouge vif, incandescent, et il (elle) regarde fixement (verbe « glo ») le bonhomme de neige.　2. Le mot « soleil » étant du genre dit « commun » en danois, Andersen peut le considérer comme un astre féminin. Il est féminin dans les autres langues scandinaves.

savais comment on fait pour se déplacer ! J'aimerais
tellement changer de place ! Si j'y arrivais, je descendrais pour glisser sur la glace, comme je l'ai vu faire
aux garçons. Mais je ne sais pas courir ! »

« Ouste ! Ouste ! » aboyait le vieux chien de garde
attaché à une chaîne. Il était un peu enroué, depuis
l'époque où il avait été chien d'appartement, et où il
couchait sous le poêle. « Le soleil t'apprendra certainement à courir ! J'ai vu cela l'année dernière avec celui
qui était là avant toi, et celui qui était là avant lui.
Ouste ! Ouste ! et ils ont tous disparu.

— Je ne te comprends pas, camarade ! dit le bonhomme de neige. Est-ce que c'est celle-là, là-haut, qui
va m'apprendre à courir ? » Il pensait à la lune. « C'est
vrai, elle s'est enfuie tout à l'heure, quand je l'ai regar-
dée fixement, et maintenant, elle revient d'un autre
côté !

— Tu ne sais rien ! dit le chien de garde, mais il est
vrai que tu viens d'être fabriqué ! Celle que tu vois
maintenant, elle s'appelle la lune. Celle qui est partie,
c'était le soleil. Elle reviendra demain, elle t'apprendra
certainement à descendre dans le fossé qui est au bas
des fortifications. Le temps va bientôt changer. Je le
sens dans ma patte arrière gauche, j'ai des élance-
ments. Le temps va changer !

— Je ne le comprends pas, dit le bonhomme de
neige, mais j'ai l'impression qu'il dit quelque chose de
désagréable. Celle qui me regardait fixement et qui a
disparu, et qu'il appelle le soleil, elle n'est pas mon
amie non plus. Je le sens bien !

— Ouste ! Ouste ! » aboya le chien attaché à la
chaîne, il tourna trois fois sur lui-même et puis alla se
coucher dans sa niche pour dormir.

Le temps changea effectivement. Un brouillard très
épais et humide s'étendit au petit matin sur toute la
région. Au lever du jour, le vent se leva, un vent glacial, le gel était vraiment mordant, mais quelle belle
vision offrit le soleil à son lever ! Tous les arbres et
les buissons étaient couverts de givre, comme s'ils

avaient été une forêt de coraux blancs. On aurait cru que toutes les branches étaient recouvertes de fleurs d'un blanc rayonnant. Les innombrables petits rameaux délicats qu'on ne peut pas voir en été à cause des nombreuses feuilles apparaissaient un à un. C'était une dentelle d'un blanc si étincelant qu'on aurait dit qu'un éclat blanc jaillissait de chaque branche. Le bouleau pleureur se balançait au vent, il était plein de vie, comme les arbres en été. C'était d'une beauté sans pareille ! Et lorsque le soleil se mit à briller, oh ! quel scintillement, comme si on avait saupoudré le tout de poussière de diamant, et sur la couche de neige qui recouvrait le sol, les gros diamants jetaient leurs feux, ou bien on pouvait aussi croire qu'une quantité innombrable de toutes petites bougies brûlaient, plus blanches encore que la neige blanche.

« C'est d'une beauté sans pareille ! » dit une jeune fille qui sortit dans le jardin en compagnie d'un jeune homme, puis s'arrêta juste à côté du bonhomme de neige, pour regarder les arbres resplendissants. « Le spectacle qu'on voit en été n'est pas plus beau que celui-là ! » dit-elle, et ses yeux rayonnaient.

« Et on ne voit pas de gars comme celui-là ! dit le jeune homme en montrant du doigt le bonhomme de neige. Il est remarquable ! »

La jeune fille rit, fit un signe de tête au bonhomme de neige, puis elle dansa avec son ami sur la neige, qui crissait sous leurs pas, comme s'ils avaient marché sur de l'amidon.

« Qui sont-ils, ces deux-là ? demanda le bonhomme de neige au chien de garde. Tu habites à la ferme depuis plus longtemps que moi, les connais-tu ?

— Mais oui ! dit le chien de garde. Elle m'a caressé et il m'a donné un os. Ceux-là, je ne les mords pas !

— Mais à quoi jouent-ils ? » demanda le bonhomme de neige.

« Ils sont amourrrrrrreux, ce sont des fiancés ! dit le chien de garde. Ils vont s'installer dans une niche et ils vont ronger des os ensemble. Ouste ! Ouste !

— Sont-ils aussi importants que toi et moi ? » demanda le bonhomme de neige.

« Ils font partie des maîtres ! dit le chien de garde. On sait vraiment peu de chose quand on est né la veille ! Je m'en rends compte quand tu parles ! J'ai de l'âge et du savoir, je connais tout le monde ici à la ferme ! Et j'ai connu une époque où je n'étais pas ici au froid, attaché à une chaîne. Ouste ! Ouste !

— Le froid est bien agréable ! dit le bonhomme de neige. Raconte ! Raconte ! Mais ne fais donc pas de bruit avec ta chaîne, car cela produit des craquements en moi !

— Ouste ! Ouste ! aboya le chien de garde. J'ai été un petit chien, ils me trouvaient gracieux, et à l'époque, je couchais sur une chaise de velours là-bas dans le manoir. Les maîtres les plus haut placés me prenaient sur les genoux, on me donnait des baisers sur le museau, et on m'essuyait les pattes avec un mouchoir brodé. On m'appelait "le plus mignon", "le gentil petit bambin", mais ensuite, je suis devenu trop grand à leur goût et ils m'ont donné à la gouvernante. Je suis allé au sous-sol ! Tu peux voir à l'intérieur, de l'endroit où tu es. Tu peux voir jusque dans la pièce où j'ai été le maître, car c'est bien ce que j'étais chez la gouvernante. C'était certes un lieu plus modeste que l'étage au-dessus, mais c'était plus agréable. Il n'y avait pas d'enfants pour me tripoter et me traîner partout, comme c'était le cas au-dessus. La nourriture était aussi bonne qu'avant, et j'en avais beaucoup plus ! J'avais mon propre oreiller, et puis il y avait un poêle. À cette époque de l'année, c'est ce qu'il y a de plus agréable au monde ! Je me faufilais tout au-dessous, si bien qu'on ne me voyait plus. Oh, je rêve de ce poêle encore maintenant ! Ouste ! Ouste !

— Est-ce qu'un poêle est tellement beau ? demanda le bonhomme de neige. Est-ce qu'il me ressemble ?

— Il est tout le contraire de toi ! Il est noir comme du charbon ! Il a un long cou et un cylindre en cuivre. Il se nourrit de bois de chauffage, si bien que le feu lui sort de la bouche. Il faut se tenir à côté de lui, tout près, au-dessous de lui, c'est infiniment agréable ! Tu dois le voir en regardant par la fenêtre depuis l'endroit où tu te trouves ! »

Et le bonhomme de neige regarda, et en effet, il vit un objet noir muni d'un cylindre de cuivre. La lueur du feu sortait par le bas. Un sentiment étrange s'empara du bonhomme de neige. Il avait l'impression de ne pas pouvoir se l'expliquer lui-même. Il était aux prises avec quelque chose qu'il ne connaissait pas, mais que tous les êtres humains connaissent, s'ils ne sont pas des bonshommes de neige.

« Et pourquoi l'as-tu quittée ? » dit le bonhomme de neige. Il sentait que ce devait être un être du sexe féminin. « Comment as-tu pu quitter un endroit comme celui-là ?

— J'ai bien été obligé de le faire ! dit le chien de garde. Ils m'ont mis dehors et m'ont attaché ici à cette chaîne. J'avais mordu à la jambe le plus jeune des fils de la maison, parce qu'il m'avait enlevé l'os que j'étais en train de ronger. Je me disais bien : os pour os[1] ! Mais ils ont mal pris la chose, et depuis cette époque-là, je suis resté attaché à la chaîne, et j'ai perdu ma voix claire. Écoute comme je suis enroué : Ouste ! Ouste ! Voilà comment cela s'est terminé ! »

Le bonhomme de neige n'écoutait plus. Il continuait à plonger les regards dans le sous-sol où habitait la gouvernante, dans son salon, où le poêle se tenait sur ses quatre pieds de fer, sa taille était semblable à celle du bonhomme de neige lui-même.

« Il y a de curieux craquements en moi ! dit-il. Est-ce que je ne pourrai jamais entrer ? C'est un désir innocent, et nos désirs innocents peuvent tout de même être réalisés ! C'est mon désir le plus ardent, mon seul désir, et il serait presque injuste qu'il ne soit pas satisfait. Il faut que j'entre, il faut que je m'appuie contre elle, quand bien même je devrais briser la fenêtre !

---

1. Autre jeu de mots : *ben* signifie à la fois os et jambe en danois.

— Tu n'entreras jamais ! dit le chien de garde. Et si tu arrivais à t'approcher du poêle, il ne resterait rien de toi. Ouste ! Ouste !

— Il ne reste déjà presque plus rien de moi ! dit le bonhomme de neige. Je crois bien que je suis en train de me casser en deux ! »

Le bonhomme de neige resta toute la journée à regarder par la fenêtre. A la nuit tombante, le salon n'en était que plus attrayant. Le poêle répandait une lumière tellement douce que ni la lune ni le soleil ne peuvent éclairer de cette manière, non, seul le poêle peut répandre une lumière pareille, quand il a été chargé. Si quelqu'un ouvrait la porte, la flamme refluait au dehors, selon son habitude. Un vif flamboiement empourprait le visage blanc du bonhomme de neige, il était inondé de lumière rouge jusqu'à la poitrine.

« C'est impossible à supporter ! dit-il. Comme ça lui va bien de tirer la langue ! »

La nuit fut très longue, mais pas pour le bonhomme de neige. Il suivit le cours de ses agréables pensées, qui gelaient d'ailleurs à en craquer.

Vers le matin, les fenêtres du sous-sol étaient couvertes de givre. Elles étaient ornées des plus ravissantes fleurs de glace qu'un bonhomme de neige pût demander, mais elles cachaient le poêle. Les vitres ne voulaient pas se dégivrer, il ne pouvait pas le voir. On entendait des craquements et des crissements, le froid vif et mordant avait tout pour satisfaire un bonhomme de neige, mais il n'était pas satisfait. Il aurait pu et aurait dû se sentir heureux, mais il n'était pas heureux : il languissait d'amour pour le poêle.

« C'est une maladie redoutable pour un bonhomme de neige ! dit le chien de garde. J'ai aussi souffert de cette maladie, mais maintenant, c'est une affaire classée ! Ouste ! Ouste ! Le temps va changer ! »

Et le temps changea, il commença à dégeler.

Le dégel s'accentua, le bonhomme de neige diminua. Il ne dit rien, il ne se plaignit pas, et c'était le signe auquel on pouvait s'attendre.

Un matin, il s'effondra. Une sorte de manche à balai resta dressé en l'air, là où il avait été. Les garçons s'en étaient servis pour le fabriquer.

« Maintenant, je comprends pourquoi il languissait ! dit le chien de garde. Le bonhomme de neige avait une raclette de poêle dans le ventre ! C'est elle qui s'est émue en lui, maintenant, c'est une affaire classée. Ouste ! Ouste ! »

Et bientôt, l'hiver fut aussi une affaire classée.

« Ouste ! Ouste ! » aboya le chien de garde, mais les petites filles du manoir chantèrent :

*Sors de terre, muguet des bois, frais et superbe !*
*Saule, suspends ton gant de laine !*
*Venez, coucou, alouette, chantez !*
*Le printemps commence dès la fin de février !*
*Moi aussi, je chante : coucou, cuicui !*
*Viens, bon soleil, viens souvent de cette façon !*

Et personne ne pense au bonhomme de neige.

## LE MOULIN À VENT [1]

Il y avait un moulin à vent sur la colline, il avait fière allure et il se sentait fier :

« Je ne suis pas fier du tout, disait-il, mais je suis très éclairé, au-dehors comme au-dedans. J'ai le soleil et la lune pour mon usage externe autant qu'interne, et j'ai de plus des bougies de stéarine, une lampe à huile et des chandelles. Je peux vraiment dire que j'ai des lumières. Je suis un être pensant et tellement bien de ma personne que c'en est un plaisir. J'ai une bonne meule dans la poitrine, j'ai quatre ailes, et elles sont placées dans ma tête, juste sous mon chapeau ; les oiseaux n'ont que deux ailes et sont obligés de les porter dans le dos. Je suis hollandais de naissance, cela peut se voir à ma forme, un Hollandais volant ! Je sais qu'on le rattache au domaine surnaturel, mais je suis pourtant très naturel. J'ai un balcon autour du ventre et un logement dans ma partie inférieure, où résident mes pensées. Ma pensée la plus forte, celle qui dirige et qui domine, les autres pensées l'appellent "l'homme du moulin". Il sait ce qu'il veut, il est bien au-dessus de la farine et du gruau, mais il a tout de même une compagne, et on l'appelle la mère. Elle, c'est le domaine du cœur. Elle ne fait pas les choses de travers, elle

---

1. Andersen a invité lui-même à voir dans ce récit une sorte de « confession de foi ». Il y exprime ses doutes quant à la résurrection de la chair, tout en y affirmant son attachement à l'idée de l'immortalité de l'âme.

aussi, elle sait ce qu'elle veut, elle sait de quoi elle est capable, elle est douce comme un souffle de vent, elle est forte comme la bourrasque, elle sait comment s'y prendre pour imposer sa volonté. Elle est mon humeur douce, alors que le patron, c'est la dure ; ils sont deux et ne font pourtant qu'un, ils s'appellent d'ailleurs l'un l'autre "ma moitié". Ils ont de la marmaille, tous les deux : de petites pensées qui peuvent grandir. Ils en font du tapage, ces petits ! L'autre jour, alors que, dans ma perspicacité, je faisais vérifier par le patron et ses ouvriers la meule et la roue dans ma poitrine, pour savoir ce qui n'allait pas – car il y avait quelque chose qui n'allait pas en moi, et il faut s'examiner soi-même –, les petits firent un tapage terrible qui n'est pas d'un bon effet quand on est comme moi en haut d'une colline. Il faut se souvenir qu'on est en plein éclairage : le jugement des autres est aussi un éclairage. Mais ce que je voulais dire, c'est que les petits ont fait un tapage terrible ! Le plus petit me sauta directement au chapeau et chantonna tant et si bien que j'en eus des chatouillements. Les petites pensées peuvent grandir, je l'ai compris, et il vient aussi des pensées de l'extérieur et elles ne sont pas tout à fait de ma famille, car je ne vois personne qui en fasse partie, aussi loin que je porte les regards, personne mis à part moi ; mais les maisons sans ailes, où on n'entend pas la meule, ont aussi des pensées, elles viennent voir mes pensées et se fiancent avec elles, comme elles le disent. C'est tout de même curieux ! Eh oui, il y a beaucoup de choses curieuses. Cela s'est emparé de moi ou c'est entré en moi : quelque chose a changé dans la machinerie du moulin ! C'est comme si le patron avait changé de moitié, avait eu une humeur encore plus douce, une compagne encore plus affectueuse, jeune et pieuse et pourtant la même, mais, avec le temps, plus tendre, plus pieuse. Ce qui était amer s'est dissipé ; tout cela est très amusant. Les jours passent les uns après les autres, la clarté et la joie vont croissant, et puis, on l'a dit et écrit, un jour viendra où c'en sera fini de moi et pourtant ça ne sera absolument pas fini : on me démolira pour me reconstruire en mieux, je cesserai d'être et je continuerai pourtant à exister ! Je deviendrai une tout autre personne et je serai pourtant le même ! J'ai du mal à le comprendre, si éclairé que je sois, grâce au soleil, à la lune, à la stéarine, à l'huile et aux chandelles ! Mes vieilles poutres et mes murs se relèveront d'entre les décombres. J'espère que je garderai mes vieilles pensées : le patron du moulin, la patronne, grands et petits, la famille, celle que j'appelle le tout, une et pourtant si nombreuse, toute la compagnie des pensées, car je ne peux pas m'en passer ! Et il faut aussi que je reste moi-même, avec la meule dans la poitrine, les ailes sur la tête, le balcon autour du ventre, sinon je ne pourrai pas me reconnaître, et les autres ne pourront pas non plus me reconnaître, ni dire : "Voilà le moulin de la colline, de fière allure et pourtant pas fier du tout." »

Voilà ce que dit le moulin, il dit encore beaucoup d'autres choses, mais c'était cela le plus important.

Et les jours passèrent, les uns après les autres, et le jour suprême fut le dernier.

Le moulin prit feu, les flammes s'élevèrent, s'étendirent à l'extérieur, à l'intérieur, léchèrent les poutres et les planches, les dévorèrent. Le moulin tomba, il ne resta plus qu'un tas de cendres, la fumée passa sur les lieux de l'incendie, le vent l'emporta.

Ce qui avait été vivant dans le moulin resta, rien de mal ne lui arriva lors de cet événement, ce lui fut même profitable. La famille du meunier, une seule âme, beaucoup de pensées, et pourtant unique, eut un joli nouveau moulin, auquel elle eut tout à gagner, il ressemblait tout à fait à l'ancien, on dit : « Voilà le moulin de la colline, il a fière allure ! » mais celui-ci était mieux aménagé, plus en accord avec son temps, car les choses progressent. La vieille charpente qui était vermoulue et couverte de champignons gisait dans la poussière et la cendre. Le corps du moulin ne se releva pas comme il l'avait cru. Il avait pris les choses au pied de la lettre, et on ne doit pas tout prendre au pied de la lettre.

# LE CRAPAUD

Le puits était profond, c'est pour cela que la corde
était longue. Le treuil avait du mal à tourner quand on
voulait faire remonter le seau d'eau au-dessus de la
margelle du puits. Le soleil ne pouvait jamais se refléter dans l'eau, bien qu'elle ait été très limpide, mais
aussi loin que sa lumière pouvait arriver de la verdure
poussait entre les pierres.

Il habitait là une famille de la race des crapauds,
c'étaient des immigrés, en réalité, elle était arrivée là,
la tête la première, avec la vieille mère crapaud, qui
était toujours en vie. Les grenouilles vertes, qui habitaient ici et nageaient dans l'eau depuis bien plus longtemps, reconnaissaient qu'ils étaient cousins et les
appelaient « les curistes », parce qu'ils étaient en
quelque sorte venus prendre les eaux [1]. Ils avaient sans
doute l'intention de rester là, ils vivaient ici très
confortablement au sec, c'était leur façon de désigner
les pierres humides.

La mère crapaud avait fait une fois un voyage, elle
avait été dans le seau d'eau lorsqu'il était monté, mais
elle avait trouvé qu'il y avait trop de lumière, elle avait
eu mal aux yeux, heureusement, elle s'était échappée

---

**1.** Bon exemple de l'humour d'Andersen, qui joue volontiers sur les
mots. Nous rendons ainsi l'expression *Brøndgjesterne* qui signifie « les
curistes », le mot « puits » apparaissant dans le terme qui désigne une cure
d'eaux thermales en danois (*brøndkur*), mais aussi, au sens littéral, « les
hôtes du puits ».

du seau. Elle était tombée dans l'eau en faisant un bruit épouvantable, et elle était restée ensuite trois jours allongée, avec un mal de dos. Elle ne put pas dire grand-chose du monde d'en haut, mais il y avait une chose qu'elle savait, et qu'ils savaient tous : le puits n'était pas le monde entier. La mère crapaud aurait certainement pu raconter une chose ou une autre, mais elle ne répondait jamais quand on la questionnait, ce qui fait qu'on ne la questionnait pas.

« Elle est grosse et grasse, laide et bête ! disaient les jeunes grenouilles vertes. Ses petits sont aussi laids !

— Cela se peut fort bien ! dit la mère crapaud. Mais l'un d'entre eux a une pierre précieuse dans la tête, à moins que ce soit moi ! »

Et les grenouilles vertes écoutèrent en ouvrant de grands yeux, et comme cela ne leur plaisait pas, elles firent la grimace et allèrent au fond. Mais les petits du crapaud tendirent leurs pattes arrière par pure fierté. Chacun d'eux croyait avoir la pierre précieuse. Ils ne bougeaient pas la tête, mais ils finirent par demander de quoi ils étaient fiers et ce que pouvait bien être une telle pierre précieuse.

« C'est quelque chose de tellement splendide et précieux, dit la mère crapaud, que je ne peux pas le décrire ! C'est quelque chose qu'on porte pour son plaisir, et qui agace les autres. Mais ne me questionnez pas, je ne répondrai pas !

— Eh bien, ce n'est pas moi qui ai la pierre précieuse ! » dit le plus petit crapaud. Il était aussi laid qu'on peut l'être. « Pourquoi aurais-je une telle splendeur ? Et si cela fâche les autres, cela ne peut pas me faire plaisir ! Non, je souhaite simplement pouvoir arriver un jour jusqu'à la margelle du puits pour regarder à l'extérieur. C'est certainement charmant !

— Reste plutôt où tu es ! dit la vieille. Tu connais les lieux, tu sais à quoi t'en tenir ! Méfie-toi du seau, il va t'écraser, et si tu vas tout de même dedans, tu peux en retomber. En tombant, tout le monde n'a pas la même chance que moi, qui ai conservé tous mes membres et tous mes œufs.

— Coa ! » dit le petit, et cela voulait dire la même chose que lorsque nous, les êtres humains, nous disons : « Oh là là ! »

Il avait très envie de remonter jusqu'à la margelle du puits pour regarder à l'extérieur. Il soupirait beaucoup après la verdure qui était là-haut, et lorsque, par hasard, le lendemain matin, le seau rempli d'eau fut remonté, et qu'il s'arrêta un instant devant la pierre où se trouvait le crapaud, la petite bête se mit à trembler intérieurement, elle sauta dans le seau rempli et tomba au fond. Le seau fut remonté et vidé.

« Pouah ! quel malheur ! dit le valet de ferme en la voyant. C'est la chose la plus laide que j'aie jamais vue ! » et il donna un coup de sabot au crapaud qui, pour un peu, aurait été blessé, mais il réussit tout de même à s'échapper en se réfugiant sous les hautes orties. Il vit des tiges, l'une à côté de l'autre, il regarda aussi vers le haut. Le soleil brillait sur les feuilles, elles étaient toutes transparentes. Cela lui faisait le même effet qu'à nous, les êtres humains, quand nous entrons brusquement dans une grande forêt où le soleil brille entre les branches et les feuilles.

« C'est beaucoup plus agréable ici qu'en bas dans le puits ! Cela donne envie de rester ici pour toute la vie ! » dit le petit crapaud. Il resta là une heure, il resta là deux heures ! « Qu'y a-t-il donc dehors ? Si je suis arrivé jusque-là, il faut que je fasse en sorte d'aller plus loin. » Et il rampa aussi vite qu'il le put et sortit sur le chemin où le soleil brilla sur lui et où la poussière le recouvrit pendant qu'il traversait la grand-route.

« Ici, on est vraiment au sec, dit le crapaud. C'est presque trop bien, je sens que ça me picote ! »

Et voilà qu'il atteignit le fossé. Il y poussait des myosotis et des spirées, il y avait une haie vive de sureau et d'aubépine. Des liserons y grimpaient le long des branches. Il y en avait des couleurs ! Et un papillon

passa. Le crapaud croyait que c'était une fleur qui
s'était détachée pour mieux partir à la découverte du
monde, c'était tout à fait normal.

« Si seulement on pouvait aller aussi vite que lui, dit
le crapaud. Coa ! Oh là là ! quel bonheur ! »

Il resta là huit nuits et huit jours, près du fossé, et il
ne manqua pas de nourriture. Le neuvième jour, il
pensa : « Allons plus loin ! » Mais que pouvait-on donc
trouver de plus beau ? Peut-être un petit crapaud ou
quelques jeunes grenouilles. La nuit précédente, un
bruit était venu avec le vent, comme si des « cousins »
avaient été dans les parages.

« Il fait bon vivre ! Sortir du puits, s'allonger parmi
les orties, traverser la grand-route poussiéreuse et se
reposer dans le fossé humide ! Mais allons plus loin !
Il faut trouver des grenouilles ou un petit crapaud, on
ne peut tout de même pas s'en passer, la nature ne
suffit pas ! » Et il se remit en route.

Il arriva dans un champ près d'un grand étang
entouré de roseaux. Il chercha à y entrer.

« C'est sans doute trop humide pour vous, ici ?
dirent les grenouilles, mais vous êtes le très bienvenu.
Êtes-vous un mâle ou une femelle ? Mais ça n'a pas
d'importance. Vous êtes tout autant le bienvenu ! »

Puis il fut invité au concert, le soir, un concert de
famille : beaucoup d'enthousiasme et de petites voix,
nous savons ce que c'est. Il n'y avait pas de collation,
uniquement des boissons à volonté, tout l'étang, s'ils
le pouvaient.

« Je vais continuer mon voyage ! » dit le petit crapaud. Il avait toujours envie de quelque chose de
meilleur.

Il vit les étoiles scintiller, si grandes et si claires. Il
vit la lune briller. Il vit le soleil se lever, et monter de
plus en plus haut.

« Je suis sûrement encore dans le puits, dans un plus
grand puits, il faut que je monte encore plus haut !
Quelle excitation et quel ardent désir je ressens ! » et
lorsque la lune fut pleine et ronde, la pauvre bête

pensa : « Est-ce le seau qu'on est en train de faire redescendre, et dois-je sauter dedans pour pouvoir monter plus haut ? ou est-ce le soleil ce grand seau ? Comme il est grand, comme il rayonne ! Il peut nous contenir tous ! Il faut que je saisisse l'occasion ! Oh, quelle lumière il se fait dans ma tête ! Je ne crois pas que la pierre précieuse puisse éclairer mieux ! Mais ce n'est pas moi qui l'ai, et cela ne me fait pas pleurer, non, plus haut, dans la lumière brillante et la joie ! J'ai une certitude, et pourtant j'ai peur. C'est un pas difficile à faire, mais il faut le faire ! En avant ! suivons tout simplement la grand-route ! »

Et il fit des pas comme un animal rampant peut en faire, puis il se retrouva sur la voie publique où les êtres humains habitaient. Il y avait des jardins d'agrément et des jardins potagers. Il se reposa près d'un jardin potager.

Il y a tant de créatures différentes que je ne connais pas ! Et comme le monde est grand et merveilleux ! Mais il faut le parcourir et ne pas rester au même endroit. » Et il sauta dans le jardin potager. « Comme c'est vert, ici ! Comme c'est beau !

— Je le sais bien ! dit la chenille sur la feuille. Ma feuille est ce qu'il y a de plus grand ici. Elle cache la moitié du monde, mais je peux bien m'en passer !

— Cot ! cot ! » entendit-on. Des poules arrivaient. Elles avançaient à petits pas dans le jardin potager. La poule de devant était presbyte. Elle vit la chenille sur la feuille frisée et lui donna un coup de bec, ce qui la fit tomber par terre, où elle se tortillait dans tous les sens. La poule regarda d'abord avec l'un de ses yeux, puis avec l'autre, car elle ne savait pas ce qui pourrait résulter de toutes ces contorsions.

« Elle ne fait pas ça volontairement ! » pensa la poule en levant la tête pour donner un nouveau coup. Le crapaud fut tellement effrayé qu'il rampa tout droit vers la poule.

« Elle a donc des troupes de secours ! dit-elle. Regardez-moi cette vermine ! » Et la poule fit demi-tour. « Je me moque de cette petite bouchée verte, elle ne fait que chatouiller la gorge ! » Les autres poules furent du même avis, et elles s'en allèrent.

« Je m'en suis sortie en me tortillant ! dit la chenille. Il est bon d'avoir de la présence d'esprit, mais le plus dur reste à faire. Il faut que je remonte sur ma feuille de chou. Où est-elle ? »

Et le petit crapaud vint exprimer sa sympathie. Il était content d'avoir effrayé les poules grâce à sa laideur.

« Que voulez-vous dire par là ? demanda la chenille. Je m'en suis sortie toute seule en me tortillant. Vous êtes très désagréable à regarder ! Permettez-moi de me retirer chez moi ! Je sens le chou, maintenant ! Me voilà arrivée à ma feuille ! Il n'y a rien de mieux que son chez-soi. Mais il faut que je monte plus haut ! »

— Oui, plus haut ! dit le petit crapaud. Plus haut ! Elle ressent la même chose que moi ! Mais elle n'est pas de bonne humeur aujourd'hui, cela vient de ce qu'elle a eu peur. Nous voulons tous monter plus haut ! » et il regarda le plus haut qu'il put.

Le père cigogne était dans le nid sur le toit du paysan. Il craquetait et la mère cigogne craquetait.

« Comme ils habitent en hauteur ! pensa le crapaud. Si seulement on pouvait parvenir là-haut ! »

Dans la maison du paysan, il y avait deux jeunes étudiants. L'un était poète, l'autre naturaliste. L'un chantait et écrivait avec joie sur tout ce que Dieu a créé, et sur la façon dont ces choses se reflétaient dans son cœur. Il chantait cela en vers brefs, clairs et riches, qui sonnaient bien. L'autre s'emparait de la chose elle-même, il la disséquait même, s'il le fallait. Il considérait l'œuvre de Notre-Seigneur comme une grande opération d'arithmétique, soustrayait, multipliait, voulait la connaître parfaitement et en parler avec discernement, et il avait beaucoup de discernement, et il parlait de cela avec joie et intelligence. C'étaient l'un et l'autre de bonnes et joyeuses personnes.

« Il y a là un bon exemplaire de crapaud ! dit le naturaliste. Il faut que je le mette dans de l'alcool !

— Tu en as déjà deux autres ! dit le poète. Laisse-le s'amuser tranquillement !

— Mais il est d'une laideur si exemplaire ! » dit l'autre.

« Eh bien, si nous pouvions trouver la pierre précieuse dans sa tête, dit le poète, je serais prêt à participer à sa dissection !

— La pierre précieuse ! dit l'autre. Tu t'y connais en histoire naturelle !

— Mais n'y a-t-il pas justement quelque chose de très beau dans cette croyance populaire, qui veut que le crapaud, l'animal le plus laid, renferme souvent dans sa tête la pierre la plus précieuse ! N'en va-t-il pas de même avec les hommes ? Ésope n'avait-il pas une pierre précieuse ? Et que dire de Socrate ? »

Le crapaud n'en entendit pas plus, et il n'en comprit même pas la moitié. Les deux amis s'en allèrent, et il ne fut pas mis dans de l'alcool.

« Ils ont aussi parlé de la pierre précieuse ! dit le crapaud. C'est une bonne chose que je ne l'aie pas, sinon, j'aurais eu des ennuis ! »

On entendit craqueter sur le toit du paysan. Le père cigogne faisait une conférence à sa famille, qui regardait de travers les deux jeunes gens qui étaient en bas, dans le jardin potager.

« L'homme est la créature la plus vaniteuse qui soit ! dit le père cigogne. Écoutez comme leur bec s'agite, et pourtant, ils sont incapables de faire correctement un bruit de crécelle. Ils font les fiers avec leurs talents d'orateurs, leur langue ! C'est une curieuse langue : elle leur devient incompréhensible à chaque nouvelle étape de nos voyages. L'un ne comprend pas l'autre. Notre langue, nous pouvons la parler sur toute la terre, que ce soit au Danemark ou en Égypte. Quant à voler, les hommes en sont aussi incapables ! Ils atteignent une certaine vitesse grâce à une invention qu'ils appellent "chemin de fer", mais ils se cassent souvent le cou, là aussi. Cela me donne des frissons dans le bec, rien que d'y penser ! Le monde peut exister sans les hommes. Nous pouvons nous passer d'eux ! Si seulement nous pouvions conserver les grenouilles et les vers de terre !

— Ça c'était un discours ! pensa le petit crapaud. Quel grand homme ! et comme il est haut placé, je n'ai encore jamais vu personne siéger aussi haut ! Et comme il sait nager ! » s'écria-t-il, lorsque le père cigogne prit son essor, et partit dans les airs, les ailes déployées.

La mère cigogne se mit alors à parler dans le nid, elle parla du pays d'Égypte, des eaux du Nil et de toute la vase exceptionnelle qu'il y avait à l'étranger. Le petit crapaud avait l'impression d'entendre quelque chose de tout à fait nouveau et de fort plaisant.

« Il faut que j'aille en Égypte ! dit-il. Pourvu que la cigogne m'emmène avec elle, ou bien l'un de ses petits. Pour remplacer, je le servirais le jour de son mariage. Oui, je vais aller en Égypte ! J'ai tellement de chance ! Tout l'ardent désir et l'envie que je ressens, c'est sûrement mieux que d'avoir une pierre précieuse dans la tête ! »

Mais c'est pourtant lui qui avait justement la pierre précieuse. L'aspiration éternelle et l'envie de monter, toujours monter, brillaient intérieurement, elles brillaient dans la joie, elles rayonnaient de désir.

La cigogne arriva alors juste à ce moment-là. Elle avait vu le crapaud dans l'herbe, descendit brusquement et s'empara sans ménagement du petit animal. Le bec serrait, le vent sifflait, ce n'était pas agréable, mais on montait, on montait vers l'Égypte, il le savait, et c'est pour cela que ses yeux brillaient, comme s'ils avaient produit une étincelle : « Coa, oh là là ! »

Le corps était mort, le crapaud tué. Mais l'étincelle qui était sortie de ses yeux, qu'était-elle devenue ?

Le rayon de soleil la prit, le rayon de soleil ôta la pierre précieuse de la tête du crapaud. Où l'emporta-t-il ?

Ne demande pas au naturaliste, demande plutôt au poète. Il te racontera cela sous forme de conte, et il y a la chenille dedans, et il y a la famille de cigognes dedans. Imagine donc ! La chenille se transforme et devient un charmant papillon ! La famille de cigognes s'envole par-delà les montagnes et les jardins vers la lointaine Afrique, et retrouve malgré tout le chemin le plus court pour revenir en terre danoise, au même endroit, sur le même toit ! Eh oui, ça ressemble presque trop à un conte, en effet, mais c'est pourtant vrai. Demande donc au naturaliste. Il sera obligé de l'avouer. Et tu le sais toi-même aussi, car tu l'as vu.

« Mais la pierre précieuse dans la tête du crapaud ? »

Cherche-la dans le soleil ! Essaie de la voir, si tu le peux !

Son éclat est trop fort. Nous n'avons pas encore des yeux qui nous permettent de plonger le regard dans toute la splendeur que Dieu a créée, mais nous en aurons sûrement un jour, et ce sera le plus beau conte, car nous serons nous-mêmes dedans !

## CE QU'ON PEUT INVENTER [1]

Il y avait un jeune homme qui faisait des études pour être écrivain, il voulait l'être pour Pâques, se marier et vivre de ses livres, et, selon lui, il suffisait d'inventer, mais il n'arrivait pas à inventer. Il était né trop tard. Tous les sujets avaient été épuisés avant qu'il vienne au monde. On avait fait de la poésie et écrit à propos de tout.

« Les gens qui sont nés il y a mille ans avaient bien de la chance ! disait-il. Ce n'était pas difficile pour eux de devenir immortels ! Même celui qui est né il y a cent ans avait de la chance. Il y avait encore de quoi écrire de la poésie. Mais maintenant, il n'y a plus de poèmes à écrire sur le monde. Que faire pour y réintroduire de la poésie ? »

Il étudia tellement la question qu'il tomba malade et en perdit la santé, le pauvre ! Aucun docteur ne fut capable de l'aider. Peut-être la guérisseuse pouvait-elle faire quelque chose ? Elle habitait dans la petite maison près de la barrière, qu'elle ouvrait quand les gens passaient en voiture ou à cheval. Elle savait d'ailleurs ouvrir bien d'autres choses que la barrière, car elle en savait plus que le docteur, qui roule pourtant dans sa propre voiture et qui paie un impôt sur le revenu.

« Il faut que j'aille la voir ! » dit le jeune homme.

---

1. Extrêmement sensible aux appréciations qu'on portait sur ses œuvres, Andersen a su exprimer dans ce récit avec esprit la piètre estime dans laquelle il tenait les critiques littéraires.

La maison où elle habitait était petite et proprette, mais elle n'avait rien d'attrayant : il n'y avait pas un arbre, pas une fleur. Il y avait une ruche devant la porte, chose très utile ! Il y avait un petit champ de pommes de terre, chose très utile ! Et un fossé avec un prunellier qui avait perdu ses fleurs et qui portait de ces baies qui font grincer les dents quand on les goûte avant que le gel soit passé sur elles.

« C'est exactement une image de notre époque sans poésie que je vois là ! » pensa le jeune homme, et il tenait déjà une pensée, une bonne idée qui lui était venue à la porte de la guérisseuse.

« Note-la, dit-elle. Les miettes sont aussi du pain ! Je sais pourquoi tu viens me voir : tu n'arrives pas à inventer et tu veux malgré tout devenir écrivain à Pâques !

— Tout a été écrit ! dit-il. Les temps ont changé !

— Non, dit la femme. Dans le temps, on brûlait les guérisseuses, et les écrivains avaient le ventre vide et les manches trouées. Nous vivons à la bonne époque, à la meilleure des époques ! Mais tu ne vois pas les choses comme il faut, tu n'as pas exercé ton ouïe et tu ne récites certainement jamais ton Notre-Père le soir. Il y a des quantités de choses de toutes sortes sur lesquelles on peut écrire et raconter des histoires, à condition qu'on sache raconter. Tu peux les extraire des plantes et des fruits de la terre, les puiser dans l'eau courante et dans l'eau stagnante, mais il faut s'y connaître, il faut savoir capturer un rayon de soleil. Essaie donc mes lunettes, mets-toi mon cornet acoustique à l'oreille, prie Notre-Seigneur et cesse de penser à toi-même ! »

Ce dernier point était très difficile. C'était plus qu'une guérisseuse ne peut en demander.

Elle lui confia les lunettes et le cornet acoustique, et le plaça au milieu du champ de pommes de terre. Elle lui mit dans la main une grosse pomme de terre, d'où sortait de la musique. C'était un chant avec des paroles, l'histoire des pommes de terre, intéressant – une histoire de tous les jours en dix parties, dix lignes auraient suffi.

Et que chantait la pomme de terre ?

Elle chantait sur elle-même et sur sa famille : l'arrivée des pommes de terre en Europe, l'incompréhension qu'elles avaient rencontrée et subie, avant d'être considérées, comme maintenant, comme une plus grande bénédiction qu'un lingot d'or.

« Nous avons été distribuées sur ordre du roi dans les mairies de toutes les villes. On a proclamé notre grande importance, mais les gens n'y croyaient pas, et ils ne savaient même pas comment nous planter. Quelqu'un a creusé un trou et y a jeté toute sa ration de pommes de terre. Un autre a enterré une pomme de terre ici, une là, et il s'attendait à voir sortir un arbre, qu'on pourrait secouer pour en récolter des pommes de terre. Il vint bien une plante, des fleurs, un fruit plein d'eau, mais le tout se dessécha. Personne ne pensait à ce qui était dans le sol, la bénédiction : les pommes de terre. Eh oui, nous en avons enduré des choses, c'est-à-dire nos ancêtres ! Eux et nous, c'est tout un ! Quelles histoires !

— Bon, ça suffit ! dit la guérisseuse. Observe le prunellier !

— Nous aussi, dit le prunellier, nous avons de la famille proche dans le pays d'origine des pommes de terre, plus au nord que l'endroit où elles poussaient. Des Norvégiens sont venus de Norvège, ils se dirigeaient vers l'ouest, au travers des brumes et des tempêtes, vers un pays inconnu où, après la glace et la neige, ils trouvèrent des plantes et de la verdure, des arbustes avec les grains bleu foncé qui donnent le vin : les prunelliers, qui, en gelant, donnaient des raisins mûrs, comme nous. Et on appela le pays "Vinland", c'est-à-dire pays du vin, "Groenland", c'est-à-dire pays vert, pays des prunelliers[1].

---

1. Andersen fait ici allusion à la découverte de l'Amérique du Nord, qui, selon la *Saga d'Éric le Rouge*, serait due aux Islandais. De nombreux historiens défendent cette idée. L'un des sens possibles du nom « Vinland » est

— Voilà un récit tout à fait romantique », dit le jeune homme.

« Suis-moi, maintenant », dit la guérisseuse, et elle le conduisit jusqu'à la ruche. Il regarda dedans. Quelle vie et quel mouvement incessant ! Il y avait dans toutes les galeries des abeilles qui battaient des ailes pour alimenter un courant d'air bienfaisant dans toute la grande usine. C'était leur occupation. Des abeilles arrivaient aussi de l'extérieur. Elles étaient nées avec des paniers aux pattes, et elles apportaient du pollen de fleurs, qui était vidé, mis de côté et transformé en miel et en cire. Elles venaient, elles s'envolaient. La reine des abeilles voulait aussi voler, mais dans ce cas-là, tout le monde doit la suivre ! Et ce n'était pas le moment. Comme elle voulait absolument voler, elles coupèrent alors les ailes de Sa Majesté, si bien qu'elle fut obligée de rester.

« Grimpe maintenant sur le bord du fossé ! dit la guérisseuse. Viens voir ce qui se passe sur la grand-route, où on voit des braves gens !

— Comme ça grouille de monde ! dit le jeune homme. Une histoire entraîne l'autre, ça virevolte et ça bourdonne, cela me fait perdre la tête, je tombe à la renverse !

— Non, avance ! dit la femme. Pénètre dans cette cohue, garde les yeux, les oreilles et le cœur ouverts, et les idées ne tarderont pas à venir ! Mais avant de partir, rends-moi mes lunettes et mon cornet acoustique ! » Et elle les reprit.

« Je ne vois plus rien ! dit le jeune homme. Je n'entends plus rien !

— Eh bien, tu ne pourras pas être écrivain à Pâques », dit la guérisseuse.

« Mais alors, ce sera pour quand ? » demanda-t-il.

« Ni pour Pâques, ni pour la Pentecôte ! Tu n'apprendras pas à inventer.

---

« pays de la vigne ». La confusion avec le Groenland est pure fantaisie de la part d'Andersen, de même que l'idée de confondre les prunelles avec les grains de raisin.

— Que dois-je faire alors, pour gagner mon pain grâce à la poésie ?

— Ça, tu peux déjà y arriver pour Mardi gras. Joue au jeu de massacre avec les poètes ! Frappe ce qu'ils écrivent, c'est comme si tu les frappais eux-mêmes. Ne te laisse surtout pas déconcerter ! Frappe lestement, on te donnera des brioches, et tu auras assez à manger pour toi et ta femme !

— Ce qu'on peut inventer ! » dit le jeune homme, et il joua au jeu de massacre avec un poète sur deux, puisqu'il ne pouvait pas devenir poète lui-même.

Nous tenons cette histoire de la guérisseuse, elle sait ce qu'on peut inventer.

## LE BONHEUR PEUT SE TROUVER
## DANS UN BOUT DE BOIS

Je vais vous raconter maintenant une histoire sur le bonheur. Nous connaissons tous le bonheur. Certains le voient à longueur d'année, d'autres seulement certaines années, pendant une seule journée, et il y a même des gens qui ne le voient qu'une seule fois de toute leur vie, mais nous le voyons tous de toute manière.

Il n'est pas nécessaire que je le dise, car tout le monde le sait : Notre-Seigneur envoie le petit enfant et le met dans le sein d'une mère – ce peut être dans un riche château ou dans une pièce confortable, mais aussi en plein champ, alors que souffle le vent froid. Et pourtant, tout le monde ne sait sans doute pas, et c'est pourtant certain, que Notre-Seigneur, en même temps qu'il apporte l'enfant, lui apporte aussi en cadeau un porte-bonheur, mais il ne le met pas à côté de lui, au vu et au su de tous, il le met à un endroit dans le monde où on s'attend le moins à le trouver, et pourtant on le trouve toujours. C'est ce qu'il y a de réjouissant. Il peut avoir été mis dans une pomme, ce qui fut le cas pour un savant qui s'appelait Newton. La pomme tomba et il trouva son bonheur. Si tu ne connais pas cette histoire, demande à ceux qui la connaissent de te la raconter. J'ai une autre histoire à raconter. C'est l'histoire d'une poire.

Il y avait un homme bien à plaindre qui était né dans

la pauvreté, qui avait grandi dans la pauvreté et qui s'était aussi marié dans les mêmes conditions. Il était d'ailleurs tourneur de son état et il tournait surtout des manches et des anneaux de parapluies, mais il avait à peine de quoi subvenir à ses besoins.

« Je ne trouverai jamais le bonheur ! » disait-il. C'est une histoire qui a vraiment été vécue et on pourrait préciser le pays et le lieu où l'homme habitait, mais ça n'a pas d'importance.

Les sorbiers aux baies rouges et âcres étaient l'ornement le plus sompteux de sa maison et de son jardin. Il y avait aussi un poirier, mais il ne portait pas la moindre poire, et pourtant le bonheur était dans ce poirier, parmi les poires invisibles.

Une nuit, le vent souffla terriblement. On rapporta dans les journaux que la tempête avait soulevé de la route la grande diligence et l'avait projetée comme elle l'aurait fait d'un chiffon. On ne s'étonnera donc pas qu'une grande branche du poirier ait pu être cassée.

Quelqu'un déposa la branche dans l'atelier, et, pour s'amuser, l'homme se servit de son tour pour en faire une grosse poire et encore une grosse, puis une plus petite et quelques autres, toutes petites.

Il fallait tout de même que l'arbre donne une fois des poires, dit l'homme, et il les donna à ses enfants pour qu'ils jouent avec.

Dans un pays humide, un parapluie fait certainement partie des objets de première nécessité. Toute la maison n'en avait qu'un, qui servait à tout le monde. Si le vent était trop fort, le parapluie se retournait, et il arrivait même parfois qu'il se casse, mais l'homme le réparait aussitôt. Le plus ennuyeux était tout de même que le bouton qui devait le retenir quand il était fermé sautait trop souvent, ou que l'anneau qui l'entourait se cassait.

Un jour, le bouton sauta. L'homme le chercha par terre et trouva alors l'une des plus petites poires qu'il avait fabriquées avec son tour, et qu'il avait données à ses enfants pour qu'ils jouent avec.

« Pas moyen de trouver ce bouton ! dit l'homme. Mais ce petit objet pourra bien remplir le même office ! » Il y perça alors un trou, y fit passer un cordon et la petite poire s'adapta bien à l'anneau cassé. C'était réellement le meilleur système de fixation que le parapluie ait jamais eu.

Lorsque l'année suivante l'homme envoya des manches de parapluies à la capitale, où il fournissait ce genre de choses, il envoya aussi quelques-unes des petites poires qu'il avait fabriquées avec son tour, en les entourant d'un demi-anneau, et il demanda qu'on les essaie, et c'est ainsi qu'elles arrivèrent en Amérique. On s'aperçut rapidement que la petite poire tenait bien plus longtemps que n'importe quel autre bouton, et on demanda au marchand que tous les parapluies qui viendraient par la suite aient une petite poire comme système de fermeture.

Il eut alors fort à faire ! Des milliers de poires ! Des poires en bois pour tous les parapluies. L'homme dut se mettre à la tâche. Il travailla et travailla avec son tour. Tout le poirier passa dans les petites poires de bois ! Cela donna des schillings, cela donna des rixdales !

« Mon bonheur était dans ce poirier ! » dit l'homme. Il avait maintenant un grand atelier avec des compagnons et des apprentis. Il était toujours de bonne humeur et il disait : « Le bonheur peut se trouver dans un bout de bois ! »

C'est aussi ce que je dis, moi qui raconte cette histoire.

Il y a un dicton qui dit : « Mets un bout de bois blanc dans ta bouche et tu seras invisible ! », mais il faut que ce soit le bon bout de bois, celui qui nous a été donné en cadeau pour nous porter bonheur par Notre-Seigneur. J'ai eu le mien, et moi aussi, comme cet homme, je peux avoir de l'or sonnant, de l'or brillant, le meilleur qui soit, celui qui brille dans des yeux d'enfant, qui sonne dans une bouche d'enfant et dans celle de son père et de sa mère. Ils lisent ces histoires, et je suis près d'eux, au milieu de la pièce, mais invisible, car j'ai le bout de bois blanc dans la bouche. Si je sens que ce que je raconte les rend heureux, alors, moi aussi, je dis : « Le bonheur peut se trouver dans un bout de bois ! »

## LES BOUGIES

Il y avait une grande bougie de cire, elle savait bien qui elle était.

« Je suis née dans de la cire et j'ai pris forme dans un moule ! disait-elle. J'éclaire mieux et je brûle plus longtemps que d'autres bougies. Ma place est sur un lustre ou sur un chandelier d'argent !

— Ce doit être une existence agréable ! dit la chandelle de suif. Je ne suis qu'en suif, qu'une chandelle à la baguette[1], mais je me console en pensant que c'est tout de même un peu mieux que d'être un simple rat-de-cave. Lui, on ne le plonge que deux fois dans le suif, moi, j'ai été plongée huit fois pour avoir l'épaisseur qui convient. Je suis satisfaite ! C'est sûrement plus distingué et on est mieux loti quand on est né dans la cire et non dans le suif, mais on ne se met pas soi-même au monde. Vous allez au salon dans un lustre de verre, je reste dans la cuisine, mais c'est aussi un bon endroit, c'est de là que toute la maison tire sa nourriture !

— Mais il y a quelque chose de plus important que la nourriture ! dit la bougie de cire. La vie en société ! La voir briller et briller soi-même ! Il y a un bal ce soir, on va bientôt venir me chercher ainsi que toute ma famille ! »

---

**1.** Chandelle de suif obtenue à partir d'une mèche placée sur une fine tige de bois ou une aiguille à tricoter qu'on plonge plusieurs fois dans du suif liquide.

Elle avait à peine fini de dire cela qu'on vint chercher toutes les bougies de cire, mais on prit aussi la
chandelle de suif. La maîtresse de maison la prit elle-
même dans sa main délicate et la mit dans la cuisine.
Il y avait là un petit garçon qui avait un panier, qu'on
remplit de pommes de terre, et on y mit aussi quelques
pommes. Tout cela, la bonne dame le donna au pauvre
garçon.

« Je t'ai mis une chandelle en plus, mon petit ami !
dit-elle. Ta mère travaille jusque tard dans la nuit, elle
pourra en avoir besoin ! »

La petite fille de la maison était tout près, et lorsqu'elle entendit les mots « tard dans la nuit », elle dit
en se réjouissant du fond du cœur : « Moi aussi, je vais
rester debout jusque tard dans la nuit ! Il y a un bal
chez nous et on va me mettre les gros rubans rouges ! »

Comme son visage était rayonnant ! C'était la joie !
Aucune bougie de cire ne peut rayonner comme deux
yeux d'enfant !

« C'est une bénédiction de voir cela ! pensa la chandelle. Je ne l'oublierai jamais, et je ne le verrai sans
doute plus jamais ! »

Puis on la mit dans le panier sous le couvercle, et le
garçon partit avec.

« Où est-ce que je vais, maintenant ? pensa la chandelle. Je vais chez des gens pauvres, je n'aurai peut-
être même pas un bougeoir en laiton, tandis que la
bougie de cire est dans de l'argent et voit les gens les
plus distingués. Comme ce doit être bien de répandre
sa lumière pour les gens les plus distingués ! Mais mon
lot était d'être en suif et non en cire ! »

Et on alluma la chandelle.

« Crac ! Pschtt ! » fit l'allumette. « On a utilisé une
allumette au soufre qui sent rudement mauvais pour
m'allumer ! On ne fait sans doute pas ça à une bougie
de cire dans la maison riche ! »

Là aussi, on alluma les bougies. Elles éclairaient
jusque dans la rue. On entendait le bruit des voitures

qui amenaient les invités au bal en grande toilette, et le son de la musique.

« Voilà qu'ils commencent, là-bas ! » comprit la chandelle de suif en pensant au visage rayonnant de la petite fille riche, il rayonnait plus que toutes les bougies de cire. « Je ne verrai plus jamais ce spectacle ! »

C'est alors que le plus petit des enfants de la maison pauvre arriva, c'était une petite fille. Elle prit son frère et sa sœur par le cou, elle avait quelque chose d'important à raconter, il fallait le chuchoter ! « Ce soir – imaginez-vous ! – ce soir nous allons avoir des pommes de terre chaudes ! »

Et son visage rayonnait de bonheur. La chandelle l'éclairait directement, elle vit une joie, un bonheur aussi grands que là-bas dans la maison riche, où la petite fille avait dit : « Nous allons avoir un bal ce soir, et on va me mettre les gros rubans rouges ! »

« Est-ce que le fait d'avoir des pommes de terre chaudes a autant de valeur ? pensa la chandelle. Il y a autant de joie ici chez les petits. » Et cela la fit éternuer, c'est-à-dire qu'elle crépita, une chandelle de suif ne peut pas en faire plus.

On mit la table, on mangea les pommes de terre. Oh ! comme elles étaient bonnes ! C'était un véritable repas de fête, et chacun eut une pomme par-dessus le marché, et le plus petit des enfants récita cette courte strophe :

*Une fois encore tu m'as rassasié,*
*Je te remercie, mon Dieu, pour ta bonté !*
*Amen !*

« Est-ce que ça n'était pas bien récité, maman ? » s'écria ensuite le petit.

« Il ne faut pas demander cela, ni le dire ! dit la mère. Il faut uniquement penser au bon Dieu, qui t'a rassasié ! »

On mit les petits au lit, on leur donna un baiser, et ils s'endormirent aussitôt, et leur mère resta à coudre jusque tard dans la nuit pour avoir de quoi subvenir à leurs besoins et aux siens. Et là-bas, la lumière des bougies sortait de la maison riche et on entendait le son de la musique. Les étoiles scintillaient au-dessus de toutes les maisons, sur celles des riches et celles des pauvres, aussi claires, aussi bénies.

« Finalement, la soirée a été agréable ! pensa la chandelle de suif. Je me demande si les bougies de cire se sentaient mieux dans leur chandelier d'argent ? J'aimerais bien le savoir avant de m'être entièrement consumée ! »

Et elle pensait aux deux enfants aussi heureux l'un que l'autre, l'un éclairé par une bougie de cire, l'autre par une chandelle de suif !

Voilà, c'est toute l'histoire !

## LE GRAND SERPENT DE MER

Il y avait un petit poisson de mer de bonne famille. Je ne me souviens pas de son nom, c'est aux savants de te le dire. Ce petit poisson avait mille huit cents frères et sœurs, tous du même âge. Ils ne connaissaient ni leur père ni leur mère, ils devaient tout de suite se débrouiller tout seuls et se déplacer à la nage, mais c'était un grand plaisir. Ils avaient assez d'eau à boire, tout l'océan. Ils ne se souciaient pas de leur nourriture, elle viendrait bien d'elle-même, chacun voulait en faire à sa guise, chacun voulait avoir sa propre histoire, et d'ailleurs, aucun d'entre eux ne pensait à cela.

La lumière du soleil parvenait dans l'eau, elle les éclairait, il faisait très clair, c'était un monde rempli de créatures étranges, et certaines d'entre elles étaient horriblement grandes, leurs gueules étaient énormes, elles auraient pu avaler les mille huit cents frères et sœurs, mais ces derniers ne pensaient pas non plus à cela, car aucun d'entre eux n'avait encore été avalé.

Les petits nageaient ensemble, tout près l'un de l'autre, comme le font les harengs et les maquereaux. Mais alors qu'ils étaient justement en train de nager dans l'eau sans penser à rien, une chose longue et lourde qui n'en finissait plus arriva d'en haut et s'enfonça en passant parmi eux avec un bruit terrible. Elle se fit de plus en plus longue, et chacun des petits poissons qu'elle touchait était écrasé ou recevait un coup dont il ne se remettait pas. Tous les petits poissons, ainsi que les grands, depuis la surface de la mer jusqu'au fond, s'écartaient épouvantés. La chose lourde et brutale s'enfonçait de plus en plus, elle s'allongeait de plus en plus, s'étirait sur des lieues et des lieues, d'un bout de la mer à l'autre.

Poissons et coquillages, tout ce qui nage, tout ce qui rampe, ou qui est entraîné par les courants, remarquèrent cette chose épouvantable, cette anguille de mer inconnue qui s'étendait à perte de vue et qui était venue d'en haut d'un seul coup.

Quelle était donc cette chose ? Eh bien, nous le savons ! C'était le grand câble du télégraphe qui s'étendait sur des lieues et des lieues, que les hommes posaient entre l'Europe et l'Amérique.

Les habitants légitimes de la mer furent saisis d'épouvante et le désordre s'installa parmi eux, là où le câble fut immergé. Le poisson volant partit dans les airs aussi loin qu'il put au-dessus de la surface de la mer, et le grondin s'élança même à une portée de fusil au-dessus de l'eau, car il sait faire cela. D'autres poissons descendirent au fond de la mer, à une vitesse telle qu'ils arrivèrent bien avant qu'on y eût aperçu le câble du télégraphe. Ils firent peur au cabillaud et au carrelet qui se promenaient tranquillement au fond de la mer en mangeant leurs congénères.

Quelques holothuries prirent tellement peur qu'elles vomirent leurs entrailles, mais elles restèrent en vie malgré tout, car elles savaient faire cela. Beaucoup de homards et de tourteaux étaient tellement inquiets qu'ils sortirent de leur carapace et durent laisser leurs pattes sur place.

Au milieu de toute cette frayeur et de tout ce désordre, les mille huit cents frères et sœurs se dispersèrent, et ils ne se retrouvèrent plus, ou ne se reconnurent plus. Une dizaine d'entre eux seulement resta au même endroit, et après être restés tranquilles pendant quelques heures, ils se remirent de leur frayeur initiale et la curiosité l'emporta.

Ils regardèrent autour d'eux, ils regardèrent vers le

haut, ils regardèrent vers le bas, et là, dans les profondeurs, ils crurent apercevoir cette chose terrible qui leur avait fait peur, qui avait fait peur aux grands et aux petits. La chose reposait au fond de la mer, elle s'étendait à perte de vue. Elle était très fine, mais ils ne savaient pas quelle épaisseur elle pourrait prendre, ni quelle était sa force. Elle restait tout à fait immobile, mais ce pouvait être une ruse, pensaient-ils.

« Laissez-la où elle est ! Cela ne nous regarde pas ! » dit le plus prudent des petits poissons, mais le plus petit d'entre eux ne voulait pas abandonner l'idée d'arriver à savoir ce que pouvait être cette chose. Elle était descendue d'en haut, et c'est d'en haut qu'on pouvait s'attendre à recevoir les meilleures informations, si bien qu'ils montèrent à la nage à la surface de la mer. Le temps était parfaitement calme.

Ils rencontrèrent alors un dauphin. C'est une sorte de tête en l'air, un vagabond des mers qui sait faire des pirouettes à la surface de la mer. Il a des yeux pour voir, et il avait certainement vu quelque chose et il était renseigné. Ils l'interrogèrent, mais il n'avait pensé qu'à lui-même et à ses pirouettes, il n'avait rien vu, ne pouvait pas répondre, si bien qu'il se tut, l'air fier.

Ils s'adressèrent ensuite au phoque qui faisait justement un plongeon. Il était plus poli, bien qu'il mange des petits poissons, mais aujourd'hui, il était rassasié. Il en savait un peu plus que le poisson sauteur.

« J'ai passé bien des nuits sur une pierre humide et j'ai regardé vers la terre, à des lieues d'ici. Il y a là des créatures rusées, qu'on appelle des hommes, dans leur langue. Ils cherchent à nous attraper, mais la plupart du temps, nous leur échappons. Je l'ai bien compris, tout comme cette anguille de mer sur laquelle vous vous renseignez. Elle a été à leur merci, sur la terre ferme, sûrement depuis des temps immémoriaux. Ils l'ont mise ensuite sur un navire pour lui faire traverser la mer et l'amener à un autre pays éloigné. J'ai vu combien ils avaient du mal, mais ils sont arrivés à la maîtriser, car elle avait perdu ses forces sur la terre ferme. Ils l'ont entortillée et en ont fait un rouleau, j'ai entendu qu'elle se débattait quand ils l'ont posée, mais elle leur a tout de même échappé, une fois arrivée ici. Ils l'ont retenue de toutes leurs forces, beaucoup de mains l'ont retenue, elle s'est tout de même libérée et elle est arrivée au fond. C'est là qu'elle se trouve, je pense, jusqu'à nouvel ordre.

— Elle est un peu mince ! » dirent les petits poissons.

« Ils l'ont privée de nourriture ! dit le phoque. Mais elle se remettra vite, elle retrouvera la même épaisseur et la même grandeur qu'avant. Je suppose que c'est le grand serpent de mer dont les hommes ont si peur et dont ils parlent tellement. Je ne l'avais jamais vu auparavant et je n'y avais jamais cru. Maintenant, je crois que c'est lui ! » Puis le phoque fit un plongeon.

« Comme il en savait des choses ! Comme il parlait beaucoup ! dirent les petits poissons. Je n'ai jamais été aussi intelligent ! Pourvu que ce ne soient pas des mensonges !

— Nous pourrions descendre pour examiner la chose ! dit le plus petit. Et en cours de route, nous pourrions apprendre ce que les autres en pensent !

— Je ne donnerai pas le moindre coup de nageoire pour apprendre quoi que ce soit ! » dirent les autres en se détournant.

« Moi, si », dit le plus petit en se dirigeant vers le fond de l'eau. Mais c'était loin de l'endroit où « la longue chose immergée » reposait. Le petit poisson regarda et chercha de tous côtés en descendant dans les profondeurs.

Jamais son monde ne lui était apparu aussi grand. Les harengs se déplaçaient en grands bancs, et ils brillaient comme un gigantesque bateau d'argent. Les maquereaux se suivaient aussi, plus superbes encore. Il arrivait des poissons de toutes les tailles, avec des motifs de toutes les couleurs. Des méduses, comme des fleurs à demi transparentes, qui se laissaient porter et conduire par les courants. De grandes plantes poussaient au fond de la mer, des herbes d'une brasse de hauteur et des arbres en forme de palmiers, chaque feuille parsemée de coquillages brillants.

Le petit poisson de mer aperçut enfin un long ruban sombre dans le bas, et il se dirigea vers lui, mais ce n'était ni un poisson ni un câble, c'était le bastingage d'un grand navire qui avait sombré, dont les ponts supérieur et inférieur s'étaient cassés en deux du fait de la pression de la mer. Le petit poisson entra dans la pièce d'où avaient disparu les nombreuses personnes qui avaient péri lorsque le bateau avait sombré, sauf deux d'entre elles : une jeune femme qui était allongée, son petit enfant dans les bras. L'eau les portait et semblait les bercer. On aurait cru qu'ils dormaient. Le petit poisson eut très peur, il ignorait totalement qu'ils ne pouvaient plus se réveiller. Des plantes aquatiques pendaient sur le bastingage, comme un feuillage, et recouvraient les deux beaux cadavres de la mère et de l'enfant. Il n'y avait aucun bruit, on se sentait bien seul. Le petit poisson s'éloigna du plus vite qu'il put, pour aller là où l'eau était mieux éclairée et où on pouvait voir des poissons. Il n'était pas arrivé loin qu'il rencontra une jeune baleine d'une taille effrayante.

« Ne m'avale pas ! dit le petit poisson. Tu ne pourras même pas me goûter, tellement je suis petit, et j'ai beaucoup de plaisir à être en vie !

— Que veux-tu faire dans ces profondeurs où ton espèce ne vient pas ? » demanda la baleine. Et le petit poisson parla de la grande anguille étrange – à moins qu'il s'agisse d'autre chose – qui était venue d'en haut et était descendue au fond, et avait même fait peur aux créatures de la mer les plus courageuses.

« Oh ! oh ! » dit la baleine en aspirant de l'eau avec une telle violence qu'elle dut expulser un puissant jet d'eau quand elle fut remontée pour reprendre sa respiration. « Oh ! Oh ! dit-elle. C'est donc cette chose qui m'a chatouillée dans le dos quand je me suis retournée ! Je croyais que c'était un mât de navire que je pouvais utiliser pour me gratter ! Mais elle n'était pas à cet endroit-là. Non, cette chose se trouve beaucoup plus loin. Je veux l'examiner tout de même, je n'ai rien d'autre à faire. »

Puis elle continua à nager, le petit poisson derrière elle, pas trop près, car il se faisait comme un courant puissant lorsque la baleine fendait l'eau.

Ils rencontrèrent un requin et un vieux poisson-scie. Ils avaient aussi entendu parler de la curieuse anguille de mer, si longue et si mince. Ils ne l'avaient pas vue, mais ils voulaient la voir.

Il arriva alors un loup marin.

« Je vous suis ! » dit-il. Il voulait prendre le même chemin.

« Si le grand serpent de mer n'est pas plus épais qu'un cordage d'ancre, je vais le couper d'un coup de dent ! » et il ouvrit sa gueule et montra ses six rangées de dents. « Avec mes dents, je peux faire une trace sur une ancre de bateau, je pourrais facilement couper en deux cette tige !

— La voilà ! dit la grande baleine. Je la vois ! » Elle croyait voir mieux que les autres. « Regardez comment elle se soulève, regardez comment elle se plie, se courbe et se tord ! »

Ce n'était pourtant pas elle, c'était une anguille de mer extrêmement grande, longue de plusieurs aunes, qui s'approchait.

« Celle-ci, je l'ai déjà vue ! dit le poisson-scie. Elle n'a jamais fait beaucoup de tapage dans la mer, ni effrayé un gros poisson ! »

Puis ils lui parlèrent de la nouvelle anguille et lui demandèrent si elle voulait partir avec eux à la découverte.

« Si cette anguille est plus longue que moi, dit l'anguille de mer, il va lui arriver un malheur !

— Certainement ! dirent les autres. Nous sommes assez nombreux pour ne pas supporter sa présence ! » et ils avancèrent rapidement.

Mais quelque chose croisa alors leur chemin, un monstre étrange, plus grand qu'eux tous.

Cela ressemblait à une île flottante qui ne pouvait pas rester à la surface.

C'était une très vieille baleine. Sa tête était recouverte de plantes marines, son dos parsemé d'animaux rampants et d'une telle quantité d'huîtres et de moules que sa peau noire était pleine de taches blanches.

« Suis-nous, la vieille ! dirent-ils. Il est arrivé un nouveau poisson dont la présence est insupportable.

— Je préfère rester là où je suis ! dit la vieille baleine. Laissez-moi tranquille ! Laissez-moi rester sur place ! Oh oui, oui, oui ! Je suis aux prises avec une grave maladie ! Ce qui me soulage, c'est de monter à la surface de la mer et d'exposer mon dos à l'air ! Les grands oiseaux de mer sont gentils et ils viennent me picorer, ça fait tellement de bien, à condition qu'ils n'enfoncent pas leur bec trop profondément, ça me pénètre souvent dans le lard. Regardez donc ! J'ai encore tout un squelette d'oiseau dans mon dos. L'oiseau a planté ses griffes trop profondément et il n'a pas pu se détacher quand je suis descendue au fond. Maintenant, les petits poissons l'ont picoré. Regardez comment il est et regardez comment je suis ! J'ai une maladie !

— C'est purement imaginaire ! dit la baleine. Je ne suis jamais malade. Aucun poisson n'est malade.

— Pardon ! dit la vieille baleine. L'anguille a une maladie de peau, il paraît que la carpe a la variole, et nous avons tous des vers intestinaux !

— Balivernes ! » dit le requin. Il ne voulait pas en entendre plus, les autres non plus, ils avaient d'autres choses à faire.

Ils arrivèrent enfin à l'endroit où se trouvait le câble du télégraphe. Il suit un long parcours au fond de la mer, de l'Europe à l'Amérique, par-dessus des bancs de sable et de la vase, des sols rocailleux et des enchevêtrements de plantes, des forêts entières de coraux, et les courants changent là en bas, les tourbillons tournent sur eux-mêmes, les poissons grouillent, ils forment des bandes plus nombreuses que les vols d'oiseaux que les hommes voient à la période des oiseaux migrateurs. Il y a de l'animation, un clapotis, un bourdonnement, un bruit continu. C'est un peu de ce bruit qui hante les grands coquillages vides quand nous les tenons contre notre oreille.

Ils arrivèrent alors à cet endroit.

« Voilà l'animal ! » dirent les gros poissons, et le petit dit aussi la même chose. Ils virent le câble dont les deux extrémités échappaient à leur champ de vision.

Des éponges, des polypes et des gorgones se balançaient au fond, se penchaient et se courbaient sur lui, si bien qu'il était tantôt caché, tantôt visible. Des oursins, des coquillages et des vers s'agitaient autour de lui. De gigantesques araignées qui portaient sur elles tout un équipage d'animaux rampants déambulaient gravement sur le câble. Des holothuries – ou quel que soit le nom que portent ces bêtes – de couleur bleu foncé, qui remplissent tout leur corps quand elles mangent, étaient là aussi, elles flairaient le nouvel animal qui s'était posé au fond de la mer. Le carrelet et le cabillaud se retournaient dans l'eau pour écouter ce qui se disait de tous côtés. Le poisson-étoile, qui s'enfonce toujours dans la vase si bien qu'on ne voit plus que deux longues tiges avec des yeux au bout, regardait fixement pour voir ce qui sortirait de toute cette agitation.

Le câble du télégraphe restait parfaitement immobile. Mais il y avait en lui de la vie et des pensées. Des pensées humaines passaient à travers lui.

« Cette chose-là est sournoise ! dit la baleine. Elle est capable de me frapper sur le ventre, et c'est là que j'ai mon point faible !

— Avançons-nous en tâtonnant ! dit le polype. J'ai de longs bras, j'ai des doigts souples ! Je l'ai touchée, et maintenant je veux y aller un peu plus fort. »

Et il tendit ses bras souples et les plus longs jusqu'au câble et il l'enserra.

« Il n'a pas de coquille ! dit le polype. Il n'a pas de

peau ! Je crois qu'il ne met jamais au monde des petits tout vivants ! »

L'anguille de mer se plaça le long du câble du télégraphe et s'étira le plus possible.

« Cette chose est plus longue que moi ! dit-elle. Mais ce n'est pas la longueur qui compte, il faut avoir de la peau, un ventre et de la souplesse. »

La baleine, celle qui était jeune et forte, descendit tout droit, à une profondeur à laquelle elle n'était jamais allée.

« Es-tu un poisson ou une plante ? demanda-t-elle. Ou bien n'es-tu qu'une de ces choses qui nous viennent d'en haut et qui ne peuvent pas se plaire en bas, chez nous ? »

Mais le câble du télégraphe ne répondit pas. Il n'est pas de ce style-là. Des pensées le traversaient, des pensées humaines. Elles mettaient une seconde à parcourir les centaines et les centaines de lieues qui séparaient un pays d'un autre.

« Veux-tu répondre ou veux-tu qu'on te casse ! » demanda le requin vorace, et tous les autres gros poissons demandèrent la même chose : « Veux-tu répondre ou veux-tu qu'on te casse ! »

Le câble ne bougeait pas. Il avait sa petite idée, et c'est normal pour celui qui est plein d'idées.

« Ils n'ont qu'à me casser, on me récupérera et on me réparera. C'est déjà arrivé à d'autres représentants de mon espèce, dans des eaux moins profondes. »

C'est pourquoi il ne répondit pas. Il avait autre chose à faire. Il télégraphiait, dans l'exercice légal de sa fonction, au fond de la mer.

À la surface, le soleil se couchait, comme le disaient les hommes. Il devenait comme le feu le plus rouge, et tous les nuages du ciel brillaient comme du feu, l'un plus splendide que l'autre.

« Voilà maintenant l'éclairage rouge ! dirent les polypes. Nous verrons peut-être mieux cette chose, si c'est nécessaire.

— Fonçons-lui dessus ! Fonçons-lui dessus ! » cria le loup marin en montrant toutes ses dents.

« Fonçons-lui dessus ! Fonçons-lui dessus ! » dirent l'espadon, la baleine et l'anguille de mer.

Ils se précipitèrent, le loup marin en tête. Mais au moment où il voulait mordre le câble, le poisson-scie, victime de son emportement, enfonça sa scie tout droit dans le postérieur du loup marin. C'était une grave erreur, et le loup marin n'eut pas la force de mordre.

La pagaille qui s'ensuivit souleva la vase. Les gros poissons et les petits poissons, les holothuries et les coquillages se heurtaient l'un l'autre, se mangeaient l'un l'autre, s'écrasaient, se broyaient. Le câble restait tranquille et vaquait à ses occupations, comme il se doit.

Au-dessus, la nuit noire recouvrait tout, mais des milliards et des milliards de petits animaux marins vivants répandaient de la lumière. Des écrevisses pas plus grosses qu'une tête d'épingle répandaient de la lumière. C'est vraiment merveilleux, mais c'est comme ça.

Les animaux marins regardaient le câble du télégraphe.

« Qu'est-ce que c'est que cette chose-là, et qu'est-ce que ça n'est pas ? »

C'était en effet la question.

Il arriva alors une vieille vache marine. Les hommes appellent ce genre de choses une sirène ou un triton. C'était une femelle, elle avait une queue et deux bras courts pour barboter, la poitrine pendante, et des algues et des parasites sur la tête, et elle en était fière.

« Voulez-vous vous instruire ? dit-elle. Je suis certainement la seule à pouvoir vous transmettre des connaissances, mais je demande en échange le droit d'accéder en toute sécurité aux pâturages du fond de la mer pour moi-même et pour les miens. Je suis un poisson comme vous, et je suis aussi un animal rampant si je m'exerce. Je suis la plus intelligente de toute la mer. Je suis au courant de tout ce qui bouge ici, en bas, et de tout ce qu'il y a au-dessus. La chose au sujet de laquelle vous vous cassez la tête vient d'en haut, et ce qui tombe de là-haut est déjà mort ou bien cela meurt et perd toute valeur. Laissez-la pour ce qu'elle est ! Ça n'est qu'une invention humaine !

— Je crois tout de même que ça n'est pas tout ! » dit le petit poisson.

« Tais-toi, maquereau ! » dit la grosse vache marine.

« Épinoche ! » dirent les autres, cela voulait dire « gringalet » et c'était encore plus injurieux.

La vache marine leur expliqua alors que l'animal qui était responsable de tout ce remue-ménage, et qui, d'ailleurs, ne pipait pas mot, n'était qu'une invention venue de la terre sèche. Et elle fit un petit exposé sur la perfidie des hommes.

« Ils veulent nous attraper, dit-elle. Ils ne vivent que pour ça. Ils tendent des filets, mettent de l'appât sur l'hameçon pour nous attirer. Cette chose-là, c'est une sorte de grosse ligne et ils pensent que nous allons la mordre. Ils sont tellement bêtes ! Pas nous ! Ne touchez donc pas à cette camelote. Tout ça va partir en lambeaux, tomber en poussière et devenir de la vase. Ce qui vient d'en haut est abîmé et avarié, et ça ne vaut rien !

— Ça ne vaut rien ! » dirent toutes les créatures de la mer qui s'en tenaient à l'avis de la vache marine de façon à au moins en avoir un.

Le petit poisson de mer garda son idée pour lui. « Ce serpent démesurément long et mince est peut-être le poisson le plus merveilleux de toute la mer. J'en ai le pressentiment. »

« Le plus merveilleux ! » C'est aussi ce que nous disons, nous les hommes, et nous le disons en toute connaissance de cause.

C'est *le grand serpent de mer* dont les chansons et les légendes ont parlé depuis bien longtemps.

Il est né, il a jailli de l'intelligence de l'homme, il a été déposé dans le fond de la mer, et s'étend des pays de l'Orient jusqu'à ceux de l'Occident, portant des

messages à la vitesse des rayons de lumière qui vont
du soleil à notre terre. Il grandit, grandit en puissance
et en étendue, grandit d'année en année, traverse toutes
les mers, tout autour du globe, sous les eaux agitées
par la tempête et sous les eaux limpides où le capitaine
du bateau plonge le regard, comme s'il naviguait dans
l'air transparent, voyant un fourmillement de poissons,
tout un feu d'artifice coloré.

Tout au fond, le serpent s'étire, serpent de Midgard [1]
béni qui se mord la queue en enserrant la terre. Les
poissons et les animaux rampants s'y heurtent le front,
ils ne comprennent pas cette chose venue d'en haut :
le serpent de la connaissance du bien et du mal de
l'humanité, plein de pensées, qui répand son message
dans toutes les langues sans pourtant faire de bruit, la
merveille la plus merveilleuse de la mer, le grand serpent de mer de notre époque.

---

1. Selon la mythologie nordique, le serpent de Midgard enserre le monde
habité en se mordant la queue, assurant ainsi sa cohésion jusqu'au Ragnarok
final, au cours duquel il relâchera son étreinte.

## LE JARDINIER ET SES MAÎTRES

À une lieue de la capitale, il y avait un vieux manoir aux murs épais, avec des tours et des pignons crénelés.

Les maîtres des lieux, qui n'habitaient là que l'été, étaient des gens riches et de haute noblesse. Ce manoir était le meilleur et le plus beau de tous ceux qu'ils possédaient. Vu de l'extérieur, on aurait cru qu'il venait de sortir de terre, et à l'intérieur, il avait tout le confort et toutes les commodités qu'on pouvait souhaiter. Les armoiries de la famille avaient été sculptées dans la pierre au-dessus du portail, de belles roses s'enlaçaient autour du blason et du balcon en saillie, une pelouse de gazon s'étendait de toute sa longueur devant le château. Il y avait de l'aubépine rose et de l'aubépine blanche, il y avait des fleurs rares, même en dehors de la serre.

Les maîtres avaient aussi un habile jardinier. C'était un plaisir de voir le jardin d'agrément, le verger et le potager. Une partie de l'ancien jardin du manoir s'étendait juste à côté avec quelques haies de buis, taillées de façon à former des couronnes et des pyramides. Derrière celles-ci, il y avait de vieux arbres à l'allure imposante. Ils n'avaient presque jamais de feuilles, et on pouvait facilement croire qu'une tempête ou une trombe d'eau les avaient recouverts de gros amas de fumier, alors que chacun de ces amas était un nid d'oiseau.

Depuis des temps immémoriaux, une multitude de

freux et de corneilles venaient y installer leurs nids, remplissant l'air de leurs cris. Ils formaient comme une ville d'oiseaux, et c'étaient ces oiseaux qui étaient les maîtres, les propriétaires des lieux, la lignée la plus ancienne de cette demeure, les véritables seigneurs de ce manoir. Ils ne se souciaient pas des êtres humains qui habitaient en bas, mais ils supportaient la présence de ces créatures qui se déplaçaient à même le sol, bien que celles-ci aient parfois tiré avec des fusils, et que le bruit ait chatouillé la colonne vertébrale des oiseaux, si bien que chacun d'entre eux, effrayé, s'envolait à tire-d'aile en criant : « Croa, croa ! »

Le jardinier parlait souvent à ses maîtres de faire abattre les vieux arbres, car ils n'étaient pas beaux à voir, et si on les enlevait, cela débarrasserait probablement les environs du cri des oiseaux, qui chercheraient un autre endroit. Mais les maîtres ne voulaient se défaire ni des arbres ni de la multitude d'oiseaux. C'était quelque chose dont le manoir ne pouvait pas se passer, quelque chose qui datait de l'ancien temps, et il ne fallait pas en effacer toutes les traces.

« Ces arbres sont l'héritage des oiseaux, qu'ils le conservent, mon bon Larsen. »

Le jardinier s'appelait Larsen, mais ça n'a guère d'importance ici.

« Est-ce que vous n'avez pas assez de place pour exercer votre activité, mon petit Larsen ? Vous avez tout le jardin d'agrément, les serres, le verger et le potager ! »

Il en disposait, il s'en occupait, en prenait soin avec amour, empressement et habileté, et ses maîtres le reconnaissaient, mais ils ne lui cachaient pas que lorsqu'ils étaient en visite, il leur arrivait souvent de manger des fruits et de voir des fleurs qui étaient supérieurs à ce qu'ils avaient dans leur jardin, et c'était un sujet de tristesse pour le jardinier, car il voulait que tout soit pour le mieux et il faisait réellement de son mieux. Il avait bon cœur, et c'était un bon serviteur.

Un jour, ses maîtres le firent venir et lui firent savoir

avec douceur et condescendance qu'ils avaient goûté la veille chez des amis distingués une espèce de pommes et de poires qui était tellement savoureuse, tellement délicieuse, qu'ils s'étaient joints aux autres invités pour exprimer leur admiration. Les fruits ne venaient pas du Danemark, mais il fallait absolument les importer, pour qu'ils puissent s'habituer au pays, si notre climat le permettait. On savait qu'ils avaient été achetés en ville chez le meilleur marchand de fruits, le jardinier devait y aller à cheval pour savoir d'où ces pommes et ces poires provenaient et commander des greffons.

Le jardinier connaissait bien le marchand de fruits, car c'était justement à lui qu'il vendait, pour le compte de ses maîtres, l'excédent de fruits qui poussait dans le jardin du manoir.

Le jardinier se rendit alors en ville pour demander au marchand de fruits où il avait eu ces pommes et ces poires dont on avait dit tant de bien.

« Elles viennent de votre propre jardin ! » dit le marchand de fruits en lui montrant les pommes et les poires, qu'il reconnut.

Oh, comme cela fit plaisir au jardinier ! Il se hâta de venir rejoindre ses maîtres et leur dit que les pommes et les poires venaient de leur propre jardin.

Ses maîtres refusèrent de le croire. « Ce n'est pas possible, Larsen ! Pouvez-vous nous fournir une attestation écrite de la part du marchand de fruits ? »

Oui, c'était faisable, et il apporta une attestation écrite.

« Voilà qui est bizarre ! » dirent les maîtres.

Et l'on apporta tous les jours sur la table des maîtres de grandes coupes remplies de ces pommes et de ces poires magnifiques qui venaient de leur propre jardin. Ils envoyèrent des boisseaux et des tonneaux entiers de ces fruits à des amis en ville et hors de la ville, et même à l'étranger. C'était un véritable plaisir ! Mais ils ajoutaient toutefois que les deux derniers étés avaient été particulièrement bons pour les arbres fruitiers, et que la récolte avait été bonne partout dans le pays.

Un certain temps passa. Les maîtres furent reçus à un dîner à la cour. Le lendemain, le jardinier fut convoqué par ses maîtres. On leur avait servi à table des melons si savoureux et si délicieux, et ils venaient de la serre de Sa Majesté.

« Allez donc voir le jardinier de la cour, mon bon Larsen, et procurez-nous quelques graines de ces melons succulents !

— Mais c'est nous qui avons fourni ces graines au jardinier de la cour ! » dit le jardinier tout content.

« Alors c'est certainement parce que cet homme a su les amener à un plus haut degré de développement ! répondirent les maîtres. Chaque melon était excellent !

— Dans ce cas-là, j'ai vraiment de quoi être fier ! dit le jardinier. Je peux dire à Madame et à Monsieur que le jardinier du château n'a pas eu de chance avec ses melons, cette année, et quand il a vu combien les nôtres étaient superbes et qu'il les a goûtés, il a demandé qu'on en apporte trois au château !

— Larsen, n'allez pas croire que c'étaient les melons de notre jardin.

— Je crois que si ! » dit le jardinier, qui se rendit chez le jardinier du château et obtint de lui une attestation écrite qui prouvait que les melons de la table du roi étaient venus du manoir.

Ce fut vraiment une surprise pour les maîtres, et ils ne gardèrent pas cette histoire pour eux. Ils montrèrent l'attestation et firent envoyer des graines de melon ici et là, comme ils l'avaient fait avec les greffons.

On apprit au sujet de ces derniers qu'ils poussaient et produisaient un fruit tout à fait excellent, auquel on donna le nom de la propriété des maîtres, si bien qu'on put le lire en anglais, en allemand et en français.

On n'avait jamais pensé qu'une telle chose pourrait se produire. « Pourvu que cela ne monte pas à la tête du jardinier ! » dirent les maîtres.

Il prit les choses autrement. Il décida simplement

d'essayer de se faire une place parmi les meilleurs jardiniers du pays, d'obtenir chaque année d'excellents résultats avec chacune des espèces qui poussaient dans le jardin, et c'est ce qu'il fit. Mais on lui faisait souvent remarquer que les tout premiers fruits qu'il avait produits, les pommes et les poires, restaient vraiment les meilleurs, toutes les espèces qui étaient venues après étaient loin de les égaler. Les melons avaient certes été excellents, mais c'était une tout autre affaire. On pouvait dire que les fraises étaient remarquables, mais elles n'étaient pourtant pas meilleures que celles des autres maîtres, et lorsque les radis ne poussèrent pas bien, une année, on ne parla que des radis qui avaient mal poussé, et on ne dit rien de toutes les autres bonnes choses qui avaient été produites.

On avait presque l'impression que c'était un soulagement pour les maîtres de dire :

« Ça n'a pas été cette année, mon petit Larsen. » Ils étaient très contents de pouvoir dire : « Ça n'a pas été cette année ! »

Deux fois par semaine, le jardinier apportait des fleurs fraîchement cueillies dans le salon, et il les arrangeait avec beaucoup de goût. La façon dont il composait ses bouquets faisait ressortir les couleurs.

« Vous avez du goût, Larsen, disaient ses maîtres, c'est un don qui vous a été donné par Notre-Seigneur, il ne vient pas de vous-même ! »

Un jour, le jardinier apporta une grande coupe de cristal, dans laquelle il y avait une feuille de nénuphar. Sur celle-ci, on avait posé une fleur d'un bleu éclatant, aussi grande qu'un tournesol, dont la longue tige épaisse descendait dans l'eau.

« Le lotus de l'Hindoustan ! » s'écrièrent les maîtres.

Ils n'avaient jamais vu une telle fleur. On l'exposa aux rayons du soleil pendant la journée, et à la lumière artificielle le soir. Quiconque la voyait la trouvait d'une beauté et d'une rareté remarquables. C'est ce que dit même la jeune femme la plus noble du pays, qui était une princesse. Elle était intelligente et avait bon cœur.

Les maîtres se firent un point d'honneur de lui remettre la fleur et la princesse l'emporta au château.

Les maîtres descendirent ensuite dans le jardin pour cueillir à leur tour une fleur de la même espèce, s'il y en avait encore, mais il fut impossible d'en trouver. Ils appelèrent alors le jardinier et lui demandèrent où il avait eu le lotus bleu : « Nous avons cherché en vain ! dirent-ils. Nous avons été dans les serres et nous avons fait le tour du jardin d'agrément !

— Non, ce n'est pas là qu'elle est ! dit le jardinier. Ce n'est qu'une modeste fleur du potager ! Mais comme elle est belle, ne trouvez-vous pas ? On dirait que c'est un cactus bleu et ce n'est pourtant que la fleur de l'artichaut !

— Vous auriez dû nous le dire tout de suite ! dirent les maîtres. Cela nous a fait croire que c'était une fleur inconnue et rare. Vous nous avez discrédités aux yeux de la jeune princesse ! Elle a vu la fleur chez nous, elle l'a trouvée très belle, elle ne la connaissait pas, et elle est pourtant très versée en botanique, mais c'est une science qui n'a rien à voir avec les espèces potagères. Comment avez-vous pu avoir l'idée, mon bon Larsen, de mettre une telle fleur dans notre salon ? Vous nous ridiculisez ! »

Et la superbe fleur bleue qu'on avait prise dans le potager fut enlevée du salon des maîtres, où elle n'avait pas sa place. Les maîtres de maison présentèrent même leurs excuses à la princesse, et lui dirent que la fleur n'était qu'une espèce potagère que le jardinier avait eu l'idée de mettre en exposition, mais cela lui avait valu une sévère réprimande.

« C'est dommage et c'est injuste ! dit la princesse. Car il nous a fait découvrir une superbe fleur que nous n'avions pas du tout remarquée. Il nous a montré de la beauté là où nous n'avions pas l'idée de la chercher ! Aussi longtemps que les artichauts auront des fleurs, je veux que le jardinier en apporte une dans mon salon. »

Et c'est ce qui fut fait.

Les maîtres firent dire au jardinier qu'il pouvait à nouveau leur apporter une fleur d'artichaut fraîchement cueillie.

« Elle est belle, finalement ! dirent-ils, très remarquable ! » et le jardinier fut félicité.

« Larsen aime bien cela ! dirent les maîtres. C'est un enfant gâté ! »

Au cours de l'automne, il y eut une terrible tempête. Elle atteignit une telle violence au cours de la nuit que beaucoup de grands arbres à la lisière de la forêt furent déracinés, et ce fut un grand sujet de tristesse pour les maîtres – ils parlèrent en effet de tristesse, alors que ce fut une joie pour le jardinier – lorsque les deux grands arbres qui abritaient tous les nids d'oiseaux furent abattus par le vent. On entendit dans la tempête les cris des freux et des corneilles, ils battaient de leurs ailes contre les vitres, selon les gens du manoir.

« Vous voilà content, Larsen ! dirent les maîtres. La tempête a abattu les arbres, et les oiseaux sont allés dans la forêt. Il ne reste plus de témoins du passé. Toutes les traces et tous les vestiges en ont disparu ! Quant à nous, cela nous attriste ! »

Le jardinier ne dit rien, mais il réfléchissait à une chose à laquelle il pensait depuis longtemps. Il voulait utiliser correctement cet endroit bien exposé au soleil et dont il n'avait pas pu disposer auparavant. Il voulait en faire l'ornement du jardin et la joie de ses maîtres.

Les grands arbres renversés par le vent avaient écrasé les très vieilles haies de buis qu'on taillait régulièrement. Il fit pousser à cet endroit un ensemble de plantes naturelles du pays qui venaient des champs et des forêts.

Toute cette multitude de plantes qu'aucun autre jardinier n'avait jamais imaginé de planter dans le jardin des maîtres, il la planta avec la terre dont chacune d'entre elles avait besoin, avec l'ombre et le soleil qui étaient nécessaires à chaque espèce. Il en prit soin de tout son cœur et cela devint une vraie splendeur.

Le genévrier de la lande jutlandaise se dressait, semblable au cyprès d'Italie par la forme et la couleur. Le houx brillant, avec ses piquants toujours verts, dans le froid hivernal comme au soleil d'été, était ravissant à voir. Sur le devant, il y avait des fougères, de nombreuses espèces différentes, certaines avaient l'air d'être des enfants du palmier, d'autres, des parents de la belle plante délicate qu'on appelle « cheveux de Vénus ». Il y avait aussi la bardane qu'on méprise, et qui est si jolie, quand elle est fraîche, qu'elle peut faire bonne figure dans un bouquet. La bardane poussait au sec, mais plus bas, dans le sol humide, il y avait la patience, plante méprisée, elle aussi, qui, avec sa haute taille et sa large feuille, a une allure si belle et si pittoresque. Haute d'une toise, toute couverte de fleurs, semblable à un chandelier imposant aux nombreuses branches, se dressait la molène, qu'on avait été chercher dans le champ. Il y avait des aspérules, des primevères et des muguets des bois, la calla sauvage et la délicate surelle à trois feuilles. C'était ravissant à voir.

Sur le devant, soutenue par des fils de fer, une rangée de tout petits poiriers poussait dans de la terre venue de France. Grâce au soleil et aux bons soins qu'on leur prodigua, ils portèrent bientôt de gros fruits délicieux semblables à ceux du pays d'où ils venaient.

Au lieu des deux vieux arbres sans feuilles, on planta un grand mât où le drapeau danois flotta au vent, et tout à côté, une autre perche, autour de laquelle le houblon vint s'enlacer, en été et à l'automne, avec ses grappes de fleurs parfumées, mais où on suspendit en hiver, suivant une vieille coutume, une gerbe d'avoine, pour que les oiseaux du ciel puissent avoir de quoi se nourrir dans la joie de ce temps de Noël.

« Ce bon Larsen devient sentimental sur ses vieux jours ! dirent les maîtres. Mais il nous est fidèle et dévoué ! »

Au Nouvel An, l'une des revues illustrées de la capitale publia une vue du vieux manoir. On y voyait le mât avec le drapeau et la gerbe d'avoine pour les oiseaux du ciel dans la joie de Noël, et le commentaire faisait remarquer que c'était une bonne pensée d'avoir ainsi tenu à honorer une vieille coutume si caractéristique de ce vieux domaine.

« Tout ce que fait ce Larsen, dirent les maîtres, est proclamé au son du tambour. C'est un homme heureux ! Nous avons presque des raisons d'être fiers de l'avoir ! »

Mais ils n'en étaient pas fiers du tout ! Ils sentaient qu'ils étaient les maîtres, qu'ils pouvaient congédier Larsen, mais ils ne le firent pas. C'étaient de braves gens et il y a beaucoup de braves gens de la même espèce, et c'est heureux pour tous les Larsen.

Voilà, c'est l'histoire « du jardinier et de ses maîtres ».

Maintenant, tu peux y réfléchir !

## CE QUE RACONTAIT LA VIEILLE JOHANNE

Le vent siffle dans le vieux saule !

On croirait entendre une chanson. Le vent la chante, l'arbre la raconte. Si tu ne la comprends pas, adresse-toi à la vieille Johanne, à l'hospice, elle est au courant, elle est née ici dans la paroisse.

Il y a des années, lorsque la grand-route passait encore par là, l'arbre était déjà grand et on le remarquait. Il était là où il se trouve encore, devant la maison du tailleur avec ses colombages et ses murs blanchis à la chaux, tout près de la mare, qui, à l'époque, était assez grande pour qu'on y mène boire le bétail. Et dans la chaleur de l'été, on voyait de jeunes fils de paysans courir tout nus et barboter dans l'eau. Juste au-dessous de l'arbre, on avait dressé une borne faite de pierres taillées. Elle s'est renversée depuis, et des ronces l'ont envahie.

On fit passer la nouvelle grand-route de l'autre côté de la ferme du riche fermier. L'ancienne devint un chemin de terre, la mare se changea en flaque, elle fut recouverte par les lentilles d'eau. Quand une grenouille plongeait, la verdure s'écartait et on apercevait l'eau noire. Tout autour, il poussait et il pousse encore des cannes de jonc, des trèfles d'eau et des iris jaunes.

La maison du tailleur était devenue vieille et elle penchait. Le toit s'était couvert de mousse et de joubarbe. Le colombier s'était effondré et l'étourneau est venu s'y installer. Les hirondelles avaient aligné leurs nids sur le pignon de la maison jusque sous le toit, comme si c'était un endroit où le bonheur avait établi sa demeure.

C'était comme cela autrefois, mais maintenant, c'était devenu un lieu solitaire et silencieux. Un paresseux, que les gens appelaient « Rasmus le Pouilleux », habitait là tout seul. Il était né ici, il avait joué ici, il avait gambadé dans les champs et sauté par-dessus les barrières, barboté dans la mare étant petit, et grimpé au vieil arbre.

Celui-ci élevait ses grosses branches avec majesté et élégance, comme il le fait encore, mais la tempête avait déjà légèrement tordu son tronc et, avec le temps, il s'était fendu. Depuis, les intempéries et le vent ont accumulé de la terre dans la fente. Il y pousse de l'herbe et de la verdure, et un petit sorbier est même venu s'y planter.

Lorsque les hirondelles arrivaient au printemps, elles voletaient autour de l'arbre et du toit, elles arrangeaient et réparaient leurs vieux nids, tandis que Rasmus le Pouilleux ne prenait aucun soin du sien. Il ne le réparait pas et ne le renforçait pas. « À quoi bon ! » était sa devise, tout comme elle avait été celle de son père.

Il restait dans sa maison, les hirondelles partaient, mais elles revenaient, ces fidèles créatures ! L'étourneau partait, puis il revenait et chantait sa chanson. Autrefois, Rasmus arrivait à rivaliser avec lui, mais maintenant, il ne sifflait et ne chantait plus.

Le vent soufflait dans le vieux saule, il souffle encore, on croirait entendre une chanson. Le vent la chante, l'arbre la raconte. Si tu ne la comprends pas, adresse-toi à la vieille Johanne, à l'hospice, elle est au courant, elle connaît les choses du passé, elle est comme un recueil de chroniques, plein de notes et de vieux souvenirs.

Quand la maison était neuve et en bon état, le tailleur du village, Ivar Ølse, y emménagea avec sa femme Maren. Ils étaient tous deux travailleurs et honnêtes. À l'époque, la vieille Johanne était enfant, c'était la fille du sabotier, l'un des hommes les plus pauvres de la paroisse. Maren lui donnait souvent de bonnes tartines de pain beurré, car elle avait de la nourriture en abondance. Elle était en bons termes avec la châtelaine. Elle riait toujours et elle était d'humeur gaie. Elle ne se laissait pas abattre, elle avait la langue bien pendue, mais ses mains étaient agiles, elles aussi. Elle maniait l'aiguille avec autant d'habileté que sa langue, et s'occupait en plus de sa maison et de ses enfants. Elle en avait presque une douzaine, onze en tout, le douzième ne vint jamais.

« Les pauvres ont toujours leur nid plein de petits ! disait le maître du manoir en bougonnant. Si on pouvait les noyer comme des petits chats, et si on pouvait n'en garder qu'un ou deux parmi les plus robustes, il y aurait moins de misère !

— Bonté divine ! disait la femme du tailleur. Tout de même, les enfants sont une bénédiction de Dieu. Ils sont la joie de la maison. Chaque enfant est un Notre-Père de plus ! Si on est dans le besoin et qu'on a beaucoup de bouches à nourrir, on redouble d'efforts et on trouve le moyen de s'en sortir en toute honnêteté. Le Seigneur ne nous abandonne pas si nous ne l'abandonnons pas ! »

La châtelaine lui donnait raison, acquiesçait d'un gentil signe de tête, et tapotait la joue de Maren. Elle l'avait souvent fait, et elle lui avait même parfois donné un baiser, mais à cette époque-là, la châtelaine était un petit enfant et Maren était sa bonne. Elles s'aimaient bien toutes les deux, et elles restèrent toujours fidèles à ce sentiment.

Tous les ans, au moment de Noël, le manoir envoyait à la maison du tailleur des provisions pour l'hiver : un tonneau de farine, un cochon, deux oies, une motte de beurre, du fromage et des pommes. Cela aidait à garnir le garde-manger. Ivar Ølse avait alors l'air très satisfait, mais il ne tardait pas à revenir à sa vieille devise : « À quoi bon ! »

La maison était propre et coquette, il y avait des

rideaux aux fenêtres, ainsi que des fleurs, des œillets et des balsamines. Le nom de la famille avait été brodé et mis dans un cadre qui était accroché au mur, et tout à côté, il y avait un petit poème de circonstance que Maren Ølse avait écrit elle-même, car elle savait comment faire pour que les mots riment. Elle était presque un peu fière du nom de famille Ølse, c'était le seul mot de la langue danoise qui rimait avec « pølse », qui veut dire saucisse. « Voilà au moins une chose qui nous distingue des autres ! » disait-elle en riant. Elle conservait toujours sa bonne humeur, et elle ne disait jamais comme son mari : « À quoi bon ! » Sa devise était : « Compte sur toi-même et sur Notre-Seigneur ! » C'est ce qu'elle faisait et tout son monde pouvait compter sur elle. Les enfants se portèrent bien, ils grandirent et sortirent du nid, s'éparpillèrent au loin et se tirèrent bien d'affaire. Rasmus était le plus petit. C'était un enfant tellement ravissant que l'un des grands peintres de la ville le fit poser et le peignit, aussi nu que lorsqu'il était venu au monde. Ce tableau se trouve actuellement dans le château du roi, la châtelaine l'avait vu et elle avait reconnu le petit Rasmus, bien qu'il fût sans vêtements.

Puis vinrent les temps difficiles. Le tailleur fut pris de rhumatisme aux deux mains, de grosses boules se formèrent, aucun docteur ne put rien y faire, même pas l'habile Stine, qui soignait les gens avec des « remèdes » bien à elle.

« Il ne faut pas se laisser abattre ! disait Maren. Cela ne sert à rien de marcher la tête basse ! Nous n'avons plus les deux mains du père pour nous aider, il faut donc que j'utilise les miennes avec encore plus d'ardeur. Le petit Rasmus sait d'ailleurs aussi manier l'aiguille ! »

Il s'asseyait déjà sur la table, comme un tailleur. Il sifflait et chantait. C'était un garçon gai.

« Il ne faut pas qu'il reste assis là toute la journée, disait sa mère. Ce serait injuste à l'égard de cet enfant. Il faut aussi qu'il joue et qu'il gambade. »

Johanne, la fille du sabotier, était sa meilleure camarade de jeux. Elle était d'une famille encore plus pauvre que Rasmus. Elle n'était pas jolie, elle marchait nu-pieds, ses habits étaient en lambeaux, elle n'avait personne pour les ravauder, et l'idée ne lui venait même pas de le faire elle-même. C'était une enfant, et elle était aussi gaie qu'un pinson aux rayons du soleil de Notre-Seigneur.

À côté de la borne en pierres taillées, sous le grand saule, Rasmus et Johanne jouaient ensemble.

Il avait des idées ambitieuses. Il voulait devenir un jour un grand tailleur qui habiterait en ville, où il y avait des maîtres qui employaient dix compagnons. C'est son père qui le lui avait dit. C'est là qu'il voulait être compagnon, et c'est là qu'il voulait devenir maître, et Johanne viendrait alors lui rendre visite, et si elle savait faire la cuisine, elle leur ferait à manger à tous et elle aurait une grande salle à manger à elle.

Johanne n'osait pas trop y croire, mais Rasmus était persuadé que cela se ferait.

Ils étaient donc assis sous le vieil arbre, tandis que le vent soufflait dans les branches et les feuilles. On aurait cru que le vent chantait et que l'arbre racontait quelque histoire.

À l'automne, toutes les feuilles tombaient, et les gouttes de pluie ruisselaient des branches nues.

« Elles reverdiront ! » disait la mère Ølse.

« À quoi bon ! répondait son mari. Nouvelle année, nouveaux soucis pour notre subsistance.

— Le garde-manger est rempli ! disait la femme. Grâce à notre bonne maîtresse. Je suis robuste et en bonne santé. Nous commettrions un péché si nous nous plaignions ! »

Les châtelains passaient les fêtes de Noël dans leur résidence campagnarde, mais la semaine qui suivait le Nouvel An, ils s'installaient en ville, où ils passaient l'hiver dans la joie et les divertissements. Ils étaient même invités à des bals et des réceptions chez le roi en personne.

Madame avait reçu de France deux splendides robes. L'étoffe dont elles étaient faites, leur coupe et leurs ourlets étaient tellement beaux que Maren, la femme du tailleur, n'en avait jamais vu d'aussi superbes. Elle demanda alors à la châtelaine la permission de venir au château avec son mari pour qu'il puisse voir les robes, lui aussi. Aucun tailleur de village n'en avait jamais vu de pareilles, disait-elle.

Il les vit et ne sut pas quoi dire avant d'arriver à la maison. Et il ne dit alors rien d'autre que ce qu'il disait toujours : « À quoi bon ! » Et cette fois-ci, il disait vrai.

Les châtelains se rendirent en ville. Les bals et les réjouissances commencèrent, mais au milieu de tout ce faste, le vieux seigneur mourut et sa femme ne put pas mettre ses somptueux vêtements. Son chagrin était très grand et elle était vêtue de noir des pieds à la tête, dans des habits de deuil très stricts. On ne voyait pas le moindre ruban blanc. Tous les domestiques étaient en noir, le carrosse d'apparat lui-même était recouvert d'une élégante tenture noire.

La nuit était d'un froid glacial, la neige étincelait, les étoiles scintillaient, le lourd corbillard amena le corps depuis la ville jusqu'à l'église du manoir, où il devait être déposé dans le caveau de la famille. L'intendant et le bailli de la paroisse étaient à cheval et attendaient devant la grille du cimetière, des flambeaux à la main. L'église était illuminée et le pasteur se tenait debout devant le portail ouvert, pour accueillir le corps. Le cercueil fut porté jusque dans le chœur, suivi de tous les membres de la paroisse. Le pasteur parla, on chanta un psaume. Madame était présente à l'église, on l'y avait amenée dans le carrosse d'apparat drapé de noir, il était noir à l'intérieur et à l'extérieur, on n'en avait jamais vu de semblable dans la région.

Pendant tout l'hiver, on parla du faste qui avait entouré le deuil. C'était vraiment un « enterrement de seigneur ».

« C'est là qu'on a vu combien c'était un homme

important ! disaient les gens de la paroisse. Il était de
haute naissance et il a été enterré avec le respect dû à
son rang !

— À quoi bon ! dit le tailleur. Maintenant, il a
perdu la vie et ses biens. Quant à nous, nous avons au
moins l'un des deux !

— Ne dis pas des choses comme cela ! dit Maren.
Il a la vie éternelle dans le royaume des cieux.

— Qui t'a dit cela, Maren ? Un homme mort fait un
bon engrais, mais cet homme-là était certainement trop
distingué pour pouvoir être utile à la terre. Il a été mis
dans un caveau !

— Ne parle donc pas comme un impie ! dit Maren.
Je te le répète, il a la vie éternelle !...

— Qui t'a dit cela, Maren ? » répéta le tailleur.

Et Maren jeta son tablier sur le petit Rasmus pour
qu'il n'entende pas ces paroles.

Elle l'emporta dans l'abri où ils entreposaient la
tourbe et elle pleura.

« Les paroles que tu as entendues là-bas, mon petit
Rasmus, ce n'est pas ton père qui les a dites, c'est le
Malin qui a traversé la pièce et qui a parlé par la
bouche de ton père ! Récite ton Notre-Père ! Nous
allons le réciter tous les deux ! » Elle joignit les mains
de l'enfant.

« Me voilà de nouveau joyeuse ! dit-elle. Compte
sur toi-même et sur Notre-Seigneur ! »

L'année de deuil était passée, la veuve portait maintenant le demi-deuil, mais dans son cœur, il y avait une
joie entière.

Le bruit courut qu'elle avait un prétendant, et qu'elle
pensait déjà au mariage. Maren était un peu au courant,
et le pasteur en savait un peu plus encore.

Le dimanche des Rameaux, après le sermon, les
bans du mariage de la veuve avec son fiancé devaient
être publiés du haut de la chaire. On avait bien entendu
dire qu'il taillait dans une matière ou une autre, mais
on ne savait pas si c'était le bois ou la pierre, et on
ignorait totalement ce qu'était un sculpteur. À

l'époque, Thorvaldsen[1] et son art n'étaient pas encore bien connus des gens du peuple. Le nouveau maître du manoir n'était pas de haute noblesse, mais c'était tout de même un homme très impressionnant. Il exerçait une profession à laquelle personne ne comprenait rien, d'après ce qu'on disait. Il faisait des statues, il était habile dans son travail, jeune et beau.

« À quoi bon ! » disait le tailleur Ølse.

Le dimanche des Rameaux, les bans furent publiés du haut de la chaire, après quoi on chanta des cantiques et on prit la communion. Le tailleur, sa femme et le petit Rasmus étaient à l'église, les parents s'avancèrent jusqu'à l'autel, Rasmus resta assis dans le chœur, il n'avait pas encore fait sa première communion. Ces derniers temps, on avait manqué de vêtements dans la maison du tailleur. On avait tourné et retourné les vieux habits, on les avait cousus et rapiécés, et ils portaient maintenant tous les trois des habits neufs, mais le tissu était noir, comme lors d'un enterrement, car il provenait de la tenture qui avait recouvert le corbillard. C'est elle qui avait servi à confectionner le manteau et le pantalon du mari, la robe de Maren avec son col montant, et toute la tenue de Rasmus, qu'il pourrait porter jusqu'à sa première communion. On avait pris aussi bien les tentures extérieures que celles qui étaient à l'intérieur du corbillard. Personne n'avait besoin de savoir à quoi cela avait servi avant, mais les gens ne tardèrent pas à l'apprendre, la guérisseuse Stine et quelques autres femmes, qui en savaient autant qu'elle mais qui ne vivaient pas de leurs pratiques, dirent que ces habits amèneraient la maladie et la contagion dans la maison. « On ne s'habille avec du tissu de deuil que pour se rendre à la tombe. »

Johanne, la fille du sabotier, pleura en entendant ces paroles, et comme il arriva que le tailleur tomba malade et que son état alla en empirant à partir de ce

---

1. Célèbre sculpteur danois (1770-1844) qu'Andersen connaissait personnellement et appréciait.

jour-là, le bruit se répandit qu'on aurait certainement bientôt l'occasion de voir qui serait frappé.

On eut effectivement l'occasion de le voir.

Le premier dimanche après la Trinité, le tailleur Ølse mourut. Maren était maintenant la seule sur laquelle sa famille pouvait compter. On comptait sur elle, et elle comptait sur elle-même et sur Notre-Seigneur.

L'année suivante, Rasmus fit sa première communion. Le moment était venu pour lui d'aller en ville pour entrer en apprentissage chez un grand tailleur, qui n'avait toutefois pas douze compagnons assis sur sa table, mais un seul. Le petit Rasmus comptait pour la moitié d'un compagnon. Il était heureux, il avait l'air satisfait, mais Johanne pleurait, elle était plus attachée à lui qu'elle ne le savait elle-même. La femme du tailleur resta dans la vieille maison et continua à exercer la profession.

C'est à cette époque-là que la nouvelle grand-route fut ouverte. L'ancienne, qui passait à côté du saule et de la maison du tailleur, se changea en chemin de terre, la mare se rétrécit, des lentilles d'eau recouvrirent la flaque qui restait. La borne se renversa, elle ne servait plus à rien, mais l'arbre resta vigoureux et beau. Le vent sifflait dans ses branches et dans ses feuilles.

Les hirondelles s'envolèrent, l'étourneau s'envola, mais ils revinrent au printemps, et lorsqu'ils revinrent pour la quatrième fois, Rasmus réapparut à la maison. Il avait été admis au nombre des compagnons, c'était un beau garçon, mais il était un peu délicat de santé. Il voulait faire son balluchon, voir des pays étrangers. C'est à cela qu'il aspirait. Mais sa mère comptait sur lui à la maison, c'était le meilleur endroit pour lui. Tous les autres enfants étaient éparpillés, c'était lui le plus jeune, la maison devait lui revenir. Le travail ne manquerait pas, s'il voulait parcourir la région comme tailleur itinérant, il pourrait faire de la couture pendant quinze jours dans une ferme, puis quinze jours dans une autre. C'était aussi une façon de voyager. Et Rasmus suivit le conseil de sa mère.

Il dormit donc de nouveau sous le toit de sa maison natale, s'assit de nouveau sous le vieux saule et entendit le bruit du vent dans ses branches.

Il avait belle allure, il savait siffler comme un oiseau et chanter des chansons, nouvelles et anciennes. Il était apprécié dans les grandes fermes, en particulier chez Klaus Hansen, l'un des paysans les plus riches de la paroisse.

Sa fille Else était aussi jolie que la plus belle des fleurs, et elle riait toujours. Il y avait des gens assez méchants pour dire qu'elle ne riait que pour montrer ses jolies dents. Elle avait le rire facile et elle était toujours d'humeur à jouer des tours. Tous les habits lui allaient bien.

Elle s'éprit de Rasmus et il s'éprit d'elle, mais aucun des deux ne s'en ouvrit franchement à l'autre.

C'est ainsi qu'il finit par sombrer dans la mélancolie. Il tenait plus de son père que de sa mère. Il n'était de bonne humeur que lorsque Else était là. Ils riaient alors ensemble, plaisantaient et jouaient des tours, mais bien qu'il ait eu maintes fois l'occasion de le faire, il ne lui avoua jamais qu'il l'aimait. « À quoi bon ! pensait-il. Ses parents cherchent un bon parti pour elle, et je n'ai aucune richesse. Le plus sage serait de partir d'ici ! » Mais il n'arrivait pas à s'éloigner de la ferme, on aurait dit qu'Else le retenait par un fil. Il était pour elle comme un oiseau dressé, il chantait et sifflait pour son agrément, exactement comme elle le souhaitait.

Johanne, la fille du sabotier, était servante dans cette même ferme, on lui assignait d'humbles tâches. Elle conduisait la voiture à lait dans les champs, où elle trayait les vaches avec d'autres filles. Il arrivait même qu'elle transporte du fumier, quand il le fallait. Elle n'entrait jamais dans la grande salle à manger et elle ne voyait pas beaucoup Rasmus ni Else, mais elle entendit dire qu'ils étaient comme fiancés.

« Comme cela, Rasmus pourra être riche ! dit-elle. Je suis contente pour lui ! » Et les larmes lui montaient aux yeux, mais il n'y avait vraiment pas de quoi pleurer.

Un jour de marché, Klaus Hansen se rendit à la ville, et Rasmus était avec lui dans sa voiture. Il était assis à côté d'Else, à l'aller comme au retour. Il était follement amoureux, mais il n'en souffla pas un mot.

« Il faudrait tout de même qu'il m'en parle ! pensait la jeune fille, et elle avait bien raison. S'il ne veut rien dire, je sais comment lui faire peur ! »

Et le bruit courut bientôt dans la ferme que le plus riche fermier de la paroisse avait demandé Else en mariage, et c'était bien vrai, mais personne ne savait quelle réponse elle avait donnée.

Les pensées bourdonnaient dans la tête de Rasmus.

Un soir, Else se mit un anneau d'or au doigt, et elle demanda à Rasmus ce que cela voulait dire.

« Tu t'es fiancée ? » demanda-t-il.

« Et avec qui, à ton avis ? » demanda-t-elle.

« Avec le riche fermier ! » répondit-il.

« Tu as bien deviné ! » dit-elle, en acquiesçant d'un signe de tête, et elle s'éclipsa.

Mais il s'éclipsa lui aussi, rentra chez sa mère, l'air hagard, et il fit son balluchon. Il voulait partir dans le vaste monde. Sa mère eut beau pleurer, rien n'y fit.

Il se tailla un bâton dans le vieux saule, et il sifflait comme s'il était de bonne humeur. Il allait partir à la découverte de toutes les beautés du monde.

« Cela me fait beaucoup de peine ! dit sa mère, mais pars d'ici, c'est sans doute ce que tu as de plus sage et de mieux à faire, je n'ai qu'à en prendre mon parti. Compte sur toi-même et sur Notre-Seigneur, et tu me reviendras certainement heureux et satisfait ! »

Il partit par la nouvelle route, et vit arriver Johanne qui transportait une charrette de fumier, mais elle ne l'avait pas remarqué, et il ne voulait pas qu'elle le vît. Il s'assit derrière la haie qui bordait le fossé, pour se cacher, et Johanne passa devant lui.

Il s'en alla de par le monde, personne ne savait où il était parti, sa mère pensait qu'il reviendrait avant la fin de l'année. « Il va voir du nouveau, il va avoir d'autres choses à penser, et il va reprendre ensuite ses anciens plis, aucun fer à repasser ne peut les faire disparaître. Il tient un peu trop de son père. J'aurais préféré qu'il tienne de moi, le pauvre enfant ! Mais il reviendra certainement, il ne peut pas abandonner sa mère et sa maison ! »

Sa mère était prête à attendre des années, mais Else n'attendit qu'un mois, après quoi elle alla secrètement voir la guérisseuse Stine, la fille de Mads, qui savait soigner les gens avec des « remèdes » à elle, lire l'avenir dans les cartes et dans le marc de café, et qui savait plus que son Notre-Père. Elle savait aussi où était Rasmus. Elle lut cela dans le marc de café. Il était dans une ville étrangère, mais elle ne pouvait pas dire quel était son nom. Il y avait des soldats dans cette ville, ainsi que de gracieuses jeunes filles. Il hésitait entre le mousquet et l'une des jeunes filles.

Else trouva cette pensée insupportable. Elle était toute prête à donner ses économies pour qu'il soit libéré, mais il fallait que personne ne sache que cela venait d'elle.

Et la vieille Stine lui promit qu'il reviendrait. Elle connaissait un sortilège, un sortilège dangereux pour celui à qui on l'appliquait, mais c'était l'ultime remède. Elle voulait faire bouillir la marmite à son intention, et il serait ainsi obligé de se mettre en route, à quelque endroit qu'il se trouve dans le monde. Il serait obligé de revenir là où la marmite bouillait et où sa fiancée l'attendait. Plusieurs mois pourraient passer avant qu'il revienne, mais il reviendrait de toute façon, si toutefois il était en vie.

Sans repos ni trêve, jour et nuit, il franchirait les mers et les montagnes, que le temps fût clément ou rigoureux, quelle que soit sa fatigue, il serait obligé de revenir, il ne pourrait pas faire autrement.

La lune était dans son premier quartier. Il le fallait pour que le sortilège réussisse, dit la vieille Stine. Il y avait la tempête, on entendait des craquements dans le vieux saule. Stine coupa une baguette qu'elle entoura d'un nœud, cela aiderait certainement à attirer Rasmus, pour qu'il revienne à la maison de sa mère. On prit de la mousse et de la joubarbe sur le toit, on les mit dans la marmite qu'on plaça sur le feu. Else dut arracher une feuille du psautier, et sans faire attention, elle arracha la dernière page, celle où on trouve la liste des fautes d'impression. « Cela fera le même effet ! » dit Stine, en jetant la feuille dans la marmite.

Toutes sortes de choses étaient nécessaires pour faire la bouillie qui devait bouillonner et bouillonner sans cesse jusqu'à ce que Rasmus fût rentré à la maison. Le coq noir, dans la chaumière de la vieille Stine, y perdit sa crête rouge, qui passa dans la marmite. Le gros anneau d'or d'Else prit le même chemin, et elle ne le récupérerait jamais, Stine l'avait prévenue. Elle était très habile, cette Stine. Beaucoup de choses dont nous ne pouvons pas dire le nom allèrent dans la marmite. Elle restait toujours sur le feu, ou sur des braises ardentes ou de la cendre brûlante. Seules Stine et Else étaient au courant.

Il y eut la nouvelle lune, il y eut la pleine lune, et à chaque fois, Else venait demander : « Tu ne le vois pas venir ?

— Je sais beaucoup de choses ! disait Stine, et je vois beaucoup de choses, mais je ne peux pas voir la longueur du chemin qu'il doit parcourir. Maintenant, il a franchi les premières montagnes ! Maintenant, il est sur la mer par mauvais temps ! Le chemin est long, il passe par de grandes forêts, il a des ampoules aux pieds, son corps est pris par la fièvre, mais il faut qu'il avance.

— Non, non ! disait Stine. Il me fait pitié !

— On ne peut plus l'arrêter, car sinon, il tombera mort sur la route ! »

Des années avaient passé. La lune brillait, ronde et grande, le vent soufflait dans le vieil arbre, un arc-en-ciel apparut dans le ciel au clair de lune.

« C'est le signe que nous sommes sur la bonne voie ! dit Stine. Rasmus va venir. »

Mais il ne vint pourtant pas.

« Le temps d'attente est long ! » dit Stine.

« J'en ai assez, maintenant ! » dit Else.

Elle vint voir Stine de plus en plus rarement et elle ne lui apporta plus de cadeaux.

Elle se sentit le cœur plus léger, et un beau matin, tout le monde sut dans la paroisse qu'Else avait dit oui au plus riche fermier.

Elle se rendit sur place pour voir la ferme et les terres, le bétail et les biens. Tout était en bon état, il n'y avait pas de raison d'attendre pour célébrer les noces.

Celles-ci donnèrent lieu à de grandes festivités qui durèrent trois jours. On dansa au son de la clarinette et des violons. Personne de la paroisse ne fut oublié au moment des invitations. La mère Ølse était aussi présente, et lorsque la fête fut finie, que les invités eurent remercié les hôtes, et que les trompettes eurent sonné le départ, elle rentra chez elle avec les restes du festin.

Elle avait simplement fermé la porte avec une cheville, celle-ci avait été enlevée, la porte était ouverte, et Rasmus était assis dans la pièce. Il était revenu à la maison, il venait d'arriver. Mon Dieu, quelle mine il avait ! Il n'avait que la peau et les os, il avait le teint pâle et jaune.

« Rasmus ! dit sa mère. Est-ce toi que je vois ? Comme tu as mauvaise mine ! Mais j'ai malgré tout la joie au cœur de te retrouver ! »

Et elle lui donna quelques-unes des bonnes victuailles qu'elle avait rapportées du festin, un morceau de rôti et une part de la tarte qui avait été servie à la noce.

Ces derniers temps, il avait souvent pensé à sa mère, dit-il, à son foyer et au vieux saule. Il trouvait curieux d'avoir souvent vu l'arbre dans ses rêves, ainsi que Johanne qui marchait pieds nus.

D'Else, il ne dit pas un mot. Il était malade et il fallait qu'il se mette au lit. Mais nous ne croyons pas que c'était la faute de la marmite, ou qu'elle avait exercé un pouvoir sur lui. Seules la vieille Stine et Else le croyaient, mais elles n'en parlaient pas.

Rasmus avait la fièvre, et c'était contagieux. Si bien que personne ne vint à la maison du tailleur, sauf Johanne, la fille du sabotier. Elle pleura en voyant dans quel piteux état Rasmus se trouvait.

Le docteur lui fit une ordonnance pour la pharmacie. Il ne voulut pas prendre les médicaments. « À quoi bon ! » dit-il.

« C'est pour que tu te remettes ! dit sa mère. Compte sur toi-même et sur Notre-Seigneur. Si seulement je pouvais te voir reprendre du poids, et t'entendre siffler et chanter, je ferais volontiers don de ma vie ! »

Et Rasmus fut débarrassé de sa maladie, mais sa mère l'attrapa. C'est elle que Notre-Seigneur rappela, et pas lui.

La solitude régnait dans la maison, la pauvreté s'y installa encore plus. « Il est usé ! disaient les gens de la paroisse. Rasmus le Pouilleux ! »

Il avait vécu une vie dissolue au cours de ses voyages, et c'était cela, plutôt que la marmite noire qui bouillonnait, qui lui avait sucé les moelles et semé le désordre dans son corps. Ses cheveux devinrent rares et gris. Il n'avait pas envie de travailler normalement. « À quoi bon ! » disait-il. Il fréquentait le cabaret plutôt que l'église.

Par un soir d'automne, il avançait avec peine dans le vent et la pluie sur la route boueuse qui menait du cabaret à sa maison. Sa mère n'était plus de ce monde depuis longtemps, elle avait été enterrée. Les hirondelles et l'étourneau, ces fidèles créatures, étaient aussi partis. Johanne, la fille du sabotier, elle, n'était pas partie. Elle le rattrapa sur la route, et fit un bout de chemin avec lui.

« Ressaisis-toi, Rasmus !

— À quoi bon ! » dit-il.

« C'est une mauvaise devise que tu as ! dit-elle. Souviens-toi des paroles de ta mère : "Compte sur toi-même et sur Notre-Seigneur !" Tu ne le fais pas, Rasmus ! Chacun doit le faire, c'est un commandement qu'on doit respecter. Ne dis jamais : "À quoi bon !", sinon tu arraches toi-même la racine de tout ce que tu fais ! »

Elle l'accompagna jusqu'à la porte de sa maison, puis elle se sépara de lui. Il ne resta pas à l'intérieur, il se rendit sous le vieux saule, et s'assit sur une des pierres de la borne renversée.

Le vent sifflait dans les branches de l'arbre, c'était comme une chanson, c'était comme si quelqu'un parlait. Rasmus lui répondait, il parlait à haute voix, mais personne ne l'entendait, mis à part l'arbre et le vent qui soufflait.

« Je sens le froid me gagner ! C'est certainement le moment d'aller au lit. Dormir, dormir ! »

Il se mit alors en route, mais il ne se dirigea pas vers la maison, il alla vers la mare, il trébucha et tomba. La pluie tombait à verse, le vent était d'un froid glacial, et il ne s'en rendait pas compte. Mais lorsque le soleil se leva et que les corneilles volèrent au-dessus des roseaux de la mare, il se réveilla, à demi mort. S'il avait mis la tête à l'endroit où se trouvaient ses pieds, il ne se serait jamais relevé, les vertes lentilles d'eau auraient été son linceul.

Au cours de la journée, Johanne vint à la maison du tailleur. Elle lui porta secours, elle fit en sorte qu'il puisse entrer à l'hôpital.

« Nous nous connaissons depuis notre enfance, ditelle. Ta mère m'a donné de la bière et de la nourriture, je ne pourrai jamais le lui rendre ! Tu vas recouvrer la santé, tu vas devenir un homme digne de vivre ! »

Et la volonté de Notre-Seigneur fut qu'il restât en vie. Mais sa santé et son humeur passèrent par des hauts et des bas.

Les hirondelles et l'étourneau vinrent, puis repartirent et revinrent encore. Rasmus vieillit avant l'âge. Il vivait seul dans sa maison, qui se détériorait de plus en plus. Il était pauvre, plus pauvre maintenant que Johanne.

« Tu n'as pas la foi ! dit-elle. Et quand on n'a pas Notre-Seigneur, qu'est-ce qu'on a ? Tu devrais prendre la communion ! dit-elle. Tu ne l'as sans doute pas fait depuis ta confirmation.

— À quoi bon ! » dit-il.

« Si tu parles ainsi et si c'est ce que tu crois, il faut t'en abstenir ! Notre-Seigneur n'aime pas qu'on s'approche de sa table à contrecœur. Mais pense tout de même à ta mère et à ton enfance ! Tu étais à l'époque un garçon gentil et pieux. Me permets-tu de te lire un psaume ?

— À quoi bon ! » dit-il.

« J'en tire toujours une consolation ! » répondit-elle.

« Johanne, tu es certainement devenue une sainte ! » et il posa sur elle un regard terne et las.

Et Johanne récita le psaume, sans regarder dans un livre, car elle n'en avait pas. Elle le savait par cœur.

« C'étaient de belles paroles ! dit-il. Mais je n'ai pas pu très bien suivre. Ma tête est tellement lourde ! »

Rasmus était devenu un vieil homme, mais Else n'était plus jeune non plus, s'il faut parler d'elle. Rasmus ne parlait jamais d'elle. Elle était grand-mère. Sa petite-fille était une petite bavarde qui jouait avec les autres enfants du village. Rasmus s'approcha un jour, appuyé sur son bâton, il s'arrêta, regarda les enfants jouer, leur adressa un sourire, le passé éclairait ses pensées. La petite-fille d'Else le montra du doigt, « Rasmus le Pouilleux ! » cria-t-elle. Les autres petites filles suivirent son exemple : « Rasmus le Pouilleux ! » crièrent-elles, et elles poursuivirent le vieil homme de leurs cris.

C'était un jour gris et triste, et il y en eut encore plusieurs, mais après des jours gris et tristes, il vint aussi un jour ensoleillé.

C'était par un beau matin de Pentecôte, l'église était décorée avec des branches de bouleau vertes, elle sen-

tait la forêt, et la lumière du soleil éclairait les bancs.
Les grands cierges de l'autel étaient allumés, c'était le
moment de la communion. Johanne était parmi ceux
qui étaient à genoux, mais Rasmus n'était pas de leur
nombre. Notre-Seigneur venait de le rappeler ce matin-
là.

Auprès de Dieu, on trouve grâce et miséricorde.

De nombreuses années ont passé depuis. La maison
du tailleur est encore là, mais personne n'y habite plus,
elle pourrait s'effondrer dès la première nuit de tempête. La mare est envahie par les roseaux et les trèfles
d'eau. Le vent souffle dans le vieil arbre, on croirait
entendre une chanson. Le vent la chante, l'arbre la
raconte. Si tu ne la comprends pas, adresse-toi à la
vieille Johanne, à l'hospice.

C'est là qu'elle vit, elle chante son psaume, celui
qu'elle avait chanté à Rasmus. Elle pense à lui et prie
Notre-Seigneur pour lui, cette âme fidèle. Elle sait
raconter le temps passé, les souvenirs qui sifflent dans
le vieil arbre.

# LA CLEF DE LA PORTE D'ENTRÉE

Chaque clef a son histoire et il y a beaucoup de clefs : la clef de chambellan, la clef de la pendule, la clef de saint Pierre. Nous pourrions dire quelque chose au sujet de toutes ces clefs, mais nous ne parlerons maintenant que de la clef de la porte d'entrée du chambellan.

Elle avait été faite chez un serrurier, mais elle aurait bien pu croire que c'était chez un forgeron, à en juger par la façon dont l'homme la manipulait, la martelait et la limait. Elle était trop grande pour une poche de pantalon, et il fallait la mettre dans une poche de manteau. Elle restait souvent là dans le noir, sinon, elle avait sa place attitrée au mur, à côté de la silhouette du chambellan qui datait de son enfance, sur laquelle il ressemblait à une brioche qui aurait eu un jabot.

On dit que toute personne a dans son caractère et sa façon d'agir quelque chose qui lui vient du signe du zodiaque sous lequel elle est née, Taureau, Vierge, Scorpion, comme on les appelle dans le calendrier. La femme du chambellan ne mentionnait aucun de ceux-ci, elle disait que son mari était né sous le « signe de la Brouette », il fallait tout le temps le pousser.

Son père l'avait poussé pour le faire entrer dans un bureau, sa mère l'avait poussé au mariage, et sa femme l'avait poussé jusqu'à ce qu'il devienne chambellan, mais cela, elle ne le disait pas, c'était une brave femme réfléchie, qui se taisait quand il le fallait, parlait et poussait quand il le fallait.

Il avait déjà un certain âge, était « bien proportionné », comme il le disait lui-même, c'était un homme cultivé, débonnaire, qui, de plus, s'y connaissait en clefs, comme nous allons mieux le comprendre par la suite. Il était toujours de bonne humeur, aimait bien tout le monde et engageait volontiers la conversation. S'il se promenait en ville, il était difficile de le faire revenir à la maison, quand sa femme n'était pas avec lui pour le pousser. Il fallait absolument qu'il parle à chacune de ses connaissances qu'il rencontrait. Il avait de nombreuses connaissances et le repas de midi en pâtissait.

La femme du chambellan faisait le guet depuis la fenêtre. « Le voilà qui arrive ! disait-elle à la bonne. Mets la marmite sur le feu ! – Le voilà qui s'arrête et qui parle avec quelqu'un, enlève la marmite, sinon, le repas va être trop cuit ! – Le voilà qui arrive, remets la marmite sur le feu ! »

Mais il ne venait pas pour autant.

Il lui arrivait d'être juste sous la fenêtre de la maison et de faire un signe de tête vers le haut, mais si une de ses connaissances passait, il ne pouvait pas s'empêcher de lui dire quelques mots. Et si une autre personne de sa connaissance arrivait pendant qu'il parlait avec la première, il arrêtait la première par la boutonnière et prenait l'autre par la main, tandis qu'il en appelait une troisième qui allait passer.

La patience de la femme du chambellan était mise à rude épreuve. « Chambellan ! Chambellan ! criait-elle alors. Cet homme est né sous le signe de la Brouette, il ne peut pas bouger sans qu'on le pousse ! »

Il aimait beaucoup aller dans les librairies, regarder dans les livres et les revues. Il donnait de petits honoraires à son libraire pour pouvoir lire chez lui les nouveaux livres, c'est-à-dire pour avoir le droit de les couper dans le sens de la longueur, mais pas dans le sens de la largeur, car sinon, on ne pouvait pas les vendre comme neufs. C'était un journal vivant fort honnête, il était au courant des fiançailles, des noces et des enterrements, des ragots concernant les livres et des ragots concernant la ville, il laissait même entendre qu'il était au courant quand personne ne l'était. Il tenait cela de la clef de la porte d'entrée.

Quand ils étaient jeunes et nouveaux mariés, le chambellan et sa femme habitaient déjà dans leur propre maison, et depuis cette époque-là, ils avaient toujours eu la même clef de porte d'entrée, mais ils ne connaissaient pas encore ses étranges pouvoirs, ils ne les découvrirent que par la suite.

C'était à l'époque du roi Frédéric VI. Dans ce temps-là, Copenhague n'avait pas le gaz, elle avait des réverbères à huile, elle n'avait pas de Tivoli ni de Casino, pas de tramways ni de chemins de fer. Il y avait peu de distractions, par rapport à maintenant. Le dimanche, on franchissait la porte pour faire une promenade en dehors de la ville, jusqu'au cimetière de l'Assistance, on lisait les inscriptions sur les tombes, s'asseyait dans l'herbe, tirait son repas de son panier et arrosait le tout avec de l'eau-de-vie. Ou bien on allait à Frederiksberg, où la musique militaire jouait devant le château, et beaucoup de gens regardaient la famille royale passer en barque dans les petits canaux étroits, le vieux roi était à la barre, lui et la reine saluaient tout le monde, sans distinction de rang. Des familles aisées venaient là aussi, depuis la ville, pour prendre leur thé du soir. Elles pouvaient se procurer de l'eau chaude dans la petite maison paysanne dans le champ qui était en dehors du jardin, mais elles devaient apporter elles-mêmes leur théière.

C'est là que se rendirent le chambellan et sa femme par un dimanche après-midi ensoleillé. La bonne marchait devant, portant la théière, ainsi qu'un panier de vivres et une bouteille d'« eau-de-vie de chez Spendrup ».

« Prends la clef de la porte d'entrée, dit la femme du chambellan, pour que nous puissions rentrer dans notre maison quand nous reviendrons. Tu sais qu'on ferme à la tombée de la nuit et que la corde de la cloche est cassée depuis ce matin ! Nous reviendrons tard à la maison ! Après avoir été à Frederiksberg, nous devons aller au théâtre de Casorti dans le quartier de Vesterbro pour voir la pantomime *Arlequin, président des batteurs en grange.* Ils descendent dans un nuage, cela coûte deux marks par personne ! »

Et ils allèrent à Frederiksberg, écoutèrent la musique, virent les barques royales, les bannières au vent, virent le vieux roi et les cygnes blancs. Après avoir bu un bon thé, ils se hâtèrent de partir, mais n'arrivèrent tout de même pas à l'heure au théâtre.

La danse sur la corde raide était finie, la danse sur des échasses était finie, et la pantomime avait commencé. Ils arrivaient toujours trop tard, et c'était la faute du chambellan. Il s'arrêtait à tout moment en chemin pour parler avec des gens de sa connaissance. Au théâtre, il trouva aussi de bons amis, et lorsque la représentation fut terminée, lui et sa femme ne purent évidemment pas faire autrement que d'aller chez une famille dans le quartier de Vesterbro pour prendre un verre de punch. Ça n'aurait dû prendre que dix minutes, mais elles finirent par durer une heure entière. On n'en finissait plus de parler. Il y avait quelqu'un de particulièrement amusant, un baron suédois, ou était-il allemand, le chambellan ne s'en souvenait plus exactement, en revanche, il se souvint pour toujours du tour qu'il lui montra avec la clef. C'était extrêmement intéressant ! Il arrivait à faire répondre la clef à toutes les questions qu'on lui posait, même les plus secrètes.

La clef de la porte d'entrée du chambellan était tout à fait appropriée, son panneton était lourd, et il faut qu'il pende vers le bas. Le baron posa l'anneau de la clef sur l'index de sa main droite. Elle pendait là, libre et légère, chaque battement de pouls, au bout du doigt, la faisait bouger de telle sorte qu'elle tournait, et si cela ne se produisait pas, le baron savait s'y prendre discrètement pour qu'elle tourne comme il le voulait. Chaque rotation correspondait à une lettre à partir de A et aussi loin qu'on le voulait dans l'alphabet. Lorsque la première lettre était trouvée, la clef tournait dans l'autre sens, ensuite on cherchait la lettre suivante, et on obtenait ainsi des mots entiers, des phrases entières, la réponse à la question. Tout n'était que mensonge, mais c'était toujours amusant, ce fut pratiquement la première pensée du chambellan, mais il ne la retint pas, elle fut entièrement absorbée par la clef, et lui avec.

« Allons ! Allons ! cria la femme du chambellan. La porte du quartier ouest ferme à minuit ! Nous ne pourrons pas entrer, il ne nous reste qu'un quart d'heure et il faut nous dépêcher. »

Ils durent se dépêcher. Plusieurs personnes qui voulaient entrer en ville les eurent bientôt dépassés. Ils s'approchaient enfin du dernier poste de garde lorsque minuit sonna, la porte se ferma bruyamment. Toute une quantité de gens étaient restés à l'extérieur, et parmi ceux-ci, il y avait le chambellan et sa femme, avec leur bonne, la théière et le panier vide. Certains étaient en proie à une grande frayeur, d'autres étaient fâchés. Chacun prenait la chose à sa manière. Que fallait-il faire ?

Heureusement, la décision avait été prise récemment qu'une des portes de la ville, la porte du quartier nord, ne serait pas fermée. Les piétons avaient la possibilité de passer par le poste de garde à cet endroit-là pour entrer dans la ville.

Il y avait pas mal de chemin à faire, mais le temps était beau, le ciel clair, avec des étoiles et des étoiles filantes, les grenouilles coassaient dans le fossé et dans les mares. La compagnie se mit elle-même à chanter, une chanson après l'autre, mais le chambellan ne chantait pas, il ne regardait pas non plus les étoiles, ni même ses propres jambes, il tomba de tout son long au bord du fossé, on aurait pu croire qu'il avait trop bu, mais ce n'était pas le punch, c'était la clef, qui lui était montée à la tête et qui y tournait.

Ils finirent par atteindre le poste de garde du quartier de Nørrebro, traversèrent le pont et entrèrent dans la ville.

« Me voilà de nouveau contente ! dit la femme du chambellan. Voilà notre porte d'entrée !

— Mais où est la clef de la porte d'entrée ? cria le chambellan. Elle n'était ni dans la poche de derrière, ni dans la poche de côté.

— Bonté divine ! cria la femme du chambellan. Tu n'as pas la clef ? Tu l'as perdue à cause de tous ces tours que le baron a faits avec elle. Comment allons-nous entrer maintenant ? Tu sais que la corde de la cloche est cassée depuis ce matin, les veilleurs n'ont pas la clef de la maison. Nous voilà au désespoir ! »

La bonne se mit à pousser les hauts cris, le chambellan était le seul qui gardait sa présence d'esprit.

« Il faut casser une vitre chez le charcutier ! dit-il. Le faire lever pour pouvoir entrer. »

Il cassa une vitre, il en cassa deux. « Petersen ! » cria-t-il en enfonçant le manche de son parapluie dans les vitres. La fille du commerçant, au sous-sol, se mit alors à crier fort. Le commerçant ouvrit la porte de la boutique en criant : « Veilleur ! » Et avant qu'il ait bien vu la famille du chambellan, qu'il l'ait reconnu et fait entrer, le veilleur sifflait déjà et un autre veilleur répondait dans la rue voisine et sifflait. Des gens vinrent aux fenêtres. « Où est le feu ? Où y a-t-il du tapage ? » demandèrent-ils, et ils posaient encore la question alors que le chambellan était déjà dans son salon, enlevait son manteau et... la clef de la porte d'entrée y était, pas dans la poche, mais dans la doublure, elle était tombée dedans en passant par un trou qu'il n'aurait pas dû y avoir dans la poche.

À partir de ce soir-là, la clef de la porte d'entrée revêtit une importance toute particulière, pas seulement quand on sortait le soir, mais quand on était à la maison et que le chambellan montrait son habileté et faisait répondre la clef à des questions.

Il imaginait la réponse la plus probable et laissait la clef la donner, il finit par y croire lui-même, mais ce n'était pas le cas du pharmacien, un jeune homme proche parent de la femme du chambellan.

Ce pharmacien avait du jugement, il avait le sens critique, déjà lorsqu'il était écolier, il avait fourni des critiques de livres et de théâtre, mais en gardant l'anonymat, cela y fait beaucoup. C'était ce qu'on appelle un bel esprit, mais il ne croyait absolument pas aux esprits, surtout pas aux esprits de clefs.

« Si, je crois, je crois, disait-il, mon bon monsieur le chambellan, je crois à la clef de la porte d'entrée et à tous les esprits de portes, aussi fermement que je crois à la nouvelle science, qu'on commence à connaître : la danse des tables et les esprits dans les vieux et les nouveaux meubles. Avez-vous entendu parler de cela ? Moi, j'en ai entendu parler ! J'ai douté. Vous savez que je suis un sceptique, mais je me suis converti en lisant une histoire terrible dans une revue étrangère tout à fait crédible. Chambellan ! vous vous imaginez ? Je vous donne l'histoire telle que je l'ai entendue. Deux enfants intelligents avaient vu leurs parents réveiller l'esprit dans une grande table de salle à manger. Les deux petits étaient seuls et voulurent s'y prendre de la même manière pour essayer de faire venir de la vie dans une vieille commode. La vie vint, l'esprit se réveilla, mais il ne supportait pas que des enfants lui donnent des ordres. Il se leva, il y eut des craquements dans la commode, il ouvrit les tiroirs, et, avec ses pieds de commode, il mit les enfants chacun dans un tiroir, et puis la commode sortit en courant par la porte ouverte, descendit l'escalier et se retrouva dans la rue, alla jusqu'au canal où elle se jeta, noyant les deux enfants. Les petits cadavres furent enterrés en terre chrétienne, mais la commode fut convoquée au tribunal, jugée pour infanticide et brûlée vivante sur la place publique. Je l'ai lu, dit le pharmacien, lu dans une revue étrangère, ce n'est pas une chose que j'ai inventée moi-même ! Que la clef m'emporte si ce n'est pas vrai ! Je viens de lâcher un gros juron ! »

Le chambellan trouva que c'était une plaisanterie trop grossière, ils ne pourraient jamais parler de la clef. Le pharmacien était ignorant en matière de clefs.

Le chambellan faisait des progrès dans la science des clefs. La clef servait à la fois à son plaisir et à son instruction.

Un soir, le chambellan était sur le point d'aller au lit, il s'était à moitié déshabillé, lorsqu'on frappa à la porte du couloir. C'était le commerçant qui avait sa boutique au sous-sol qui venait si tard. Il était aussi à moitié déshabillé, mais il avait eu brusquement une idée, dit-il, et il avait peur de ne pas pouvoir s'en souvenir une fois la nuit passée.

« C'est de ma fille, Lotte-Lene, que je veux parler. C'est une jolie fille, elle est confirmée, j'aimerais bien la voir trouver un bon parti !

— Je ne suis pas encore veuf ! dit le chambellan en se retenant de rire, et je n'ai pas de fils à lui proposer.

— Vous me comprenez certainement, chambellan ! dit le commerçant. Elle sait jouer du piano, elle sait chanter. Cela doit pouvoir s'entendre jusqu'ici dans la maison. Vous ne savez pas tout ce que cette enfant arrive à inventer, elle sait imiter la façon dont tous les gens parlent et comment ils marchent. Elle est faite pour le théâtre, et c'est un bon métier pour les jolies filles de bonne famille, il arrive qu'elles se marient avec un comte, mais, ni moi ni Lotte-Lene, nous ne pensons à ce genre de choses. Elle sait chanter, elle joue du piano, si bien que l'autre jour, je suis allé avec elle à l'école de chant. Elle a chanté, mais elle n'a pas ce que j'appelle une "voix d'ivrogne" chez les femmes, elle n'a pas ces cris de canari qui montent jusqu'aux notes les plus hautes, comme on l'exige de nos jours des chanteuses, et on lui a fermement déconseillé de se lancer dans cette voie. Eh bien, pensai-je, si elle ne peut pas devenir chanteuse, elle pourra toujours devenir actrice, il suffit de parler. Aujourd'hui, je me suis entretenu avec le metteur en scène, comme on l'appelle. "A-t-elle quelque instruction ?" m'a-t-il demandé. "Non, dis-je, absolument aucune ! Une artiste doit absolument avoir de l'instruction !" dit-il. Il est encore temps pour qu'elle en acquière, pensai-je, puis je rentrai chez moi. Elle peut payer une redevance et emprunter des livres dans une bibliothèque et lire ce qu'il y a, pensai-je. Mais au moment où j'étais en train de me déshabiller, ce soir, l'idée m'est venue : pourquoi emprunter des livres contre une redevance quand on peut tout simplement les avoir gratuitement à sa disposition ? Le chambellan a toute une quantité de livres, elle n'a qu'à les lire. Cela fait assez de lecture instructive, et elle peut l'avoir gratuitement !

— Lotte-Lene est une gentille fille, dit le chambellan, une jolie fille ! Elle va pouvoir lire ces livres pour s'instruire, mais est-ce qu'elle a ce qu'on appelle de la vivacité d'esprit, a-t-elle quelque chose de génial, est-ce un génie ? Et, chose tout aussi importante, a-t-elle la chance de son côté ?

— Elle a gagné deux fois à la loterie, dit le commerçant, une fois, elle a gagné une penderie et une fois six paires de draps. C'est de la chance ou je ne m'y connais pas.

— Je vais poser la question à la clef ! » dit le chambellan.

Et il mit la clef sur son index droit et sur l'index droit du commerçant, fit tourner la clef et indiqua une lettre après l'autre.

La clef dit : « Victoire et chance ! » et du même coup, l'avenir de Lotte-Lene était tout tracé.

Le chambellan lui donna aussitôt deux livres à lire : *Dyveke* et *Comment se conduire en société* de Knigge[1].

À partir de ce soir-là, ce qu'on pourrait appeler des liens plus étroits commencèrent à se nouer entre Lotte-Lene et le chambellan et sa femme. Elle montait les voir dans l'intimité et le chambellan trouvait que c'était une fille raisonnable, elle croyait en lui et en la clef. La femme du chambellan voyait dans la franchise

---

1. *Dyveke* est le titre d'une tragédie en cinq actes datant de 1796 et l'ouvrage de Knigge est le célèbre *Über den Umgang mit Menschen* (1788), sorte de manuel d'éducation mondaine.

avec laquelle elle manifestait à tout instant sa grande ignorance quelque chose d'enfantin, d'innocent. Les deux époux l'appréciaient, chacun à sa façon, et elle les appréciait aussi de son côté.

« Ça sent tellement bon, là-haut ! » disait Lotte-Lene.

Il y avait une odeur, un parfum, une odeur de pommes dans le couloir, où la femme du chambellan avait placé tout un tonneau de pommes de Grästen. Un brûle-parfums répandait aussi une odeur de rose et de lavande dans toutes les pièces.

« Cela fait distingué ! » disait Lotte-Lene. Ses yeux se délectaient aussi en voyant les belles fleurs que la femme du chambellan avait toujours en grandes quantités. Même en plein hiver, le lilas et les branches de cerisier fleurissaient. On coupait les branches et on les mettait sans feuilles dans l'eau, et, dans la chaleur du salon, elles ne tardaient pas à porter des fleurs et des feuilles.

« On aurait pu croire que la vie avait disparu des branches nues, mais regardez comme elles ressuscitent d'entre les morts !

— Je n'avais encore jamais pensé à cela ! dit Lotte-Lene. Comme la nature est charmante ! »

Et le chambellan lui montra son « Livre des clefs » où étaient consignées des choses curieuses que la clef avait dites, il était même question d'une moitié de gâteau aux pommes qui avait disparu du buffet juste-ment le soir où la bonne avait reçu la visite de son fiancé.

Et le chambellan demanda à sa clef : « Qui a mangé le gâteau aux pommes, le chat ou le fiancé ? » et la clef répondit : « Le fiancé ! » C'est ce que croyait le chambellan avant même d'avoir posé la question, et la bonne avoua : de toute façon, cette maudite clef savait tout.

« N'est-ce pas curieux ! dit le chambellan. Quelle clef, tout de même ! Et elle a dit de Lotte-Lene : "Vic-

toire et chance !" C'est ce que nous allons voir ! Je
m'en porte garant.

— C'est charmant ! » dit Lotte-Lene.

La femme du chambellan n'avait pas la même
confiance, mais elle n'exprimait pas ses doutes quand
son mari pouvait l'entendre. Elle fit plus tard une
confidence à Lotte-Lene. Elle lui dit que le chambellan, lorsqu'il était jeune, avait eu une véritable passion
pour le théâtre. Si quelqu'un l'avait poussé à l'époque,
il serait certainement devenu acteur, mais sa famille
l'avait poussé d'un autre côté. Il voulait accéder à la
scène, et, pour ce faire, il écrivit une comédie.

« C'est un grand secret que je vous confie, ma petite
Lotte-Lene. Cette comédie n'était pas mauvaise, elle
fut acceptée par le Théâtre Royal et sifflée, si bien
qu'on n'en a plus jamais entendu parler depuis, et j'en
suis contente. Je suis sa femme et je le connais. Vous
voulez maintenant suivre la même voie. Je vous souhaite un plein succès, mais je ne crois pas que cela va
réussir, je ne crois pas à la clef de la porte d'entrée ! »

Lotte-Lene y croyait, et elle partageait cette foi avec
le chambellan.

Leurs cœurs se comprenaient en tout bien, tout
honneur.

La jeune fille avait d'ailleurs plusieurs compétences
que la femme du chambellan appréciait. Lotte-Lene
savait faire de l'amidon à partir de pommes de terre,
coudre des gants à partir de vieux bas de soie, recouvrir
de soie ses chaussons de danse, bien qu'elle ait eu les
moyens de s'acheter uniquement des habits neufs. Elle
avait ce que l'épicier appelait « des schillings dans le
tiroir et des obligations dans le coffre-fort ». C'était en
fait une femme pour le pharmacien, pensait la femme
du chambellan, mais elle ne le disait pas, et elle ne le
faisait pas non plus dire par la clef. Le pharmacien
devait bientôt s'établir, avoir sa propre pharmacie et
ce, dans l'une des villes de province les plus proches
et les plus importantes.

Lotte-Lene lisait toujours Dyveke et *Comment se*

*comporter en société* de Knigge. Elle garda ces deux livres pendant deux ans, et elle savait déjà l'un des deux par cœur, *Dyveke*, tous les rôles, mais elle ne voulait jouer que l'un d'entre eux, celui de Dyveke, et elle ne voulait pas jouer dans la capitale, où il y avait tant de jalousie, et où on ne voulait pas d'elle. Elle voulait commencer sa carrière d'artiste, comme le disait le chambellan, dans l'une des villes de province de quelque importance.

Et voici qu'il arriva très curieusement que ce fut exactement au même endroit que celui où le jeune pharmacien s'était établi, en tant que plus jeune, sinon unique pharmacien de la ville.

Le grand soir longtemps attendu arriva, Lotte-Lene devait jouer, remporter la victoire et trouver sa chance, comme la clef l'avait dit. Le chambellan n'était pas là, il était au lit, et sa femme le soignait, il fallait lui mettre des serviettes chaudes et lui donner de la camomille, les serviettes autour du corps et l'infusion dedans.

Le couple n'assista pas à la représentation de *Dyveke*, mais le pharmacien était là et il écrivit une lettre à ce sujet à sa parente, la femme du chambellan.

« Ce qu'il y avait de mieux, c'était le col que portait Dyveke, écrivit-il. Si j'avais eu la clef de la porte d'entrée du chambellan dans ma poche, je l'aurais sortie et j'aurais sifflé dedans, c'est ce qu'elle méritait et c'est ce que méritait la clef, qui lui a menti si honteusement en lui annonçant victoire et chance. »

Le chambellan lut la lettre. Ce n'était que de la méchanceté, dit-il, de la haine pour la clef, dont la fille innocente faisait les frais.

Et dès qu'il eut quitté le lit et qu'il fut à nouveau sur pied, il envoya un courrier bref mais plein de fiel au pharmacien, qui répondit à son tour comme s'il n'avait rien vu d'autre que de la plaisanterie et de la bonne humeur dans cette épître.

Il le remerciait pour la contribution qu'il avait ainsi apportée et pour toutes celles qu'il aurait l'obligeance d'apporter à l'avenir pour faire connaître la valeur et l'importance incomparables de la clef, puis il confiait au chambellan qu'à côté de ses activités de pharmacien, il était en train d'écrire un grand roman à clefs, dans lequel tous les personnages étaient des clefs, uniquement des clefs. La « clef de la porte d'entrée » était évidemment le personnage principal, et la clef de la porte d'entrée de chambellan lui avait servi de modèle, avec son don de voyance et de divination. C'est autour d'elle que toutes les autres clefs devaient tourner : la vieille clef de chambellan, qui connaissait l'éclat et les festivités de la cour ; la clef de la pendule, petite, délicate et distinguée, à quatre schillings chez le quincaillier ; la clef du banc d'église, qui estime qu'elle fait partie du clergé et qui, après avoir passé toute une nuit au trou d'une serrure à l'église, avait vu des revenants ; la clef du garde-manger, de la remise à bois et de la cave à vins, elles se présentent toutes devant la clef de la porte d'entrée, lui font la révérence et tournent autour d'elle. Les rayons du soleil la font briller comme de l'argent, le vent, esprit du monde, entre en elle et la fait siffler. C'est la clef de toutes les clefs, c'était la clef de la porte d'entrée du chambellan, et maintenant c'est la clef de la porte du ciel, c'est la clef du pape, elle est « infaillible » !

« Méchanceté ! dit le chambellan. Méchanceté pyramidale ! »

Lui et le pharmacien ne se revirent plus jamais. Si, une seule fois, à l'enterrement de la femme du chambellan.

Elle mourut la première.

Toute la maison était dans le deuil et dans la peine. Les branches de cerisier qu'on avait coupées, et qui avaient eu de nouvelles pousses et des fleurs, portèrent elles-mêmes le deuil et se desséchèrent. On les oublia, elle n'était pas là pour s'occuper d'elles.

Le chambellan et le pharmacien suivirent son cercueil côte à côte, en tant que plus proches parents, le moment et l'atmosphère ne se prêtaient pas aux disputes.

Lotte-Lene mit un crêpe sur le chapeau du chambellan. Elle était revenue depuis longtemps à la maison, sans avoir obtenu la victoire et la chance dans la carrière artistique. Mais cela pouvait venir, Lotte-Lene avait de l'avenir. La clef l'avait dit et le chambellan l'avait dit.

Elle montait le voir. Ils parlaient de la défunte et ils pleuraient, Lotte-Lene était tendre, ils parlaient de l'art et Lotte-Lene était forte.

« La vie au théâtre est charmante, disait-elle, mais il y a tellement d'ennuis et de jalousie ! Je préfère suivre ma propre voie. D'abord moi, l'art après ! »

Knigge avait dit vrai dans son chapitre sur les acteurs, elle le comprenait, la clef n'avait pas dit vrai, mais elle n'en parlait pas au chambellan, elle l'aimait bien.

La clef de la porte d'entrée fut d'ailleurs pendant toute l'année de deuil sa consolation et son réconfort. Il lui posait des questions, et elle lui donnait des réponses. Et lorsque l'année fut écoulée et que lui et Lotte-Lene étaient ensemble un soir dans une atmosphère sentimentale, il demanda à la clef :

« Vais-je me marier et avec qui vais-je me marier ? »

Il n'y avait personne pour le pousser, il poussa la clef, et elle dit : « Lotte-Lene ! »

C'était donc dit, et Lotte-Lene devint la femme du chambellan.

« Victoire et chance ! »

Ces paroles avaient été dites à l'avance – par la clef de la porte d'entrée.

## L'INVALIDE

Il y avait un vieux manoir dont les maîtres étaient d'excellents jeunes gens. Ils vivaient dans la richesse et l'abondance, voulaient se divertir et faisaient du bien. Ils voulaient rendre tous les gens aussi heureux qu'eux.

Le soir de Noël, il y avait un beau sapin décoré dans la vieille salle d'armes, où le feu brûlait dans les cheminées et où des branches de sapin avaient été accrochées autour des vieux tableaux. C'est ici que les maîtres des lieux se rassemblaient avec leurs hôtes, on chantait et on dansait.

Plus tôt dans la soirée, la joie de Noël était déjà dans la salle commune. Ici aussi, il y avait un grand sapin avec des bougies rouges et blanches allumées, et de petits drapeaux danois, des cygnes découpés et des filets de pêche en papier multicolore remplis de bonbons. Les enfants pauvres de la paroisse étaient invités, chacun accompagné de sa mère. Celle-ci ne regardait pas beaucoup vers l'arbre, elle regardait du côté des tables de Noël, où il y avait des vêtements de laine et de toile, du tissu pour robes et du tissu pour pantalons. C'est dans cette direction que les mères regardaient, ainsi que les grands enfants, seuls les tout-petits tendaient les mains vers les bougies, les décorations dorées et les drapeaux.

Toute cette assistance arrivait tôt dans l'après-midi, on lui servait de la bouillie de Noël et de l'oie rôtie avec du chou rouge. Une fois qu'on avait vu l'arbre de Noël et qu'on avait distribué les cadeaux, chacun avait droit à un petit verre de punch et des beignets aux pommes.

Ils rentraient dans leurs pauvres chaumières, et on parlait de « la bonne vie », c'est-à-dire des victuailles, et on regardait encore une fois les cadeaux de près.

Il y avait ainsi Kirsten, l'aide-jardinière, et Ole, l'aide-jardinier. Ils étaient mariés et gagnaient de quoi payer leur maison et leur pain quotidien en désherbant et en bêchant dans le jardin du manoir. À chaque fête de Noël, ils avaient droit à un bon lot de cadeaux. Ils avaient aussi cinq enfants, tous les cinq étaient vêtus par le châtelain et la châtelaine.

« Nos maîtres sont des gens charitables ! disaient-ils. Mais il faut dire qu'ils ont les moyens, et que cela leur fait plaisir !

— On nous a donné de bons habits robustes pour les quatre enfants ! dit Ole, l'aide-jardinier. Mais pourquoi n'y a-t-il rien pour l'invalide ? D'habitude, ils pensent aussi à lui, bien qu'il ne vienne pas au repas de fête ! »

C'était l'aîné des enfants qu'ils appelaient « l'invalide », sinon, il portait le nom de Hans.

Quand il était petit, il avait été l'enfant le plus rapide et le plus vif, mais il avait eu brusquement « les jambes molles », comme ils disaient, il ne pouvait pas rester debout ni marcher, et cela faisait maintenant cinq ans qu'il était au lit.

« Si, j'ai eu aussi quelque chose pour lui ! dit la mère. Mais ce n'est rien de spécial, c'est seulement un livre à lire.

— Ce n'est pas cela qui le fera engraisser ! » dit le père.

Mais cela fit plaisir à Hans. C'était un garçon très éveillé qui aimait lire, mais qui prenait aussi le temps de travailler, si tant est qu'il pouvait se rendre utile, lui qui devait toujours rester au lit. Il était actif, habile de ses mains, tricotait des bas de laine, et même des

couvertures entières pour les lits. La dame du manoir
en avait dit du bien et les avait achetées.

C'était un livre de contes qu'on lui avait donné. Il y
avait beaucoup à lire dedans, beaucoup de sujets de
réflexion.

« Cela ne sert absolument à rien dans cette maison !
dirent les parents. Mais il n'a qu'à lire, cela fera passer
le temps, il ne peut pas toujours tricoter des chaussettes ! »

Le printemps arriva, les fleurs et la verdure
commencèrent à sortir de terre, de même que les mauvaises herbes, celles qu'on peut certes appeler des
orties, mais dont il est dit de si belles choses dans le
cantique :

> *Si tous les rois s'avançaient en rang,*
> *Avec toute leur puissance et leur force,*
> *Ils seraient incapables de mettre*
> *La moindre feuille sur une ortie*[1].

Il y avait fort à faire dans le jardin du manoir, pas
seulement pour le jardinier et ses apprentis, mais aussi
pour Kirsten, l'aide-jardinière, et Ole, l'aide-jardinier.
« C'est un rude travail ! disaient-ils. Et une fois que
nous avons nettoyé les allées et qu'elles sont bien
propres, ils les abîment tout de suite en les piétinant.
Il y a sans cesse des visiteurs au manoir. Ce que ça
doit coûter ! Mais nos maîtres sont des gens riches ! »

— Les choses sont curieusement réparties ! dit Ole.
Nous sommes tous les enfants de Notre-Seigneur, a dit
le pasteur. Pourquoi y a-t-il une telle différence, alors ?

— Cela vient du péché originel ! » dit Kirsten.

Ils en reparlèrent le soir, alors que Hans l'invalide
était au lit avec le livre de contes.

Les conditions de vie difficiles, le labeur et la peine
avaient durci les mains des parents, mais ils les avaient
aussi rendus durs dans leurs jugements et leurs opinions. Cela les dépassait, ils n'arrivaient pas à trouver

---

1. Strophe d'un cantique très connu de H. A. Brorson.

d'explication, et le fait d'en parler augmentait leur amertume et leur colère.

« Certaines personnes obtiennent l'aisance et le bonheur, d'autres uniquement la pauvreté ! Pourquoi la désobéissance et la curiosité de nos premiers parents doivent-elles retomber sur nous ? Nous ne nous sommes pas conduits comme eux deux !

— Si ! dit tout à coup Hans l'invalide. Tout est écrit ici dans ce livre !

— Qu'est-ce qu'il y a dans ce livre ? » demandèrent les parents.

Et il leur lut le vieux conte du bûcheron et de sa femme. Ils se plaignaient eux aussi de la curiosité d'Adam et Ève, qui était responsable de leur malheur. Puis le roi du pays vint à passer. « Venez donc chez moi ! dit-il. Vous aurez droit aux mêmes choses que moi : sept plats à manger et un plat pour la décoration. Il est dans une terrine fermée, il ne faut pas y toucher, car sinon, c'en serait fini de la vie de château ! » « Que peut-il y avoir dans la terrine ? » dit la femme. « Cela ne nous regarde pas ! » dit son mari. « Mais je ne suis pas curieuse ! dit la femme. Je voudrais simplement savoir pourquoi nous ne pouvons pas soulever le couvercle. Il y a certainement quelque chose de succulent ! – Pourvu qu'il n'y ait pas un mécanisme ! dit le mari. Un coup de pistolet qui retentirait et réveillerait toute la maison ! – Oh là ! » dit la femme, et elle ne toucha pas à la terrine. Mais la nuit, elle rêva que le couvercle se soulevait tout seul, il s'en dégageait l'odeur du punch le plus délicieux, comme celui qu'on distribue aux mariages et aux enterrements. Il y avait un gros schilling d'argent avec l'inscription : « Si vous buvez de ce punch, vous serez les plus riches du monde et tous les autres gens deviendront des mendiants ! » Puis la femme se réveilla aussitôt et raconta son rêve à son mari. « Tu penses trop à la chose ! » dit-il. « Nous pourrions le lever prudemment ! » dit la femme. « Prudemment ! » dit le mari. Et la femme leva tout doucement le couvercle. Deux petites souris agiles s'échappèrent alors, et elles disparurent aussitôt dans un trou de souris. « Bonne nuit ! dit le roi. Maintenant, vous pouvez rentrer chez vous et vous coucher dans votre lit. Ne vous en prenez plus à Adam et Ève, vous avez été vous-mêmes aussi curieux et aussi ingrats qu'eux ! »

« D'où cette histoire est-elle venue dans ce livre ? dit Ole, l'aide-jardinier. On dirait qu'elle s'adresse à nous. Elle donne beaucoup à réfléchir ! »

Le lendemain, ils retournèrent au travail. Ils furent grillés par le soleil et trempés jusqu'aux os par la pluie. Ils avaient des pensées amères, et ils les ruminaient.

C'était le soir, il faisait encore clair, chez eux, ils avaient mangé leur bouillie au lait.

« Relis-nous l'histoire du bûcheron ! » dit Ole, l'aide-jardinier.

« Il y a tellement de belles histoires dans ce livre ! dit Hans. Tellement d'histoires que vous ne connaissez pas !

— Mais celles-là ne m'intéressent pas ! dit Ole, l'aide-jardinier. Je veux entendre celle que je connais ! »

Et ils l'entendirent une nouvelle fois, lui et sa femme.

Plus d'un soir, ils revinrent à cette histoire.

« Elle n'explique tout de même pas tout ! dit Ole, l'aide-jardinier. Les hommes sont comme le lait entier, il tourne. Certains se transforment en bon lait caillé, et d'autres en petit-lait clair comme de l'eau ! Certaines personnes ont de la chance en tout, sont assises à la place d'honneur pendant toute leur vie, et ne connaissent ni le chagrin ni la peine ! »

Hans l'invalide l'entendit. Il n'avait pas les jambes solides, mais il avait l'esprit éveillé. Il leur lut dans le livre de contes, il lut l'histoire de « l'homme sans chagrin ni peine ». Où pouvait-on le trouver, et il fallait absolument le trouver :

Le roi était malade et il ne pourrait pas guérir si on ne lui mettait pas la chemise qui avait été portée et usée sur le corps d'un homme qui pouvait dire en vérité qu'il n'avait jamais eu ni chagrin ni peine.

On envoya des messagers dans tous les pays du monde, à tous les châteaux et les manoirs, à toutes les personnes aisées et heureuses, mais quand on les pressait de questions, chacune d'elles avait tout de même connu le chagrin et la peine.

« Pas moi ! dit le porcher qui était assis dans le fossé, en train de rire et de chanter. Je suis l'homme le plus heureux !

— Donne-nous donc ta chemise, dirent les envoyés. Elle te rapportera une moitié de royaume. »

Mais il n'avait pas de chemise, et estimait tout de même qu'il était l'homme le plus heureux.

« Voilà un gars bien ! » cria Ole, l'aide-jardinier, et lui et sa femme rirent comme ils n'avaient pas ri depuis de nombreuses années.

Le maître d'école passait à ce moment-là.

« Comme vous êtes contents ! dit-il. Il y a du nouveau dans la maison. Avez-vous tiré deux numéros gagnants à la loterie ?

— Non, ce n'est pas ce genre de choses ! dit Ole, l'aide-jardinier. C'est Hans qui nous a lu quelque chose dans le livre de contes, il a lu l'histoire de "l'homme sans chagrin ni peine" et ce gars-là n'avait pas de chemise. On a les larmes aux yeux quand on entend des choses pareilles, qui, en plus, viennent d'un livre imprimé. Chacun a sûrement son fardeau à porter, on n'est pas les seuls. C'est toujours une consolation !

— D'où vous vient ce livre ? » demanda le maître d'école.

« Notre Hans l'a eu à Noël, il y a plus d'un an. Ce sont le châtelain et la châtelaine qui le lui ont donné. Ils savent qu'il aime énormément lire et qu'il est invalide ! À l'époque, nous aurions préféré qu'il ait deux chemises de toile bleue. Mais ce livre est étrange, on dirait qu'il est capable de répondre aux questions qu'on se pose ! »

Le maître d'école prit le livre et l'ouvrit.

« Reprenons la même histoire ! dit Ole, l'aide-jardinier. Je ne la possède pas encore tout à fait. Et puis il faut qu'il lise l'autre, celle qui parle du bûcheron ! »

Ces deux histoires suffirent à Ole pour le reste de ses jours. C'étaient comme deux rayons de soleil qui avaient pénétré dans la pauvre chaumière, pénétré dans la pensée rabougrie qui les rendait renfrognés et amers.

Hans avait lu tout le livre, de nombreuses fois. Les contes l'emmenaient de par le monde, là où il ne pouvait pas aller, parce que ses jambes ne le portaient pas.

Le maître d'école s'était assis à côté de son lit. Ils parlèrent ensemble et ce fut agréable pour tous les deux.

À partir de ce jour, le maître d'école vint plus souvent voir Hans, quand ses parents étaient au travail. À chaque fois qu'il venait, c'était comme une fête pour le garçon. Comme il écoutait ce que le vieillard lui disait, quand il parlait de la taille de la terre et de nombreux pays, et du soleil, qui était presque un demi-million de fois plus grand que la terre et tellement loin qu'un boulet de canon en pleine vitesse mettrait vingt-cinq ans pour aller du soleil à la terre, alors que les rayons du soleil atteignaient la terre en huit minutes !

Il est vrai que tout bon écolier est au courant de tout cela, mais pour Hans, c'était nouveau et encore plus merveilleux que tout ce qui était dans le livre de contes.

Le maître d'école était reçu plusieurs fois par an à la table du châtelain et de la châtelaine, et à l'une de ces occasions, il parla de l'importance que le livre de contes avait eue dans la pauvre chaumière où deux des histoires qu'il contenait avaient éveillé et béni les esprits. Par ses lectures, le petit garçon infirme et intelligent avait amené la réflexion et la joie dans la maison.

Lorsque le maître d'école quitta le manoir pour rentrer chez lui, madame lui mit dans la main deux rixdales d'argent brillants pour le petit Hans.

« Il faut les donner à mon père et à ma mère ! » dit le garçon, lorsque le maître d'école lui apporta l'argent.

Et les aides-jardiniers Ole et Kirsten dirent : « Hans l'invalide est malgré tout utile et en bénédiction, lui aussi ! » Quelques jours plus tard, les parents étaient en train de travailler au manoir, la voiture des maîtres s'arrêta à l'extérieur. C'était la bonne dame du château qui venait, heureuse de savoir que son cadeau de Noël avait apporté autant de consolation et de plaisir au garçon et à ses parents.

Elle apportait du pain blanc, des fruits et une bouteille de sirop, mais, ce qui était encore plus plaisant, elle lui apportait, dans une cage dorée, un petit oiseau noir qui savait siffler très gracieusement. La cage avec l'oiseau fut placée sur la vieille commode, à quelque distance du lit du garçon, il pouvait voir l'oiseau et l'entendre, et les gens qui passaient sur la grand-route pouvaient eux-mêmes entendre son chant.

Les aides-jardiniers Ole et Kirsten ne revinrent chez eux qu'après que madame fut partie. Ils virent bien que Hans était très heureux, mais ils trouvèrent tout de même que le cadeau qu'on lui avait donné ne faisait que créer des ennuis.

« Les gens riches ne réfléchissent pas bien loin ! dirent-ils. Faut-il que nous nous occupions de lui aussi, maintenant ? Hans l'invalide ne le peut pas. Le chat va finir par le prendre ! »

Huit jours passèrent, puis huit jours encore. Entretemps, le chat avait souvent été dans la pièce, sans faire peur à l'oiseau, et, bien sûr, sans lui faire de mal. Il y eut alors un grand événement. C'était l'après-midi, les parents et les autres enfants étaient au travail, Hans était tout seul. Il tenait le livre de contes à la main et lisait l'histoire de la femme du pêcheur dont tous les vœux se réalisaient. Elle voulut être roi, et elle le devint. Elle voulut être empereur, et elle le devint, mais elle voulut ensuite être le bon Dieu, et elle se retrouva dans le fossé plein de boue d'où elle était venue.

Cette histoire n'avait rien à voir avec l'oiseau ou le

chat, mais c'était justement l'histoire qu'il était en train de lire lorsque l'événement se produisit. Il s'en souvint toujours par la suite.

La cage était sur la commode, le chat était sur le plancher et regardait fixement l'oiseau, de ses yeux jaune vert. Il y avait quelque chose dans l'expression du chat qui semblait dire à l'oiseau : « Comme tu es joli ! J'aimerais bien te manger ! »

Hans comprit bien cela, il le lisait directement dans l'expression du chat.

« Va-t'en, chat ! cria-t-il. Fais-moi le plaisir de quitter la pièce ! »

Il semblait se recroqueviller, prêt à bondir.

Hans ne pouvait pas l'atteindre, il n'avait rien à jeter dans sa direction, si ce n'est son trésor le plus cher, le livre de contes. Il le jeta, mais la reliure n'était pas solide, elle vola d'un côté, et le livre lui-même avec toutes ses feuilles vola de l'autre côté. Le chat recula un peu dans la pièce, à pas lents, comme s'il avait voulu dire :

« Ne te mêle pas de cette affaire, petit Hans ! Je peux marcher et je peux bondir, toi, tu ne peux ni l'un ni l'autre ! »

Hans surveillait le chat et était très agité. L'oiseau se mit aussi à s'agiter. On ne pouvait appeler personne, on aurait cru que le chat le savait, il se prépara une nouvelle fois à bondir. Hans secoua la couverture du lit – il pouvait se servir de ses mains – mais le chat ne se souciait guère de la couverture ; après que Hans eut jeté celle-ci dans sa direction, en vain, le chat sauta d'un bond sur la chaise et se plaça sur le rebord de la fenêtre, il était maintenant plus près de l'oiseau.

Le sang de Hans ne fit qu'un tour, mais il ne pensait pas à cela, il ne pensait qu'au chat et à l'oiseau. Il était hors de question qu'il arrive à sortir du lit, il ne pouvait pas tenir sur ses jambes, et il pouvait encore moins marcher. Il eut comme l'impression que son cœur se retournait, lorsqu'il vit le chat sauter depuis la fenêtre sur la commode et faire tomber la cage. Au-dedans, l'oiseau voltigeait en tous sens.

Hans poussa un cri, une secousse le parcourut, et sans y réfléchir, il sauta hors du lit, alla à la commode, fit brutalement descendre le chat, et retint la cage où l'oiseau était épouvanté. Il garda la cage à la main et sortit en courant par la porte et alla sur la route.

Des flots de larmes coulèrent alors de ses yeux, il fut transporté de joie et cria d'une voix forte : « Je peux marcher ! Je peux marcher ! »

Il avait retrouvé sa vigueur. De telles choses peuvent se produire et elles se sont effectivement produites avec lui.

Le maître d'école habitait tout près. Il courut chez lui pieds nus, simplement vêtu d'une chemise et d'une veste, et avec l'oiseau dans la cage.

« Je peux marcher ! criait-il. Seigneur Dieu ! » Et il sanglotait de joie.

Et il y eut de la joie dans la maison des aides-jardiniers Ole et Kirsten. « Nous n'aurions pas pu avoir de jour plus heureux ! » dirent-ils tous les deux.

Hans fut invité à venir au manoir. Cela faisait de longues années qu'il n'avait pas fait ce trajet. On aurait dit que les arbres et les noisetiers qu'il connaissait si bien lui faisaient des signes de tête et lui disaient : « Bonjour, Hans ! sois le bienvenu ici ! » Le soleil brillait sur son visage et lui allait droit au cœur.

Monsieur et madame, les chers jeunes châtelains, le reçurent chez eux et ils avaient l'air aussi heureux que s'il avait été de leur propre famille.

C'était toutefois la châtelaine qui était la plus heureuse, elle qui lui avait donné le livre de contes, qui lui avait donné le petit oiseau chanteur, qui, certes, était mort, mort de frayeur, mais qui avait en quelque sorte été le moyen de sa guérison, et le livre avait servi à son éveil, ainsi qu'à celui de ses parents. Il le possédait encore, il voulait le conserver et le lire, quel que soit l'âge auquel il parviendrait. Maintenant, il allait pouvoir aussi se rendre utile à ceux qui étaient à la

maison. Il allait apprendre un métier, relieur, de préférence : « car, disait-il, comme cela, je pourrai lire tous
les nouveaux livres ! »

Dans l'après-midi, la châtelaine fit venir les deux
parents. Elle et son mari, ils avaient parlé de Hans.
C'était un garçon pieux et intelligent, il aimait lire et
il apprenait facilement. Notre-Seigneur est toujours
pour une bonne cause.

Ce soir-là, les parents quittèrent le manoir et rentrèrent chez eux, vraiment heureux, en particulier Kirsten,
mais une semaine plus tard, elle pleura, car ce fut le
jour où le petit Hans partit. Il était bien habillé, c'était
un bon garçon, mais maintenant, il fallait qu'il traverse
l'eau salée, qu'il aille très loin, qu'on le mette à
l'école, une école secondaire, et beaucoup d'années
passeraient avant qu'ils puissent le revoir.

Il ne prit pas le livre de contes avec lui, les parents
voulurent le garder en souvenir. Et son père y lisait
souvent, mais seulement les deux histoires, car celles-
là, il les connaissait.

Et ils reçurent des lettres de Hans, l'une plus heureuse que l'autre. Il était chez des gens gentils, dans
de bonnes conditions. Et ce qui était le plus plaisant,
c'était d'aller à l'école. Il y avait tellement de choses
à apprendre et à savoir, il souhaitait seulement arriver
à l'âge de cent ans et devenir un jour maître d'école.

« Si seulement nous pouvions voir ça ! » disaient les
parents en se tenant par la main, comme lorsqu'on va
prendre la communion.

« Comme il en est arrivé des choses à Hans ! disait
Ole. Notre-Seigneur pense aussi aux enfants des pauvres ! C'est justement avec l'invalide qu'on a pu le
voir ! Ne dirait-on pas que Hans a été capable de nous
lire cela dans le livre de contes ? »

## TANTE MAL-AUX-DENTS

D'où nous tenons cette histoire ?

Veux-tu le savoir ?

Nous la tenons du tonneau, celui dans lequel il y a les vieux papiers.

Bien des livres bons et rares ont terminé chez le charcutier ou chez l'épicier, non comme lecture, mais comme article de première nécessité. Ils ont besoin de papier pour faire les cornets où on met l'amidon et les grains de café, de papier pour entourer le hareng salé, le beurre et le fromage. Les textes manuscrits font aussi l'affaire.

Souvent va dans le tonneau ce qui ne devrait pas aller dans le tonneau.

Je connais un garçon épicier fils de charcutier. Il est monté de l'entresol à la boutique du rez-de-chaussée [1]. C'est quelqu'un qui a des lectures étendues, des lectures de cornet d'épicier, tant imprimées que manuscrites. Il en a une collection intéressante, dans laquelle il y a plusieurs pièces de dossiers qui proviennent de la corbeille à papier d'un quelconque fonctionnaire trop occupé et distrait, une lettre intime d'une amie à une autre, des informations concernant des scandales qui ne devaient pas être divulguées, ni mentionnées par qui que ce soit. C'est un bureau de sauvetage vivant pour

---

1. La boutique du charcutier était souvent en sous-sol, alors que celle de l'épicier était au rez-de-chaussée, ce qui lui donnait un statut plus respectable.

une partie non négligeable de la littérature et son secteur est vaste, il a la boutique de ses parents et celle de son patron, et c'est là qu'il a sauvé bien des livres ou des pages de livre qui mériteraient sûrement d'être lus deux fois.

Il m'a montré sa collection de choses imprimées et manuscrites tirées du tonneau, elles viennent surtout de chez le charcutier. Il y avait là quelques feuilles d'un assez grand cahier. L'écriture particulièrement belle et claire a tout de suite attiré mon attention.

« Ça, c'est l'étudiant qui l'a écrit ! dit-il. L'étudiant qui habitait juste en face et qui est mort il y a un mois. Il souffrait beaucoup de maux de dents, à ce qu'on peut voir. C'est très amusant à lire ! Il ne reste plus qu'une petite partie de ce qu'il a écrit. Il y avait tout un livre et encore un peu plus ! Pour l'avoir, mes parents ont donné à la logeuse de l'étudiant une demi-livre de savon vert. Voilà ce que j'ai pu en garder. »

Je l'empruntai, je le lus et maintenant, je le fais connaître.

Le titre était *Tante Mal-aux-dents*.

## I

Ma tante me donnait des friandises quand j'étais petit. Mes dents l'ont supporté, elles ne se sont pas abîmées. Maintenant, je suis plus âgé, je suis devenu étudiant. Elle me gâte encore avec des sucreries, elle dit que je suis poète.

J'ai en moi quelque chose du poète, mais pas suffisamment. Souvent, quand je marche dans les rues de la ville, j'ai l'impression de me déplacer dans une grande bibliothèque. Les maisons sont des rayonnages, chaque étage est un rayon où il y a des livres. Là, il y a une histoire de tous les jours, là une bonne vieille comédie, des ouvrages scientifiques dans toutes les disciplines, ici de la littérature ordurière et de la bonne lecture. Il m'arrive de rêver et de philosopher au sujet de tous ces livres.

Il y a en moi quelque chose du poète, mais pas suffisamment. Beaucoup de gens le sont certainement tout autant que moi, et ils ne portent pourtant pas une pancarte ou un collier avec le nom de poète.

Il nous a été donné, à eux et à moi, un don de Dieu, une bénédiction assez grande pour nous-mêmes, mais beaucoup trop petite pour être redistribuée à d'autres. Elle vient comme un rayon de soleil, remplit l'âme et la pensée, elle vient comme un parfum de fleur, comme une mélodie qu'on connaît mais dont on ne sait plus d'où on la tient.

L'autre soir, j'étais dans ma chambre, j'avais besoin de lecture, je n'avais pas de livre, pas de journal, et voilà qu'une feuille, fraîche et verte, tomba tout à coup du tilleul. Le courant d'air la fit passer par la fenêtre et me l'apporta.

J'observai les nombreuses nervures avec leurs ramifications. Un petit insecte se déplaçait dessus, comme s'il voulait se livrer à une étude approfondie de la feuille. Cela m'a fait penser à la sagesse humaine. Nous aussi, nous rampons sur la feuille, nous ne connaissons qu'elle, et pourtant nous faisons tout de suite une conférence sur le grand arbre tout entier, racine, tronc et cime, le grand arbre : Dieu, le monde et l'immortalité, et nous ne connaissons de tout cela qu'une petite feuille !

À ce moment-là, je reçus la visite de Tante Mille.

Je lui montrai la feuille avec l'insecte, lui fis part des pensées que j'avais eues et ses yeux brillèrent.

« Tu es poète ! dit-elle. Peut-être le plus grand que nous ayons ! S'il m'était donné de voir cela, je descendrais volontiers dans la tombe. Dès l'enterrement du brasseur Rasmussen, tu m'as toujours étonnée par ton imagination débordante ! »

Et après avoir dit cela, Tante Mille m'embrassa.

Qui était Tante Mille et qui était le brasseur Rasmussen ?

## II

Nous les enfants, nous appelions Tante la tante de notre mère. Pour nous, elle n'avait pas d'autre nom.

Elle nous donnait des confitures et du sucre, bien que ce fût très mauvais pour nos dents, mais elle avait un faible pour ces gentils enfants, disait-elle. C'était cruel de leur refuser ces quelques sucreries qu'ils aimaient tant.

Et c'est pour cela que nous aimions tellement Tante.

Elle avait été vieille fille aussi loin que remontaient mes souvenirs, toujours vieille ! Elle gardait le même âge.

Elle avait jadis beaucoup souffert de maux de dents et elle en parlait toujours, si bien que son ami, le brasseur Rasmussen, faisait de l'esprit et l'appelait « Tante Mal-aux-dents ».

À la fin de sa vie, il ne brassait plus la bière, il vivait de ses rentes, venait souvent voir Tante et était plus âgé qu'elle. Il n'avait pas de dents du tout, seulement quelques chicots noirs.

Il avait mangé trop de sucre étant petit, nous disait-il, à nous les enfants, « et vous voyez le résultat ».

Tante n'avait sûrement jamais mangé de sucre dans son enfance. Elle avait les plus jolies dents blanches.

Il faut dire qu'elle faisait attention à ne pas les user, elle les enlevait pour dormir ! disait le brasseur Rasmussen.

Nous savions, nous les enfants, que c'était de la méchanceté, mais Tante disait qu'il ne voulait rien dire par là.

Un matin, à l'heure du déjeuner, elle raconta un vilain rêve qu'elle avait fait la nuit : une de ses dents était tombée.

« Cela veut dire, dit-elle, que je vais perdre un vrai ami ou une vraie amie !

— Si c'était une fausse dent, dit le brasseur en ricanant, cela veut dire obligatoirement que vous allez perdre un faux ami !

— Vous êtes un vieux monsieur malpoli ! dit Tante, plus fâchée que je ne l'ai jamais vue ni avant ni après. »

Elle dit par la suite que son vieil ami avait simplement voulu la taquiner. C'était l'homme le plus noble du monde, et s'il venait à mourir, il deviendrait un petit ange de Dieu dans le ciel !

Je réfléchis beaucoup à cette transformation et je me demandai si je serais capable de le reconnaître sous cette nouvelle forme.

Quand Tante était jeune, et qu'il était jeune, lui aussi, il l'avait demandée en mariage. Elle hésita trop longtemps, attendit, attendit beaucoup trop longtemps, resta toujours vieille fille, mais toujours une amie fidèle.

Puis le brasseur Rasmussen mourut.

On le conduisit à la tombe dans le corbillard le plus cher et il eut un grand cortège, des gens qui portaient des décorations et un uniforme.

Vêtue de deuil, Tante se tint près de la fenêtre avec nous tous, les enfants, à l'exception du petit frère que la cigogne avait apporté une semaine avant.

Le corbillard et le cortège étaient passés, la rue était vide, Tante voulait partir, mais je ne voulais pas, j'attendais l'ange, le brasseur Rasmussen, puisqu'il était devenu un petit enfant de Dieu avec des ailes, et il fallait maintenant qu'il se montre.

« Tante, dis-je. Ne crois-tu pas qu'il va venir maintenant ! ou que lorsque la cigogne nous amènera un petit frère, elle nous amènera l'ange Rasmussen. »

Tante fut complètement stupéfaite par mon imagination, et elle dit : « Cet enfant deviendra un grand poète ! » Et elle le répéta aussi longtemps que j'allai à l'école, et même après ma confirmation, et elle continue encore maintenant que je suis devenu étudiant.

Elle était et reste pour moi l'amie qui compatit le plus, autant au mal du poète qu'au mal de dents, car j'ai des crises de l'un et de l'autre.

« Note donc toutes tes pensées, disait-elle, et mets-les dans le tiroir. C'est ce que faisait Jean-Paul[1], et c'est devenu un grand poète, que je n'aime pas, c'est vrai, il ne sait pas tenir le lecteur en suspens ! Il faut que tu tiennes le lecteur en suspens ! et tu vas tenir le lecteur en suspens. »

La nuit qui suivit ce discours, je fus en proie à bien des tourments, dévoré par l'envie de devenir le grand poète que Tante voyait et pressentait en moi. J'étais en proie au mal du poète ! Mais il y a un mal encore pire : le mal aux dents. Il m'écrasait et me broyait. Je devins un ver rampant, avec un cataplasme d'épices et de la poudre de cantharide[2].

« Je connais cela ! » dit Tante.

Elle avait un sourire attristé aux lèvres, ses dents brillaient d'un blanc éclatant.

Mais il faut que je commence une nouvelle partie de mon histoire et de celle de Tante.

### III

J'avais emménagé dans un nouvel appartement et j'y habitais depuis un mois. J'en parlai à Tante.

« J'habite chez une famille tranquille. Elle ne pense pas à moi, même si je sonne trois fois. À part cela, c'est une maison pleine de tapage, le vent et les gens y font toutes sortes de bruits. J'habite juste au-dessus du porche. À chaque fois qu'une voiture entre ou sort, cela fait bouger les tableaux qui sont accrochés au mur. Le portail claque et cela ébranle la maison, comme si c'était un tremblement de terre. Si je suis au lit, les coups se répercutent dans tous mes membres, mais on dit que cela fortifie les nerfs. S'il y a du vent, et il y a toujours du vent dans ce pays, les longs crochets des

---

1. Johann Paul Friedrich Richter (1763-1825), écrivain allemand qui avait francisé son nom en Jean-Paul ; en hommage à Rousseau.
2. Cataplasme destiné à atténuer les maux de dents et emplâtre vésicant.

fenêtres se balancent à l'extérieur et frappent contre le mur. La cloche du portail qui mène dans la cour du voisin sonne à chaque coup de vent.

Les habitants de notre maison reviennent chez eux l'un après l'autre, tard le soir, en pleine nuit. C'est le locataire juste au-dessus de chez moi, qui donne des leçons de trompette dans la journée, qui revient le plus tard, et il ne se couche pas avant d'avoir fait une petite promenade de minuit, de son pas lourd avec ses bottes ferrées.

Il n'y a pas de doubles fenêtres, mais il y a un carreau cassé, sur lequel la logeuse a collé un papier. Le vent pénètre tout de même par la fente et fait un bruit qui ressemble au bourdonnement d'un taon. C'est au son de cette musique que je dois dormir. Une fois que j'ai enfin trouvé le sommeil, je suis bientôt réveillé par le chant du coq. Le coq et la poule annoncent depuis le poulailler de l'homme du sous-sol que ce sera bientôt le matin. Les petits poneys norvégiens – ils n'ont pas d'écurie, ils sont attachés dans la fosse à sable sous l'escalier – ruent contre la porte et la cloison en lambris pour se donner du mouvement.

Le jour se lève. Le concierge, qui dort avec sa famille dans la mansarde, descend l'escalier avec fracas. Ses sabots de bois claquent, le portail se referme bruyamment, la maison tremble, et quand c'est terminé, le locataire du dessus commence à faire des exercices de gymnastique, il soulève dans chaque main une lourde boule de fer qu'il n'arrive pas à tenir, elle retombe sans cesse, tandis que les jeunes de la maison qui doivent aller à l'école arrivent précipitamment en criant. Je vais à la fenêtre, l'ouvre pour avoir de l'air frais, et cela me revigore quand il y en a, et que la demoiselle de la maison de derrière ne lave pas des gants avec du produit détachant, c'est son gagne-pain. A part cela, c'est une maison agréable et j'habite chez une famille tranquille. »

Voilà le compte rendu que j'ai fait à Tante au sujet de mon appartement. Je l'ai fait d'une façon plus vivante, les termes qu'on emploie pour exposer les choses oralement ont plus de fraîcheur que ceux qu'on utilise par écrit.

« Tu es poète ! cria Tante. Écris simplement ce que tu m'as dit, et tu seras aussi bon que Dickens ! Et pour ma part, tu m'intéresses beaucoup plus que lui ! Tu peins lorsque tu parles ! Tu décris ta maison de façon à nous la faire voir ! Cela donne le frisson ! Continue à écrire ! Mets-y quelque chose de vivant, des gens, des gens charmants, malheureux de préférence ! »

J'ai décrit la maison, en effet, avec tous ses bruits et ses défauts, mais avec moi seul, sans qu'il y ait de l'action. Elle est venue plus tard !

## IV

C'était en hiver, tard dans la soirée, après le spectacle, un temps épouvantable, une tempête de neige qui empêchait presque d'avancer.

Tante était au théâtre et j'y étais allé pour la raccompagner chez elle, mais on avait déjà du mal à marcher soi-même, et c'était encore pire d'accompagner quelqu'un. Les fiacres étaient tous pris, Tante habitait loin en ville, alors que mon logement était tout près du théâtre, si cela n'avait pas été le cas, nous aurions été obligés d'attendre dans une guérite.

Nous avancions péniblement dans l'épaisse couche de neige, pris dans le tourbillon des flocons de neige. Je la soulevais, je la tenais, je la poussais pour la faire avancer. Nous ne tombâmes que deux fois, mais cela se fit en douceur.

Nous atteignîmes mon portail, où nous nous secouâmes. Une fois dans l'escalier, nous nous secouâmes encore, et nous avions encore assez de neige pour recouvrir le sol du vestibule.

Nous ôtâmes notre manteau et les habits que nous portions en dessous, de même que tout ce qu'on pouvait enlever. La logeuse prêta à Tante des bas secs et une robe de chambre. C'était nécessaire, dit la logeuse en ajoutant, ce qui était vrai, qu'il était impossible que Tante rentre chez elle pour la nuit. Elle la pria de bien vouloir se contenter de son salon, où elle voulait lui faire un lit sur le canapé devant la porte toujours fermée à clef qui menait chez moi.

C'est ce qui fut fait.

Le feu brûlait dans mon poêle, on mit la théière sur la table, et on se sentait à l'aise dans ma petite chambre, quand bien même on n'y était pas aussi à l'aise que chez Tante, où il y avait, en hiver, de lourdes tentures devant la porte, de lourdes tentures devant les fenêtres, des tapis doubles sur le plancher avec trois couches de papier épais en dessous. On s'y croirait dans une bouteille bien bouchée remplie d'air chaud. Pourtant, comme je l'ai dit, on se sentait à l'aise chez moi aussi. Le vent soufflait à l'extérieur.

Tante parlait et racontait des souvenirs. Sa jeunesse revint, le brasseur revint, de vieux souvenirs.

Elle se rappelait la fois où j'avais eu ma première dent et la joie que la famille en avait éprouvée.

La première dent ! La dent de l'innocence, brillante comme une petite goutte de lait blanche, la dent de lait.

Il y en eut une, il y en eut plusieurs, toute une rangée, côte à côte, en haut et en bas, les plus jolies dents d'enfants, et pourtant ce n'était que les avant-gardes, pas les vraies, celles qui devaient durer toute la vie.

Elles vinrent, elles aussi, de même que les dents de sagesse, chefs de file, nées dans la douleur et avec beaucoup de difficultés.

Elles repartent, toutes autant qu'elles sont ! Elles partent avant d'avoir accompli leur temps de service, même la dernière dent s'en va, et ce n'est pas un jour de fête, c'est un jour mélancolique.

Et puis on est vieux, même si on reste jeune de caractère.

Ce genre de pensées et de paroles ne sont pas amusantes, mais nous parlâmes néanmoins de tout cela, nous revînmes sur les années où j'étais enfant, nous parlâmes et parlâmes, et il était minuit quand Tante alla se coucher dans le salon juste à côté.

« Bonne nuit, mon cher petit ! cria-t-elle. Je vais dormir comme si j'étais dans mon propre lit ! »

Et elle alla se reposer. Mais il n'y eut aucun repos ni dans la maison ni au-dehors. La tempête secouait les fenêtres, agitait les longs crochets de fer qui se balançaient, faisait sonner la cloche du voisin dans la cour de derrière. Le locataire du dessus était rentré chez lui. Il fit encore une petite promenade nocturne, jeta ses bottes sur le plancher, se mit au lit pour se reposer, mais il ronfle tellement fort qu'on peut l'entendre au travers du plafond si on a l'ouïe fine.

Je ne trouvais pas le repos, je n'arrivais pas à me calmer. Le temps ne se calmait pas non plus. Il était extrêmement agité. Le vent sifflait et chantait à sa façon, mes dents commençaient aussi à s'animer, elles sifflaient et chantaient à leur façon. Une forte rage de dents s'annonçait.

Un courant d'air passa par la fenêtre. Le clair de lune se projetait sur le plancher. Ses rayons allaient et venaient, suivant que les nuages allaient et venaient au gré de la tempête. L'ombre et la lumière étaient agitées, mais pour finir, l'ombre sur le plancher se mit à ressembler à quelque chose. Je regardai cette forme qui bougeait et sentis un courant d'air glacial.

Une silhouette était assise sur le plancher, mince et élancée, comme lorsqu'un enfant dessine avec un crayon sur l'ardoise quelque chose qui doit ressembler à un être humain. Un seul trait fin pour le corps, un trait puis un autre pour les bras, les jambes ne sont qu'un trait, elles aussi, la tête est un polygone.

La silhouette se fit bientôt plus distincte, on distingua une sorte de robe, très légère, très fine, mais elle montrait qu'elle était du sexe féminin.

J'entendis un vrombissement. Était-ce elle ou le vent qui bourdonnait comme un taon dans la fente de la vitre ?

Non, c'était bien elle, madame Mal-aux-dents ! Son

Horreur *Satania infernalis*. Que Dieu nous épargne sa visite !

« Il fait bon ici ! dit-elle en bourdonnant. Voilà un bon logement ! sol bourbeux, sol marécageux. Les moustiques ont bourdonné ici avec du venin dans leur dard, et j'ai maintenant leur dard. Il faut l'aiguiser sur des dents humaines. Elles sont d'un blanc tellement éclatant chez celui qui est là dans le lit ! Elles ont résisté au sucré et à l'acide, au chaud et au froid, aux coquilles de noix et aux noyaux de prunes ! Mais je vais les faire bouger, les déchausser, alimenter leur racine avec des courants d'air, leur faire froid aux pieds ! »

C'étaient des propos épouvantables, une visite épouvantable.

« Alors, comme ça tu es poète ! dit-elle. Eh bien, je vais te faire scander tous les mètres de la torture ! Je vais te mettre du fer et de l'acier dans le corps, te passer un fil dans toutes les fibres nerveuses ! »

Cela me fit le même effet que si l'on m'avait enfoncé une pointe incandescente dans l'os de la pommette. Je me tordis et me retournai.

« Magnifique rage de dents ! dit-elle. Un orgue pour jouer, un concert de guimbarde, superbe, avec tambours et trompettes, piccolo, du trombone dans la dent de sagesse. Grand poète, grande musique ! »

Mais oui, elle jouait, et elle avait l'air terrible, même si on ne voyait d'elle rien d'autre que sa main, cette main glaciale, grise comme une ombre, avec ses longs doigts minces comme des aiguilles. Chacun d'eux était un instrument de torture : le pouce et l'index avaient une pince et une vis, le majeur se terminait par une aiguille pointue, l'annulaire était une vrille et le petit doigt, une seringue remplie de venin de moustique.

« Je vais t'apprendre la métrique ! dit-elle. Un grand poète doit avoir un grand mal de dents, un petit poète un petit mal de dents !

— Oh, permets-moi d'être petit ! demandai-je. Permets-moi de ne pas exister du tout ! Et je ne suis pas poète, l'envie d'écrire ne me vient que par crises, comme des rages de dents ! Va-t'en ! Va-t'en !

— Reconnais-tu que je suis plus puissante que la poésie, la philosophie, les mathématiques et toute la musique ? dit-elle. Plus puissante que toutes ces sensations peintes et taillées dans le marbre ! Je suis plus vieille qu'elles toutes. Je suis née tout près du jardin du Paradis, à l'extérieur, où le vent soufflait et les champignons humides poussaient. J'ai amené Ève à s'habiller car le temps était froid, et Adam aussi. Tu peux être sûr qu'il y avait de la force dans le premier mal de dents !

— Je crois tout ! dis-je. Va-t'en ! Va-t'en !

— Eh bien, si tu veux renoncer à être poète, ne jamais mettre de vers sur du papier, l'ardoise ou quelque support que ce soit, je te lâcherai, mais si tu te remets à écrire, je reviendrai !

— Je le jure ! dis-je. Si seulement je peux ne plus jamais te voir ou te sentir !

— Tu me verras, mais sous une forme plus ronde, qui te sera plus chère que ce n'est le cas maintenant ! Tu me verras en la personne de Tante Mille, et je te dirai : "Écris, mon bon garçon ! Tu es un grand poète, peut-être le plus grand que nous ayons !" Mais si tu me crois et que tu te mets à écrire, je mettrai tes vers en musique, je les jouerai sur ta guimbarde ! Cher enfant ! Souviens-toi de moi quand tu verras la Tante Mille ! »

Puis elle disparut.

En guise d'adieux, elle me donna comme un coup d'aiguille incandescente dans la mâchoire, mais la douleur s'estompa bientôt, j'avais l'impression de glisser sur l'eau souple, voyais les nénuphars blancs aux larges feuilles vertes se courber, s'enfoncer au-dessous de moi, se faner, se dissoudre, et je m'enfonçai avec eux, me décomposai dans la paix et le repos...

« Mourir, fondre comme la neige ! chantait-on dans l'eau. S'évaporer dans le nuage, disparaître comme le nuage ! »

Au travers de l'eau, de grands noms lumineux, des

inscriptions sur un trophée de drapeaux flottant au vent parvenaient jusqu'à moi, brevets d'immortalité, écrits sur les ailes de l'éphémère.

Mon sommeil était profond, sommeil sans rêves. Je n'entendais pas le vent qui sifflait, le portail qui claquait, la cloche du voisin qui sonnait à la porte, ni la lourde gymnastique du locataire.

Un bonheur béat !

Il y eut alors une rafale de vent qui ouvrit brutalement la porte fermée à clef qui menait là où était Tante. Tante se leva en sursaut, enfila ses chaussures, mit ses habits, vint me rejoindre.

« Je dormais comme un ange de Dieu », dit-elle, et elle n'eut pas le cœur de me réveiller.

Je me réveillai tout seul, ouvris les yeux, j'avais complètement oublié que Tante était là dans la maison, mais je m'en souvins tout à coup, je me souvins de la vision que j'avais eue pendant ma rage de dents. Le rêve et la réalité se confondaient.

« Tu n'as sans doute rien écrit hier soir, après que nous nous sommes dit bonne nuit ? demanda-t-elle. Si seulement tu l'avais fait ! Tu es mon poète, et tu vas le devenir ! »

Je trouvais qu'elle souriait d'un air sournois. Je ne savais pas si c'était la bonne Tante Mille qui m'aimait, ou l'épouvantable, à qui j'avais fait une promesse au cours de la nuit.

« As-tu écrit, cher enfant ?

— Non, non ! criai-je. C'est bien toi, Tante Mille !

— Et qui serait-ce d'autre ? » dit-elle. Et c'était bien Tante Mille.

Elle m'embrassa, monta dans un fiacre et rentra chez elle.

Je couchai sur le papier ce qui est écrit ici. Ce n'est pas en vers et cela ne sera jamais imprimé...

Voilà, c'est ici que le manuscrit s'arrêtait.

Mon jeune ami, le futur commis épicier, n'a pas pu dénicher ce qui manquait, cela avait disparu dans le monde, sous forme de papier pour le hareng saur, le beurre ou le savon vert. L'objectif fixé était atteint.

Le brasseur est mort, Tante est morte, l'étudiant est mort, celui dont les étincelles de pensées allèrent dans le tonneau.

Tout va dans le tonneau.

C'est la fin de l'histoire – l'histoire de Tante Mal-aux-dents.

# Table

444 *Contents*

Le Livre de Poche s'engage pour
l'environnement en réduisant
l'empreinte carbone de ses livres.
Celle de cet exemplaire est de :
**500 g éq. $CO_2$**
Rendez-vous sur
www.livredepoche-durable.fr

PAPIER À BASE DE
FIBRES CERTIFIÉES

Composition réalisée par NORD COMPO

Achevé d'imprimer en juin 2021, en France sur Presse Offset par
Maury Imprimeur – 45330 Malesherbes
N° d'impression : 254191
Dépôt légal 1re publication : mai 2003
Édition 12 – juin 2021
LIBRAIRIE GÉNÉRALE FRANÇAISE – 21, rue du Montparnasse – 75298 Paris Cedex 06